MATTIS FERBER
Mörderische Auslese

Über den Autor:

Mattis Ferber ist ein Pseudonym von Hannes Finkbeiner. Der Autor wuchs in einem Hotelbetrieb im Schwarzwald auf, machte eine Lehre zum Restaurantfachmann und studierte an der Hochschule Hannover Journalistik, wo er heute auch als Dozent lehrt. Finkbeiner schrieb u. a. für *FAZ*, *Spiegel Online* oder das *RND*. Für die *HAZ* verfasst er eine wöchentliche Gastrokolumne.

MATTIS FERBER

MÖRDERISCHE AUSLESE

Ein Fall für Benjamin Freling

KRIMINALROMAN

lübbe

Dieser Titel ist auch als E-Book erschienen

Originalausgabe

Dieses Werk wurde vermittelt durch die Literarische Agentur Michael Gaeb

Copyright © 2021 by Hannes Finkbeiner
Copyright © 2021 by Bastei Lübbe AG, Köln
Textredaktion: Ilse Wagner, München
Umschlaggestaltung: Manuela Städele-Monverde
unter Verwendung von Motiven von © shutterstock: Miiisha | etraveler
Satz: hanseatenSatz-bremen, Bremen
Gesetzt aus der Adobe Garamond Pro
Druck und Verarbeitung: GGP Media GmbH, Pößneck
Printed in Germany
ISBN 978-3-404-18425-5

2 4 5 3

Sie finden uns im Internet unter
www.luebbe.de
Bitte beachten Sie auch: www.lesejury.de

Teil I

Eins

Benjamin Freling atmete ein, atmete aber nicht mehr aus. Es ging nicht. Er war erstarrt, und nur sein Herz pumpte weiter das Blut durch seine Adern. Mörtelstaub flirrte vor dem Lichtkegel der Taschenlampe. Hinter seinen Augen pochte ein nervöser Puls, brachte das Bild zum Zittern – oder war er es selbst, der zitterte?

Ohne seinen Blick abzuwenden, tastete er ins Leere, griff zweimal daneben, beim dritten Mal bekam er den Stiel des Vorschlaghammers zu fassen. Er brauchte Halt, stellte ihn auf den kleinen Schutthaufen neben sich und stützte sich darauf ab. In diesem Moment löste sich ein letzter Klinkerstein. Er fiel in Zeitlupe durch den luftleeren Raum, der urplötzlich sein ganzes Leben ausfüllte. Dabei wollte er doch nur einen Raritätenkeller haben. Nicht mehr. Er sah zu, wie der Stein durch den Lichtstrahl fiel. Nein. Falsch. Der Stein fiel nicht. Er rieselte hernieder. Schwebte. Langsam wie eine Feder. Und krachte berstend wie ein Fels auf den Haufen anderer Steine. Die Welt krampfte um sein nervöses Herz.

Es war einer dieser Augenblicke, dachte der Sommelier, in denen sich das ganze Leben schlagartig veränderte. Von jetzt auf gleich. Eine Sekunde, und alles war anders. Ticktack. Ein einziger Schritt und dazwischen nur eine unsichtbare Linie, über die man ging, und erst im Nachhinein bemerkte man, dass sie da gewesen war. Augenblicke. So einprägsam, dass sie für ewig ein Loch ins hauchdünne Seidentuch der Seele stanzten und den Lebensweg in eine andere Richtung lenkten.

Bei Benjamin war es auch so eine wundersame Winzigkeit wie der wahrscheinlich hundertste Wein, den er probierte. Ein Fingerhut voll Flüssigkeit stellte vor zehn Jahren sein ganzes Leben auf den Kopf: ein Pinot Noir aus dem Burgund, der ihm einmal in Oberbergen eingegossen worden war. Ein Clos Saint-Denis Grand Cru aus dem Jahr 1999 von der Domaine Dujac. Ein redseliger Connaisseur faselte bei der Verkostung pausenlos etwas von einer völligen Harmonie aus Säure, Frucht und Tanninen, von Würze, Wärme, Komplexität, von Aromen nach Himbeeren, Kakao und Zedernholz, von sehnigem Körper, stabiler Säure und was ihm sonst noch so in den Sinn kam. Stimmte ja auch alles, aber Benjamin mochte dieses überzeichnete Gerede nicht. Schon damals nicht. Ganz im Allgemeinen.

Im Speziellen hatte er das Gefühl, dass jedes weitere Wort diesen einmaligen Moment zerstört hätte. Der Wein war pure Magie. Benjamin nippte, schnupperte, beschwor dabei die Einmaligkeit des Daseins und der Schöpfung an und für sich. Er war vom Bouquet des Weins so verzaubert, regelrecht benommen, dass er kurz die Augen schloss, um einen Moment damit allein zu sein. Wäre es nicht unhöflich gewesen, dann hätte er sich die Finger in die Ohren gesteckt, um das Geschwätz nicht mehr hören zu müssen und ganz und gar seine Ruhe zu haben, ach was, er hätte am liebsten die ganze Flasche geschnappt und wäre damit im Kamelsgalopp getürmt. Raus aus dem legendären Adler. Rein ins Rebendickicht und hoch in die Bassgeige, dorthin, wo ihn niemand finden würde, ihn und seine hundert Fingerhüte.

Hatte er zu dieser Zeit nicht eigentlich gehörig die Schnauze voll von dem ganzen Gastrowahnsinn gehabt?

Spielte er nicht sogar mit dem Gedanken, seine Kellnerlehre endgültig an den Nagel zu hängen?

Und dennoch stand er jetzt schnappatmend in einem Weinkeller, aufgestützt auf einen Vorschlaghammer, mit hochgekrempelten Hemdsärmeln und Sommelier-Schürze. Er hatte fünfzehntausend Flaschen gehortet, über die er wachte wie der Drache über sein Gold – und schuld war ein Schlückchen Burgunder.

Benjamin Freling biss sich auf die Unterlippe, knipste die Taschenlampe aus und warf einen Blick in die selige Dämmerung des Weinkellers, der nur durch wenige Deckenstrahler erleuchtet wurde.

Was sollte er tun?

Was gebot die Stunde?

Die Klimaanlage brummte leise und beständig. Vorn, verdeckt durch das Regal mit den Überseeweinen, hörte er die gedämpften Stimmen zweier oder dreier Gäste. Mehrmals täglich, bei einem Rundgang durchs Hotel, drückten sie ihre Nasen an der gläsernen Eingangstür platt. Wortwörtlich. Er hatte sogar Glasreiniger und ein Baumwolltuch in einem Sideboard, um das Geschmiere bisweilen sauber zu machen. Der Sommelier atmete leise und flach, stand völlig still, als wäre er ein Einbrecher, nein, als wäre er ein Mörder, der eigenhändig die Leiche in der Zwischenwand versteckt hatte und nun fürchtete, entdeckt zu werden. Denn das war es, was vor ihm in der Dunkelheit lag: eine mumifizierte Leiche.

Staub kribbelte in seiner Nase. Kurz schwollen die Stimmen an, entfernten sich dann langsam, und Benjamin überkam der Drang, erneut die Taschenlampe anzuknipsen. Er konnte einfach nicht anders. Er blickte noch einmal durch das Loch in der Wand, sah die verkrümmten Gliedmaßen, sah die Haut wie vergilbtes, sprödes Pergament, sah den deformierten Schädel, die schwarzen Augenhöhlen, den aufgeklappten Kiefer und den lippenlosen Mund, der sich wie das kalte Grausen um einen Reigen blanker Zähne schloss.

Nein, das war nicht das Gerippe eines Hundes oder sonst eines Tiers.

Der Sommelier konnte es nicht glauben.

Wie auch?

Wochenlang hatte er Baupläne studiert. Wobei. Richtig war: Vor mehreren Wochen hatte er sich die Baupläne besorgt und sie einfach im alltäglichen Trubel wieder vergessen. Erst vorgestern hatte er sie dann unter die Lupe genommen. Da das Hotel seiner Familie auf eine jahrhundertelange Geschichte zurückblickte, gab es einiges übereinanderzulegen. Aber es war, wie er vermutet hatte. Irgendwie konnte er sich ja auch trübe daran erinnern, an damals, vor über zwanzig Jahren, als er zehn Jahre alt war, damals, als überall Planen hingen, ein steter Wind durch den entkernten Altbau blies, damals, als ihm an jeder Ecke ebenso viele Gäste wie Bauarbeiter entgegenkamen. Damals. Als seine Eltern starben. Knack. Ins Seidentuch der Seele.

Er erinnerte sich jedenfalls, dass es hier einen Durchgang zum alten Festsaal, den heutigen Boutiquen, gegeben hatte, der infolge des großen Umbaus zugemauert worden war. Und dieser Hohlraum war exakt das, was er brauchte. Auf den Plänen entsprach die Baulücke einer Länge von zwei und einer Breite von eineinhalb Metern. Das war genau das richtige Ausmaß für sein Unterfangen: einen Keller in den Keller zu bauen. Ja. Es war Irrsinn. Weinliebhaber waren eben nicht selten Romantiker. Freaks. Besessene. Irrationale. Allesamt unzurechnungsfähig, denn wenn der Stoff einmal von ihnen Besitz ergriffen hatte, dann waren sie unweigerlich verloren. Und Benjamin Frelings neue Stufe des Irrsinns war eben der Raritätenkeller. Er musste ihn einfach haben. Irgendwie hatte er das Gefühl, wenn es ihn nur gäbe, sanft beleuchtet, stabil temperiert, mit verzierter, gusseiserner Gittertür verschlossen, zu der nur er einen Schlüssel hatte – ein

Raum, in dem sich das ganze Jahr hindurch nichts veränderte –, dann hätte er ein seelisches Gegengewicht zur Unbeständigkeit seines Arbeits- und Privatlebens. Immer wieder malte er sich die Flaschen darin aus. Kein Margaux, Petrus oder Romanée-Conti, nicht ausschließlich jedenfalls. Die großen Namen brauchte er nur für die Snobs dieser Welt, die Etikettentrinker, die dachten, Genuss steigere sich proportional zum Investment. Nein, *er* würde hier Weine mit Geschichte sammeln, echte Schönheiten mit Aura, die in seiner Gesellschaft würdevoll altern konnten.

Er seufzte so laut, dass es von einem Schnauben nicht zu unterscheiden war.

Es stand außer Frage.

Die Leiche musste weg.

Kurz wurde er sogar wütend auf dieses Ding da drinnen, das ihm an diesem Vormittag einen Strich durch die Rechnung machte. Sein Raritätenkeller war ganz offensichtlich eine Grabkammer. Er wurde mutig, stützte seine Ellenbogen wie ein hemdsärmeliger Archäologe auf den Rand des Lochs und schob den Kopf hindurch. Er rümpfte die Nase. Es roch muffig. Nach altem Mauerwerk. Sonst nichts. Da fiel sein Blick auf einige dicke, stillgelegte Rohrleitungen, die rechts unten am Boden ins Leere liefen und anscheinend einmal durch die Wand hindurchgeführt hatten. In diesem Moment fielen ihm auch die drei wuchtigen Waschmaschinen wieder ein, die früher im Weinkeller gestanden hatten – alte Dinger, die im Schleudergang das Hotel kurzzeitig zu einem Erdbebengebiet gemacht hatten. Vor dem großen Umbau wurde hier nämlich noch tagtäglich die Hotelwäsche gewaschen. Er dachte an die duftenden, feuchten Bettlaken, die hier einmal Bahn um Bahn hingen. Er sah sich selbst als Kind, wie er dazwischen durchgelaufen war, mit weit ausgestreckten Armen. Er hatte es geliebt, mit …

Der Sommelier machte intuitiv einen Schritt rückwärts.
Es wurde enger in seiner Brust.
Das Licht der Taschenlampe streifte diffus durch den Raum.
Er wusste, wer hier eingemauert worden war.

Im Weinkeller war es die meiste Zeit still und andächtig wie in einer Kathedrale. Benjamin Freling bemerkte dieses Detail immer dann, wenn er nach ein, zwei Stunden wieder in den Hotelbetrieb zurückkehrte. An diesem Tag war es sogar noch extremer. Sein Fund hatte die Zeit scheinbar aufgebläht, gedehnt, ausgewellt in die Unendlichkeit. Ihm kam es so vor, als sei er wochenlang in einer Isolationskammer in Einzelhaft gewesen, als er in den Küchen- und Servicetrakt lief. Es war laut. Die Servicekräfte brachten gerade die Reste des Frühstücksbüfetts herein, Geschirr klapperte, Wurst- und Käseplatten wurden abgeräumt, Obst- und Müslischüsseln umgeschüttet. Personal wuselte umher, und über alldem lag das ewige Rauschen der Spülstraße, das ganztags den Küchentrakt ausfüllte, und erst spät am Abend, wenn dem Ungetüm endlich der Stecker gezogen wurde, wurde einem der fortwährende Lärmpegel bewusst. Dieser Moment der Ruhe war auch immer exakt der Moment, in dem der Sommelier müde wurde, als sei seine innere Uhr über Funkverbindung mit einer Spülstraße verbunden.

Der Weinkellner machte kurz Platz, Marc Dupont, eine Reinigungskraft, rollte eine schwere Mülltonne durch den Gang. Freling ging weiter, er spürte seine schlottrigen Knie, entweder das, dachte er, oder jemand hatte den Fliesenboden mit Luftpolsterfolie gekachelt. Charlotte, seine Halbschwester und Küchenchefin des Hotels, stand am Pass, einem acht Meter langen Metallblock, der den Küchen- vom Servicebereich trennte. Die Speisen wurden hier getauscht: Bon gegen Essen. Darüber baumelte die Wärmebrücke, unter der die Gerichte warm gehalten wurden. Das Gerät konnte man an feinmaschigen Ketten in der Höhe verstellen. Charlotte ließ sie vormittags immer etwas herunter und funktionierte die Fläche zu einer Art Stehtisch um. Sie hatte natürlich auch ein eigenes Büro, das sie lediglich hin und wieder für Vorstellungsgespräche nutzte. Oder wenn sie die aktuellen Menüs anderer Spitzenköche im Internet auspionierte. Charlotte brauchte einfach die Küchenluft, sie war durch und durch Handwerkerin, konnte dieses Schreibtischdasein nicht ausstehen. Außerdem war sie ein Kontrollfreak.

Benjamin lehnte sich wortlos an eine Arbeitsstation ihr gegenüber und betrachtete sie. Es dauerte keine zehn Sekunden, da blickte sie ihn an. Wobei sie ihn garantiert schon vorher bemerkt hatte. Seine Schwester bekam einfach alles mit. Eine beängstigende Gabe. Sie blickte also auf, ihren Kopf bewegte sie dabei keinen Millimeter, er war gesenkt auf die Unterlagen, aber ihre blutgeäderten Augen klappten mechanisch nach oben und durchbohrten ihren Bruder – sie war die Horrorpuppe, die plötzlich im Wandschrank zum Leben erwachte, sobald das Licht im Kinderzimmer aus war. War irgendetwas vorgefallen? Hatte er etwas vergessen? Erst da fiel Benjamin die Party der letzten Nacht wieder ein.

Die vergangenen Monate waren keine leichte Zeit gewesen. Früher erschienen die wichtigen Restaurantführer noch im Spätsommer und Herbst in wenigen Wochen Abstand zueinander. Man machte ein Häkchen dran, und dann ging es weiter im Programm. Das hatte noch Anstand, war erträglich. Heute bloggten Blogger in Endlosschleife, jede Woche drehte ein neuer Trend auf dem Themenkarussell seine Runden, auf dass es niemals stehen blieb. Um in diesem medialen Overload noch etwas zu bedeuten, schraubten die Medien ihre Schlagzeilen immer steiler in die Höhe. Es wurde der Koch der Köche gekürt, der Restaurantleiter der Restaurantleiter, der Sommelier der Sommeliers, dazu wurde das Restaurant des Jahres oder der Weinkeller des Jahres gewählt. Es gab Bestenlisten, Awards, Rankings, und um in diesem ganzen Tohuwabohu nicht die Übersicht zu verlieren, gab es am Ende noch Rankings der Rankings, damit endgültig alle Klarheiten beseitigt wurden. Das mediale Dauerbombardement war nicht weit von Terrorismus entfernt.

Der Guide Michelin, die wichtigste Publikation im heiligen Fressuniversum, hatte sein Veröffentlichungsdatum obendrein verändert. Der Führer kam jetzt Anfang März auf den Markt. Obwohl Charlotte taff war, wurde ihr Nervenkostüm nach Neujahr poröser. Gut, sie war sicherlich auch ausgelaugt von den Feiertagen und konnte die Anspannung nicht mehr von sich fernhalten. Schon seit der Eröffnung vor über acht Jahren wurde das Gourmetrestaurant, in dem Benjamin seit vier Jahren als Restaurantleiter und Sommelier arbeitete, für einen zweiten Stern gehandelt. Kurz vor der Bekanntgabe der Ergebnisse stieg die Spannung ins Unermessliche. Das bekamen in den letzten Wochen dann auch die Angestellten zu spüren. Seine Schwester steckte in jeden Soßentopf dreimal ihren Löffel und schnauzte Köche wegen Kleinigkeiten an. Eigentlich überhaupt nicht ihre Art. Gestern Abend war das Fass dann endgültig übergelaufen.

Arthur, der als Poissonnier arbeitete, also den Fischposten kochte, wurde gerüffelt, weil er angeblich die Gelbflossen-Makrele ein paar Sekunden zu spät nach vorn zum Anrichten gab. Der arme Kerl hatte in den Tagen zuvor ohnehin schon ständig die schlechte Laune der Küchendirektorin zu spüren bekommen, seit sie ihn dabei erwischt hatte, wie er im Kühlhaus eine Auszubildende bei einer Kaviarverkostung zu bezirzen versuchte. Er hatte sogar Blinis und Sauerrahm mitgenommen. Nur der Champagner fehlte. Wer so viel Risiko einging, der musste dumm oder schwer verliebt sein, dachte Benjamin, der erst am Abend danach von der Geschichte erfuhr und sich ein Lächeln nicht verkneifen konnte. Als seine Schwester die Kühlhaustür aufzog, öffnete der junge Koch gerade eine Dose mit gereiftem Kaluga-Kaviar. Selten. Teuer. Was in den folgenden Minuten im Detail geschah, war Spekulation, aber die Herzen der Turteltauben dürften nicht mehr wegen alter Fischeier oder junger Liebe gepocht haben. Eine Woche lang war der Koch Prellbock gewesen, gestern hatte er dann offensichtlich genug von Strafe und öffentlicher Demütigung. Charlotte zischte ihn an, da zog er seine Schürze aus, warf sie der Küchendirektorin vor die Füße und legte sich mit verschränkten Armen vor dem Herd auf den Fußboden, sodass kein anderer Koch mehr an seine Seite des Küchenblocks herankam, vor allem nicht an die hinteren Herdplatten.

»Hast du einen Vollschaden«, bellte Charlotte, »steh gefälligst auf!«

»Erst, wenn Sie wieder lieb sind«, quietschte Arthur.

Die hektischen Bewegungen des Küchenteams erstarben. Alle blickten erschrocken zu Charlotte. Man konnte dabei zusehen, wie die Köche und Köchinnen blass wurden, als hätten sie einen kollektiven Blutsturz erlitten.

»Du ...«, brüllte Benjamins Schwester, »steh auf! Los!«

»Nein.« Arthur drehte demonstrativ seinen Kopf weg. »Erst, wenn Sie wieder lieb sind.«

Benjamin blickte zu Charlotte. Ihr Gesicht und Hals waren rotfleckig, ein eindeutiges Warnsignal, unverzüglich in Deckung zu gehen. Ihre smaragdgrünen Augen lagen tief in den Höhlen, er konnte den blanken Zorn hinter ihren Schläfen pulsieren sehen. Der Sommelier fasste unter dem Küchenpass hindurch und schob die Fleischgabel aus ihrer Reichweite. Sicher war sicher.

»Arthur!«, schrie sie.

Der Patissier René Claus kam aus seiner Konditorei. Horst Sammer, der stellvertretende Küchenchef, rüttelte apathisch am Griff einer leeren Pfanne.

»Du hörst jetzt mit dem Scheiß auf, zum Teufel! Die Muscheln brennen an, das höre ich schon am Geräusch! Steh auf, verdammt – aufstehen!«

»Ich stehe auf, wenn Sie wieder lieb sind.«

In diesem Augenblick kam auch noch Gustav Freling durch die Schiebetüren. Er war ihr beider Onkel, Patron und Hoteldirektor in Personalunion. Er bemerkte sofort, dass hier etwas Eigentümliches in Gang war, verstand nur nicht, was. Ein Küchenteam funktionierte zu den Servicezeiten schließlich wie eine Fußballmannschaft während eines Spiels. Oder ein Orchester während eines Konzerts. Wenn einer ausscherte, von dieser Choreografie abwich – ein böses Foul, eine gerissene Saite –, dann sah oder hörte man das sofort, auch ohne die Details zu erfassen. Der Hoteldirektor blickte umher, überhaupt blickten alle umher. Köche zu Köchen, Kellner zu Kellnern, Kellner zu Köchen. Es musste Pantomime sein. Erstes Semester, Schauspiel: Erstarrung in Tatenlosigkeit. Gustav wirkte völlig verunsichert, er schüttelte kurz seine Fönfrisur, rückte seine schwarz gerahmte Rundbrille zurecht und begann, nervös an seinem Einstecktuch zu nesteln. Eine fürchterliche Marotte, wie Benjamin fand. Erst dann sah er den Koch auf dem Boden liegen.

»Um Himmels willen!«, rief er. »Brauchen wir einen Arzt?«

»Ein Psychiater wäre gut«, blaffte Charlotte über den Küchenpass.

Arthur regte sich nicht, seine Miene verhärtete sich nur noch mehr.

Die Jakobsmuscheln brutzelten in der Pfanne.

Es zischte und dampfte.

Charlotte sprach in ruhigem, aber spitzem Ton, ihre Stimme zitterte. »Würdest du jetzt bitte aufstehen, Arthur, b-i-t-t-e.«

»Das war noch nicht lieb genug.«

Charlotte atmete tief ein, dann sah es der Sommelier in ihren Augen blitzen.

War das etwa ein Anflug von Humor?

Ein letztes Stückchen Grün auf der verbrannten Erde ihrer leistungsgetriebenen Seele?

Ihre Nasenflügel samt dünnem Silberring zuckten. Sie befeuchtete ihre Lippen, wischte sich eine Strähne ihres pechschwarzen langen Haars aus der Stirn und klemmte sie hinter ihrem Ohr fest – eine Bewegung, die Benjamin schon Tausende Male bei ihr gesehen hatte. Die Strähne blieb nämlich nur dort, bis sie sich über den nächsten Teller beugte. Also nicht lang.

»Lieber Arthur«, sagte sie schließlich ruhig und gelassen, »ich weiß, ich bin in den letzten Wochen sehr angespannt gewesen, und das ist eine Belastung für uns alle. Es tut mir leid! Würdest du jetzt trotzdem aufstehen, bitte?«

Arthur überlegte kurz. »Okay«, antwortete er, erhob sich und band sich wieder die Schürze um.

Er nahm die Jakobsmuscheln aus der Pfanne, er legte sie auf einen Teller mit Küchentuch, er gab sie Charlotte: Sie waren perfekt.

Nach dem Service, die ersten Köche begannen mit dem Aufräumen ihrer Posten, beschlossen Charlotte und Benjamin, dass ein spontaner Umtrunk dem Team guttäte. Bei diesem Druck, der sich in den letzten Wochen aufgebaut hatte, musste Dampf abgelassen werden. Der Sommelier gab eine Kiste Champagner und zwei Kisten Bier frei. Später noch mal zwei Kisten. Gegen halb eins verließ er das Hotel, aus dem Personalraum ertönte lautes Gelächter. Als er gegen halb neun morgens wieder im Hotel ankam, lagen zwei Köche und ein Kellner auf den Bänken und schliefen. In einem Aschenbecher qualmte noch eine Zigarette. Wie lange war Charlotte bei der Party gewesen? Benjamin wusste es nicht. Nach ihren Augenringen zu urteilen, länger, als es ihr mit ihren achtundvierzig Jahren noch gutgetan hätte. Spontanpartys am Anfang der Arbeitswoche waren ab einem gewissen Alter einfach keine gute Idee mehr, auch wenn sie dafür bekannt war, dass sie so manchen standhaften Koch unter den Tisch getrunken hatte. Schnaps um Schnaps. Bier um Bier. Bis ihr Gegenüber in Einzelteile zerfallen war.

Verkatert stand Charlotte nun also vor Benjamin. Im Hintergrund plätteten zwei Jungköche Kalbsschnitzel im Akkord. Metall klatschte auf rohes Fleisch. Sie blickte ihn zerknirscht an, musterte seine staubige Schürze. Erst langsam schien ihr klar zu werden, dass mit ihrem Halbbruder etwas nicht stimmte. »Du bist ganz schön blass, Benny.« Ihre Stimme klang belegt. Sie räusperte sich und fuhr fort: »Ich hatte heute Morgen schon zwei Krankmeldungen, muss wohl das letzte Bier schlecht gewesen sein – sag jetzt nicht, dass es dir auch nicht gut geht.«

Benjamin schüttelte den Kopf. »Mit mir ist alles okay«, sagte er.

»Gut, kannst du mir dann mal erklären, wieso wir über zweihundert Gäste im Haus haben, nur eine Handvoll Kinder dabei, aber heute Abend haben wir noch drei freie Tische im Gourmet? Das ist ja wohl ein Witz.« Sie hielt ihm ein Blatt entgegen, wahrscheinlich die Reservierungsliste. »In so einem Fall müssen wir eben massivere Werbung in den hausinternen Medien schalten, in der Morgenpost, den Hotelfernsehern oder …« Charlotte stockte. »Sag mal, ist wirklich alles in Ordnung? Und warum bist du so verdreckt?«

»Ich habe Zuzanna gefunden«, entgegnete der Sommelier.

»Was ist los?«

»Zuzanna Bednarz. Ich habe gerade Zuzanna Bednarz gefunden.«

Zwei

Die letzte Nacht. Sie steckte Charlotte mehr in den Knochen, als Benjamin zunächst gedacht hätte: Seine Schwester übergab sich. Vor seine Füße. Kaum hatte er die Taschenlampe angeknipst und sie einen Blick in den Hohlraum geworfen. Dabei würgte Charlotte nicht einmal. Ihr fiel einfach eine Pfütze aus dem Gesicht. Der Sommelier war von der Reaktion seiner Schwester so überrascht, dass er erst realisierte, was passiert war, als es schon wieder vorbei war. Er ging auf Abstand. Doch Charlotte rannte unvermittelt los, ohne weitere Worte. Sie sprintete zur Seitentür hinaus, die zum Wirtschaftstrakt des Hotels führte, zu den Kühlhäusern und Magazinen, den Umkleiden oder der Kantine. Benjamin vermutete, dass die Toiletten ihr Ziel wären. Er blieb im Dämmerlicht des Weinkellers zurück. Hörte die Gäste und die brummende Klimaanlage. Alles wie gehabt. Der Sommelier knipste mehrmals die Taschenlampe an und wieder aus, überlegte, wie er die nächsten Minuten überbrücken sollte. Doch wider Erwarten stolperte seine Schwester auch schon wieder herein.

»Das ging ja schnell, was ist denn los?«, fragte Benjamin erstaunt, erst jetzt entdeckte er Eimer und Putzlappen in der Hand seiner Schwester.

»Willst du meiner Kotze etwa beim Trocknen zusehen?«, fragte Charlotte unwirsch und begann aufzuwischen.

»Nein«, antwortete Benjamin und ahnte, dass es ihr peinlich war. Sie gestand sich nur ungern Schwächen zu und mimte sogar vor ihm die autoritäre Küchenchefin.

Erst als sie Eimer und Lappen weggebracht hatte, schien sie bereit, sich der Situation anzunehmen. Eine Weile standen die Geschwister schweigend nebeneinander, als würden sie auf eine Regieanweisung warten. Es geschah nichts. Sie starrten auf die Kleinbaustelle neben dem leeren Riesling-Regal, das Benjamin abgeschraubt hatte, um an die dahinterliegende Wand zu kommen. Er hatte es vollständig ausgeräumt und zwischen zwei andere Regale geschoben. Hinter ihnen, auf der großen Holztafel, die das Zentrum des Weinkellers bildete und die Benjamin einmal in der Woche für Weinverkostungen oder Mitarbeiterschulungen nutzte, standen die gut fünfhundert Weinflaschen, aufgereiht wie beim Morgenappell. Fast synchron ließen die Geschwister sich auf zwei Stühle sinken und blickten auf das schwarze Loch in der Wand. Benjamin sah zu Charlotte, die unendlich müde zu sein schien. Als könnte sie seine Gedanken erraten, sagte sie: »Ich weiß gar nicht, wie du es immer schaffst, in dem Halbdunkel hier unten nicht einzuschlafen.«

»Achtzehn Grad und Riesling«, antwortete Benjamin und schmunzelte.

»Mir ist schlecht«, entgegnete Charlotte.

Der Weinkellner griff hinter sich, goss aus einer Karaffe ein Glas Wasser ein und reichte es ihr. »Wie lange warst du bei der Party?«

Auch wenn seine Schwester ihn gehört hatte, ignorierte sie seine Frage. Sie wiegte das Glas eine Weile in der Hand und betrachtete es missbilligend. »Ich dachte, du bist Wein- und kein Wassersommelier«, sagte sie schließlich.

»Es gibt nichts Dümmeres als diese Spezialisierungen«, entgegnete Benjamin lächelnd, als könnte etwas Fachsimpelei die bedrückende, geradezu düstere Atmosphäre aufhellen. »Diese Serie des Absurden setzt sich übrigens fort. Es gibt jetzt nicht nur Kaffee-, Tee-, Wasser-, Bier-, Käse- und Saftsommeliers, sondern, Trommelwirbel, ich habe gestern gelesen, dass es jetzt sogar eine Fortbildung zum Milchsommelier gibt. Hast du so etwas schon mal gehört? Von einem ordentlichen Sommelier kann man ja wohl erwarten, dass er sich mit dem gesamten Getränkeangebot auskennt und auch etwas über den Streuobstsaft aus Hintertupfingen zu erzählen weiß, aber anstatt die Themen dort zu vertiefen und zu verankern, wo sie hingehören, wird mit Pseudo-Spezialisierungen ein ganzes Berufsbild zerschlagen, da müsste man ...«

Charlotte sah ihrem Bruder so lange in die Augen, bis er verstummte.

Sie klopfte mit dem Fingernagel ans Wasserglas.

Benjamin lachte bemüht, es half aber nichts, im Gegenteil.

Die düstere Atmosphäre wurde noch düsterer.

»Ich habe deinen Wink schon verstanden, Schwester. Wie lang warst du denn auf der Party, wenn du einen Konterdrink brauchst?«, fragte er, rutschte auf dem Stuhl nach rechts und bemerkte dann, dass sein Arm zu kurz war. Er stand auf, zog einen knochentrockenen Elsässer Gewürztraminer aus dem nächstgelegenen Regal. Wobei ihm der Wein weniger wichtig war als die Verpackung: Er hatte einen Schraubverschluss. Und vierzehn Volumenprozent Alkohol. Er drehte den Deckel ab und drückte Charlotte die Flasche in die Hand. Gläser kamen ihm in dieser Situation irgendwie unpassend vor. Die Sterneköchin kippte sich das Zeug nicht einfach hinunter, sondern schaute zuerst eine Weile auf das Etikett, bevor sie trank. Immerhin. Dann nahm Benjamin einen Schluck. So saßen sie nebeneinander. Eine ganze Weile. Betrachteten den Haufen Klinkersteine. Den Vorschlaghammer, das Loch in der Wand. Die Geschwister reichten sich die Flasche hin und her. Es war ja nicht so, dass Eile das oberste Gebot war, sie sofort den Rettungsdienst verständigen mussten, weil Erste Hilfe noch etwas gebracht hätte.

»Das Ding könnte dort seit Ewigkeiten liegen«, sagte Charlotte plötzlich und setzte die Flasche noch einmal an, »wieso soll das Zuzanna sein?«

»Weil vor zwanzig Jahren der Hohlraum noch ein Durchgang war – erinnerst du dich? Und Zuzanna damals einfach verschwunden ist«, antwortete Benjamin und zuckte mit den Schultern, als sei schon die Frage abwegig.

Zuzanna war eine langjährige Mitarbeiterin gewesen. Sie stammte ursprünglich aus Schlesien, war als junges Mädchen mit ihrer Familie nach dem Zweiten Weltkrieg von der Roten Armee vertrieben worden. Das waren zumindest die Bruchstücke, die Benjamin zu wissen glaubte. Die Familie flüchtete an den Kaiserstuhl, weil irgendwelche Freunde oder Verwandten hier als Hilfskräfte bei der Weinlese gearbeitet hatten. So kam Zuzannas Mutter zu einer Anstellung in dem Familienhotel. Damals leiteten noch Benjamins Großeltern den Betrieb. Zuzanna wurde dann in den Sechzigern als junge Frau im Housekeeping engagiert, dreißig Jahre, bevor Benjamin geboren wurde. Irgendwann bekam sie die Verantwortung für den »Lakenkeller« – wie der Keller vor dem großen Umbau genannt wurde, manche der älteren Angestellten nannten ihn immer noch so – übertragen und war nur noch für die Hotelwäsche zuständig. Und weil man der Ansicht war, dass Zuzanna ein zähes Weibsbild sei und ihre Belastungsgrenze noch nicht ausgereizt wäre, wurde sie nach Benjamins Geburt zusätzlich als Kindermädchen beschäftigt.

»Es war eine harte Zeit, für alle«, sagte Charlotte seufzend.

»Das weiß ich, aber ich meine, also ... Sie hat sich zehn Jahre um mich gekümmert, Charlotte, sie hat fast vierzig Jahre bei uns gearbeitet, und dann kommt sie nicht einmal zur Beerdigung von Mama und Papa? Verschwindet einfach von heute auf morgen? Ich konnte das nie glauben.«

»Hätte ich eine Wahl gehabt, dann wäre ich auch nicht zur Beerdigung gegangen«, erwiderte Charlotte und fuhr fort: »Wie auch immer, wir sollten jetzt erst einmal überlegen, wie die Sache hier weitergeht. Es hilft ja nichts, ich muss bald zurück in die Küche. Lass uns Gustav anrufen. Er soll runterkommen. Und Stephane soll mitkommen.« Sie machte eine Pause, nahm einen Schluck Wein und zog die Augenbrauen hoch. »Das gibt gleich ein schönes Theater, *eieiei*.«

»Mir tut sein armes Einstecktuch jetzt schon leid«, entgegnete Benjamin.

Charlotte lächelte entrückt.

Der Sommelier hörte die Stimmen bereits, bevor die Tür aufgezogen wurde. Dann kamen sie hereingerauscht, zwei stattliche Männer, voller Elan, beide über eins neunzig groß, nur Gustav vom zunehmenden Alter leicht gebückt. Beide, wie er selbst auch, mit prachtvollen Adlernasen versehen, die aus ihren Gesichtern wie Klippen im Meer hervorragten. Ihre Augen lagen weit auseinander. Das war es aber auch schon mit den Gemeinsamkeiten. Benjamin schaffte es gerade auf eins achtzig, wenn er aufrecht stand, Schuhe mit hohen Absätzen trug und gewinnbringend lächelte. Stephane war Benjamins Halbbruder, väterlicherseits, und stammte wie Charlotte aus der ersten Ehe seines Vaters. Er war im Haus für die gesamten Finanzen, die Buchhaltung und EDV zuständig. Benjamin mochte ihn, klar, er war sein Bruder, aber es wäre gelogen, wenn er behaupten würde, dass ein inniges Band zwischen ihnen existierte. Die Brüder trennten über zweiundzwanzig Jahre. Als Benjamin begann, sich für Mädchen zu interessieren, wurde

Stephane gerade Vater. Einerseits. Andererseits war sein Bruder ein Pedant. Unfassbar penibel und akribisch. Er war auch kein geselliger Typ, kein Genussmensch. Er trank selten Wein, seine Welt waren die Zahlen und Statistiken. Benjamin hasste Zahlen und Statistiken und liebte Wein. Gegensätzlicher konnte man nicht sein.

Schon allein deswegen fühlte Benjamin sich seiner Schwester näher, wobei er auch an sie kaum Kindheitserinnerungen hatte. In seinen ersten Lebensjahren spielte Charlotte keine Rolle, sie hatte damals gerade ihre Kochausbildung beendet und war auf Wanderschaft durch Gourmetrestaurants in Deutschland und Frankreich. Sie stand bei Eric Menchon, Marc Haeberlin, Helmut Thieltges und kurz auch bei Marc Veyrat am Herd. Als Benjamin neun Jahre alt wurde, stieg Charlotte in den Familienbetrieb ein. Sie war damals siebenundzwanzig und sollte drei Jahre später den Küchendirektor beerben, der über dreißig Jahre in dem Hotel gearbeitet hatte. Wie eine Besessene begann sie, Pläne für die Umstrukturierung des Betriebs zu schmieden. Im Grunde hätte sie auf dem Mond arbeiten können, es hätte für Benjamin keinen Unterschied gemacht.

Als Gustav die Geschwister an der Tafel sitzen sah, unterbrach er den angeregten Dialog mit Stephane – sie waren in ihrem Element und diskutierten über die Umstellung auf ein neues Computersystem, das bessere Schnittstellen zwischen Controlling und Einkauf haben sollte – und klatschte aufmunternd in die Hände. »Also, warum ein so spontanes Stelldich…« Dann fiel sein Blick auf das Flaschenmeer, das Regal, das Loch in der Wand. »Was zum …«, entfuhr es ihm.

»Hast du deswegen die Baupläne gebraucht, Benny?«, fragte Stephane emotionslos.

»Herrschaftszeiten!«, zischte Gustav. »Benjamin! Immer

deine Alleingänge! Was hast du dir dabei gedacht? Hast du heute Nachmittag nicht das Burgunder-Tasting?«

»Die Verkostung war gestern.«

»Darum geht es hier auch jetzt nicht, es ...«, versuchte Charlotte einzulenken.

»Doch, doch, genau darum geht es hier«, unterbrach Gustav sie, seine Stimme schraubte sich nach oben, er konnte sich aus dem Stand in Rage reden, in seiner DNA fand sich das klassische Hoteliers-Gen des Temporär-Cholerikers. »Wozu halten wir denn einmal die Woche ein Führungskräftemeeting ab? Um genau solche Dinge anzusprechen! Ich kann die drei Regeln für einen reibungslosen Ablauf nur immer wieder herunterbeten: Kommunikation, Kommunikation, Kommunikation!«

Charlotte seufzte, stützte ihre Ellenbogen auf den Oberschenkeln ab und ließ den Kopf sinken.

Stephane trat näher und blickte in das dunkle Loch hinein, schien die Leiche aber nicht zu sehen. »Was soll das denn?«, fragte er und wandte sich seinem Bruder zu, der immer noch auf dem Stuhl saß.

»Ich wollte ... ich will einen Raritätenkeller bauen«, antwortete Benjamin.

»Einen was?«, zischte Gustav, wedelte anklagend mit der Hand und betonte jede einzelne Silbe, »einen Ra-ri-tä-ten-keller? Jetzt hast du dir schon dieses ... dieses Reich hier unten gesichert – wie viele Quadratmeter sind das? Dreihundert? Und wie viele Flaschen lagerst du hier mittlerweile? Fünfzehntausend? Wie viele Positionen hat die Karte? Tausendfünfhundert? Mehr jedenfalls, als für unseren Umschlag nötig wäre, und dann musst du zusätzlich noch ein Loch in die Wand schlagen? Ist das wirklich dein Ernst?« Der Hoteldirektor verstummte kurz, war aber noch nicht ganz fertig mit seiner Schimpftirade und fügte hinzu:

»Du lagerst die teuren Weine doch eh schon gesondert in den Regalen da vorn! Was willst du noch? In vierzig Jahren dem Adler Konkurrenz machen?«

Benjamin zeigte mit dem Daumen über seine Schulter, ohne sich umzudrehen. Er deutete zu den beiden kühlschrankgroßen Weinkäfigen, in denen wirklich ein Großteil der Raritäten lag. »Die Weinkäfige sind voll, und sie sind auch nicht ideal für die Raritäten. Und dort drüben liegt eine einzelne Flasche 1971er Scharzhofberger Auslese neben einem Dutzend Flaschen 2018er Kröver Nacktarsch«, erwiderte er trotzig. »Das ist, als würde die britische Königin bei ihren Soldaten in der Kaserne schlafen.«

»Das ist hoffentlich keine tragende Wand, hast du das wenigstens vorher mit Gunter geklärt?«, schnaubte Gustav wütend. Gunter war der Hausarchitekt.

»Das ist alles okay, das war mal der Durchgang zu den Trockenmagazinen.«

Gustav drehte sich orientierungslos im Kreis. »So etwas muss man doch absprechen!«, rief er.

»Gustav!«, brüllte Charlotte. »Es ist Bennys Weinkeller, er soll hier unten machen, was er will, okay? Sein Ding! Es geht jetzt auch nicht um das verdammte Loch in der Wand, sondern um das, was dahinter ist, kapiert?«

Gustav verstummte und begann, sein Einstecktuch zu malträtieren. »Wo dahinter?«

»Was ist denn dahinter?«, fragte Stephane, kniff die Augen zusammen, ging näher heran. »Heilige Scheiße!«

Stephane fuhr zusammen, machte einen Schritt rückwärts, schlitterte förmlich zurück. Benjamin, der ebenso wie Charlotte immer noch saß, die Glieder gelähmt von Leichenfunden und Gewürztraminer, erhob sich, atmete tief durch, knipste die Taschenlampe an und leuchtete in das Loch.

Gustav näherte sich von hinten. »Du lieber Himmel, ist das ein Tier oder ein …?«, fragte er.

»Was davon übrig ist«, knurrte Charlotte.

»Ist das echt, also, ist das auch keine Attrappe oder so?«, fragte Stephane. »Wer ist das?«

»Woher soll ich das wissen«, antwortete Benjamin und murmelte: »Zuzanna Bednarz.«

Stephane schien zu überlegen. »Die Wäschemamsell?«

»Nein, mein ehemaliges Kindermädchen«, fauchte der Sommelier.

»Zumauern«, sagte Stephane knapp, »einfach wieder zumauern.«

»Hast du sie noch alle?«, rief Benjamin, der nicht wusste, ob ihn mehr die Engstirnigkeit seines Bruders oder seine Kaltschnäuzigkeit irritierte.

»Weißt du eigentlich, was das für Schlagzeilen gibt?«, entfuhr es Stephane. »Das solltest du eigentlich am besten wissen, Benny.«

»Ist das jetzt wichtig? Da habe ich noch keinen Moment drüber nachgedacht.«

»Das bereitet mir ehrlich gesagt auch schon die ganze Zeit Kopfzerbrechen«, fiel Charlotte ihm in den Rücken. Sie begann, sich selbst den Nacken zu massieren, und seufzte. »Können wir nicht noch eine gute Woche die Füße still halten, bis der Michelin raus ist?« Sie zeigte auf das Loch in der Wand. »Auf die paar Tage kommt es doch nun auch nicht mehr an, oder?«

»Das Buch ist doch eh schon längst gedruckt, an den Wertungen für dieses Jahr wird sich nichts mehr ändern«, entgegnete Benjamin.

»Darum geht es nicht. Das überschattet alles. Wenn, dann will ich was über den zweiten Stern im Restaurant lesen und nicht über irgendwelche verdammten ... Mumien im Weinkeller ... Weißt du, wie lange ich ... wir ... Also, du weißt doch selbst, wie lange wir darauf hingearbeitet haben?«

»Sehe ich genauso«, stimmte Stephane zu. »Erinnert ihr euch an die Kaltabreise in der ...«

»Stephane«, zischte Gustav plötzlich, der seit dem Blick durch das Loch keinen Ton gesagt hatte – er konnte den bitterbösen Begriff der Kaltabreise nicht ausstehen, den man in der Hotellerie gerne hinter verschlossenen Türen für einen Gast verwendete, der im Haus verstorben war.

»Gut, gut, dieser Opa eben, der vor ein paar Jahren einen Herzinfarkt im Restaurant hatte. Erinnert ihr euch? Da war gerade ein Journalist über Nacht im Haus und hat die Sache durch den Dreck gezogen: zu lange Anfahrtswege der Ambulanz ... unfähiges Hotelpersonal ... unterlassene Hilfeleistung ... die Belegungszahlen sanken in den Folgewochen um fast zehn Prozent.« Benjamins Halbbruder fügte zynisch hinzu: »Wir haben schließlich noch ein paar Kredite zu tilgen. So etwas wie das hier können wir nicht brauchen.«

Charlotte blickte Benjamin an. »Du wirst im Restaurant doch auch immer mal wieder auf die Kaltabreise angesprochen, oder?«, sagte sie beschwichtigend. »So etwas hängt einem ewig nach.«

»Willst *du* jetzt die Wand auch wieder zumauern oder was«, schnaubte Benjamin.

»Zumauern ist natürlich Blödsinn«, entgegnete Charlotte, »wir müssen nur zwei Wochen die Füße still halten. Mehr nicht.«

»Gerade war es noch eine gute Woche.«

»Ruhe«, entfuhr es Gustav. »Ruhe jetzt. Hört auf zu streiten. Wir werden die Sache unter keinen Umständen unter den Tisch kehren.« Er zog sein Mobiltelefon aus der Tasche und reichte es

Benjamin. »Mach mir mal ein paar Fotos, bitte. Ich fahre gleich nach Breisach und kläre das weitere Vorgehen direkt mit der Polizei. Das ist der richtige Weg. Wir werden die Sache absolut diskret behandeln. Ich will mir die Pressemeldungen nicht vorstellen, wir sind hier ja kein Spukschloss. Und, Benjamin: Außer uns kommt hier niemand rein. Und nichts dringt nach außen, ist das klar?«

Benjamin blickte argwöhnisch zu Charlotte und Stephane.
Stephane blickte argwöhnisch zu Benjamin und Charlotte.
Charlotte blickte argwöhnisch zu Stephane und Benjamin.
»Ist das klar?«

Drei

Manchmal, wenn Benjamin Freling mit dem Auto aus Schelingen hinausfuhr und das Hotel seiner Familie oben auf dem Hügel sah, kam es ihm wie ein geflügeltes Schloss vor, ein pittoreskes Raumschiff, das am Kaiserstuhl notlanden musste. Nein. Er hatte keine blühende Fantasie. Es war das Ergebnis aus zwei Jahrhunderten eigenwilliger Baugeschichte, deutscher Bürokratie und unbändigen Modernisierungsdrucks. Benjamins Ururururopa Lothar wurde als fünftes Kind einer Försterfamilie geboren. Er stammte aus Bahlingen und wanderte als junger Bursche auf der Suche nach Arbeit ins Elsass aus. Das war im zweiten Drittel des 18. Jahrhunderts. Auf einem Gutshof bei Charmois-l'Orgueilleux bekam er eine Anstellung als Küchenjunge, stieg aber schnell zum Bratenkoch auf, dem *Rôtisseur*. Mit Wildfleisch kannte er sich schließlich aus. Er heiratete eine Französin, bekam vier Kinder, von denen zwei früh starben. Als infolge der Französischen Revolution das Gebiet an Frankreich angegliedert wurde, zog er mit seiner Familie zurück an den Kaiserstuhl. Mit offenen Armen wurden sie allerdings nicht empfangen. Lothar bekam die ehemalige Jagdhütte seines Vaters zugestanden, die einzige Gefälligkeit, die ihm sein ältester Bruder erwies.

Die Hütte war im Grunde nichts weiter als ein besserer Holzverschlag, der oben auf der Hügelkuppe am Waldrand lag, in der Nähe der Schelinger Höhe. Der Wind heulte unentwegt durch die Bretterwände. Im Gegensatz zu seiner Frau war Lothar jedoch erstaunlich guter Dinge, das ging zumindest aus vergilbten Handschriften hervor, die im Hotel ausgestellt wurden. Benjamins Großvater mochte den inneren Kaiserstuhl, die üppige Hügellandschaft, er liebte den Anblick der Rebenterrassen zu seinen Füßen. Die Vogesen stanzten ihre Umrisse in den Horizont, und manchmal, mittags, sah er den Rhein in der Sonne glitzern. Vielleicht ahnte er auch, dass die Passstraße nach Endingen bald mehr und mehr genutzt werden würde oder dass es nicht mehr lange dauern würde, bis die ersten *Luftschnapper* und *Sommerfrischler* endgültig den Kaiserstuhl entdecken würden. Wie auch immer: Weil er nichts konnte außer kochen, erwarb er das Recht, warme Speisen zu verkaufen. Er riss die Jagdhütte ab, baute an die Stelle eine Gaststätte, die er im Jahr 1799 eröffnete. Beziehungsweise erst einmal eröffnete er eine Stätte, denn es kamen anfänglich keine Gäste – wer, um Himmels willen, sollte zu dieser Zeit die Mühe auf sich nehmen und zum Essen und Trinken auf einen Berg hinauflaufen?

Sein Urahn war aber ein sturer Hund. Und weil er aus irgendeinem Grund eine Leidenschaft für Giebel, Zinnen und Erker hatte, so schrieb es jedenfalls ein Historiker in einer Abhandlung über die touristische Entwicklung des Kaiserstuhls, baute er links an die Hausecke ein monumentales Türmchen. Mit seinen eigenen Händen. Er war also auch ein begabter Handwerker, wenngleich das Konstrukt am Ende viel zu hoch geriet. Es gab Gemälde davon. Das Haus sah aus, als hätte jemand einem Gebäude eine Lanze in die Hand gedrückt. Zu allem Überfluss ließ Lothar das Familienwappen auf eine Flagge sticken und platzierte einen Fahnenmast auf dem Spitzdach. Und siehe da. Wenn heute jemand Benjamin Freling etwas von Intuition erzählte, dann kam ihm immer zuerst sein Großvater Lothar in den Sinn. Nichts hatte sich nämlich nach dem Umbau verändert, der Weg aus dem Ort herauf war genauso lang und beschwerlich wie vorher, aber plötzlich kamen die Leute. Sie reihten sich nebeneinander an den Stammtisch. Wer gern aß und trank und etwas auf sich hielt – und das sind im Badischen bekanntlich nicht wenige Leute –, der kehrte ab sofort im Jagdhaus Freling ein, der Gaststätte mit Türmchen. Kann man sich nicht ausdenken.

Lothars Sohn baute das Ganze mit geradezu hingebungsvoller Leidenschaft und Traditionsbewusstsein im Sinne der Familienhistorie aus. Julien war – schon wegen seiner Mutter – äußerst frankophil und bereits als junger Mann die Loire hinabgefahren. Auf der Reise verlor er sein Herz an den Wein, die Frauen und die Schlösser. Als er zurückkam, waren es ihm nicht genug Türmchen am Jagdhaus. Infolge seines Innovationsdrangs wurde die Gaststätte großzügig unterkellert und außerdem um ein Stockwerk, zehn Fremdenzimmer und drei Türmchen erweitert, eines bekam sogar zusätzlich einen Erker. Julien zeugte zwei Söhne, nannte beide Burschen Ludwig und versah sie mit Nummern, was nicht mangelnder Kreativität, sondern einer ehrfürchtigen Reminiszenz an den französischen Sonnenkönig geschuldet war. Er starb mit neununddreißig Jahren. Der viele Wein.

Kurzzeitig übernahm dann Benjamins Ururoma die Führung. Im letzten Drittel des 19. Jahrhunderts – das Pingpongspiel mit dem Elsass setzte sich fort, es gehörte gerade wieder einmal zu Deutschland – wurde der größte Teil des bisherigen Betriebs zur Hotelhalle umfunktioniert. Mit Freitreppe auf eine Galerie. Fünfundvierzig Zimmer wurden neu gebaut, das Gebäude maß nun vier Stockwerke. Hinter dem Haus wurde eine Wassertretstelle nach Kneipp eingerichtet, der letzte Schrei in dieser Zeit. Es gab mittlerweile sechs Türmchen und zwölf Erker. Und die Gäste rissen sich um diese Turmzimmer. Es kam sogar allerhand Prominenz: In der Bibliothek des Hauses, in der historische Pläne, Dokumente und Presseartikel über das Hotel ausgestellt wurden und in der alle Details zur Geschichte nachzulesen waren, hingen Fotos von Albert Einstein, Richard Wagner und Heinz Rühmann. Oder von Thomas Mann in einem Liegestuhl auf der Terrasse, eine Decke auf den Beinen und darauf ein Notizbuch, und zwar – *hört, hört!* – aufgeschlagen und nicht zugeklappt.

Der Erste Weltkrieg zog am Fuße des Hotels vorbei, im Zweiten Weltkrieg wurde der Familie Freling Kollaboration mit den Nazis nachgesagt, was aber nicht stimmte. Man erduldete das Gesindel, das sich im Hotel einnistete, den Weinkeller leersoff und dabei über Endsiege schwadronierte. Was hätte man machen sollen? Alle waren glücklich, als die Schergen Hals über Kopf abreisten und sich stattdessen die Franzosen breitmachten, jedoch nicht allzu lange blieben. Der Wein war ja alle.

Benjamins Großeltern Heinz und Traudel verwalteten in den Folgejahren den Betrieb. Sie investierten viel, keine Frage, jedes Gästezimmer bekam eine *Nasszelle*, auch ein Wellnessbereich mit Schwimmbad und Sauna ging auf sie zurück, aber erst ihr Sohn, Benjamins Vater Lothar, benannt nach dem Gründer des Luxushotels, legte mit seiner zweiten Frau, Benjamins Mutter Caroline, einen echten Meilenstein in der Geschichte des Hotels. Der Entschluss für eine große Umstrukturierung begann in ihm bereits Ende der Achtziger zu reifen, als der Großteil der Umgebung zu einem Naturschutzgebiet erklärt wurde. Erst zur Jahrtausendwende wurde das Fachwerkschlösschen – womit das Hotel wirklich besser beschrieben war – komplett saniert und umgebaut, ein enormer bürokratischer Aufwand, denn Teile des Gebäudes standen unter Denkmalschutz. Begonnen wurde mit zwei Neubauten, zwei geschwungenen, gläsernen Hotelflügeln mit je vierzig Zimmern, die links und rechts vom Haupthaus abgingen. Erst als die ersten Gäste dort einquartiert werden konnten, wurde das denkmalgeschützte Haupthaus in Teilen geschlossen. Die Zimmer und Restaurants wurden modernisiert, eine Ladenpassage wurde gebaut, es kamen Frisör und Kosmetikstudio hinzu. Der Wellnessbereich wurde dramatisch erweitert. Der Waschkeller war damals schon als Weinkeller vorgesehen, die Planung oblag allerdings Benjamins Mutter, die ursprünglich von einer Kaiserstühler Winzerfamilie stammte und die im Hotel die Weinkarte verantwortete. Benjamin hatte sogar etwa fünfzig echte Juwelen im Keller liegen, die noch seine Mutter gekauft hatte: 1968er Marqués de Murrieta »Castillo Ygay Gran Reserva Especial Rioja«, 1971er Scharzhofberger Auslese von Egon Müller oder ein 1998er Riesling Smaragd Unendlich von F.X. Pichler.

Ja. Auch deswegen gefiel Benjamin der Gedanke eines Raritätenkellers.

Als seine Eltern starben, wurde das Bauvorhaben – wie auch der Außenpool oder das Gourmetrestaurant – vorerst auf Eis gelegt. Das Familienunglück war die offizielle Erklärung. Die inoffizielle Erklärung hatte auch mit einer Kostenexplosion zu tun. Erstaunlich fand Benjamin im Rückblick vielmehr, dass es bei den Bauarbeiten kaum Verzögerungen gegeben hatte. Abgesehen von der Restaurierung der Außenfassade blieben alle Gewerke im Zeitplan. Nach eineinhalb Jahren sah das neue Jagdhaus Freling wie ein geflügeltes Fachwerkschlösschen aus, ein pittoreskes Raumschiff. Es wurden Portiers eingestellt und in pinguingleiche Uniformen gesteckt. Mit weißen Handschuhen öffneten sie fortan die Beifahrertüren der Limousinen, die vorrollten. Es gab einen roten Teppich, Hauschampagner, Duftdesign. Volles Programm. Fünf Sterne hatte das Haus schon vorher, jetzt gönnte man sich den Zusatz *Superior*. Zum Untergeschoss, wo ehemals der Festsaal lag, gab es jetzt nur noch eine Feuerwehrzufahrt, die manchmal von Weinlieferanten genutzt wurde, aber im Grunde von dem täglichen Hotelbetrieb komplett abgenabelt war. Und exakt über diesen Weg wollte Gustav die Polizisten einschleusen, weswegen er Benjamin schon vor seiner Abfahrt anwies, nach dem Mittagsservice im Weinkeller auf ihn zu warten.

Es wurde Nachmittag, als Benjamin schließlich ein leises Klopfen wahrnahm. Er saß in seinem kleinen Büro im hinteren Teil des Weinkellers, einem Kabuff, das einmal eine Toilette gewesen war. Kloschüssel und Waschbecken kamen beim Umbau raus, ein Tisch und ein Stuhl rein, bitte schön: Büro. Benjamin war rastlos und fahrig. Er versuchte, sich auf einen Fachartikel über die Weinszene Israels zu konzentrieren, was ihm mehr schlecht als recht gelang. Er las ganze Absätze, aber merkte erst am Ende, dass er mit seinen Gedanken ganz woanders war, genauer: Obwohl er die Taschenlampe seit ihrer Besprechung nicht einmal mehr angefasst hatte, fand er sich selbst immer wieder sorgenschwindelnd in einem metergroßen Loch in der Wand stecken, zehn Meter weiter. Er bekam das Bild einfach nicht aus dem Kopf – die Gliedmaßen, die Zähne, die Haut –, und dabei war es ja im Grunde ein Bild, das er schon unzählige Male gesehen hatte, in Filmen, in Büchern, wahrscheinlich auch in allerhand Vitrinen in Museen und in dieser Ecke des Landes sicher auch als Faschingskostüm.

Er ließ trotzdem die Taschenlampe aus, wollte sein Seelenleben nicht weiter auf die Probe stellen. Er beschrieb sogar einen kleinen Bogen um das Loch in der Wand. Er suchte Zerstreuung, sortierte Flaschen, scrollte minutenlang durch die stumpfen Neuigkeiten seiner Facebook-Chronik oder nahm sich eben einen Fachartikel über die israelische Weinszene zur Brust. Er las über das Karmelgebirge, die Negevwüste und die Golanhöhen. Orte, an denen er tausendmal lieber gewesen wäre als in seinem heiligen Weinkeller. Da spitzte er die Ohren. War da ein Geräusch gewesen? Er hielt den Atem an, dann wiederholte sich das Klopfen, es war nicht mehr als eine zarte Schwingung, als würde jemand ganz sachte mit seinen Fingerkuppen einen Trommelwirbel auf den Glastüren im Eingangsbereich vollführen. Der Sommelier ging nach vorn, sein Herz pochte, er dachte sich schon eine Ausrede aus, falls Gäste kurzfristig den Keller besichtigen wollten, aber es war sein Onkel in Begleitung zweier Personen. Mann. Frau. Wenn es Polizisten waren, dann trugen sie Zivil.

Der Mann wirkte auf den ersten Blick unscheinbar, bei jeder Gegenüberstellung hätte Benjamin durch ihn hindurchgesehen. Er schien vorzeitig ergraut, hatte seine weißen Haare zu einem Seitenscheitel gekämmt. In seine Stirn hatten sich vier senkrechte Falten eingegraben. Er stellte sich als Jochen Ehrlacher vor. Benjamin schätzte ihn auf Mitte vierzig. Er trug Jeans, Rollkragenpullover, Anorak, Trekkingschuhe, hatte blaue Augen, war sauber rasiert. Man hätte den Mann mit einem Fahrkartenknipser in einen Zug stellen, ihn mit Arbeitskittel an eine Supermarktkasse oder mit Maßanzug an den Vorstandstisch einer Bank setzen können, alles hätte zu ihm gepasst. Zumindest von den Äußerlichkeiten, denn kaum hatte die Gruppe die Begrüßung hinter sich gebracht – die beiden waren von der Kriminalpolizei Freiburg – und sich in den Schutz der Weinregale zurückgezogen, taxierte der Ermittler den Raum. Besonders genau musterte er Benjamin, betrachtete sogar etwas abfällig seinen Anstecker der Sommelier-Union, eine silberne Weintraube, die er stets am Revers trug – war dem Mann hier alles zu etepetete? Oder lag es an Benjamins Dienstkleidung? Dem Anzug? Der

Sommelier fühlte sich sichtlich unwohl unter der Bemusterung des Polizisten, dessen gesamte Art pure Ablehnung signalisierte – oder handelte es sich bei der ganzen Sache um ein *Good Cop, Bad Cop*-Spielchen?

Seine Kollegin, Luzie Berger, empfand Benjamin nämlich als ungemein sympathisch. Ihre Augen waren hellbraun, hatten die Farbe von Haselnüssen, Herbstlaub, trockener Erde. Ihre dunkelblonden lockigen Haare waren zu einem Pferdeschwanz gebunden. Sie hatte Eleganz und Schmiss, beides zugleich, wie der Sommelier fand. Allein wie sie sich kurz durch das Loch in der Wand beugte, ihren Unterarm dabei an die Kante lehnte, wahrscheinlich, um keine Spuren zu hinterlassen, und dabei die Taschenlampe mit dem Leuchtkörper am Handballen hielt, erregte seine Aufmerksamkeit. Sie war einsilbig, verlor außer der Begrüßung kein Wort, aber sie hatte ein hellwaches Funkeln in den Augen. Außerdem nahm sie, als Benjamin und Gustav mit Jochen Ehrlacher sprachen, kurz die Rieslinge auf der Tafel unter die Lupe. Der Weinkellner beobachtete sie aus dem Augenwinkel. Und er konnte es nicht beschwören, aber er hatte das Gefühl, dass sie bei den rund dreißig Positionen besonders bei den spannenden Tropfen – Rangen de Thann Grand Cru von Zind-Humbrecht, Forster Kirchenstück von Bürklin-Wolf oder auch Berg Schlossberg von Breuer – länger verharrte als bei den anderen Weinen.

Ehrlacher begutachtete Loch und Leiche nach ihr, hielt allerdings wesentlich mehr Abstand als sie. Er ging mit der Taschenlampe nur knapp einen Meter heran, stellte sich auf die Zehenspitzen. Dann sprach er mit seiner Kollegin, verstehen konnte Benjamin jedoch nichts. Gustav und er warteten etwas abseits, sie waren in diesem Moment nur zwei belanglose Statisten in der Drehpause. Benjamin spitzte neugierig die Ohren, hielt sogar den Atem an. Zweimal glaubte er, das Wort *Umbau* zu hören. Luzie Berger lauschte ihrem Kollegen. Sie schaute zum Loch. Überlegte. Ehrlacher redete unentwegt. Sie warf einen Blick in den weitläufigen Keller. Nickte.

»Was war der Grund für Ihren Durchbruch?«, fragte Ehrlacher, als er zu ihnen zurückkam.

»Eine Erweiterung«, entgegnete der Sommelier knapp.

»Er wollte einen Raritätenkeller bauen«, sagte Gustav und fügte belehrend hinzu: »Wissen Sie, so nennt man einen abgetrennten Bereich für die besonders guten Weine.«

»Ach«, entgegnete Ehrlacher leicht spöttisch.

Benjamin konnte es ihm nach dieser unnötigen Belehrung nicht verübeln. Der Beamte sah sich kurz im Weinkeller um. »Von was für einem Wert sprechen wir hier?«

Gustav streckte enthusiastisch sein Rückgrat durch, seine Schultern hoben sich, er legte seine Handflächen ineinander. Jetzt war er in seinem Element. Er ging ans Bordeauxregal. Das tat er auch stets als Erstes, wenn er Stammgäste herunterführte. Benjamin hasste es. Willkürlich holte er bei seinen Hausführungen die Weine aus den Fächern. Wenn er die Burgunder in den Weinkäfigen befingerte, bekam der Sommelier bisweilen sogar Herzrasen – korrekt, auch das war ein Grund für den Bau seines Raritätenkellers. Und Gustav würde keinen Schlüssel dazu bekommen, das war Benjamins insgeheimer Plan. Wie immer zog der Hoteldirektor auch dieses Mal den 1961er Cheval Blanc aus dem Regal. Und wie immer erkundigte er sich bei seinem Neffen nach dem Preis. Obwohl er ihn genau kannte.

»Sicher, die Fünfzigerjahre brachten einige der größten Jahrgänge im Bordeaux hervor, alle waren aber nichts im Vergleich mit dem 61er«, leierte er seinen Text herunter und hielt dem Beamten die Flasche unter die Nase. »Es war, und das darf ich unverhohlen sagen, ein Jahrhundert-Jahrgang, kolossal – ko-lossal! – wie viel kostet der Wein noch mal, Benny?«

Benjamin antwortete tonlos. »Dreitausend Euro.«

Ehrlacher pfiff durch die Zähne.

»Und bei ein paar der Burgunderflaschen liegen wir im fünfstelligen Bereich, aber ich verrate nicht, welche Weine das sind – ich will Sie ja nicht zu einer Straftat verleiten ...«, fuhr Gustav fort und lächelte verschmitzt über seinen Spruch, der ja wirklich Qualitäten hatte, aber der Beamte zeigte keine Reaktion.

»Überlegt man sich zweimal, ob man den Korken aus der Flasche zieht«, kommentierte Ehrlacher versteinert. Er blickte sich noch einmal um und nahm dann erneut Benjamin ins Visier. »Haben Sie eine Ahnung, wann dieser Bereich zugemauert wurde? Und vor allem, von wem? Und warum wussten Sie von dem Hohlraum?«

»Dieser Raum war früher ein Waschkeller. Ich habe hier oft als Kind gespielt. Vor zwanzig Jahren gab es dann einen großen Umbau. Meines Wissens wurde im Zuge dessen der Durchgang geschlossen. Ich kann mich jedenfalls noch vage daran erinnern.«

»Wie alt sind Sie?«

»Ich bin dreißig.«

»Dann könnte es also auch sein, dass der Bereich bereits vor fünf-, sechsundzwanzig Jahren zugemauert wurde – so lange dürfte Ihre Erinnerung ja zurückreichen.«

Benjamin nickte. »Kann ich nicht ausschließen.«

»Ich müsste lügen«, schaltete sich Gustav in das Gespräch ein, drückte Benjamin den Cheval Blanc in die Hand, anscheinend war seine Weinkellerführung beendet. »Es war damals eine sehr aufwühlende Zeit, und ich kann mich nicht an jedes Detail erinnern, aber ich würde meinem Neffen zustimmen: Meines Wissens wurde der Durchgang erst während des großen Umbaus geschlossen, weil wir eine Trennung zu der Ladenpassage haben wollten. Sie müssten deswegen aber unseren Architekten ansprechen.«

»Werden wir tun. Wer hatte denn damals Zugang zu diesem Bereich?«, fragte Ehrlacher.

»Alle Hotelangestellten«, antwortete der Hoteldirektor und überlegte kurz. »Und im Prinzip auch alle Gäste. Jeder Spaziergänger wäre hier mühelos reingekommen. Die gesamte Baustelle war eine Zeit lang nur mit Planen verschlossen, wegen der Durchlüftung – es wurde Schimmel an den Grundmauern entdeckt. Es wurden lediglich einzelne Bereiche für den täglichen Betrieb genutzt: die Patisserie, kalte Küche, die Trockenmagazine oder der Waschkeller und die Wäschekammer.«

Benjamin kam zurück und zuckte mit den Schultern. »Ich erinnere mich nur an die vielen Bauarbeiter.«

»Stimmt, aber das versteht sich von selbst«, entgegnete Gustav, »wir hatten natürlich alle Gewerke hier: Elektriker, Heizung-Sanitär, Fliesenleger, Maler, Estrichleger, Schreiner, Innenausbau, Polsterer«, sagte Gustav, zeigte auf das Loch und fuhr fort: »und Rohbauer natürlich, also Maurer und Verputzer – von den ständigen Begehungen mit dem Denkmalschutz gar nicht zu sprechen.«

»Sie scheinen ein gutes Gedächtnis zu haben und können sich nicht erinnern, ob die Wand vor zwanzig oder fünfundzwanzig Jahren eingezogen wurde?«, fragte Ehrlacher.

Gustav begann an seinem Einstecktuch zu nesteln. Benjamin hatte kurz das Gefühl, er wollte den armen Stofffetzen wieder in einzelne Fäden aufdröseln. »Wie meinen Sie das?«, fragte der Hoteldirektor pikiert. Er war wahrscheinlich genervt, weil er mit seinem galanten Patron-Gehabe bei den Polizisten keinen Punkt machen konnte, vermutete der Sommelier. Sein Onkel lebte eben hier, in diesem Milieu, seit viel zu vielen Jahren. Und wenn er einmal die heiligen Hallen des Hotels verließ, ging er in seinen Rotary-Club. Er lebte in einem Kokon, gewoben aus Millionen Einstecktüchern. Nicht einmal im Urlaub suchte er Abstand. Der Hoteldirektor machte keine Trekkingtouren im Himalaya, schlief nicht im Zelt und bereitete keinen Instantkaffee auf Campingkochern zu. Er verordnete sich auch nicht ein paar Tage Askese in einem Kloster, wo er auf einer Pritsche nächtigte und auf Brotkanten kaute, um sich darüber bewusst zu werden, in welchem Überfluss er lebte. Nein. Urlaub machte Gustav Freling in anderen Luxushotels. Dort, wo er wusste, dass ihn auf seiner Suite ein persönliches Begrüßungsschreiben des Direktors erwartete, dazu eine Etagere mit Petits Fours und eine Flasche Champagner *a conto Haus*. Er erwartete diese Aufmerksamkeiten, auch wenn er später seinen Kollegen handwedelnd beteuerte, dass das alles überhaupt nicht nötig gewesen wäre. Aber wehe, wenn einmal auf diesen ganzen Schnickschnack verzichtet wurde. Oder nicht jeder zweite Hotelangestellte, dem er im Urlaub im Hausflur begegnete, einen Kniefall vor ihm machte. Dann war er eingeschnappt. Der Hoteldirektor wollte Ehre, weil er dachte, dass ihm Ehre gebührte. Er warf Ehrlacher also einen pikierten Blick zu und sprach fast etwas schnippisch weiter: »Ich habe doch gesagt, dass ich meinem Neffen zustimme. Meines Wissens wurde die Wand während des Umbaus eingezogen, von wem, das müssen Sie mit der Bauaufsicht klären.«

Ehrlacher hob einmal kurz den Kopf, zog die Augenbrauen hoch, als hätte er die Info beim ersten Mal überhört. Da klingelte Benjamins Telefon. Es war der Empfang. Der Sommelier ging ein paar Schritte zur Seite und nahm das Gespräch an.

»Hallo, Benny, hier ist Meike vom Frontoffice. Ich habe ein paar Leute an der Rezeption stehen, die in den Weinkeller wollen.«

»Das geht jetzt nicht, Meike«, sagte Benjamin kurz angebunden. »Trage sie zur Weinkellerführung nächste Woche ein, falls sie dann noch im Haus sind, okay?«

»Nein, entschuldige.« Die Empfangsmitarbeiterin setzte mit ihrer Stimme zum Sinkflug an – oder schirmte sie nur mit der Hand die Sprechmuschel ab? – und flüsterte: »Es sind keine Gäste. Kommen von extern. Sie wollen mir aber nicht sagen, worum es geht. Ich glaube, es sind Weinvertreter, haben Koffer dabei – soll ich sie abwimmeln?«

»Einen Moment, Meike«, antwortete Benjamin. Er drückte das Telefon an die Brust und blickte zu Berger, dann zu Ehrlacher. »Erwarten Sie hier noch jemanden?«

»Klar, die Kollegen vom kriminaltechnischen Institut. Sollen runterkommen.«

Vier

Man grübelte, beriet sich, tauschte sich aus. So stellte sich Benjamin das vor, was auf der Polizeiwache geschah. Vielleicht nippte sein Onkel Gustav dabei auch höflicherweise an einem Kaffee, der für ihn wie Lösungsmittel schmeckte, während er das Problem vor den Beamten ausbreitete. Nicht die Leiche in der Zwischenwand, natürlich, den Kern dieses Problems konnte jeder halbwegs befähigte Polizeidienstanwärter beim Eignungstest glasklar benennen, sondern dieses geschmeidige, feingesponnene Tuch aus Schickimicki, Reputation und Erwartungshaltung, das über einem historischen Luxushotel im Allgemeinen und dem Jagdhaus Freling im Besonderen lag. Ein Tuch, das derzeit noch glänzte und schillerte wie feinste Seide, aber nur um eine Leiche erweitert werden musste, um zu einem blickdichten Sack zu werden, den Medien aller Art ihren Lesern über den Kopf ziehen konnten, um beispiellos draufzudreschen. Diese Story beflügelte die Medien, bot Raum für Spekulation, konnte wuchern, wochen-, ja monatelang. Sie war die Würze im Programm, weswegen Zuschauer eine halbstündige Sendung im Regionalfenster ertrugen, um diese drei Minuten Beitrag zu sehen. Benjamin sah schon die skandallüsternen Eligmann-Mienen der Moderatoren vor sich, sah die Fernsehwagen auf dem Rondell vor dem Hotel rotieren oder die Drohnen wie die Greifvögel über das Haus, ach was, über dem ganzen Naturschutzgebiet kreisen – ohne Drehgenehmigung natürlich, sodass die trächtigen Rehe vor Schreck tot umfielen.

Um diese Geschichte weiterzudenken, musste man eben kein Medienexperte sein. Es wäre am Ende sogar völlig egal, ob die Mumie von einem mystischen Urwesen aus der Zeit der Pangaea stammte. Oder von einem Alien, das sich aus Versehen verbeamt hatte und für das seit Äonen eine interstellare Suchanzeige lief – oder gar doch von einem Investmentbanker, den seine Uroma aufgrund ihrer Raffgier eigenhändig erwürgt hatte. Was nach der ganzen Aufregung in den Köpfen der Menschen zurückbleiben würde, war die Verknüpfung eines Mumienfunds im Jagdhaus Freling, nein, falsch, was zurückbleiben würde, war, dass in Deutschland ein Leichenhaus namens Luxushotel existierte. Und in einem Leichenhaus verbrachten Elendstouristen und Knallerbsen ihren Urlaub, aber keine Investmentbanker. Das war das Problem. Das verstanden auch die Polizisten. Nach geraumer Zeit wurde Gustav nämlich Diskretion zugesagt, eine Ermittlung ganz im Sinne des Betriebes – denn es konnte ja nicht im Interesse der Behörden, ja im Grunde der gesamten Region und des Landes sein, dass die Öffentlichkeit über die Sache in Kenntnis gesetzt wurde.

Allerdings war die Breisacher Polizeibehörde hier offenbar kompromissbereiter als die Freiburger Mordkommission. Es stand nämlich die Spurensicherung mit Metallkoffern in der Hotellobby. So stellten sich die vier Männer und zwei Frauen dem Sommelier, der sie abholte, auch vor. Der Kopf des Trupps, ein schmächtiger Bürokrat mit Drahtbrille und Spitznase, begrüßte Benjamin auch nicht mit *Hallo* oder *Guten Tag*, sondern nur mit *Spurensicherung*, ergänzt durch ein sachdienliches Nicken.

Herzlich willkommen im Jagdhaus Freling.
Schön, dass Sie da sind.

Die Stöckelschuhe auf dem Marmorboden, das Klirren zweier Martini-Gläser, die sanfte Musik des Flügels und dezente

Konversationen, das Klingeln eines Telefons und Piepen eines Handys – die gesamte Geräuschkulisse der Lobby rückte immer weiter in den Hintergrund, als seien alle Zugänge zu Benjamin Frelings Wahrnehmung verkleistert. Er stand völlig neben sich. Weshalb schlichen sich zwei Beamte über die Feuerwehrzufahrt und sechs weitere latschten Fahne schwenkend in die Hotelhalle? War die ganze Welt verrückt geworden? Sein Mund war trocken. Er begrüßte die Männer und Frauen überschwänglich, schüttelte mechanisch ihre Hände. Im Hintergrund stand Meike, brütete über Dokumenten. Wenn sie etwas gehört hatte, dann ließ sie sich nichts anmerken. Der Blick des Sommeliers sprang durch die Hotelhalle. Sie war großzügig bemessen, ohne Frage, und zum ersten Stock hin offen, aber in diesem Augenblick wirkte sie auf ihn noch größer, so weitläufig wie ein Dom. Eine Galerie zog sich um die Lobby. An den hölzernen Balustraden reihten sich die Tische der Hotelbar. Dort saßen nachmittags die Gäste zum Tee, abends zu Drinks, blickten in die Empfangshalle hinab, folgten dem Hoteltreiben oder lauschten dem Klavierspiel. Augen. Überall waren Augen.

Benjamin sah sich nervös um, aber niemand nahm Notiz von ihnen. Reagierte er über? Es war nur eine einfache Zusammenkunft. Mehr nicht. Eine simple, einfache Zusammenkunft. Wie es sie genau in diesem Moment in Abertausenden anderen Hotels auch gab. Menschen trafen Menschen. Der Portier führte gerade ein altes Ehepaar herein. Stammgäste. Hinter ihnen kreiste die automatische Drehtür, machte dabei Schmatzgeräusche wie der Schlegel einer Butterschleuder. Eine neue Frontoffice-Mitarbeiterin – Jacqueline? – begrüßte zwei neue Urlauber zum Wellnesswochenende. Und der Sommelier des Hauses nahm eben sechs Leute mit Koffern in Empfang. Nichts dabei, völlig normal. Also vollführte Benjamin eine Pirouette, lief voraus, am

Küchentrakt vorbei, durch die Hotelhalle, passierte die Restaurants, begrüßte lächelnd Gäste, wich aus, wenn ihnen jemand entgegenkam.

Sie gingen durch einen Flur.

Treppe hinunter.

Wirtschaftsbereich entlang.

Hintertür zum Weinkeller auf.

Die Spurensicherung trabte einer nach dem anderen in den kleinen Eingangsbereich und weiter in den großen Weinkeller. Nach dem letzten Beamten verstellte Ehrlacher den Weg. »Vielen Dank«, sagte er, »würden Sie jetzt bitte den Tatort verlassen.«

»Entschuldigung?«, fragte Gustav sichtlich empört. »Erst sichert man uns eine diskrete Ermittlung zu, und jetzt das. Wir haben hier einen Betrieb zu führen.«

»Ich habe nichts zugesichert. Wir können den Betrieb auch ganz schließen, wenn Ihnen das lieber ist«, erklärte Ehrlacher tonlos. »Aber zunächst würden wir uns darauf beschränken, dass keiner mehr Zutritt in den Weinkeller bekommt.«

»Seien Sie mir nicht böse«, erklärte Benjamin mit bebender Stimme, »aber was sollen die Gäste denn heute Abend trinken?«

Der Hoteldirektor hatte sich anscheinend wieder unter Kontrolle und schien zu bemerken, dass sein Neffe gleich die Fassung verlor. Er griff nach Benjamins Handgelenk. »Kannst du nicht mit dem Sortiment im Weißweinkühlhaus arbeiten?«, fragte er höflich und wandte sich zwinkernd an den Kriminalbeamten. »Alle Weißweine aus dem Keller lagern wir nämlich nochmals in einem gesonderten Kühlraum, jeweils nur eine Flasche, aber ...«

»Ich kann zum Hirsch keinen Müller-Thurgau einschenken«, unterbrach Benjamin seinen Onkel.

»Ihr Hirsch interessiert mich nicht«, sagte Ehrlacher.

»Dir fällt schon was ein«, sagte Gustav.

»Soll ich unsere Kochweine in leere Flaschen umfüllen und als Burgunder verkaufen oder was?«

»Dir fällt schon was ein«, wiederholte Gustav und schob seinen Neffen zur Tür hinaus.

Dem Sommelier fiel etwas ein.

Zwei Sachen, um genau zu sein.

Erstens: Er musste die Weißweine selbst holen. Ausnahmslos. Das kleine Kühlhaus lag nämlich direkt neben dem Weinkeller. Das Risiko war zu groß, dass ein Angestellter zufällig einen Blick auf das Szenario erhaschte. Er übertrug also alle Aufgaben im Gourmetrestaurant, bis auf den Weinservice, seiner stellvertretenden Restaurantleiterin Julia Jimenez. Eine Deutsche mit katalanischen Wurzeln, der er seit einem Jahr eine Beförderung zur stellvertretenden Sommelière versprach, aber sich aus mehreren Gründen – genauer gesagt, wegen eines einzigen Grundes – immer wieder aus der Verantwortung stahl. Da es über den Tag auch zwei Krankmeldungen im Service gegeben hatte, musste er sich nicht einmal eine haarsträubende Erklärung für die Neuorganisation ausdenken, die von der üblichen Routine abwich. Normalerweise wurde nämlich ein Azubi dazu verdonnert, die Weine zu holen. Aber man konnte einen Lehrling ja nicht in eine polizeiliche Ermittlung platzen lassen und ihm erzählen, hier würde der neue *Tatort* gedreht.

Zweitens: Ein Abend ohne Rotwein war völlig undenkbar. Also gönnte der Sommelier den Kriminalbeamten erst einmal eine gute Stunde Ruhe, bevor er erneut den Eingangsbereich des Weinkellers betrat. Die acht Beamten trugen allesamt Schutzkleidung und hatten einen Scheinwerfer aufgebaut, der ein Fußballstadion erleuchtet hätte. Sie knieten auf dem Boden, standen auf Zehenspitzen, wedelten mit Pinseln und zupften mit Pinzetten. Vom öffentlichen Hotelbereich aus war die Sicht auf den – nannte man seinen Weinkeller jetzt wirklich so? – Tatort zwar verdeckt, aber die Helligkeit war natürlich auffällig, weswegen Benjamin Freling sachte die Vorhänge vor den Glastüren des Eingangs zuzog. Er konnte sich nicht erinnern, dass er das jemals getan hatte. Dann trat er schnurstracks an die Absperrung, die eine Barriere zum eigentlichen Weinkeller bildete, ein Polizeiband war gespannt. Berger und Ehrlacher saßen an der Holztafel, Berger tippelte auf einem Laptop. Ehrlacher drehte sich um, stand auf und kam auf den Sommelier zu.

Bevor der Polizist mit einer weiteren Schimpftirade loslegen konnte, fragte Benjamin: »Darf ich Ihnen etwas anbieten? Sie müssen doch hungrig und durstig sein, oder nicht?« Zwei Spurensicherer drehten sich um und blickten den Sommelier emotionslos an. »Kaffee, Tee, Wasser, Limonade, ein paar Sandwiches mit Pommes? Ich könnte es Ihnen hier vorn auf den Stehtisch stellen. Und wenn Ihnen das zu nahe am Geschehen ist, dann könnte ich Ihnen vor dem Weißweinkühlhaus einen kleinen Tisch aufbauen – wäre das in Ihrem Interesse?«

Ehrlacher schien aus dem Konzept gebracht. »Wasser«, sagte er und räusperte sich. »Wasser wäre gut.«

»Gern, ich kümmere mich darum«, antwortete Benjamin und zog einen Zettel aus der Brusttasche seines Sakkos. »Und noch eine Bitte. Ich weiß, dass es uns nicht zusteht, aber ich habe hier die PLUs, die laufenden Nummern, von zwanzig Rotweinen aufgeschrieben, mit denen ich problemlos den Abend bestreiten könnte. Würde es Ihnen große Umstände bereiten, mir die Flaschen rauszusuchen und vor die Tür zu stellen? Die Ziffern stehen an den Regalfächern.«

Es blitzte in den Augen des Beamten, er überlegte einen Moment. »Das haben Sie gut eingefädelt«, sagte er, schnappte nach dem Stück Papier und ging zurück zum Tisch.

Sprach irgendein Grund gegen Höflichkeit? Der Sommelier sah dem Beamten nach. Es brodelte in ihm. Er blickte zerknirscht auf das Absperrband, auf den kulinarischen Kosmos dahinter. Was hatten diese Menschen nur in seinem Weinkeller verloren? Der geschliffene Vulkanboden, die Regale aus unbehandelter, regionaler Traubeneiche, die dem Raum das Antlitz einer Bibliothek gaben, oder die wurmstichige Tafel aus einer alten Feldulme, die einer seiner Großväter eigenhändig gefällt hatte, um daraus einen Tisch für die Außengastronomie zu bauen, darüber der wuchtige Kronleuchter mit Kerzen: Alle diese Gestaltungsdetails waren seine Idee gewesen – und jetzt sollte es einen Bereich geben, den er nicht mehr betreten durfte? Benjamin dachte an Nestbeschmutzung, Götzendienerei, Grabschändung, es gab keine Abscheulichkeit, die nicht zu seinen Gefühlen gepasst hätte. Keine Frage. Er war wütend, müde, genervt, beleidigt, alles auf einmal.

Es waren also die Weichen gestellt, mit Ehrlacher ein weiteres Mal zusammenzurasseln. Mit den Rotweinen – die Beamten waren seiner Bitte nachgekommen und hatten die Flaschen rausgesucht – wäre er zwar gut über die Runden gekommen, aber ein Pärchen im Restaurant bestellte an diesem Abend kein Menü wie fast alle Gäste, sondern sie wünschten vier Speisen von der À-la-carte-Karte, dazu wollten sie jeweils einen anderen Flaschenwein trinken. Im Hauptgang bekamen sie die trockengereifte Elsässer Taube von Züchter Theo Kieffer, die Benjamins Schwester mit tiefwürziger Sauce bordelaise und knusprigem Dörrobst auf den Tisch brachte. Das Gericht schrie förmlich nach einem älteren Bordeaux. Und da der Mann signalisierte, dass Geld für ihn keine Rolle spielte, empfahl der Sommelier einen Château La Conseillante, ein Wein, der zu diesem Zeitpunkt noch von acht Beamten der Spurensicherung umgeben war. Das war Problem eins. Problem zwei: Er war aus dem Jahr 2000, hatte einen heftigen Bodensatz und musste dekantiert werden. Wehe dem, der den Wein schüttelte. Also ging Benjamin in den Keller. Gerade zwängte sich ein Beamter der Spurensicherung durch das Loch in der Wand, ein anderer stützte ihn. Ehrlacher lehnte an einem Regal.

»Könnte ich einen Moment durch, bitte? Ich ziehe auch einen Schutzanzug an, wenn Sie das wollen«, wandte sich Benjamin an den Beamten.

In diesem Moment drehte sich Luzie Berger um. Sie saß an der großen Holztafel vor einem aufgeklappten Notebook. Als sie den Sommelier erblickte, nahm sie ihr Notizbuch vom Tisch und kam zu ihm herüber.

»Nein, was brauchen Sie?«, fragte der Beamte, der gestresst wirkte. Auf seinem Nasenrücken standen Schweißperlen.

»Ich brauche eine einzige Flasche Wein, mehr nicht.«

Ehrlacher seufzte, sein Schutzanzug knisterte. »Sagen Sie mir, welchen, dann gebe ich ihn Ihnen«, sagte er.

»Sie müssen aber sehr vorsichtig damit umgehen, bitte. Nehmen Sie den Wein am besten so heraus, wie er im Fach liegt, also waagrecht«, erklärte Benjamin flehentlich, erkannte allerdings nicht einmal den Ansatz einer Gefühlsregung bei dem Polizisten, irgendetwas, das Verständnis, wenigstens Kooperationswillen signalisierte. Er seufzte. »Okay. Der Wein liegt zwei Regale weiter, von dort, wo Sie im Augenblick stehen. PLU 752.«

Ehrlacher schlenderte zu der angegebenen Stelle, musterte eine Weile die Zahlen an den Fächern, packte schließlich einen weißen Pessac-Léognan am Flaschenhals wie der Neandertaler seine Keule und zog ihn fast mit Abscheu aus dem Fach. Er reichte ihn dem Sommelier. Senkrecht. Benjamin nahm den

Wein, starrte die Flasche an und suchte nach den richtigen Worten. Er wollte dem Kriminalbeamten gegenüber nicht ausfallend werden, was in dieser Situation gar nicht so einfach war. »Was noch?«, fragte Ehrlacher.

»Es tut mir leid, ich habe Ihnen gerade eine falsche PLU genannt, weil ich sehen wollte, wie Sie den Wein aus dem Regal nehmen.«

Luzie Berger zog die Augenbrauen nach oben. Ehrlacher richtete sich abrupt auf, so kam es dem Sommelier jedenfalls vor, er hatte seine Schultern hochgezogen, seine Pupillen waren zu Nadelstichen verengt. »Wollen Sie mich etwa verarschen?«, zischte Ehrlacher, »sind ja wohl keine Atombrennstäbe.«

Benjamin überlegte. Er fand den Vergleich gar nicht so schlecht. »Ich finde den Vergleich gar nicht so schlecht«, entgegnete er und lächelte befriedend. Es brachte ja nichts, schließlich konnte er dem Mann, der an seinem Gürtel eine Waffe trug, die schwarz und hart durch den Schutzanzug zu sehen war, nur mit einem Kellnerbesteck gegenübertreten. Damit ließen sich in einer Blitzattacke bestenfalls Eichhörnchen tödlich verletzen. Er bemühte sich also um einen ruhigen Ton. In diesem Augenblick blitzte es hinten im Loch, einer der Spurensicherer machte Fotos, sie sprachen leise miteinander. Dann sah Benjamin den Papierbeutel. Der Mann steckte mit einer Pinzette etwas hinein. Waren die normalerweise nicht aus Plastik? Bislang waren ihm die Tütchen zur Aufbewahrung von Beweisstücken nur in Filmen begegnet, als schaurige Requisiten, in denen schaurige Requisiten steckten: eine blutige Haarlocke, eine verkrustete Rohrzange, ein rostiges Klappmesser. Er sah nicht einmal, was der Mann eintütete, war aber völlig aus dem Konzept geraten. Was, um Himmels willen, war nur in den letzten zwölf Stunden geschehen?

Benjamin fuhr fort: »Ich weiß ... also ... diese Weinsache wirkt auf Außenstehende völlig überzogen. Weil es ja auch oft so ist. Also, überzogen. Viel Lärm um nichts und so. Aber in diesem Fall geht es um einen alten Rotwein, der am Boden ein wenig bitteres, körniges Depot aufweist. Wenn Sie ihn nur leicht schütteln, dann wird die Flasche zu einer Schneekugel.« Ehrlachers Stirnfalten traten noch deutlicher hervor. Benjamin fügte hinzu: »Sie wissen schon, diese Glaskugeln, mit Wasser befüllt, die man schüttelt, und überall rieseln dann Schneeflocken. So kann ich den Wein unmöglich servieren.«

»Hören Sie mir mit der Lehrstunde auf, welche Nummer?«, knurrte Ehrlacher, und der Weinkellner verstand nicht, was diesem Mann für eine Laus über die Leber gelaufen war. War er immer so griesgrämig und launisch?

Glücklicherweise kam ihnen Luzie Berger zu Hilfe. Sie berührte ihren Kollegen kurz am Arm, der sich daraufhin abwandte. »Wie lautet die Nummer?«, fragte sie, die Spur eines Lächelns auf den Lippen, und wiederholte knapp: »Die richtige Nummer, bitte.«

»765«, antwortete der Sommelier.

Die Beamtin zog den Wein aus dem Fach, schnell und zügig, ohne Frage, aber es wirkte, als wäre ihre Hand ein Samtkissen, auf dem sie ein rohes Ei balancierte. Sie gab dem Sommelier die Flasche: »Können *Sie* mir bitte noch einmal den Namen Ihres Kindermädchens nennen?«, fragte Luzie Berger, wobei sie das »Sie« besonders betonte.

»Zuzanna Bednarz«, antwortete Benjamin.

»Wurde damals eine Vermisstenanzeige aufgegeben?«, fragte sie.

Benjamin überlegte. »Das kann ich Ihnen beim besten Willen nicht sagen«, entgegnete er. »Ich war damals sehr jung, zudem starben meine Eltern zu der Zeit. Alles sehr verworren. Aber Zuzanna war eine Bezugsperson für mich, jahrelang, meine Eltern hatten wegen des Betriebs ja nur wenig Zeit für mich. Ich habe nie verstanden, dass sie einfach spurlos verschwand. Als ich die Leiche entdeckte, dachte ich deshalb sofort an sie.«

»Hatte Zuzanna Bednarz Familie?«

»Ihre Eltern waren damals schon tot, sie war ja selbst bereits Ende fünfzig. Verheiratet war sie nicht, sie hatte meines Wissens auch keine Kinder. Ob es sonst noch Verwandtschaft gab, das weiß ich nicht.« Benjamin schluckte. »Haben Sie schon einen Hinweis darauf, dass es Zuzanna sein könnte?«

Luzie Berger schüttelte entspannt den Kopf. »Nein, nein, wir gehen nur allen Spuren nach«, sagte sie und wandte sich ihrem Computer zu.

Erst spät kam Benjamins Onkel ins Restaurant. Es war bereits nach Mitternacht, und es saßen nur noch an einem Tisch Gäste. Der Sommelier tauschte gerade das Besteck und die Teller am Käsewagen aus. Gustav trat nahe neben seinen Neffen. Benjamin konnte sein Antischuppenshampoo und sein Rasierwasser riechen, obwohl er neben einem Wagen voller Rohmilchkäse stand, zu dessen Sortiment auch eine Auswahl an besten gereiften Rotschmierkäsen gehörte, zum Beispiel halb flüssiger Époisses. Sein Onkel stand also wirklich sehr nahe bei ihm. »Die Polizisten sind weg, habe alle über die Feuerwehrauffahrt rausgeworfen«, piepste der Hoteldirektor aus dem Mundwinkel. »Die menschlichen Überreste haben sie mitgenommen.« Er verstummte, sein Blick richtete sich in die Ferne. »Schon verrückt, die haben alles fein säuberlich in einen richtigen Sarg gelegt.«

»Na ja, alles in einen Jutebeutel stecken wäre pietätlos gewesen, oder?«

Onkel Gustav nickte gedankenverloren. »Recht hast du, du

hast recht. War aufreibend, aber von den Angestellten hat ja niemand etwas bemerkt – oder was denkst du?«

Benjamin zuckte mit den Schultern, er war sich da keineswegs sicher. Aber er war erleichtert, dass dieser erste Schritt nun hinter ihnen lag. »Was ist mit der Absperrung?«, fragte er, seinen Feierabend vor Augen. Er wollte noch einmal durch seinen mumienfreien Keller streifen. Flaschen anschauen. Dabei einen frischen Riesling von der Nahe oder einen Veltliner aus der Steiermark schlürfen. Oder doch besser einen französischen Sauvignon Blanc? Einen Pouilly-Fumé, mit Noten nach Zitrusfrüchten, Stachelbeere und Feuerstein? Nein. Besser war ein Silvaner. Ein Pfälzer Silvaner von Durst käme ihm ins Glas. Das war der richtige Wein, um seine angespannten Glieder auszuklopfen und seine Gehirnwindungen zu lüften. Das hatte er nach diesem Tag wirklich nötig.

»Der Keller ist wieder freigegeben, das Loch soll erst einmal so bleiben«, antwortete Gustav, trat noch näher an seinen Neffen heran und griff nach dessen Unterarm, seine Worte schwebten an Benjamins Ohren: »Aber auch ab jetzt gilt die Devise: nichts zu niemandem, klar? Wir müssen uns darüber unterhalten, wer in den nächsten Tagen den Weinkeller verwaltet, wenn du nicht im Haus bist. Auf so eine Geschichte warten die Medien doch nur. Wir brauchen Diskretion, wenn uns die Sache nicht um die Ohren fliegen soll.«

Der Sommelier nickte zustimmend.

Zwei Tage später wusste der ganze Betrieb Bescheid.

Fünf

Ein Hotelbetrieb war ein einziger Kaffeeklatsch. Herrlich furchtbar, furchtbar herrlich. Hatte das Zimmermädchen eine Affäre mit dem Hilfskoch? War der Gärtner wieder so sturzbesoffen gewesen, dass er rückwärts mit dem Auto die Blumenbeete gepflügt hatte? Wurde der Küchenchef am Zeitungsständer in der Tankstelle gesichtet, in der Hand ein Schmuddelheft? Diese Geschichten waren der Rieselzucker, der den Angestellten den Tag versüßte. Er wurde gehandelt wie eine halb legale Ware, wurde ausgetauscht an der Spülküche, über den Küchenpass hinweg oder bei einer heimlichen Zigarette im Schutz der Tonnen des Recyclinghofs. Man sah Kellner tuscheln, nebeneinander, an den Kaffeemaschinen, beim Zapfen eines Heißgetränks. Zwanzig, dreißig Sekunden wurde getratscht, die Geschichten dann beim Mittagessen in der Kantine ausführlich erörtert und von dort weitergetragen an die Rezeption, ins Kinderhaus, in den Wellnessbereich oder auf die Etage.

So spürte Benjamin Freling schon am Tag nach seinem Leichenfund, dass ein Gerücht im Haus die Runde machte. Hotelangestellte waren eben alles andere als naiv. Vor allem diejenigen, die viel Gästekontakt hatten, wurden durch ihre Doppelfunktion – als psychologische Mülleimer, die sich ständig die Wehwehchen und Lebensdramen mancher Gäste anhören mussten – zu zwischenmenschlichen Seismographen. Und Meike vom Empfang hatte spätestens zu dem Zeitpunkt, als der Sommelier sichtlich angespannt die Mitarbeiter des kriminaltechnischen

Instituts persönlich an der Rezeption abgeholt hatte, begriffen, dass es sich bei den Leuten unmöglich um Weinvertreter handeln konnte. Die Elemente – Unbekannte, Nervosität, Weinkeller – wurden zu einer Nachricht gesponnen, die sich in Windeseile im ganzen Haus verbreitete. Es musste so gewesen sein, Benjamin war sich sicher. Im Küchen- und Servicebereich wurde die Nachricht dann noch mit der Tatsache angereichert, dass er selbst die Weine am Abend zuvor aus dem Keller geholt hatte ... *Et puis voilà.*

Schon am folgenden Morgen, der Sommelier zapfte sich gerade am Vollautomaten einen Kaffee, bemerkte er zwei Auszubildende, die hinter dem Getränkebüfett nahe beieinanderstanden und tuschelten. Er stützte sich müde auf die Arbeitsfläche, die Maschine häckselte die Bohnen, übertönte sogar kurz die Spülstraße und spuckte das Gebräu in einem steten Strahl in die Tasse. In dem Moment erblickten die beiden Mädchen den Weinkellner, verstummten abrupt und riefen wie aus einem Mund: *Guten Morgen, Herr Freling.* Im Laufe des Vormittags sah Benjamin immer wieder bleiche Gesichter, er wurde verstohlen gemustert, als könnten sie in seinen Zügen eine Antwort auf die brennende Frage lesen: Was war dort unten im Weinkeller geschehen?

Obendrein war er am Tag nach seinem Fund früh aufgewacht, hatte sich eine Stunde von links nach rechts geworfen, sein Kopfkissen wie einen Rettungsring im unruhigen Gewässer des Halbschlafs umklammert und war schließlich zwei Stunden früher als gewöhnlich zur Arbeit gekommen. Eine Abweichung von seinen Gewohnheiten und damit ein unfassbar spannendes Detail, das mit Wildwuchs auf den Nährboden der Gerüchteküche fiel. Zunächst wurde freilich über einen Diebstahl spekuliert. Es lagen schließlich Weine im Wert von knapp einer

Million Euro im Keller, weswegen der gesamte Bereich alarmgesichert war. Dieses Gerücht machte maximal, so schätzte der Sommelier, einen halben Tag die Runde, bis von irgendwoher die Frage auftauchte: Warum dann die Heimlichtuerei?

Wurde da etwa ein Angestellter verdächtigt?

Wenn ja, wer?

Und weshalb hatte Benjamin den Weinkellerschlüssel des Büfetts dann an sich genommen? Denn schließlich tranken Gäste auch hin und wieder vormittags Wein, meist Schaumwein, Champagner oder Winzersekt zum Frühstück, manchmal auch einen Chablis oder Muscadet zu einem Dutzend Austern. Egal, es wurde auch schon frühmorgens im Jagdhaus Freling hochwertig gesoffen, zu einer Zeit also, wenn Benjamin nicht im Haus war.

Nachdem von der Etage dann noch die Info kam, dass am späten Abend ein Zimmermädchen beim Turndown Service aus einem Gästezimmerfenster geblickt und mehrere Personen in der Feuerwehrauffahrt gesehen hatte, die einen großen Gegenstand in einen Lieferwagen wuchteten, der einem Spind geähnelt hatte – *meintest du wirklich ein Spind? Oder war es vielleicht ein Sarg?* –, war es endgültig um den Hotelfrieden geschehen. Telefone klingelten und wurden überhört. Bestellungen wurden falsch angenommen oder falsch weitergegeben. Steaks brannten an, Milch kochte über. In der Spüle fiel ein Stapel von dreißig Platztellern herunter. Der Krach war unvorstellbar, eine Auszubildende rannte sogar aus dem Küchentrakt, weil sie kurz wahrscheinlich dachte, das Haus falle in sich zusammen. Was von all den Missgeschicken nun wirklich den Gerüchten geschuldet war, das ließ sich nicht eindeutig sagen, aber die Unruhe war im ganzen Betrieb zu spüren. Der Sommelier erfuhr dies schließlich von Julia Jimenez, der stellvertretenden Restaurantleiterin. Sie sprach ihn an, ob es stimme, dass er einen Dieb im Weinkeller erschlagen habe, *haha* – sie lachte nervös. Da entschied die Familie, eine Hausmitteilung aufzusetzen.

An diesem Punkt wurde die junge Pressesprecherin Chantal Greifer in die Geschichte eingeweiht. Sie war eine zierliche Person mit blasser Haut, durch die bläuliches Aderwerk hindurchschimmerte und die immer erschrocken wirkte, egal, was sie tat. Eine leibhaftige Porzellanfigur mit einer Stimme wie gesplittertes Glas. Außer ein Journalist war im Haus. Dann machte sie eine ganz erstaunliche Verwandlung durch, war plötzlich eloquent, selbstsicher, charmant, um sich nach der Verabschiedung wieder zu ihrem zerbrechlichen Alltags-Ich zurückzuverwandeln. Sie konnte jedoch gute Texte verfassen. So schlug sie auch gleich vor, in der Mitteilung so informativ wie nötig, aber so vage wie möglich zu bleiben. Statt Leichen- wurde also Mumienfund geschrieben, der infolge einer Umbaumaßnahme entdeckt worden war. Im Satz danach wurde auf die über zweihundertjährige Geschichte des Hauses verwiesen. Assoziativer Kontext und so. Zum Schluss wurden die Angestellten um Diskretion gebeten. Die Maßnahme wirkte. Zumindest zwei Tage, dann bekam die Angelegenheit eine neue Qualität.

Es war Abend, und Benjamin hatte gerade die Menübesprechung mit seinem Team beendet. Seine fünf Servicekräfte und Julia schlenderten in die Pause, da trampelte die Hausdame Gerda Helbling ins Restaurant. Sie war ein Fels im Dirndl, bei der jede Staubfluse erzitterte, wenn sie mit ihrem Klemmbrett durch die Flure walzte. Sie schnappte sich auch gleich Klara am Handgelenk, eine junge, liebe Servicekraft, die schon halb zur Tür hinaus war.

»Guck mal, Mädchen«, sagte Gerda. Sie war seit über vierzig Jahren im Haus beschäftigt und hatte irgendwann erkannt, dass sie immer älter wurde, aber die Azubis gleich alt blieben, was bedeutete, dass nur wenige dem Jagdhaus Freling die Treue hielten. Und da sie keine Lust mehr hatte, sich die Namen dieser vielen treulosen Lehrlinge zu merken, nannte sie alle weiblichen Service- und Küchenmitarbeiter nur noch *Mädchen* und alle männlichen Mitarbeiter *Junge*. »Guck mal, Mädchen«, sagte sie also bemüht pädagogisch und schleifte Klara zu einem Orchideen-Gesteck auf einem Sideboard. »Vertrocknet.« Sie zupfte eine vertrocknete Blüte aus dem Blumenbouquet, hob es Klara anklagend vor die Nase und drückte es ihr in die Hand. »Nicht schön, gar nicht schön. Musst du in Zukunft drauf achten. Details sind wichtig. *Details. Wichtig.* Verstanden?«

Klara nickte und verschwand mit hochgezogenen Schultern in ihre Pause, die sicherlich besser beginnen konnte als mit einer Standpauke für etwas, für das sie gar nicht verantwortlich war. Gerda kam auf den Sommelier zu. In der Hand hielt sie einen Hammer, ein Stofftuch und einen Schlüssel, der große Ähnlichkeit mit einem von Onkel Gustavs Schlüsselbund aufwies. Sie legte die Utensilien auf eine der Arbeitsstationen und begann, in ihrer Rocktasche zu nesteln.

»Hör mal, Gerda«, sagte Benjamin und sah seine Worte schon jetzt an ihr abperlen. Diese Frau war geölt mit heiliger Ordnung und Struktur, alles andere ließ sie nicht an sich heran. »Julia und ich schauen immer kurz vor Servicebeginn nach den Blumengestecken, vorher macht das keinen Sinn, wir kümmern uns also um diese Details, das musst du nicht den Azubis zusätzlich aufbrummen.«

»Können die nicht früh genug lernen, Benny«, entgegnete Gerda unbeeindruckt, zog einen alten Papierfetzen aus der Tasche, der wie vergilbtes Zeitungspapier wirkte, und fragte: »Weiß man schon, wer die Leiche ist?«

»Nicht, dass ich wüss...«

»Ich aber«, unterbrach Gerda ihn.

»Was?«

»Ich weiß, wer in dem Durchgang begraben liegt. Hier«, erklärte sie und drückte Benjamin den Papierfetzen, einen uralten Zeitungsartikel, in die Hand. Aber der Sommelier konnte nicht einmal richtig draufschauen, da redete sie schon weiter. »Das Mädchen aus dem Bericht verschwand vor sechzehn Jahren. Nicht weit von hier, drüben in Breisach. Hat mich nie losgelassen die Geschichte. Das junge Ding war vierzehn, so alt wie meine Tochter damals.«

Der Sommelier legte die Stirn in Falten. »Aber vor sechzehn Jahren war der Durchgang doch schon längst zugemauert«, entgegnete er. »Und warum sollte jemand ein Mädchen aus Brei...«

»Wer sagt dir denn, dass die Mauer nicht noch einmal aufgemacht wurde?«, rief die Hausdame und zog ein Stofftaschentuch hervor, das sie unter dem Ärmelsaum ihrer Bluse aufbewahrte. Sie tupfte sich damit den Schweiß von der Oberlippe. »Theoretisch kommst du ja auch von der Seite des Frisörs an die Stelle ran und nicht nur vom *Lakenkeller*. Verstanden? Drüber nachdenken.«

Der Sommelier überlegte. Die Theorie war nicht einmal abwegig. »Moment.« Er stutzte. »Woher weißt du überhaupt von dem Durchbruch, das stand doch gar nicht in der Hausmitteilung«, entgegnete er und blickte kurz auf den Schlüssel. »Warst du etwa im Weinkeller?«

»Selbstverständlich. Da sah es vielleicht aus da unten, überall Staub und Dreck.« Sie warf ihm einen anklagenden Blick zu, der weniger dem Sommelier selbst als dem ganzen Schmutz der Welt galt, der es nicht unterlassen konnte, in jede Ritze zu kriechen, die nicht von ihr überwacht wurde. Sie fügte hinzu: »Hab alles geputzt.«

»Wie bitte?«, rief der Sommelier entgeistert. »Woher hast du denn den Schlüssel?«

»Lag auf dem Schreibtisch deines Onkels, liegt da immer, wenn ich sauber mache.«

»Gerda, du kannst doch nicht ... das Loch sollte doch so bleiben, wie es war!«

»Ist es doch auch noch, nur sauber.« Die Hausdame seufzte. »Junge, ich habe hier schon gearbeitet, da warst du noch nicht mal geboren. Habe mit deiner Urgroßmutter Kartoffeln gepellt, unten in der Kalten Küche«, sagte sie und nahm den Hammer, das Stofftuch und den Schlüssel. »Und jetzt nagele ich das scheußliche Ding zu. Du kannst ja nicht tagein, tagaus in so ein ... Leichenloch schauen. Macht die Seele kaputt. Wenn der Ehrlacher sich beschwert, dann schick ihn zu mir.«

Benjamin war verblüfft. »Woher kennst du denn Jochen Ehrlacher?«

»Dein Onkel hat ihn erwähnt. Er stammt aus meiner Nachbarschaft. Eltern kommen aus Kiechlinsbergen. Ist aber schon vor langer Zeit nach Freiburg gezogen. Und gib ihm auch den Zeitungsartikel, bitte.«

»Gerda«, entgegnete Benjamin, seufzte und wollte ihr nicht sagen, dass das alles offensichtlich ein Hirngespinst war. »Das ist schon sehr weit herge...«

»Du gibst den Artikel bitte der Polizei«, unterbrach sie ihn. »Deine Zuzanna ist es nämlich nicht, die man da unten gefunden hat.«

Dem Sommelier stockte der Atem. »Woher weißt du denn von Zuzanna, zum Teufel?«

»Dein Onkel hat mir von deiner Theorie erzählt. Aber das ist ausgeschlossen. Ich habe Zuzanna nämlich drei Wochen nach dem Tod deiner Eltern noch gesehen.«

»Was?! Wo?«

»Im Supermarkt. Auf die Entfernung. Fand ich sehr eigenartig.«

»Warum?«

»Werde ich nie vergessen. Wollte wissen, warum sie plötzlich nicht mehr erschienen ist. Stand ja schließlich noch auf meinem Dienstplan. Ging aber nicht. Hatte das Gefühl, dass sie vor mir davonlief. Hat Reißaus genommen«, sagte Gerda.

»Bist du sicher, dass sie es war? Wie weit war sie denn von dir entfernt?«

»Ich Gemüseabteilung. Sie Kasse«, entgegnete Gerda, drehte sich um und dampfte ab.

Als der Sommelier eine gute halbe Stunde später in den Weinkeller kam, um die erste Flasche Wein des Abends zu holen, da war das Loch mit einem dunklen Tuch zugenagelt, und der Schutt stand, zusammengekehrt in zwei Eimern, in seinem Büro. Der Vorschlaghammer lehnte an der Wand hinter der Tür. Die Weinflaschen, die in den zwei Regalen links und rechts des Lochs lagen, waren abgestaubt und die Etiketten allesamt nach oben hin ausgerichtet worden. Benjamin konnte nicht anders: Er musste sich setzen und begann zu lachen. Er versuchte, jeden Gedanken an die Kriminalpolizei zu verdrängen, die ihnen deswegen wahrscheinlich die Hölle heißmachen würde – gab es für so eine Situation einen Paragrafen im Strafgesetzbuch? Egal.

Regelrecht beschwingt ging der Sommelier zurück ins Backoffice, das erste Mal seit Tagen mit einer leichten Seele. Humor, Witz, Heiterkeit, so kam man eben durch die Tage, indem man alles nicht so bierernst nahm, sondern sich mit Frohmut den Prüfungen stellte, die einem das Leben fortwährend auf die Schulbank tackerte. Er spazierte also in den Küchentrakt, und wäre zwischen Spülküche und Getränkebüfett eine Wiese gewachsen, hätte er sich einen Grashalm gepflückt, ihn zwischen die Lippen geschoben und ein Liedchen gepfiffen.

Das Kreischen erwischte ihn kalt, drehte seinen Magen auf links.

Frauke Hausen kam um die Ecke gerannt.

Totenblass.

Die Augen aufgerissen und darin ein Ausdruck, als stünden die Grundfesten des Hauses in Flammen.

»Volkmar, Volkmar!«, schrie die Leiterin der Mitarbeiterkantine. »Etwas stimmt nicht mit Volkmar!«

Sechs

Benjamin knallte den Wein auf den Küchenpass und rannte los. Die Flasche kippelte. Vier Servicemitarbeiter standen Schlange bei den Vorspeisen, sie drängten zur Seite. Frauke Hausen drückte sich verängstigt an die Pinnwand mit den Dienstplänen. Der Sommelier steuerte den kürzesten Weg durch den Festsaal an, der heute allerdings nicht bespielt war. Oft standen an solchen Tagen die Tisch- und Stuhlwagen in den Durchgängen. Er bog deshalb kurzerhand ab, nahm den Weg durch die Spülküche. Der Boden war feucht und wurde gerade von Maurice Bekri, einer Reinigungskraft, abgezogen. Schon bei seinen ersten Schritten strauchelte Benjamin, rutschte aus, schlug hart mit dem Steiß auf, schlitterte einen guten Meter weiter und schrappte mit dem rechten Schienbein an der scharfen Bodenkante des Zulauftischs entlang. Er spürte, wie die Haut unter seiner Anzughose riss. Mit schmerzverzerrtem Gesicht rappelte er sich auf. Zwei kräftige Hände packten ihn unter den Achseln und stellten ihn auf die Füße.

Der Sommelier sah sich nicht einmal um, rannte einfach weiter, den schmalen Treppenabgang in die Wirtschaftszentrale hinunter. Die Fliesenwände rückten näher, als würde sich die ganze Welt um ihn herum zusammenziehen. Unten am Ende des Abgangs sah der Weinkellner eine Jungköchin mit einem Gastroblech in Händen auftauchen. Sie blickte zu ihm auf, hatte schon einen Fuß auf der untersten Stufe, verschwand dann jedoch rückwärts aus seinem Sichtfeld. Das alles schlitterte nur am

Rand seiner Wahrnehmung entlang. Benjamin hatte nur Fraukes Schrei in den Ohren, sah das nackte Grausen in ihren Augen. Die letzten Stufen sprang er.

Volkmar Höfflin war der Barkeeper des Hauses. Nein, er war weitaus mehr als das. Mit Gerda war er einer der am längsten im Hotel arbeitenden Mitarbeiter. Der höflichste und ruhigste Mensch der Welt. Wenn Benjamin an Volkmar dachte, dann sah er ihn immer hinter seiner Bar stehen, aufrecht und adrett, den linken Ellenbogen auf dem Standmixer abgestützt, die Hände gefaltet, mit seiner stoppeligen Halbglatze und dem Leuchten in den Augen. Er war nämlich nicht nur ein hervorragender Barkeeper und ein wahrer Connaisseur in der Welt der Brände, sondern vor allem ein Meister der Unterhaltung. Immer diskret, nie laut, ein exzellenter Zuhörer. Er hatte stets die richtige Antwort und im Zweifel die beste Medizin parat: einen Drink. Die Gäste liebten ihn, Benjamin liebte ihn. Das Hotel war in seiner Kindheit schließlich ein einziges großes Spielhaus gewesen. Und zu seinem Tagesablauf gehörte früher auch ein Nachmittagsbesuch bei Volkmar. In seiner Erinnerung war er immer da gewesen, nie krank, nie schlecht gelaunt. Hinter der Bar gab es ein geräumiges Backoffice. Benjamin setzte sich dort auf die Gläserspülmaschine, und Volkmar mixte ihm einen Junior-Cocktail: Kokosmilch mit Kirschsaft, einem Spritzer Vanillesirup und einer Obstgarnitur, dazu bekam er ein Schälchen salzige Nüsse.

Der Sommelier stieß die Tür zur menschenleeren Kantine auf, drehte sich im Kreis. Alles wirkte wie immer um diese Uhrzeit. Beim Kaffeeautomaten war das Bohnenfach geöffnet, daneben stand der Eimer mit Kaffeebohnen. Sonst nichts. Maurice tauchte keuchend hinter Benjamin auf, er hatte sich anscheinend an der Spülküche in seinen Windschatten geheftet. Er war gebürtiger Marokkaner mit schelmisch-gütig blickenden Knopfaugen, der zehn Jahre lang in einem Restaurant in Colmar gearbeitet hatte und dann nach Deutschland gekommen war. Er schnalzte mit der Zunge. *Merde.* Benjamin folgte seinem Blick, sah, dass an einem Tisch die Stühle nicht ordentlich standen, sah die verrutschte Wachstuchtischdecke, sah dann die zwei Füße, die zuckten. Die Männer rannten hinüber. Volkmar lag auf dem Boden, halb unter dem Tisch. Er war tiefrot angelaufen und röchelte. Seine Hemdsärmel waren hochgekrempelt, seine Unterarme und Hände waren übersät mit roten Pusteln.

Benjamin war wie gelähmt. Maurice packte Volkmar an den Füßen, zog ihn mit einem Ruck unter dem Tisch hervor. Es knirschte und schepperte. Erst jetzt bemerkte der Sommelier den Scherbenhaufen, auf dem Volkmar gelegen hatte, und das Tablett auf dem Boden. Volkmar war immer der Letzte in der Kantine, ging immer dann zum Essen, wenn der Aperitif beendet war und die Gäste für zwei, drei Stunden in die Restaurants wechselten. Maurice setzte sich auf den Boden, packte Volkmar unter den Armen und versuchte, ihn in eine Sitzposition zu hieven, was ihm mehr schlecht als recht gelang. Schließlich lag der Barkeeper an seiner Brust wie auf einem Liegestuhl. Maurice bog ihm den Kopf nach hinten, zog den Kiefer nach unten, doch Volkmar bekam trotzdem keine Luft.

»Gott-oh-gott-oh-gott«, jammerte Frauke, die in Begleitung des stellvertretenden Küchenchefs Horst Sammer in die Kantine gestürmt kam, ein Mann wie aus Stein gemeißelt, hohe Wangenknochen, römische Krummnase, Frisur wie ein Stahlhelm und Körperhaltung wie beim Appell. Vor vielen Jahren hatte ihn ein Azubi mal *Herr General* gerufen, quer durch die Küche. Alle hatten gelacht. Die Abreibung, die der Bursche bekam, war weniger amüsant. Seither hatte sich der Spitzname etabliert, natürlich nur unter der Hand.

»*Glaçon!*«, rief Maurice und blickte seine Kollegen an, »*Glaçon!*« Französisch kam ihm auch nach vier Jahren am Kaiserstuhl noch schneller über die Lippen als Deutsch. »Eiswürfel!«

Sammer stürzte zu der Tür hinaus.

»Krankenwagen!«, schrie der Sommelier Frauke Hausen an. »Hast du schon einen Krankenwagen gerufen?« Die Kantinenmitarbeiterin schaute ihn entgeistert an. »Frauke!«, rief der Sommelier nochmal: »Hast – du – einen – Notarzt – gerufen?«

Klarheit kristallisierte sich in den Augen der Kantinenmitarbeiterin. Sie erwachte aus ihrem Dämmerzustand, rannte ohne weitere Worte hinter ihren Tresen, riss den Hörer von der Wandhalterung. Kurz erschienen zwei Housekeeping-Mitarbeiterinnen im Türrahmen. Dahinter kam Sammer zum Vorschein, in der Hand einen Eimer mit Eiswürfeln. Maurice packte eine Handvoll und presste sie Volkmar an den Hals, der verzweifelt versuchte, Luft zu holen, und dabei einen langen, pfeifenden Laut ausstieß. Es klang das erste Mal so, als würde Sauerstoff in seinen Lungen ankommen. Aber seine Lippen waren aufgeplatzt, seine Augen panisch. Frauke brüllte ins Telefon. Und Benjamin wusste plötzlich, dass sie nicht auf den Notdienst warten konnten. Was taten die Sanitäter in dieser Sekunde?

Sich die Stiefel schnüren?

Saßen sie schon im Rettungswagen?

Drehte schon der Spiegel im Blaulicht seine Runden?

Hallte das Martinshorn schon durch die Weinberge?

Und woher kam der Rettungswagen überhaupt?

Den ganzen Weg aus Breisach?

Aus Endingen?

Egal wie, der Weg war weit.

Zu weit.

Volkmars Gesicht war fast lilafarben. Also rannte der Sommelier los, die Treppe nach oben, der Officegang wurde mit jedem seiner Schritte länger und länger. Er rannte durch die Schwüle der Spülküche in die trockene Hitze des Backoffice. Fleisch zischte in Pfannen. Es dampfte aus Töpfen. Er rannte in das wohltemperierte Klima des Restaurants, das sich wie ein kühles Tuch auf sein Gesicht legte. Ein Kellner lüftete an einem Tisch gerade die Clochen, schwungvoll, der große Houdini der Gastronomie. Wildhasen-Ballottine zauberte er hervor, ein tiefwürziger Duft nach Rouennaiser Blutsoße lag in der Luft.

Benjamin blickte diskret auf das Namensschild des ersten Tischs. Dann ging er zum zweiten und zum dritten Tisch. Er atmete so leise wie möglich, das Herz hämmerte gegen seine Rippen. Erst beim vierten Tisch wurde er fündig. Das Ehepaar hieß *Frau und Herr Prof. Dr. Leuthold*. Die Frau machte mit ihrem Telefon gerade ein Foto ihrer Vorspeise, ihr Mann schmierte energisch ein Stück kalte Butter auf ein Pain Parisienne, als hätte er mit dem Gebäck noch eine Rechnung offen. Der Sommelier trat näher heran. Sein Mund war trocken. Kalter Schweiß sammelte sich an seinem Hemdkragen. Er spürte den bebenden Puls, der ihm befahl zu rennen, zu schreien, zu toben, aber es ging nicht. Mit erstickter Stimme fragte er: »Entschuldigen Sie bitte – darf ich mich kurz erkundigen, ob Sie zufällig Mediziner sind?«

Der blasierte Gesichtsausdruck des Mannes war hassenswert. Er blickte ihn an, als wagte es der Sommelier, ihn in der Loge seines Lebens um Kleingeld anzubetteln. Er schüttelte echauffiert den Kopf.

»Ingenieur«, antwortete seine Frau.

Benjamin ballte die Faust und ging wortlos weiter. Gérard Baudemont, der Restaurantleiter der Hotelgastronomie, zog eine Flasche Champagner aus dem Kühler, die Eiswürfel klackerten, und beobachtete argwöhnisch den Sommelier, der hier nicht hergehörte. Nicht jetzt, nicht um diese Zeit. Benjamin blickte auf das nächste Namensschild, dann auf das nächste. Er hörte sanftes Stimmengewirr und in der Hotelhalle die dezenten Töne des Klaviers. Dazwischen das Klappern von Besteck in Einklang mit dem Porzellan, abgespreizte kleine Finger von Weingläsern – und es widerte ihn an. Der Sommelier sah es deutlicher als je zuvor: Nicht wegen des Luxus war er hier, nicht wegen der Gastgeberschaft, nicht wegen der Familientradition hatte er diesen Beruf ergriffen, sondern wegen des Weins. Bücher waren nur etwas wert, wenn sie gelesen wurden. Musik war nur etwas wert, wenn sie gehört wurde. Wein war nur etwas wert, wenn er getrunken wurde. Das war seine Leidenschaft, das Band zwischen ihm und diesen Fremden – und ganz sicher nicht ein unumstößliches Regelwerk der Etikette. Wie viel Zeit hatte er mit Diskretion schon verloren?

Er brüllte nicht, aber er war laut. Der Weinkellner blieb in der Mitte des Restaurants stehen und erhob seine Stimme. »Ist hier ein Notfallmediziner anwesend?«, rief er und stieß damit einen Dolch in sämtliche Benimmregeln. »Ist hier ein Notfallmediziner anwesend?«, wiederholte er noch lauter. Es wurde still, Köpfe drehten sich. Doch nichts geschah. Jetzt brüllte er: »Ist ein Notfallarzt …« In diesem Moment erhob sich eine Frau im hinteren Teil des Restaurants. Sie war klein und drahtig, vielleicht Ende vierzig, trug eine taillierte Jeans und eine cremefarbene Bluse. Sie warf ihre Serviette auf den Tisch und kam schnellen Schrittes auf Benjamin zu. Schon an ihrem Tempo wurde dem Sommelier klar, dass sie nicht vorhatte stehen zu bleiben, um sich über die Situation zu informieren. Benjamin drehte sich um und rannte los. Die Frau heftete sich an seine Fersen.

Volkmar lebte noch, als sie in der Kantine ankamen. Frauke weinte. Sammer stand mit hochgezogenen Schultern daneben.

Maurice wirkte erlöst, als er Benjamin und die Frau erblickte. Er drückte dem Barkeeper immer noch das Eis an den Hals, und Volkmar versuchte weiterhin, Luft zu holen, durch eine zugeschnürte Kehle. Das pfeifende Röcheln war zu einem kurzen Schnappen geworden. War vorher noch sein ganzer Körper verkrampft gewesen, war nun alles erschlafft, und nur noch sein Kehlkopf zuckte. Volkmars aufgerissene Augen starrten durch Benjamin hindurch. Er kämpfte um sein Leben, und da war noch ein anderer Ausdruck in seinen Augen zu lesen: Angst.

Die Ärztin legte Maurice die Hand auf die Brust und schob ihn weg. Sie bettete Volkmar auf den Boden, bedeckte seinen Mund mit ihrem und blies hinein. Seine Backen wölbten sich.

»Dicht«, murmelte sie, betrachtete kurz die Pusteln auf seinen Händen und Armen, legte ihm drei Finger an den Hals und begann explosionsartig mit einer Herzdruckmassage. »Hat er eine Allergie?«, stieß sie hervor.

»Sesam!«, brüllten Frauke und Sammer aus einem Mund. »Sesam!«

»Kommen Sie an seine Sachen? Können Sie nachschauen, ob er ein Notfallset dabeihat?«

Schweiß. Er kleisterte Benjamins Hemd an seinen Körper. Der Sommelier sprintete in die Hotelhalle, rannte an dem Pianisten vorbei, der daseinsvergessen vor sich hin klimperte, vorbei an der wuchtigen, zylinderförmigen Perlmuttvase in der Mitte der Lobby, die von ihrem Ausmaß einem brusthohen Kühlschrank glich und von einem Rundsofa mit Lederbezug umringt wurde. Die Blicke der Angestellten hinter der Rezeption folgten ihm. Der Sommelier nahm diese Details am Rande wahr. Sie blitzten auf, irgendwo, tief drinnen in seiner Wahrnehmung, und waren schon wieder verschwunden. Er sprang die Freitreppe nach oben, strauchelte, nahm mehrere Stufen auf einmal, stürmte hinter den Bartresen und ins Backoffice. Meret Çelik, die stellvertretende Barchefin, saß auf einer Saftkiste und tippte auf ihrem Handy. Sie sprang erschrocken auf. Volkmars Umhängetasche hing hinter der Tür. Neben seinem Mantel. Benjamin riss sie auf, blickte hinein. Kein Notfallset.

Er kippte den gesamten Inhalt auf den Boden.
Schlüssel.
Portemonnaie.
Taschentücher.
Mobiltelefon.
Kalender.
Lesebrille.
Brillenputztücher.
Kaugummis.
Kellnerbesteck.
Alles da.
Nur kein Notfallset.

Sieben

Onkel Gustav kam kurz nach seinem Neffen in die Kantine gestürmt, im Schlepptau zweier Rettungssanitäter. Der Hoteldirektor blickte sich verstört um, sah dann den Barkeeper am Boden liegen. Die Ärztin war noch über ihn gebeugt, pumpte unermüdlich, stieß ihre Handballen in Volkmar Höfflins Brustkorb, sodass jedes Mal seine erschlafften Arme zuckten. Schweiß stand auf ihrem Nasenrücken und ihrer Oberlippe. Die beiden Sanitäter eilten zu der Ärztin, einer sank auf die Knie und übernahm die Herzdruckmassage, der andere tauschte sich kurz mit ihr aus. Sie flüsterte mit dem Mann. Benjamin versuchte, irgendetwas über den Ernst der Lage in ihren Gesten zu lesen – vergeblich. Die Ärztin fasste dem Mann kurz kollegial an den Unterarm und ließ ihn dann seine Arbeit machen. Mit zusammengepressten Lippen trat sie auf die Gruppe zu. Frauke Hausen hatte ein Wolljäckchen angezogen, das sie vor der Brust zusammenhielt. Niemand sagte einen Ton, nicht einmal der Hoteldirektor.

»Wie geht es ihm?«, platzte der Sommelier heraus. »Schafft er es?«

»Es war auf jeden Fall gut, dass sie mich gleich geholt haben«, antwortete die Ärztin knapp.

»Ich hätte nicht erst ins Office kommen sollen, ich hätte gleich den Notarzt rufen müssen«, jammerte Frauke Hausen. Maurice legte ihr den Arm um die Schultern.

Sammer brauste auf. »Wir benutzen hier unten keinen Sesam!«, rief er und blickte Gustav Freling mit weit aufgerissenen Augen an, als hätte er einen Schock erlitten. »Genauso wenig wie wir Nüsse bei den warmen Gerichten benutzen, sei es Saat oder Öl. Fang ich gar nicht erst an. Am Ende koche ich für zweihundert Mitarbeiter jedes Essen à la carte, nein, nein, nein, das mache ich nicht!«

»Das ist jetzt nicht der richtige Zeitpunkt, Horst«, knirschte Benjamin, er fühlte sich ausgezehrt, schwitzte.

»Hat er etwas Falsches gegessen?«, fragte Onkel Gustav im Flüsterton und blickte die Ärztin an.

Sie nickte. »Schaut mir ganz nach einer Anaphylaxie aus, einem Allergieschock.«

»Volkmar hat eine schwere Sesamunverträglichkeit«, entgegnete Frauke Hausen.

»Da war sicher kein Sesam am Essen?«, fragte Gustav scharf und blickte Sammer an, der plötzlich nervös von einem Bein auf das andere tippelte.

»Es gab Curry«, sagte die Kantinenleiterin, ihre Augen waren gerötet.

Ein Sanitäter setzte mechanisch die Herzdruckmassage fort, der andere zog eine Verpackung aus einem Koffer. Er riss sie auf, Plastik knisterte. Schnell. Präzise. Routiniert. Jeder Handgriff saß. Als wären die Männer Roboter, programmiert auf einen exakten Ablauf. Er nahm eine Spritze aus der Verpackung, setzte die Kanüle auf, zog sie auf. Er rammte sie mit Wucht in Volkmar Höfflins Brust. Alle zuckten zusammen, blickten kurz hinüber und wandten sich schnell wieder ab. Die ganze Gruppe schien plötzlich näher zusammenzurücken, drängte sich wie ein zwölffüßiges Wesen im Eingangsbereich zusammen.

Gustav schüttelte fassungslos den Kopf, hin und her, er

wandte sich an die Kantinenleiterin: »Waren Sie hier ... als es passierte?«

»Nein, ich gehe um halb acht in meine Pause, Herr Freling«, sagte Frauke Hausen und fügte murmelnd hinzu, als würde sie sich dafür schämen: »Ich bin Raucherin. Volkmars und meine Dienstzeiten überschneiden sich meistens. Manchmal kommt er auch gar nicht, wenn viel los ist.« Ihr stiegen Tränen in die Augen. »Ich habe ihn vorhin nicht einmal sofort gesehen, wollte Kaffeebohnen nachfüllen, da habe ich ihn ... wissen Sie, er keuchte so laut, sonst hätte ich ihn vielleicht gar nicht bemerkt.«

Sammer wirkte unsicher. »Wir benutzen keinen Sesam im Personalessen!« Er ging im Stechschritt zur Ausgabe, griff nach einem Schild und hielt es in die Richtung seiner Kollegen und Vorgesetzten. »Und wenn, dann weisen wir die Sachen aus. Da. Birchermüsli mit Haselnüssen. Steht drauf. Oder?« Er nahm einen weiteren Aufsteller. »Wir haben sogar ein Sortiment an glutenfreien Brötchen hier unten, welche Mitarbeiterkantine hat das schon?!«

»Muss das jetzt sein?«, zischte Benjamin und spürte plötzlich einen pochenden Schmerz an seinem Schienbein. Erst jetzt fiel ihm sein Sturz in der Spülküche wieder ein. Er zog kurz den Hosensaum nach oben, sah eine blutige Schürfwunde.

»Darf ich Sie vielleicht zurück ins Restaurant oder die Bar begleiten?«, fragte Gustav die Ärztin.

»Ich warte noch kurz«, entgegnete die Frau bestimmt.

In diesem Moment kam Charlotte herein. Ihr Blick sprang von der Gruppe zu den Sanitätern und wieder zu der Gruppe. Sie wurde blass, als sie Volkmar Höfflin am Boden liegen sah, suchte nach den richtigen Worten, aber Benjamin erkannte sofort: Oben brannte die Bude, und sie brauchte dringend Unterstützung, traute sich aber nicht, etwas zu sagen.

»Julia braucht jetzt deinen Kellerschlüssel, es geht nicht mehr anders«, sagte Charlotte und fügte laut hinzu: »Wegen *deines Umbaus* meine ich.«

Der Sommelier zog den Schlüssel aus der Tasche und reichte ihn ihr.

Sie schaute nochmals zu Volkmar, sah danach ihrem Bruder tief in die Augen

Wollte sie eine Einschätzung der Lage?

Benjamin zuckte die Schultern, sie verschwand.

»Schick mir mal Manuel runter, bitte! Ja, okay? Ist wichtig!«, rief Sammer ihr nach und stapfte hinter den Tresen. Er öffnete lautstark mehrere Oberschränke, zog aus einem einen Ordner hervor und marschierte stramm zurück. Er baute sich vor dem Hoteldirektor auf. »Hier, Chef, hier!«, plärrte er Gustav an, »fast zweihundert Rezepte. Nur Persoessen. Kann jeder nachlesen, wenn er sich unsicher ist. Habe ich vor Jahren angelegt. Gesundheitsvorsorge und so. Wegen dieser Mitarbeiterinitiative. Erinnern Sie sich daran? Als auch dieser Rückentrainer zwei Wochen durchs Haus gesprungen ist? Gesundheitsvorsorge und so. Exakt der gleiche Ordner ist oben in der Küche. Wird alles seither nach Anleitung gekocht. Da bin ich ganz genau mit.« Er blätterte zum Curry und hob den Ordner hoch. Bei der Zutatenliste waren Notizen in roter Schrift zu erkennen. »Hier. Hähnchen Tikka Masala. Sesamöl ist durchgestrichen. Bei der Marinade und beim Anbraten. Bin ich ganz genau mit. Ersetzt durch Sonnenblumenöl. Gibt's ja schließlich auch alle zwei Wochen. Mögen die Leute. Hat alles seine Ordnung.«

In diesem Moment kam Manuel herein, ein maulfauler Azubi im zweiten Lehrjahr. Er war keine Leuchte. Er blickte die anderen teilnahmslos an. Schaute kurz zu den Sanitätern und wieder zurück. Nervosität, Unsicherheit, Scham, gar Zorn oder

Angst: Nichts davon konnte der Sommelier an Manuels Augen, seiner Mimik oder seiner Körperhaltung ablesen.

»Hast du das Huhn in Sesamöl gebraten?«, fragte Sammer mit schlingernder Stimme. »Und jetzt keine Ausreden, Freundchen!«

»Nein«, sagte Manuel tonlos und starrte durch seinen Vorgesetzten hindurch. »Das sollen wir doch nicht.«

»Können Sie das mit Sicherheit sagen?«, löcherte Gustav ihn.

Manuel zögerte. »Wo steht denn überhaupt das Sesamöl? Neben dem Olivenöl?«

Sammer warf seine Hände in die Höhe. »Aus einem Dackel macht man eben keinen Schäferhund!«, rief er und zeigte anklagend auf den Jungkoch.

»Jetzt beruhigen Sie sich, Herr Sammer!«

»Hast du alles nach Rezept gekocht, kann ich mich darauf verlassen?«, fragte Sammer, als sei er vom stellvertretenden Küchenchef zum Kriminaloberkommissar befördert worden, und streckte den aufgeschlagenen Ordner in Manuels Richtung.

»Ja«, antwortete der Koch. »Sie haben übrigens den Sesam nur bei den Zutaten gestrichen, Herr Sammer, bei den Zubereitungsschritten steht er noch drin.«

Onkel Gustav schnappte nach Luft.

Frauke schnäuzte sich.

Die Sanitäter knieten neben Volkmar.

Sammers Augen versanken im Schädel. »Ich ...«, begann er, seine Stimme klang spröde.

»Können – wir – das – bitte – wann – anders – besprechen?«, ging der Sommelier laut dazwischen.

Die Ärztin nickte. »Vielleicht ist es besser, wenn wir jetzt alle den Raum verlassen.«

Doch Sammer war nicht mehr aufzuhalten. Er riss aus einem

der Besteckfächer einen Löffel, rannte hinter den Tresen und beugte sich verkniffen über den Einsatz, als würden ihm giftige Dämpfe aus einem Hexenkessel ins Gesicht steigen. Aufgebracht rammte er den Löffel in das Currygericht. Er schaufelte sich Sprossen, Huhn, Möhren, und was sonst noch so alles drin war, in den Mund. Er kaute und schien zu überlegen. »Wegen denen wandere ich noch in den Knast!«, brüllte Sammer, als er runtergeschluckt hatte, und ging auf Manuel zu, der vor dem Küchenchef zurückwich.

Gustav hob beschwichtigend die Hände. Frauke Hausen tupfte sich unaufhörlich die Nase mit einem Taschentuch und schien sich an die Umarmung von Maurice gewöhnt zu haben. Sie schmiegte sich erschöpft an ihn, er streichelte mit seinem Daumen sanft ihre Schulter. Ein Sanitäter übte immer noch die Herzdruckmassage aus, der andere machte sich an der Kehle des Barkeepers zu schaffen. Benjamin spürte, dass er das Weite suchen musste, und lief los. Raus aus dem Wirtschaftstrakt, rein in die Ladenpassage. Der Teppich federte seine Schritte ab, zu seiner Linken lag sein sanft beleuchteter Weinkeller, sein Rückzugsort, sein beschmutzter Tempel und beflecktes Heiligtum. Er brauchte Luft. Frische Luft. Der Sommelier stieß die Türen zur Feuerwehrzufahrt auf, als hätte er einen Fluchtweg aus der Hölle aufgetan. Ein frostiger Wind plusterte Benjamins Jackett auf. Er fror, merkte, wie nass geschwitzt er war. Er ging an den Rand der Zufahrt, wo der Hang steil abfiel, atmete tief durch, spürte die eiskalte Luft in seinen Lungen. Die Landschaft lag ausgebreitet in der Nacht. Die Scheinwerfer eines Autos schlängelten sich über die Serpentinen.

Benjamin schloss kurz die Augen, legte den Kopf in den Nacken und blickte nach oben.

Eine hauchdünne Mondsichel stand am Firmament.

Wobei ihm der Mond nicht wie ein Mond vorkam.
Er war nur ein Messerschlitz am Himmel.
Und der Himmel war auch kein Himmel.
Sondern ein schwarzer Bühnenvorhang.
Der einen ersten Riss bekommen hatte.

Acht

Volkmar Höfflin starb noch auf dem Weg ins Krankenhaus. Und Benjamin stand neben sich. Seit zwei Tagen schon. Alle standen neben sich. Die Geschwister fuhren zur Frau des Barkeepers. Charlotte saß schweigend am Lenkrad, Stephane schweigend auf dem Beifahrersitz. Der Sommelier kauerte hinten, drückte sich in das Polster, starrte zum Fenster hinaus. Die Landschaft sauste vorbei. Es war Ende Februar. Es hatte geregnet, und der Himmel sah aus wie zementiert. Der Winterschnitt in den Weinbergen war beendet. Still, kahl und knorrig standen die Rebstöcke auf den Hügeln, sahen zwischen den Pfählen und Drähten wie Fischgräten aus, ein Friedhof der Fischkadaver, die sich wie tote Flossen aus dem Erdreich erhoben. Hier und da türmten sich die abgeschnittenen Triebe. Benjamin entdeckte einen einsamen Winzer, der tief gebeugt mit Hammer und Nägeln ein Holzgestell zur Rebenerziehung reparierte. Er erhob sich kurz, wischte sich mit dem Handrücken über die Stirn und stemmte sich danach die Hände in den Rücken.

Das Wetter, die Weinterrassen, der Winzer. Es war ein Bild, wie es der Sommelier schon unzählige Male gesehen hatte. Es war das letzte Luftholen vor dem Sprung, der Moment, bevor in wenigen Tagen oder Wochen die Reben zu bluten begannen, sich tausendfach an den Schnittflächen der Triebe winzige Tröpfchen bildeten, ein klebriges Sekret aus Wasser, Zucker und Salzen. Das Signal, dass der Weinberg seine Winterruhe beendet hatte und unaufhaltsam zum Leben erwachte. Und eine zunehmende

Zitterpartie für die Winzer. Das Wetter war in den letzten Jahren launischer geworden. Mild und nass, trocken und heiß. Die Jahreszeiten verschwammen ineinander. Der Winter löste sich im Herbst und Frühling auf, wie ein Eiswürfel im lauwarmen Wasser. Auch ein verspäteter Winterschnitt konnte hier nicht verhindern, dass die Reben Anfang März austrieben. Es war ohnehin warm am Kaiserstuhl. Oft kamen aber noch Spätfröste, die mit einem Schlag große Teile der Ernten vernichteten.

Charlotte fuhr nach Kiechlinsbergen, das Auto schlingerte über die Serpentinen, erst nach Königschaffhausen flachten die Hügel ab, und links und rechts kamen weite Flächen mit Obstbäumen zum Vorschein. Im Radio lief ein Gewinnspiel. Mit einer Stimme wie ein überhitzter Vibrator stellte eine Moderatorin einem Zuhörer Fragen, im Hintergrund wurde theatralisch das Ticken einer Uhr eingespielt. Das Programm schien Charlotte auch zu nerven, sie schaltete das Radio ab. Der Motor brummte, die Räder summten im Radkasten, keiner sprach ein Wort. Benjamin schloss die Augen, lehnte seinen Kopf zurück, faltete die Hände im Schoß, als wäre er in diesem Augenblick in der Lage, ein Nickerchen zu machen. Statt Schwärze empfing ihn hinter seinen Lidern jedoch nur ein eigentümliches Flackern, das er zunächst nicht zuordnen konnte. Dann wurde ihm klar, dass er nervös war, schlicht und ergreifend: nervös. *Mein herzliches Beileid, mein Beileid. Tut mir leid, es tut mir so schrecklich leid.* Immer wieder murmelte er Varianten der beiden Sätze vor sich hin, im Grunde bereits, bevor die Geschwister losgefahren waren.

Als sie schließlich vor dem Häuschen in Amoltern parkten, war der Puls des Sommeliers ein Hamsterrad. Er stieg aus, strich mehrmals seinen dunkelblauen Rollkragenpullover glatt. Auch Charlotte und Stephane schienen es nicht eilig zu haben. Benjamins Halbbruder zog sein Mobiltelefon aus der Tasche, schaltete es auf lautlos, steckte es wieder in die Innentasche seines Mantels, holte es erneut hervor, schaltete es ganz aus, steckte es zurück in seine Tasche, um es mit derselben Bewegung noch mal hervorzuholen und es fein säuberlich im Handschuhfach des Autos zu verstauen. Als hätte er es nicht auf den Sitz werfen können. Charlotte stand neben der offenen Fahrertür, stellte ihren Fuß auf dem unteren Rahmen ab, zerrte und zog an ihren neuen Lederschuhen – ihre Füße waren nur die schwarzen Sportschuhe gewöhnt, die sie tagtäglich in der Küche trug. In diesem Augenblick erblickte der Sommelier Luise Höfflin. Wie lange stand sie schon in der Tür und verfolgte das Zeitschinden der Geschwister? Benjamin wusste es nicht, aber er war es, der als Erster auf sie zuging.

Sie war eine kleine, höfliche Dame. Unauffällig im besten Sinne. Immer gut frisiert, immer gut gekleidet. So sah sie auch an diesem Tag erstaunlich gut und gefasst aus, was aber auch an dem Make-up lag, das ein wenig die Müdigkeit und Strapazen kaschierte, die nur noch an ihren Augen abzulesen waren, die tief in den Höhlen lagen.

»Frau Höfflin«, begann Benjamin bedrückt, streckte seine Hand aus und ging steif wie ein Roboter auf sie zu, »es tut mir so ...«

Weiter kam er nicht. »Is gut, Benjamin, is gut«, unterbrach die Dame ihn, nahm seine Hand, zog ihn mit einem Ruck zu sich herab, herzte ihn kurz, um den Sommelier gleich wieder von sich wegzuschieben und ihn zu betrachten. »Wie lange ist das her, dass ich Sie gesehen habe?«, fragte sie.

»Nicht siezen, bitte«, entfuhr es Benjamin. »Nicht siezen!«

»Du bist ja mittlerweile ein richtiger Mann geworden, da wollte ich dich nicht einfach duzen.«

»Lassen Sie uns das einfach alles so beibehalten, wie wir es immer getan haben, ich sieze, Sie duzen, alles bestens«, sagte der Sommelier und überlegte kurz, ob er Luise Höfflin darauf hinweisen sollte, dass sie sich vor zwei Jahren beim vierzigjährigen Betriebsjubiläum ihres Mannes gesehen hatten. Das letzte Treffen war also gar nicht so lange her. Wenn er sich nicht täuschte, dann hatten sie damals schon ihr Duzverhältnis geklärt. Sie schien es vergessen zu haben. Aber Benjamin verschwieg die Worte, sie lagen ihm ohnehin nur wegen eines unbändigen Drangs zu sprechen auf der Zunge.

Charlotte umarmte Luise Höfflin lange, ohne große Worte.

Stephane reichte ihr die Hand und fügte förmlich hinzu: »Ich möchte Ihnen im Namen der ganzen Familie unser Beileid aussprechen.«

Es begann zu nieseln. Die Gruppe ging ins Haus. Benjamin atmete auf, diese erste Hürde lag hinter ihnen. Sie fanden sich im Wohnzimmer wieder. Auf dem Tisch standen eine Thermoskanne, ein Wasserkrug und ein Teller mit Keksen. Luise Höfflin goss Kaffee ein. Die Unterhaltung stolperte unbeholfen dahin, über Bekundungen der Fassungslosigkeit hinweg bis hin zu den organisatorischen Pflichten, mit denen die Frau zu kämpfen hatte. Der Sommelier nahm an dem Gespräch kaum teil, sah sich in der Wohnküche um, die er ganz und gar erstaunlich fand. Das Paar wohnte schon seit über dreißig Jahren hier, das Haus war sicherlich ein Gebäude aus den Sechzigerjahren, aber hier drinnen war es alles andere als spießbürgerliches Biedermeier, gar vollgestopft mit Erinnerungen an ein langes Leben. Der Raum war luftig und ging in eine offene Küche über. Der Boden bestand aus gebeizter Eiche, das beige Ecksofa stand frei im Zimmer, auf einem hellgrauen Läufer. Der Fernseher, ein großer Flatscreen, war an die Wand montiert. Darunter stand ein flacher Unterschrank aus weiß lackiertem Holz, darauf eine Orchidee. Nur der ältere Kamin aus Backstein schien bei den Modernisierungen noch nicht berücksichtigt. Daneben stand auf dem Boden ein großer Bastkorb mit einigen Magazinen darin. Vor den Fenstern breitete sich ein gepflegter großer Garten aus, der fließend in die Hügel dahinter überging. Ein wuchtiger Kugelgrill war von einer schwarzen Schutzhülle bedeckt, gesprenkelt von Regentropfen. Auf dem Rand einer steinernen Vogeltränke saßen zwei Blaumeisen.

»Sie haben es sehr schön hier«, sagte Benjamin, als sich eine Gesprächspause in die Länge zog.

»Danke«, erklärte Luise Höfflin und lächelte verlegen, »ich habe ja nie gearbeitet, und da unser Kinderwunsch immer unerfüllt blieb, hatte ich viel zu viel Zeit, mich dem Nestbau zu widmen. Volkmar hatte es gern sauber.«

»Wie lebt es sich mit einem Barkeeper?«, fragte Charlotte.

»Och, ich hatte mich daran gewöhnt, viel Zeit für mich zu haben. Volkmar stand ja erst spät am Vormittag auf, in dieser Zeit habe ich meist schon das Mittagessen gekocht. Und dann ist er ja nachmittags zur Arbeit gegangen. Und an seinen freien Tagen waren wir eigentlich immer zusammen unterwegs. Wir sind viel Rad gefahren«, sagte Luise Höfflin und wandte sich an Stephane. »Möchten Sie noch etwas Kaffee?«

Stephane schüttelte den Kopf.

Benjamin fragte lächelnd: »Ich sehe hier gar keine Schnäpse, hat Volkmar seine Vorräte in einem Tresor im Keller gebunkert?«

»Nein«, antwortete Luise Höfflin verwundert, »wir haben keinen Alkohol im Haus. Volkmar hat nichts getrunken – wusstest du das nicht?«

»Ernsthaft?«

»Ja. Volkmar hat natürlich bei der Arbeit immer seine neuen

Cocktails probiert. Und er hatte eine große Leidenschaft für Whisky wie euer Vater auch. Wenn ein besonderer Brand geliefert wurde, dann erzählte er mir schon drei Tage vorher davon, aber zu Hause wollte er von dem Zeug nichts wissen. Nur wenn wir unsere alljährliche Reise nach Schottland unternahmen, war er nicht zu halten und hing an der Flasche«, erzählte Luise Höfflin und lachte.

Befreiend. Es war ein befreiendes Lachen, das die Gruppe gemeinsam ausstieß. Benjamin musste schmunzeln. Volkmars Faible für Brände war legendär. Er dachte an die Barrückwand im Hotel, die bis zur Decke reichte, verschalt mit dunklem Nussbaumholz. In rechteckigen Aussparungen, die willkürlich in dem Wandelement angeordnet schienen, hatte der Barkeeper seine Spirituosen mit Punktstrahlern in Szene gesetzt. Zweimal in der Woche hatte er sie herausgenommen, Fächer und Flaschen abgestaubt und sie minutiös zurückgestellt – manchmal ging er sogar um den Tresen herum, um die Brände aus dieser anderen Perspektive zu betrachten. Der Winkel, wie die Flaschen zueinanderstanden, war ihm offensichtlich wichtig. Zwei Regalfächer waren den Obstbränden aus den Häusern Rochelt und Stählemühle gewidmet, in einem anderen thronten – hinter einer dicken Glasscheibe – drei Cognacflaschen: ein Le Voyage de Delamain, ein Hennessy Richard Impérial und eine Frapin Cuvée 1888. Zu seiner Whiskysammlung, die auch viele Kenner anlockte, gehörten ein Single Malt aus der Aberfeldy Distillery aus dem Jahr 1966 oder ein Bowmore Moonlight in der Keramikflasche aus dem Jahr 1972. Raritäten, die nicht leicht zu erstehen waren, und ein Sortiment, das Volkmar Höfflin über sein ganzes Berufsleben aufgebaut hatte. Insofern schlussfolgerte der Sommelier, dass er zu Hause eine ganze Armada an Bränden gebunkert hatte. Denn hätte er in seiner Dreizimmerwohnung in der Breisacher Oberstadt mehr Platz gehabt, hätte er sich dort einen eigenen Weinkeller eingebaut. So beschränkte sich seine private Weinsammlung auf zwei große Klimaschränke. Er hatte rund dreihundert Flaschen gehortet. »Ist schon verrückt«, sagte er, »dass er seine Leidenschaft für Brände nach Dienstschluss einfach ablegen konnte.«

»Es war nie der Alkohol, der Volkmar an seinem Beruf gefallen hat. Er war gesellig und gern unter Menschen. Obendrein war er schon als Jugendlicher ein Nachtmensch. In seiner Freizeit suchte er dann eher den Ausgleich. Er lebte sehr gesundheitsbewusst, machte viel Sport.« Luise Höfflin schüttelte den Kopf. »Da strampelte er dreimal in der Woche bei Wind und Wetter mit seinem Mountainbike durch die Amolterer Heide, manchmal machte er noch vor der Arbeit eine Tour zum Tuniberg, und am Ende ...«

»Sind Sie in den letzten Tagen ganz allein gewesen?«, fragte Stephane plötzlich.

Luise Höfflin schüttelte den Kopf. »Volkmars Bruder kommt heute Nachmittag mit seiner ganzen Familie, sie entfliehen im Februar immer dem Winter und waren im Urlaub auf Teneriffa, als Volkmar ...«, sie stockte, »... und unsere Nachbarn sind oft hier, eigentlich ständig. Sie helfen mir auch beim Trauerkaffee. Und gestern war ja euer Onkel da.«

Sie verstummte, ihr Blick driftete ab.

Es war das erste Mal, dass der Sommelier das Gefühl hatte, sie würde gleich die Fassung verlieren. »Könnte ich kurz Ihre Toilette benutzen?«, fragte er schnell.

Als Benjamin zurück in den Hausflur trat, hörte er die Stimmen einer ruhigen Unterhaltung aus dem Wohnzimmer. Er nahm sich einen Moment Zeit, betrachtete die vielen gerahmten Bilder, die an den Wänden hingen, darunter einige Schwarz-Weiß-Fotografien, auf denen er mit viel Fantasie Volkmar als jungen Burschen ausmachen konnte. Volkmar als Kleinkind, beschmiert mit Schokoladeeis. Volkmar oberkörperfrei, vielleicht zehn Jahre alt, an einem See mit anderen Burschen in seinem Alter. Volkmar als junger Mann an einer Strandbar, mit kurzärmeligem Hemd, den Boston Shaker mit beiden Händen über der linken Schulter haltend und mit erstaunlich vielen Haaren auf dem Kopf, auch wenn seine Geheimratsecken bereits zu erkennen waren. Es gab auch ein professionelles Familienporträt, höchstwahrscheinlich sein Bruder mit Frau und zwei Kindern, sauber arrangiert, alle ordentlich gekämmt. Daneben hing eine gerahmte krakelige Kinderzeichnung, die ganz offensichtlich Volkmar darstellen sollte, die rote Barjacke war unverkennbar, den Hintergrund bildeten unzählige bunte Flaschen. Der Sommelier blickte auf die Signatur am Bildrand und hielt den Atem an. Mit Kugelschreiber hatte jemand sauber darauf geschrieben: *Benny, 1996.*

»Ist schon richtig, das Bild hast du gemalt«, sagte Luise, die plötzlich neben Benjamin auftauchte. Sie hielt den leeren Wasserkrug in der Hand und lächelte ihn fast liebevoll an.

»Wirklich. Kann ich mich nicht daran erinnern, dass ich das gemalt habe«, sagte Benjamin verblüfft, vor allem darüber, dass das Bild hier hing – was hatte es inmitten der vielen Familienfotos zu suchen?

»Volkmar hat dich sehr gern gehabt«, erklärte Frau Höfflin, als erriet sie seine Gedanken, und der Sommelier ahnte, dass nun die Geschichte kam, die er schon unzählige Male gehört hatte, meist von Volkmar selbst. Luise Höfflin fuhr fort: »Er hat immer erzählt, dass du ihn als kleiner Junge jeden Nachmittag in der Bar besucht hast.«

»Manchmal habe ich mich auch versteckt, wenn ich etwas ausgefressen hatte«, warf Benjamin lächelnd ein, doch Frau Höfflin sprach unbeirrt weiter.

»Du hast dich immer hinten in die Vorbereitungsküche gesetzt, auf deinen Bauch gezeigt und gesagt, dass du dort so ein komisches Gefühl hättest.«

»Und Ihr Mann hat dann immer ganz verwundert getan und mich gefragt, ob ich etwa Hunger und Durst hätte, und mir dann einen Kindercocktail mit Früchten gemixt, manchmal bekam ich auch eine Kugel Vanilleeis oder salzige Nüsse dazu.«

Frau Höfflin schmunzelte. »Schau mal«, sagte sie plötzlich und zog aus einem Unterschrank, in dem Benjamin ein Arsenal an Schuhen vermutete, einen Ordner hervor und schlug ihn auf. Es war eine Sammlung von Presseartikeln über Volkmar. Der Sommelier entdeckte auch Urkunden und Auszeichnungen zum Barkeeper des Jahres, von denen Volkmar Höfflin in seinem Berufsleben einige gesammelt hatte. Sie waren ihm offensichtlich nicht so wichtig gewesen, als dass er sie gerahmt und aufgehängt hätte. Frau Höfflin blätterte zu einem mit einem Register abgetrennten Teil. Es dauerte einen Moment, bis Benjamin klar wurde, dass es sich ausschließlich um Artikel über ihn selbst handelte. Und das waren nicht wenige, weil er in seiner Anfangszeit im Beruf – in einem Anflug von Übermut – an allen Sommelier-Wettbewerben teilgenommen hatte, für die er sich qualifizieren konnte. Volkmar hatte in einer Klarsichthülle sogar den Text über den Brand in der Hotelfachschule Montreux eingeheftet, ein unrühmliches Kapitel seiner Vergangenheit, was sein dreijähriges Studium um knapp zwei Jahre verkürzte. Er war nämlich damals rausgeworfen worden. Volkmar hatte den Text anscheinend im Internet gefunden und ausgedruckt.

Der Sommelier schluckte. Luise Höfflin schien zu bemerken,

dass er gerührt war. »Er war sehr stolz, dass du so erfolgreich geworden bist in dem, was du tust. Du hattest es ja nicht leicht, das hat er auch immer wieder gesagt: *Der Benny, der hatte es nicht leicht im Leben.*«

Benjamin seufzte. Nicht aus Selbstmitleid, sondern eher, weil ihn das Thema nervte. Hörte er schließlich andauernd. Vor allem ältere Stammgäste wurden nicht müde, ihm seine schreckliche Kindheit immer wieder vor Augen zu führen. Und es war schon richtig, vor ihrem Tod waren seine Eltern sehr gefordert gewesen. Feste freie Tage hatten sie nicht. Und wenn sie arbeiteten, dann von früh bis spät. Das war sicherlich nicht schön. Einerseits. Andererseits kannte der Sommelier es nicht anders. Während Gustav mit Tante Frieda und seinen Großeltern ein großzügiges Haus in Schelingen bewohnte, lebte er mit seinen Eltern in einer großen Wohnung im Hotel selbst. Wenngleich sie ständig arbeiteten, waren sie trotzdem immer in der Nähe. Bei seiner Mutter legte Benjamin bei seinen täglichen Hotelexkursionen mehrere Zwischenstationen ein. Sie stammte aus einer Winzerfamilie in Bischoffingen und kümmerte sich deswegen um die Weine im Haus. Oft saß sie am Eingang der Restaurants, neben sich mehrere offene Weinflaschen. Ab und an durfte er daran schnuppern.

»Was riechst du?«, fragte seine Mutter.

Weil er nicht wusste, was er antworten sollte, entgegnete er, was ihm zuerst in den Sinn kam: *grüne Gummibärchen, Schnitzel ohne Pommes, nasse Straße im Sommer.*

»Du hast einen guten Geruchssinn«, antwortete seine Mutter dann lachend.

Der Sommelier erfuhr nie, ob sie das im Ernst oder Spaß gesagt hatte. Er war gerade zehn Jahre alt geworden, als seine Eltern bei einem Autounfall bei Altvogtsburg starben. Das Herz des Jungen brach entzwei, wurde nur durch die unveränderten Tagesabläufe zusammengehalten, denn unterm Strich änderte sich hier wenig. Außer, dass ihn alle Menschen plötzlich mit einem wehmütigen Blick ansahen und ihm ständig über den Kopf streichelten. Und, klar, es ging am Anfang auch drunter und drüber. Alle waren geschockt. Beerdigung. Riesentheater. Das Hotel war ja obendrein eine einzige Baustelle. Der Sommelier wusste jahrelang nicht, dass plötzlich Gustav die Vormundschaft für ihn erhalten hatte. Er hatte sich nämlich strikt geweigert, aus der Wohnung im Hotel auszuziehen, also ließ man ihn – nach Rücksprache mit einem Kinderpsychologen – in seinem vertrauten Umfeld wohnen. Für Zuzanna, die plötzlich verschwunden war, wurde ein neues Kindermädchen eingestellt, eine fischgesichtige Suffragette mit pädagogischem Hintergrund, die verzweifelt versuchte, Benjamin mit Fingerfarbenbildern dazu zu bringen, sein Inneres nach außen zu kehren. Sie bekam ein Zimmer in der verwaisten Wohnung. Wenn sie frei hatte, wurde Benjamin bei Tante Frieda einquartiert. Das ging über drei Jahre gut, alles lief im gewohnten Rhythmus, dann schlug die Pubertät mit aller Härte zu – jetzt kehrte der Sommelier sein Inneres nach außen.

Die Wohnung wurde zu seinem erklärten Schlachtfeld. Das Schlafzimmer seiner Eltern, bis dahin heiliges Territorium, funktionierte er zu einer Game-Zone um. Matratzen auf dem Boden, Graffiti an den Wänden, Lavalampen und Ego-Shooter in Endlosschleife. Sein Kindermädchen ergriff die Flucht. Im Wohnzimmer installierte er einen Vorverstärker an der Stereoanlage seiner Eltern und besorgte sich bei E-Bay einen Subwoofer. Scheiben klirrten von nun an im Takt von Housebeats. Die Beschwerden der Gäste ließen nicht lange auf sich warten. Wenn er Hunger hatte, dann ging Benjamin in die Kantine, nachts bediente er sich in den Kühlhäusern. Er stocherte in Pasteten, schob sich mit fettigen Fingern Scheiben von Galantinen in den Mund. Er nahm auch seine Clique mit in den Wellnessbereich. Bei einem seiner nächtlichen Rundgänge erwischte Gustav Benjamin im Whirlpool, knutschend mit seiner ersten Freundin. Und vielleicht wäre noch mehr passiert, wenn sein Onkel nicht wie eine Silvesterrakete explodiert wäre.

Zwei Jahre dauerte das Drama, bis zum Abschluss der Mittelstufe. Erstaunlicherweise schloss der Sommelier als einer der Besten seines Jahrgangs ab. Es war ihm selbst ein Rätsel, wie er das geschafft hatte. Er war Klassenprimus und *Enfant terrible* in Personalunion, marschierte wedelnd mit dem Einserzeugnis in die Oberstufe und schaffte die elfte Klasse nicht. Es lag nicht am Lernen. Wenn ihn etwas interessierte, dann bewies er Sitzfleisch. Ihm wurden die Inhalte – E-Funktionen, Proteinsynthesen, Binärcodes – zu abstrakt. Und weil er sich diese Blöße nicht geben wollte, erklärte er das Schulsystem für realitätsfern, lungerte mit Bierflasche in der Hand in Freiburger Kneipen herum und stellte die Gesellschaft an und für sich infrage. Er redete sich um Kopf und Kragen, bugsierte sich argumentativ in eine ausweglose Situation, ganz einfach, weil er Leute, die viel redeten, aber nichts taten, schon damals nicht leiden konnte. Die Wahrheit war aber auch: Vor einem gesetzlosen Aussteigerleben hatte er viel zu viel Angst, für eine gesellschaftsumwälzende Revolution nicht genügend Grips. Also schaffte er mit Ach und Krach das Abitur. Und weil ihm nichts Besseres einfiel, ging er danach nach Berlin und lernte Kellner. Als er nach einem halben Jahr das erste Mal wieder an den Kaiserstuhl zurückkehrte, war aus seiner Wohnung eine Superior Suite geworden. *C'est la vie.*

»Ich hatte sicher keine leichte Kindheit, hab sie mir zeitweise auch selbst schwer gemacht, aber ich versuche, das auch immer in Relation zu sehen, Frau Höfflin. Ich wurde nie geschlagen, ich habe niemals Hunger gelitten, ich bin behütet aufgewachsen, konnte lernen und meinen Berufsweg frei wählen«, erklärte der Sommelier, doch Frau Höfflin war gedanklich nicht mehr bei ihm.

Sie starrte auf ein Foto ihres Mannes: er, auf einem Berg, das Mountainbike zwischen den Schenkeln. »Bei Wind und Wetter ist er auf sein Fahrrad gestiegen, ist irgendwelche halsbrecherischen Routen in den Alpen gefahren, und am Ende war es eine Sesamallergie, die ihn ein Jahr vor seinem Ruhestand das Leben kostete.«

»War es also die Sesamallergie?«, fragte der Sommelier mit belegter Stimme. »Ich dachte, das sei nicht eindeutig geklärt.«

»Doch, doch, ich hatte heute einen Anruf von der Polizei. Die Obduktion hat den Allergieschock bestätigt. Das war ein schlimmes Leiden. Ich erinnere mich an eine Geschichte vor vielen Jahren, wir haben einen alten Freund von ihm besucht, Markus, mit dem er seine Ausbildung in der Schweiz gemacht hatte. Ein Koch. An dem letzten Tag seiner Ausbildung haben ihn alle Kollegen – Volkmar eingeschlossen – gepackt und kopfüber in die Biotonne gesteckt. Nannten sie *Gesellentaufe*. Das hat Markus nie vergessen und wollte sich bei Volkmar revanchieren. Wir haben gegrillt, saßen im Garten, da hat er Volkmar ein einziges Sesamkorn unters Fleisch gesteckt. Schlechter Scherz. Volkmar bekam Ausschlag, sein ganzer Körper hat gejuckt – Atemnot hatte er nicht, aber wir sind sofort ins Krankenhaus gefahren. Deswegen hatte er ja auch immer ein Notfallset dabei.«

Benjamin senkte den Blick. »Wir haben danach gesucht, aber es nicht gefunden«, sagte er.

»Er hatte es immer in seiner Umhängetasche.«

»Aber nicht in der braunen, aus Leder?«
»Doch, natürlich – warum?«
Auf der Rückfahrt redete der Sommelier kein Wort.
Mit flatterndem Herzen ging er in die Hotelbar.
Er öffnete Volkmars Tasche, die immer noch an der Tür hing.

Neun

»Was ist eigentlich los mit dir?«

Charlotte packte Benjamin am folgenden Vormittag ruppig am Oberarm, gerade als er sich einen Kaffee gezapft hatte und damit in seine Katakomben steigen wollte. Der Kaffee schwappte über und sammelte sich in der Untertasse, lief ihm über die Hand. Die Geschwister standen voreinander, in der Mitte des Officegangs, zwei Boxer im Ring. Servicekräfte mit voll beladenen Tabletts umrundeten sie. Benjamin zog die Augenbrauen hoch, so weit es ging, blickte vorwurfsvoll auf sein verschüttetes Heißgetränk. Charlotte zeigte keinerlei Gefühlsregung. Der Sommelier winkelte seinen freien Arm an, drehte seine Handfläche nach oben, doch die Augen seiner Halbschwester waren Glutnester, die alles in ihrem Umfeld verzehrten.

»Was meinst du?«, raunte Benjamin.

»Tu nicht so. Du stehst seit einer Woche völlig neben dir.«

»Ist ja auch einiges vorgefallen. Oder nicht?«

»Aber das musst du aus dem Restaurant raushalten, Mensch! Wir sind hier kein Drive-in-Schalter!«

»Was ist denn dein Problem?«, pflaumte er sie an und wischte sich an ihrem blauweiß karierten *Touchon*, das über ihrer linken Schulter hing, die Hand ab.

Charlotte seufzte. Sie schien mit sich zu hadern. »Julia kam gestern nach dem Service zu mir«, fing sie an. Benjamin verdrehte die Augen. »Da musst du jetzt nicht die Augen verdrehen.

Sie hat sich nicht beschwert, wollte nur reden, weil sie mitbekommt, dass es dir nicht gut geht.«

»Es ist alles in Ordnung«, sagte Benjamin und war kurz davor, Charlotte von dem Vorfall mit dem Notfallset zu erzählen. Es hatte obenauf gelegen, war tatsächlich in der Tasche gewesen, und dem Sommelier war bei diesem Anblick die Galle hochgekommen – er hatte es nicht übersehen, unmöglich. Sollte er Charlotte also davon erzählen?

Trotz der frühmorgendlichen Anfeindungen seiner Schwester entschloss er sich, an seinem Plan festzuhalten. Zuerst wollte er noch einmal mit der Ärztin sprechen, bevor er mit seinem Verdacht hausieren ging. Er hatte sogar schon nachgesehen, ob sie bereits beim Frühstück saß, aber ihr Tisch war noch leer gewesen. Eine Bestellung für Zimmerservice war allerdings auch nicht eingegangen, weswegen der Sommelier vermutete, dass die Dame jeden Moment erscheinen würde.

»Okay, ich habe Verständnis dafür, dass du gerade nicht gut drauf bist, aber zeige vor den Gästen ein Lächeln, mir völlig egal, ob es gespielt ist«, erklärte die Küchendirektorin und strich sich eine Haarsträhne hinters Ohr. »Ich habe übrigens mit Julia noch ein Bier getrunken. Sie hat absolut kein schlechtes Wort über dich verloren, wirklich, aber wie lange willst du sie eigentlich noch mit der Beförderung hinhalten? Sie ist gut organisiert, immer verlässlich und würde dir so gern im Weinkeller zur Hand gehen. Sie brennt für das Thema. Und ich finde es in der gegenwärtigen Personalsituation nicht angebracht, den Leuten nicht die Möglichkeit zu geben, sich weiterzuentwickeln.«

»Ich treibe hier keine Spielchen, so etwas muss wohlüberlegt sein. Und es braucht eine neue Organisationsstruktur.«

»Dazu ist ja wohl keine Doktorarbeit nötig.«

»Ist mir klar, aber mit Stephane würde ich zuvor gern über

ein Modell einer Umsatzbeteiligung sprechen, das kann sich auf lange Sicht auszahlen.«

»Dann sprich doch wenigstens mal mit ihr, erzähl ihr von deinen Plänen«, sagte Charlotte und schnappte sich eine Kellnerin, die gerade mit zwei Omelette aus der Küchentür spazieren wollte. Auf einem Teller war die Eierspeise verrutscht. Sie schob sie in die Mitte, griff sich ein feuchtes Tuch auf dem Küchenpass, wischte den Tellerrand sauber, rückte die dekorative Blattpetersilie zurecht und ließ die Frau gehen. »Oder befördere sie doch schon einmal pro forma und überlege mit ihr zusammen, wie ihr euch die Arbeit aufteilt. Du lässt sie seit Monaten zappeln, die haut uns noch ab, wenn du nicht bald reagierst.«

»Ja, mache ich, aber vorher muss ich noch mit der Personalabteilung reden, in Ordnung? Und Gustav muss das auch absegnen«, log der Sommelier, denn im Grunde wollte er nur Zeit schinden. Was das Problem mit Julia Jimenez war? Folgendes: Julia Jimenez, Mitte zwanzig, war eine tolle Mitarbeiterin, hatte ihre Ausbildung im Haus gemacht, war dem Betrieb also schon seit vielen Jahren treu. Das hatte sicherlich auch damit zu tun, dass sie mit ihrer Familie und ihrem Freund in Leiselheim wohnte. So oder so, die Situation war angesichts des Fachkräftemangels in der Branche ein Glücksfall. Sie hatte Organisationstalent, war pünktlich und bewies immer wieder ihre Führungsqualitäten als stellvertretende Restaurantleiterin. Die Servicekräfte ließen sich gern von ihr leiten, weil sie auch in stressigen Situationen die Ruhe bewahrte und obendrein Humor besaß. Sie pflegte einen tadellosen Umgang mit den Gästen und verfügte über ein gutes Fachwissen. Vor allem auch bei der Speise-Wein-Kombination hatte sie immer wieder erstaunlich kreative Einfälle, auf die Benjamin nicht gekommen wäre. Wenn sie etwa zu einem pochierten Rinderfilet mit Wurzelgemüse und

Sauce béarnaise einen zehn Jahre alten Hermitage Blanc »Le Chevalier de Sterimberg« von Jaboulet eingoss. Oder zu einem Rehrücken eine vierzig Jahre alte Riesling-Auslese Rauenthaler Baiken Cabinettkeller von den Staatsweingütern Eltville empfahl. Ihre Weinauswahl war wie ein Landeanflug. Und sie war die Pilotin, die das Flugzeug dabei mit Schmiss in die Kurve legte, aber sanft und elegant aufsetzte. Ihre Augen waren laubfarben und funkelten in so vielen Facetten, als seien sie Brillanten. Ihre dunkle Haut war glatt, ihre schönen Hände waren für ein Piano geschaffen, und ihre sanfte Stimme hörte sich für Benjamin immer an, als spiele sie auf einem Cello. Ja. Der Sommelier war in Julia verliebt. Das war das ganze Problem.

»Dann setze sie darüber in Kenntnis, dass du ihren Wunsch nicht vergessen hast. Okay?«, sagte Charlotte in Befehlston.

»Ja, mache ich.« Benjamin bemerkte, dass es ihm sauer aufstieß, dass ihm seine Schwester den Marsch blies, noch bevor der Tag richtig angefangen hatte.

»Wo bleiben denn die viereckigen Eier für das Kinderbüfett«, rief ein Kellner über den Küchenpass. »Bist du da dran?«

»Siehst du die Arme der Köche?«, ging Charlotte dazwischen, legte das grobe Grubentuch neu zusammen, bevor sie es sich wieder wie eine Peitsche über die Schulter schwang.

Der Kellner blickte sie irritiert an und zuckte fragend mit den Schultern. »Ja, warum?«

»Wenn sich die Arme der Köche nicht mehr bewegen sollten, kannst du wieder nachfragen, klar?«, wies sie den jungen Mann zurecht und wandte sich erneut an ihren Bruder. »Und hast du das mit dem Führungskräftemeeting mitbekommen?«, erkundigte sie sich und band sich ihre Kochschürze neu. »Gustav will die Freitagssitzung heute Nachmittag nachholen, sobald es ruhiger geworden ist. Wir müssen uns wegen der Beerdigung morgen absprechen, irgendwer muss ja im Haus bleiben und sich um die Gäste kümmern.«

»Ja, habe ich mitbekommen. Warum kümmerst du dich eigentlich um den Frühstücksservice?«, fragte Benjamin. »Ist Horst krank?«

Charlotte kniff die Lippen zusammen. Das war das Letzte, was Benjamin sah, bevor sie sich umdrehte und einem Koch hintersprintete, der sich mit zwei Schüsseln auf den Weg ins Restaurant machte – was immer damit nicht stimmen mochte.

Die halb volle Kaffeetasse stellte der Sommelier auf einem Rollwagen ab, den gerade eine der Reinigungskräfte vorbeischob, und stapfte ebenfalls in die Restaurants. Es war Sonntag, auch wenn heute ein Großteil der Gäste abreiste, war am Morgen das Hotel bis auf das letzte Bett ausgebucht gewesen, und die Mitarbeiter hatten alle Hände voll zu tun. Die Gäste frühstückten am letzten Tag ihres Aufenthalts oft besonders ausgiebig, und die Servicekräfte brachten im Akkord zusätzlich Omelette, Spiegel- und Rühreier, Eggs Benedict oder sogar Rindertatar und kleine Minutensteaks an die Tische. Es wurden Bestellungen angenommen, Tees aufgegossen, Teller abgeräumt, und Benjamin Freling schlängelte sich durch das lebhafte Treiben des Restaurants direkt zum Tisch der Ärztin. Sie war mittlerweile eingetroffen und hielt in ihrer rechten Hand ein Honigbrötchen, in der linken eine handlich zusammengefaltete Tageszeitung. Sie überflog anscheinend die Kurzmeldungen. Auf ihrer Nasenspitze saß eine Lesebrille mit dünnem Metallgestell. Ihr Mann war offensichtlich gerade am Büfett. »Guten Morgen, Frau ...«, begann Benjamin, da fiel ihm ein, dass er ihren Namen nicht kannte. Dummerweise verstellten auch noch Salz- und Pfeffermenagen den Blick auf das Namensschild.

Die Ärztin blickte ihn an. »Schwarz«, entgegnete sie, legte das Brötchen weg und wollte sich erheben.

Der Sommelier gab ihr mit einer Handbewegung zu verstehen, dass sie bitte sitzen bleiben möge. »Ich wollte mich nur nochmals für Ihre schnelle Hilfe bedanken, Frau Dr. Schwarz«, sagte er.

»Es tut mir leid, dass ich nicht helfen konnte«, entgegnete sie.

»Wir waren gestern bei ...«, fuhr er fort, fand das Wort *Witwe* aber furchtbar und sagte stattdessen: »... bei Luise Höfflin, der Frau des Barkeepers, um zu kondolieren. Sie hat bestätigt, wie schlimm seine Allergie war.« Die Ärztin nickte, schien aber nicht weiter darauf eingehen zu wollen. Benjamin platzte heraus: »Dürfte ich Ihnen deswegen noch eine Frage stellen?«

»Natürlich«, sagte die Ärztin, legte nun auch die Zeitung zur Seite, stellte ihre Ellenbogen auf die Stuhllehnen und faltete die Hände. Sprechstunde.

»Volkmars Frau erzählte mir, dass er einmal wegen des Verzehrs eines einzelnen Sesamkörnchens ins Krankenhaus musste. Was ich mich gefragt habe: Ich habe alles zwar nur nebenbei wahrgenommen, aber ich habe in der Kantine viele Scherben auf dem Boden gesehen, jedoch kein Essen, also, da lagen keine Essensreste auf dem Boden. Es wirkte auf mich, als hätte Volkmar das gesamte Curry aufgegessen – ist das nicht unwahrscheinlich?«, fragte er.

»Die Obduktion wird über die Todesursache Klarheit schaffen«, antwortete die Ärztin sachlich.

»Es war ein Allergieschock, das wurde mittlerweile bestätigt.«

»Dann verstehe ich Ihre Frage nicht.«

»Hätte er nicht schon nach einer Gabel bemerken müssen, dass Sesam am Essen ist? Warum isst er die ganze Portion auf?«

Die Ärztin schien zu überlegen. »Wenn er schnell gegessen hat ... Sind Gastronomen nicht bekannt dafür, ihr Essen hinunterzuschlingen?«

»Mag sein, aber Volkmar war eigentlich ...«, erwiderte Benjamin und verstummte.

In diesem Augenblick kam ihr Mann zurück.

Der Sommelier verabschiedete sich knapp.

Als Benjamin zum Führungskräftemeeting kam, stand Gustav hünenhaft am Kopf des großen Besprechungstischs. Sein schwarzer, maßgeschneiderter Anzug saß wie eine zweite Haut. Das silbergraue Einstecktuch erhob sich wie ein schneebedeckter Gipfel aus der Brusttasche. Die Hände hielt er vor seinem Schoß gefaltet. Alle anderen saßen bereits: Stephane und Charlotte, die Hausdame Gerda Helbling, der Restaurantleiter Gérard Baudemont, Michaela Schneider, die Restaurantleiterin der Jägerstube, Monika Weber, die Leiterin des Frühstücksservice, Else Hochstein, die Leiterin der Rezeption und Reservierung, und Anton Dinter, der F&B-Manager. Darüber hinaus waren auch die Pressesprecherin Chantal Greifer und die stellvertretende Barchefin Meret Çelik dabei. Und Julia. Vor wenigen Minuten hatten sie und Benjamin die letzten Mittagsgäste verabschiedet und gemeinsam entschieden, dass sie beide zu der Besprechung gehen sollten. Horst Sammer war nicht anwesend, er war beurlaubt. Der Platz, an dem sonst immer Volkmar saß, blieb frei.

Die Stimmung hatte die Art von stiller Bedrückung, die der Sommelier erst für die Gedenkfeier am Folgetag erwartet hatte. Gesenkte Blicke, flache Atemzüge, einhelliges Schweigen. Er schloss die Tür und setzte sich, da begann Gustav zu sprechen. Über seine schwülstige Art machten Charlotte und er gern Späße. Manchmal hatte der Sommelier das Gefühl, sein Onkel versuchte, mit seiner aufgeblasenen Persönlichkeit auch ein wenig zu verdecken, dass ihm in vielen Hotelbereichen das Knowhow fehlte. Benjamin konnte oft nicht anders, als in diesem Zusammenhang an Ruländer zu denken, ja, Ruländer, die Rebsorte, die früher gern als lieblicher Fusel auf die Flasche gezogen wurde. Baden war bekannt dafür, und viele Winzer waren nicht glücklich damit. Nicht zuletzt wegen der Weinskandale der Achtzigerjahre, unter denen auch Benjamins anderer Onkel Konrad, seines Zeichens Winzer, zu leiden gehabt hatte. Bei süßlichem Wein schrillten beim ambitionierten Trinker die Panscherglocken. Man griff auch immer lieber zu spritzigen, trockenen und frischen Weinen. Hinzu kam, dass Ruländer richtig ausgebaut ein paar der besten Weine Deutschlands hervorbrachte. Änderte nichts daran, dass das Image des Weins ruiniert war. Also schmissen ein paar Experten die Marketingmaschine an. Man brauchte ein unbeschriebenes Etikett. So geschah es, dass Ruländer, wenn er nicht mehr lieblich, sondern trocken ausgebaut wurde, fortan Grauburgunder heißen durfte. Das machte den Wein aber nicht zwingend zu einem besseren Wein. Will heißen: Gustav wurde nach dem Tod von Benjamins Eltern umetikettiert. Zum Hoteldirektor.

Ursprünglich war Gustav Freling gelernter Hotelkaufmann. Er hatte die Rezeption und Reservierung des Familienbetriebs geleitet, bevor er unvermittelt zum Patron befördert wurde und sich bei allabendlichen Rundgängen durch die Restaurants und Small Talk mit den Gästen wiederfand. Er kannte sich aber vorwiegend mit buchhalterischen, finanzverwalterischen und betriebswirtschaftlichen Zusammenhängen in einem Hotel aus, er hatte Kenntnisse beim Einkauf, bei der Kalkulation oder dem Controlling. In der Zeitung las er stets den Wirtschaftsteil, aber man unterhielt sich mit Gästen nicht über Dax-Werte oder Rev-PAR, man plauderte mit ihnen über Befindlichkeiten, über Kunst und Kultur, über guten Wein und gutes Essen. Also überhöhte er sich selbst und die Themen, über die er sprach, weil er

Angst hatte, er könnte in ein Fachgespräch verwickelt werden, in dem er seine Wissenslücken preisgeben musste. Manchmal dachte Benjamin, sein Onkel erdrücke die Gäste mit gespieltem Charme, um darüber hinwegzutäuschen, dass seine Herzlichkeit proportional zur Tiefe ihrer Geldbörsen zunahm.

»Liebe Mitarbeiterinnen, liebe Mitarbeiter, liebe Charlotte, lieber Stephane, lieber Benny«, begann der Hoteldirektor zu sprechen und blickte kurz zum Fenster hinaus, was keine schöpferische Pause darstellte, um die richtigen Worte für seine Ansprache zu finden, die hatte er längst im Kopf, es war Teil seiner Inszenierung. Im Normalfall hätte sich Benjamin darüber amüsiert, hätte wahrscheinlich sogar seine Schwester unterm Besprechungstisch angestupst – ihr Onkel war einfach ein Kauz –, aber heute nervte es ihn. Gustav fuhr fort: »Heute Morgen war ich auf der Schelinger Höhe spazieren und sah einen Bussard, der in der Luft stand, ohne seine Flügel zu bewegen. Dort muss also ein Aufwind geherrscht haben, der den Vogel sanft über dem Tal schweben ließ.« Er pausierte. Stirnrunzeln bei den Mitarbeitern – was wollte der Hoteldirektor mit seinem Sprachbild sagen? Gustav nickte gedankenverloren, schien sich selbst zuzustimmen und sprach weiter: »Wir hatten keine leichten Tage. Und so gern ich uns allen in dieser schwierigen Phase Trost spenden würde, sind die Grenzen des Menschenmöglichen erreicht. Volkmar war nicht nur ein treuer, langjähriger Mitarbeiter, er war für viele von uns ein Freund. Deswegen möchte ich zuerst einmal jedem von Ihnen, der eine längere Auszeit für die Trauerarbeit benötigt, die Option einräumen, sich außerplanmäßig freizunehmen«, erklärte der Hoteldirektor. Er blickte erwartungsvoll in die Runde. Keiner regte sich – was hatte er erwartet? Applaus? Denn wie sollte sein Angebot umgesetzt werden? Der Laden brummte. Es waren leere Worte, und jeder in dieser Runde wusste das. In diesem Moment spürte der Sommelier, wie es in seinem Inneren brodelte. Er holte Luft, hatte alles, was ihm auf der Seele lag, schon auf der Zunge, auch wenn er damit als Verschwörungstheoretiker gebrandmarkt wurde. Stattdessen fuhr Gustav fort: »Wenn einer von Ihnen Erinnerungen teilen ...«

Es klopfte an der Tür.

Meike Hallmann vom Frontoffice streckte ihren Kopf herein.

In ihren Augen lag ein fast panischer Ausdruck.

Gustav brauste auf, noch bevor sie etwas sagen konnte: »Kann das nicht warten?«

Meike errötete. Sie wusste natürlich, dass das ein unpassender Moment war, um zu stören. »Es tut mir leid, Herr Freling, aber da ist ein Anruf für Charlotte.«

»Muss warten«, erklärte Gustav knapp.

»Wer ist es denn?«, fragte Charlotte.

»Der Chefredakteur des Guide Michelin.«

Charlotte stand nicht auf: Sie sprang auf. Noch im Hinausgehen riss sie Meike das schnurlose Telefon aus der Hand und zog hinter sich die Tür zu.

Gustav war aus dem Konzept gekommen. Er blickte zur Decke, zum Boden, zum Fenster. »Nun. Also. Wenn einer von Ihnen Erinnerungen teilen oder sich etwas von der Seele reden will, dann möchte ich Ihnen auch hier Anlaufstelle sein und stehe Ihnen ...«

»Was ist mit Horst?«, unterbrach Gerda Helbling. »Stimmt es, dass Sie ihn rausgeworfen haben?« Nur wenn sie beide allein waren, duzte sie ihn.

Jetzt war es Gustav, der errötete. Vor Wut über die erneute Unterbrechung oder vor Scham bezüglich der Frage, konnte

Benjamin nicht einschätzen. Der Hoteldirektor sagte knapp: »Ich musste Herrn Sammer bis auf Weiteres beurlauben.«

»An was ist Volkmar denn gestorben, war es überhaupt die Sesamallergie?«, fragte Meret Çelik.

»Gestern war die Polizei im Haus, aus den Fragen der Beamten ließ sich das ableiten, also, ja, ich gehe davon aus.«

Stephane nickte. »Ja. Wir waren gestern auch bei Luise Höfflin. Sie hat das bestätigt.«

»Aber warum wird dann Horst entlassen, wenn so ein Kochjunge das Personalessen vergiftet?«, bohrte Gerda nach. »Ich weiß, welcher Lehrling das war, steht immer hinter den Glascontainern, raucht und popelt in der Nase, dass Horst wegen so einem ...«

»Bitte, Gerda«, sagte Gustav, der sein Duzverhältnis auch vor den Kulissen pflegte, »ich habe von Beurlaubung gesprochen.«

»Charlotte ist Küchenchefin.«

»Charlotte ist primär für die Gourmetküche verantwortlich, Horst für die übrige Gastronomie, darunter auch das Personalessen. Wir müssen die Sache klären, sobald sich die Wogen etwas geglättet haben.«

»Ungerecht. Finde ich ungerecht«, polterte Gerda.

In diesem Augenblick kam Charlotte zurück. Sie verzog keine Miene. Es wurde still am Tisch. Jeder wollte wissen, was der Anruf zu bedeuten hatte. Schließlich gab es diese Gerüchte, dass der Chefredakteur des Michelin bei einer Steigerung eines Betriebs auf zwei oder drei Sterne kurz vor Bekanntgabe persönlich anrief, um zu gratulieren und dem Restaurant ein wenig Zeit zu verschaffen, bevor der Sturm losbrach. Vor allem für Dreisterner begann schließlich eine neue Zeitrechnung. Charlotte schüttelte aber nur zerknirscht den Kopf.

Der Sommelier seufzte, musste allerdings zugeben, dass es ihn in diesem Moment nicht wirklich interessierte. »Mit dem

Tod von Volkmar stimmt was nicht«, hörte er sich plötzlich sagen. Alle blickten ihn an. Er hatte es anders geplant, wollte die Sache erst nach der offiziellen Sitzung im kleinen Kreis mit seiner Familie sprechen. Aber hatte Gustav nicht eben gesagt, dass jetzt die Gelegenheit war, sich etwas von der Seele zu reden? Kaum hatte er diese ersten Worte gesprochen, war es wie ein Damm, der brach, und alles sprudelte aus ihm hervor: »Die Sache stinkt doch zum Himmel, da ist was faul, liegt auf der Hand: Wäre Sesam im Curry gewesen, dann hätte Volkmar niemals alles aufgegessen. *Never ever.* Hat er aber. Erstens. Zweitens habe ich in seiner Tasche nach einem Notfallset gesucht, als er in der Kantine um sein Leben kämpfte. Die Ärztin hat mich losgeschickt, um es zu holen. Es war aber nicht da. Als ich gestern Abend noch mal nachgesehen habe, war es in der Tasche«, er zeigte auf Meret, »sie kann das bezeugen.«

Meret Çelik stammelte überrascht: »Ich ... Was ...?«

Der Sommelier sah die stellvertretende Barchefin an: »Das hast du doch gesehen, als ich ins Backoffice gerannt kam. In Volkmars Tasche war kein Notfallset. Ich habe alles auf den Boden gekippt. Heute war es aber wieder drin.«

»Ich weiß gar nicht, wie das Notfallset aussieht.«

»Was willst du denn damit sagen?«, fragte Charlotte ihren Halbbruder.

»Hier hat jemand nachgeholfen.«

»Spinnst du jetzt total?«

»Kein Unfall?«, quietschte Gerda.

»Wahrscheinlich hast du das Notfallset nur übersehen«, sagte Stephane.

»Nie im Leben.«

»Benjamin, wir sind alle aufgewühlt«, beschwichtigte Gustav, »es gibt dafür sicher eine andere Erklärung.«

»Ich finde im Weinkeller eine Leiche, und ein paar Tage später stirbt Volkmar ...«

»Was hat denn dein Leichenfund mit Volkmars Unfall zu tun?«, ging Charlotte dazwischen.

»Das wüsste ich auch gern«, warf Stephane ein.

»Jetzt schaut mich doch nicht an, als wäre ich plemplem!«

»Du bist gestresst!«

»Wir beenden unsere Sitzung«, sagte Gustav, »alle, die an der Beerdigung teilnehmen wollen, sollen das auch dürfen. Fragen Sie bitte in Ihren Abteilungen nach und sagen mir bis zum frühen Abend Bescheid, ich werde die Dienstpläne entsprechend koordinieren.«

»Stephane, Gustav, Benny, könntet ihr bitte noch kurz hierbleiben?«, erkundigte sich Charlotte.

Alle standen auf, verließen den Raum. Benjamin verschränkte die Arme, musste für seine Familie wie ein trotziger Schulbub aussehen, dabei rüstete er sich nur gegen die Welle an Kritik, die gleich über ihn hereinbrechen würde. Gut, vielleicht mangelte es seiner Ansage an Strategie, mochte sein, er konnte sich manchmal nur schwer im Zaum halten. Seine Winzeroma, die Mutter seiner Mutter, die mittlerweile verstorben war, hatte immer gesagt, er hätte das aufbrausende Gemüt und die Dickköpfigkeit ihrer Familie geerbt. Also stand er nun da, nutzte seine verschränkten Arme als Brustpanzer und harrte des Familienzwists. Gérard Baudemont, der Restaurantleiter, zog sanft hinter sich die Tür zu.

Kurz herrschte Stille.

Charlotte hatte plötzlich feuchte Augen.

Sie zitterte.

»Wir haben ihn«, sagte sie.

»Was?«, fragte Stephane.

»Den zweiten Stern, wir haben ihn.«

Gustav breitete die Arme aus.

Stephane blickte hin und her.

Benjamin klappte die Kinnlade herunter.

»Wir sollen es noch nicht an die große Glocke hängen, aber er möchte mich unbedingt übermorgen bei der Preisverleihung in Hamburg dabeihaben, weil ich erst die zweite deutsche Köchin bin, die diese Auszeichnung bekommt. Und du, Benny, bist auch herzlich willkommen – kommst du mit?«

In diesem Moment klopfte es an der Tür.

Meike streckte erneut den Kopf herein, ihr Gesicht hatte die Farbe reifer Tomaten. »Es tut mir so leid ... ich ... Aber, jetzt stehen eine Frau Berger und ein Herr Ehrlacher draußen.« Meike blickte den Sommelier an und hüstelte. »Sie sind von der Kriminalpolizei und wollen zu dir, Benny.«

Zehn

Die Geschwister fuhren zu der Gala nach Hamburg. Benjamin lächelte viel, schüttelte Hände, klopfte auf Schultern, und es gab sogar einen Moment, in dem er fast glücklich war. Wein floss durch seine Adern, die Beerdigung vom Vortag verblasste, war nur noch ein trüber Fleck auf seiner Seele. Der Sommelier genoss das Getümmel, suchte Zerstreuung, plauderte mit Kollegen und Freunden. Gastronomen aus der ganzen Republik waren anwesend, und er durfte nicht nur dabei sein: Er war einer von ihnen, gehörte als Teil der gastronomischen Inszenierung zu diesem ganzen Spektakel, um das hier so viel Wirbel gemacht wurde, sodass morgen im halben Land darüber berichtet würde. Weiße Kochjacken erstrahlten in Festbeleuchtung. Sie waren die Designeranzüge des Abends. Morgen würden sie allesamt wieder von zischendem Fett bespuckt, in ihren Küchen würde ihnen die sengende Hitze ihrer Öfen erbarmungslos ins Gesicht peitschen, wenn sie das zehnte Lammkarree des Abends hervorholten. Heute waren sie Helden, die Speerspitze einer Zunft.

Dann kam es, wie es kommen musste. Der Sommelier entdeckte einen Techniker, der bei der Preisverleihung an einem Mischpult gesessen und fluchend versucht hatte, den Kabelsalat an einer Kamera zu entwirren. Mehrmals blickte er sich dabei entgeistert um, hielt scheinbar Ausschau nach dem Assistenten oder Praktikanten, den er für das Malheur zusammenfalten konnte. Aber je mehr er an einem Kabelstrang zog, umso mehr zog sich der Knoten zusammen. Ab da war es vorbei. Die Sache hatte Benjamin achthundert Kilometer weiter eingeholt. Assoziationskette und so. Benjamin leerte zügig sein Glas, griff zu einem neuen, als sich ein gedrungener Mann in Smoking an ihn heranpirschte. Er trug einen dichten, pechschwarzen Dreitagebart und hatte tiefe Geheimratsecken. Seine langen, dünnen Haare hatte er zu einem kümmerlichen Pferdeschwanz gebunden, der an seinem Nacken wie ein fossiles Anhängsel herunterbaumelte.

Der Sommelier hatte ihn noch nicht einmal richtig in seinem Gesichtsfeld justiert, da spürte er die schwitzige Hand des Mannes in seiner. Mit Fistelstimme schüttete er ein Füllhorn an Glückwünschen über ihm aus, sprach von einer längst überfälligen und verdienten Auszeichnung. Benjamin konnte sich nicht helfen, er kam ihm wie ein Trittbrettfahrer vor. Zumal er ihn noch nie zuvor gesehen hatte. Und wie konnte er von einer *verdienten Auszeichnung* sprechen, wenn er noch nie bei ihnen gegessen hatte? Klar, sie schleusten Tausende Gäste im Jahr durch ihr Lokal, aber an den Mann hätte sich Benjamin erinnert, da war er sich sicher. Der Mann kam ihm wie einer dieser Restaurantkritiker vor, die sich als weltmännisch und fachkundig inszenierten, aber Kalb- nicht von Schweinefleisch unterscheiden konnten. Er setzte also sein professionellstes Lächeln auf, das er sogar noch nach einer Verkostung von und mit Monsheimer Blauärschen beherrschte, und ließ den Monolog über sich ergehen. Der Mann erwähnte Pressesprecherin Chantal Greifer, faselte etwas von einer Tischreservierung, von einem Interviewtermin, von einem Exklusivbericht und war verschwunden. Benjamin griff zu einem neuen Glas Wein und gesellte sich noch eine Weile zu Kollegen. Die Unterhaltungen wurden aber da bereits zu Worthülsen, die wie Seifenblasen durch den Raum schwebten, bis alle Gespräche nur noch vor seinen glasigen Augen zerplatzten.

Nach todesähnlichem Tiefschlaf erhob der Sommelier sich aus dem Bett, als hätte man ihn eine Stunde zuvor einbetoniert. Es war stockdunkel, mitten in der Nacht, als die Geschwister mit einem Taxi zum Bahnhof fuhren. Charlotte hatte darauf bestanden, beim Mittagsservice wieder im Hotel zu sein. Den ersten Service mit zwei Sternen wollte sie sich nicht entgehen lassen, aber die Feier steckte auch ihr in den Knochen. Sie war blass und einsilbig, und ihr Kopf wackelte bei jeder Bodenwelle, als hätte sie ihn bei ihrer Katzenwäsche vergessen anzuschrauben. Kaum hatte sie im ICE Platz genommen, schlief sie auch schon ein. Der Zug brauste gen Süden. Benjamin schlürfte einen sauren Kaffee aus einem Pappbecher. Erste Umrisse schälten sich aus der Dämmerung. Raureif lag auf Bäumen und Wiesen. Dann fielen auch ihm die Augen zu. Es war Charlotte, die ihn kurz vor Freiburg wachrüttelte. Der Sommelier raffte seine Sachen zusammen. Auf dem Bahnsteig stand Egon Zink, Portier, Page und Chauffeur des Luxushotels. Um kurz nach elf betrat Benjamin mit einer Thermoskanne Kaffee seinen Weinkeller, eine Weinlieferung aus zwei Dutzend Kisten stapelte sich hüfthoch im Eingangsbereich. Seufzend ließ er sich darauf nieder und überlegte, wo er das Teppichmesser hingelegt hatte.

Beim Mittagsservice ließ er sich von der Motivation des Teams treiben. Alle waren gut gelaunt, man spürte den Ansporn, weswegen er es auch nicht über das Herz brachte, den Umtrunk an diesem Abend zur Debatte zu stellen. Man musste ja auch noch mit den Mitarbeitern anstoßen. Im Grunde war die Feier mit dem Team wichtiger als jede aufgeblasene Gala mit aufgeblasenen Wichtigtuern. Also meisterte der Sommelier den Mittagsservice, erschnupperte hin und wieder einen Hauch von Julias Parfum, der ihn beflügelte. Am Nachmittag beförderte er Champagner ins Eisfach und sich selbst zwei Stunden ins Bett.

Nach dem Abendservice, gegen zehn Uhr, zog sich das Team zurück. Korken knallten, Gustav kam vorbei, sagte ein paar Worte, die andächtig aufgenommen wurden. Gegen halb zwölf stieß Benjamin dazu, kurz zuvor hatte er die letzten Gäste verabschiedet. Der Sommelier trank ein Bier. Doch umso lauter das Team wurde, umso leiser wurde er selbst, nippte an seinem Drink. Der Kopf des Sommeliers war ein Bienenstock und wurde vom Geplapper surrend umkreist. Da setzte sich plötzlich Julia neben ihn.

»Ich war am Montag in Stuttgart«, sagte sie, »habe einen Trollinger SINE von Aldinger getrunken. Ein echter Knüller, solltest mal eine Flasche bestellen.«

Benjamin runzelte die Stirn, machte sie Späße? »Machst du Späße?«

Julia lachte. »Nein, ich meine es voll im Ernst.«

»Habe noch nie einen guten Trollinger getrunken, seichtes Schwabenwässerchen, für mich existiert diese Rebsorte im Grunde nicht«, erwiderte der Sommelier und versuchte sich an einem Lächeln.

»Aldinger rückt den Trauben mit *Macération Carbonique*, Barrique und Spontanvergärung zu Leibe, musst dir eine Probe bestellen«, erklärte Julia, aber der Sommelier schaute durch sie hindurch. »Du bist nicht ganz bei dir, oder?«, fragte sie beharrlich gut gelaunt, mit roten Wangen vom Wein und der Luft im Personalraum, die schon zigmal von fünfundzwanzig Menschen ein- und wieder ausgeatmet worden war.

Benjamin schmunzelte weltmüde. »Durchschaut.«

»Volkmar, Mumie, Sterne – in dieser Reihenfolge?«

»So ungefähr«, sagte er und bemühte sich, eine einigermaßen sanfte Überleitung zu bauen, »hör mal, wir reden bald über deine Beförderung, okay?«

»Ist nicht der richtige Zeitpunkt«, entgegnete sie. Er konnte in ihrem Blick nicht erkennen, ob sie es verständnisvoll, geknickt oder gar zynisch meinte.

»Bald wird sich alles lichten«, säuselte der Sommelier und hätte es ihr am liebsten gesagt, jetzt sofort, hier im Personalraum, im Dunst des angeheiterten Teams: *Jage deinen Typen zum Teufel, Julia, und nimm mich*. Obwohl er ihn nicht einmal kannte, nie gesehen hatte. Es musste aber ein toller Mann sein, wenn Julia ihn für sich auserkoren hatte. Obwohl. Es gab doch immer wieder diese eigentümliche Konstellation, dass die tollsten Frauen sich an die dämlichsten Männer klammerten. Paare, bei denen man nur zum Schluss kam, dass der Mann etwas haben musste, das nicht auf den ersten Blick erkennbar war. Der Sommelier sah Julia an, wäre ihr am liebsten in die Arme gesunken. Er wollte schlafen, tagelang. Und er wollte sie ausziehen. Sie berühren. Küssen. Auch das. Doch ihre undurchschaubare Miene ließ ihn zappeln wie ein Fisch am Haken. Und vielleicht hätte er ihr sogar alles gesagt, hier und jetzt, vielleicht hätte er sich zu einer doppeldeutigen Bemerkung hinreißen lassen, da platzte plötzlich der stellvertretende Patissier René Claus in ihre Zweisamkeit. In seinen Augen lag eine wilde Geilheit, sein fusseliger Bart stand in alle Richtungen ab.

»Hör mal, Benny, ich bin dafür, dass wir an den Vordesserts feilen«, sagte er und begann, nervös seine Barthaare zwischen Daumen und Zeigefinger zu zwirbeln.

»Wir haben doch schon ein Vordessert«, entgegnete Julia.

»Ja, aber es spielt in der Getränkebegleitung keine wirkliche Rolle, Julia!«, rief René enthusiastisch, wobei er das J in ihrem Namen betonte, als würde er gefrorene Früchte für eines seiner Coulis im Mixer pürieren: *Rrrrulia*. Dabei waren Julias Eltern zwar katalanischen Ursprungs, aber beide lebten seit über dreißig Jahren in Deutschland und sprachen nicht nur fließend Deutsch, sondern hatten obendrein einen badischen Akzent. Sie waren einmal im Gourmetrestaurant zum Abendessen gewesen. Selbst sie sprachen den Namen ihrer Tochter deutsch aus.

Zumindest traf René mit der Getränkebegleitung ins Schwarze, denn die spielte wirklich keine Rolle bei den Vordesserts. »Was schwebt dir vor?«, fragte der Sommelier.

»Craftbeer«, antwortete er, seine Augen funkelten, demonstrativ setzte er die Bierflasche an die Lippen. »Ein Schnapsglas voll Craftbeer, nur einen Shot, verstehst du? Cool, oder? Das schmeckt an der Stelle des Menüs genial – wegen des Fruchthopfens und so.«

»Aromahopfen«, korrigierte Julia.

»Wie auch immer, das macht die Leute frisch nach einem langen Menü, klärt den Gaumen.« Der Patissier kippte den letzten Rest Bier in sich hinein und sah sich nach Nachschub um, aber die Kiste war mindestens fünf Meter entfernt. Für einen Mann in seiner Situation eine unerreichbare Distanz, denn er hatte eine Idee, die er hinausposaunen wollte. »Erst letztens habe ich eines getrunken, schmeckte voll nach Mango. Gibt aber auch Craftbeer aus dem neuen Holzfass. Oder aus gebrauchten Sherryfässern und so – geil, oder?«

»Du weißt schon, wie das funktioniert: So viele Sherryproduzenten existieren gar nicht, wie die Szene Fässer benötigt. Es gibt Firmen, die bauen neue Holzfässer, kippen drei Tage eine alkoholische Brühe rein und verkaufen sie anschließend als Sherryfässer«, sagte Julia.

»Schmeckt trotzdem«, entgegnete René und suchte den Blick des Sommeliers und Restaurantleiters, »gibt Pale Ale, India Pale Ale, Porter, Stout oder Gose – erinnerst du dich an die Parmesancreme mit Ananascracker? Die leicht säuerliche Note eines Gose

wäre dazu Bombe! Oder die Selleriemousse mit Schokoladen-Haselnuss-Streuseln? Das süße Algen-Eis mit Wassermelone und Salzoliven? Oder die gepfefferte Sesamhippe mit Vanille-Kaffee-Emulsion? Da könnte man sogar mit kleinen Biercocktails arbeiten! Oder mit Sake, was hältst du von Sake? Ich könnte mir auch ein indonesisch angehauchtes Dessert mit schwarzem Reis vorstellen, mit Palmzuckersirup und über Binchotan gerösteter Kokosnuss, habe ich mal in Bali gegessen, oder Kräuter, geröstete Hühnerhaut, auch grüne Mandeln, total spannend, weißt du, vor allem, wenn man auch mal wieder mit Sphären arbeiten würde ...«
Er redete und redete. Benjamin nickte und nickte, aber die Worte des Patissiers hatten sich längst in seinen Gedanken aufgelöst.

Da war etwas.

Etwas, das René Claus gesagt hatte.

Es arbeitete im Kopf des Sommeliers.

Er wusste nur nicht, was.

Dann änderte sich alles.

Benjamin sprang nicht panisch auf, sprintete auch nicht aus dem Raum. Im Gegenteil. Er erhob sich. Ruhig atmend. Strich sein Jackett und seine Hose glatt. Charlotte folgte jeder seiner Bewegungen. *Gepfefferte Sesamhippe mit Vanille-Kaffee-Emulsion.* René redete einfach weiter, sein Monolog sprang auf Julia über, auf die sein Wortgewitter herniederprasselte. Der Sommelier ging, ohne weitere Worte zu verlieren, aus dem Raum. Schritt für Schritt, mit trockenem Mund. Es rauschte in seinen Ohren. Maurice kam ihm entgegen. Benjamin machte ihm Platz, ließ ihn vorbei. Die Reinigungskraft war blass, auf seinem Gesicht hatte sich im Dampf der Spülküche ein matter Film aus Schweiß und stundenlanger Maloche gebildet. Respekt. Kaum jemand hatte im Hotel so viel Respekt verdient wie das Housekeeping und die Reinigungskräfte.

»Schönen Feierabend«, sagte Maurice, als er an dem Sommelier vorübertrottete, was wie *Söne Eieraben* klang.

»Danke, dir auch«, antwortete Benjamin, und fügte an: »Guter Job.«

Normalerweise meinte er das aufrichtig.

Heute war er mit seinen Gedanken woanders.

Die Kantine lag im neongrünen Pinselstrich einer einzelnen Notbeleuchtung. Die Metalltür fiel klackend ins Schloss. Dann herrschte Stille. Der Sommelier stand kurz in dem menschenleeren Raum, knipste dann das Licht an. Halogenröhren flammten flackernd auf. Die drei Flaschen Sirup, die neben der Kaffeemaschine standen, schälten sich gespenstisch aus der Dunkelheit heraus. Haselnuss. Feige. Vanille. Flaschen, die nie leer wurden. Abgesehen von letzterer. Volkmar hatte bis zu seinem Tod nämlich eine Marotte, die er sorgsam durch die Jahre hindurch gepflegt hatte. Jeden Abend zapfte er sich einen doppelten Espresso und fügte zwei Spritzer Vanillesirup hinzu. Während seines Abendessens kühlte das Heißgetränk ab, sodass er es sich zum Schluss in den Hals kippen konnte wie einen Schnaps, danach klatschte er in die Hände, stand auf, stellte sein Geschirr in den Tablettwagen und begann den zweiten, oft längeren Teil seines Arbeitstages. Benjamin hatte es oft gesehen, schon als Kind, im Grunde kaufte der F&B-Manager Anton Dinter drei Kisten Vanillesirup im Jahr nur für Volkmars Espresso.

Der Sommelier nahm die Flasche in die Hand und konnte es nicht länger leugnen. Mit seinem stillen, gemächlichen Gang bis hier in die Kantine hatte er nur versucht, seinem rasenden Herzen das Zaumzeug anzulegen. Er nahm die Flasche also in die Hand, sie war halb leer. Er schnupperte vorsichtig an der Dosierpumpe. Nichts, es war keine Sesamnote wahrzunehmen. Er schraubte die Pumpe ab. Hielt die Flasche schräg. Steckte seinen kleinen Finger in den Hals. Probierte. Vanillesirup war ekeliges Zeug, keine Frage, das nur in Verbindung mit Cocktails seine Daseinsberechtigung erhielt. Das Aroma von Sesam konnte er nicht wahrnehmen. Benjamin seufzte – ob vor Erleichterung oder Enttäuschung, er wusste es selber nicht – und schraubte die Pumpe wieder auf. Drehte er durch? War er reif für eine Fahrt im grünen Wägelchen? Vielleicht. Vielleicht traten allmählich Dämonen zutage, die er seit seiner Kindheit in den Käfig seiner Seele gesperrt hatte. Gerade wollte er zurück zur Party gehen, da drückte er noch einmal energisch, fast jähzornig auf die Dosierpumpe. Es kam aber kein Sirup. Er pumpte dreimal, viermal, fünfmal. Die Pumpe schien neu und unbenutzt zu sein – aber warum sollte jemand eine neue Pumpe auf eine halb leere Flasche setzen?

Was der Sommelier auf dem Weg ins Magazin dachte: Er wusste es nicht. Dort angekommen checkte er zuerst die Bestandslisten der Kantine, dann die des F&B-Managements, dann die der Poolbar. Er zählte die Flaschen in den Lagern, zum Schluss ging er an die Hotelbar. Meret Çelik stand hinter dem Tresen, unterhielt sich mit zwei männlichen Gästen, die ein Arsenal an fingerbreit gefüllten Whiskeygläsern vor sich stehen hatten. Der Sommelier überprüfte auch hier den Bestand des Vanillesirups, überschlug die Zahlen, kam auf eine Differenz von vier, was ihm nicht das Geringste aussagte, außer, dass es spät am Abend war, viel zu spät für eine haarsträubende Ermittlung. Wohin sollte ihn diese Inventur auch führen?

Meret steckte den Kopf ins Backoffice. »Ist alles okay?«, fragte sie.

»Nein«, antwortete Benjamin und wusste plötzlich, dass er so nicht weiterkommen würde – wo sollte ihn das Zählen von

Sirupflaschen mitten in der Nacht hinführen? Wenn er beweisen wollte, dass es hier nicht mit rechten Dingen zuging, dann musste er dort einhaken, wo offensichtlich auch die Kriminalpolizei einen Ansatzpunkt ihrer Ermittlung sah ...

Festen Schrittes machte er sich auf den Weg ins Archiv, ging von der Hotelbar – die auf der Galerie über der Rezeption lag und direkt zum Hoteltrakt mit Zimmern führte – in die Hotelflure. Die Nachtbeleuchtung tauchte die Gänge in ein schummriges Licht. Zimmertüren und Gemälde an den Wänden wechselten in ermüdendem Rhythmus. Anrichte. Fluchtweg. Gemälde. Aus einer Suite hörte er gedämpfte Geräusche. Zerberstendes Glas. Schüsse. Reifenquietschen. Schreie. Ein Gast schaute offensichtlich einen Actionfilm. Über ein Treppenhaus gelangte Benjamin zurück in den Wirtschaftstrakt und von dort noch tiefer ins Hotel, bis in einen Betonbunker neben dem Heizkeller, von dem er nicht einmal sagen konnte, aus welchem Jahrhundert er stammte. Es war ein langer, rechteckiger Raum voller Regale mit Aktenordnern, der normalerweise nur von einem Menschen betreten wurde: von Stephane, Benjamins Halbbruder. Und außerdem vor zwei Tagen zusätzlich von Berger, Ehrlacher und ihm selbst.

Der Sommelier blickte kurz auf die große Lücke im Gebiss der Aktenordner. Die Beamten hatten alle Gästekarteien aus der Zeit des Umbaus mitgenommen. Anscheinend datierten sie die Leiche, die er gefunden hatte, auf diesen Zeitraum. Wobei die Brüder, als die Beamten längst weg waren, über dieses Detail nur spekulieren konnten. Männlich? Weiblich? Das Alter, gar die Todesursache der Leiche? Wenn die Polizei etwas wusste, dann ließ sie nichts durchblicken. Benjamin verstand nicht einmal, weswegen die Beamten explizit nach ihm verlangt hatten. Sie stellten ihm noch mal dieselben Fragen wie bereits im Weinkeller, mit einem Zusatz: Luzie Berger zog einen Block aus ihrer Innentasche. Sie schrieb etwas darauf, zeigte es ihm: *Zuzanna Bednarz* – war der Name so korrekt geschrieben?

Obwohl er nicht einmal wusste, wo er den Namen schon einmal gelesen hatte, nickte der Sommelier, und er verstand, dass sein Kindermädchen höchstwahrscheinlich der Dreh- und Angelpunkt war, um den sich alles andere dieses Falls kristallisierte. Benjamins Blick sprang über die restlichen Aktenordner. Es war warm. Ein Sicherungskasten summte. Das Archiv war ein Hort der Akribie und Ordnung. Alle Ordnerrücken waren maschinell beschriftet, sauber sortiert. Er brauchte nur zuzugreifen. Kurzatmig blätterte er durch die Register und hatte plötzlich ihre Adresse vor sich. Die Luft war trocken und stickig. Der Weinkellner blinzelte mehrmals, schnalzte mit der Zunge. Ohne es zu wissen, hatte er seit Jahren auf Zuzannas ehemaliges Heim geblickt. Bevor sie verschwand, hatte sie in der Breisacher Unterstadt gelebt.

Elf

Es war früh am nächsten Morgen, kurz vor acht Uhr, als Benjamin Freling seinen alten Passat die gepflasterte Straße in die Breisacher Unterstadt hinabjagte. Der Motor röhrte, die Armaturen schepperten, die Stoßdämpfer hämmerten im Radkasten. Das Radio war ausgeschaltet, zu viel Geräusch zu dieser Stunde. Aschgraue Wolken hingen am Himmel, reihten sich über den Rhein wie Perlen an einer Schnur, und der Sommelier rätselte, wie er sich fühlte. Verkatert war er nicht. Müde auch nicht. Es waren die Bilder in seinem Kopf, die alles anders färbten. Vor vier Jahren war er zu Hause eingestiegen. Er war morgens aufgestanden, war in seinen Weinkeller gefahren, hatte während des Tages mehrmals ins Restaurant gewechselt, hatte Tausende Weine ausgepackt, eingeräumt, sortiert, entkorkt, verkostet, hatte mit Gästen geplaudert, den Service organisiert, Schulungen und Degustationen gemanagt. Und obwohl jeder Tag anders war, glichen die Tage sich doch. Jetzt hatte er plötzlich Bekanntschaft mit Kriminalbeamten geschlossen. In seiner Erinnerung kämpfte Volkmar um sein Leben und verlor. Er sah Notfallsets verschwinden und wiederauftauchen, er sah jungfräuliche Dosierpumpen in halb leeren Sirupflaschen stecken. Und er sah sich selbst, ganz am Anfang dieser Geschichte, einen Vorschlaghammer in der Hand und seinen Blick auf ein Loch in der Wand geheftet, in dem eigentlich nichts anderes als abgestandene Luft und Staub hätte sein dürfen. Er sah auch das Archiv vor sich, gestern Nacht, in den Tiefen des Hotels, ein Raum, den er in hundert Jahren nicht betreten hätte. Der Sommelier hatte den Geruch noch in der Nase, nach Beton, Druckerschwärze und Papier, nach Abertausenden Seiten getrocknetem und vergilbtem Pflanzenfaserbrei, und nein, diese Eindrücke gehörten einfach nicht in seinen auf Routine getrimmten Kopf.

Wie ging es ihm also?
War er verwirrt?
Wütend?
Ängstlich?
Entnervt?
Deprimiert?
Überfordert?
Alles auf einmal und zu gleichen Teilen?

Benjamin wusste es nicht, aber er war unruhig, umtriebig, rastlos. Das wusste er. Zwei Sterne hin, zwei Sterne her, er konnte unmöglich den nächsten Riesling entkorken, präsentieren – *ja, da haben Sie recht, der Wein lag über dreißig Monate auf der Hefe, hat feinen Schmelz, ist griffig am Gaumen und passt wunderbar zu der cremigen Brandade* – und so tun, als ob nichts geschehen sei. Deswegen fuhr er an diesem Morgen in die Unterstadt. Und wenn er nur einen Blick auf die Haustür werfen konnte, die Zuzanna täglich geöffnet und geschlossen hatte, wenn sie zur Arbeit fuhr und nach Hause kam.

Als er sein Auto mit quietschenden Bremsblöcken (er investierte sein Geld lieber in Wein als in Autos) am Trottoir zum Stehen brachte und aus dem Seitenfenster schaute, war er ernüchtert. Benjamin befand sich irgendwo zwischen Friedhof und Industriegebiet. Das Haus neben ihm war alles andere als hübsch. Es war eine Monstrosität, eine zweistöckige Schachtel mit sechs Wohneinheiten – was hatte er sich vorgestellt? Ein kleines Einfamilienhaus? Idyllisch eingebettet zwischen Rebzeilen? Ja, so hatte er es sich zumindest als Kind vorgestellt, dass die gutherzige Zuzanna lebte. Diese Phantasie hatte er auch niemals gegen eine andere ausgetauscht.

Der Sommelier stieg vor diesem Betonblock aus, dieser lebensfeindlichen Bausünde, an dem links, rechts und mittig je zwei schmucklose Balkone ausgefräst waren. Am Rand zur Rasenfläche parkte ein goldfarbener SUV mit Anhänger, daran lehnten zwei Arbeitsböcke. Benjamin glaubte, den Wagen schon mehrmals in der Oberstadt gesehen zu haben. Ein Mann stand daneben. Er griff in die mit Plane überspannte Ladefläche, zog eine Thermoskanne und eine Tasse heraus. Er trug einen blauen Arbeitsoverall, eine Schildmütze und versuchte, den Anschein zu erwecken, dass er den Sommelier nicht beobachtete. Aber genau das tat er: Er folgte jedem seiner Schritte. Und zugegeben, Benjamin sah in seinen ausgelatschten Sneakern, der grauen Jogginghose und der roten Daunenjacke nicht gerade vertrauenerweckend aus. Das wurde dem Sommelier unter dem Blick des Mannes bewusst. Er ging den gepflasterten Weg entlang, direkt zu den Klingelschildern, schaute darauf, aber entdeckte natürlich den Namen Bednarz nicht. Er las die Namen zweimal, dreimal, doch sie sagten ihm nichts.

»Kann ich Ihnen helfen?«, rief der Mann herüber.

Benjamin ging zu ihm, über die gelbgrüne Rasenfläche, ein kahles Stück Land ohne Hecken, Büsche oder Zierde, bedeckt mit bräunlichen Flecken, als hätte ein Gärtner mit Bunsenbrenner gemäht. Links und rechts brausten Autos vorüber, dabei hatte der Sommelier das Gefühl, dass es sich hier um ein Wohngebiet handelte, wenn auch kein sehr exklusives. Der Mann wirkte wie ein bettflüchtiger Rentner. Er hatte schlaffe Wangen, Fließkinn und hässliche, eng beieinanderliegende Augen, die Benjamin abfällig taxierten. In der Mitte seines Gesichts saß eine gewaltige, rot geäderte Knollennase, die abends vorwiegend in Rotweingläsern zu stecken schien. In der Hand hielt er eine Tasse Kaffee, bedruckt mit einem Spruch, den Benjamin nicht lesen konnte. Er tippte auf so etwas wie *Raupe müsste man sein: fressen, fressen, fressen, schlafen, hübsch.* Oder *Wer nackt badet, braucht keine Bikinifigur.* Oder *Sei wie eine Taube, scheiße auf alles.*

»Entschuldigung, tut mir leid«, begann der Sommelier die Unterhaltung, ohne zu wissen, für was er sich eigentlich entschuldigte, er dachte nur, der unterwürfige Auftakt wäre unter dieser beispiellosen Bemusterung zielführend. »Wissen Sie zufällig, ob hier einmal eine Zuzanna Bednarz gelebt hat?«

Der Mann begann, mit der Zunge zwischen den Zähnen zu bohren. Er stellte die Tasse hinter sich in den Anhänger, schmatzte, zog lautstark die Luft durch die Nase ein und verschränkte die Arme vor der Brust. »*Wer will des wisse?*«

»Verzeihung, ich habe mich noch nicht vorgestellt, ich heiße Benjamin Freling. Zuzanna war einmal mein Kindermädchen, als ich noch ein kleiner Junge war.«

Der Mann blickte ihn stirnrunzelnd an. »*Warre Sie nit geschdern in di Zittung?*«, fragte er in breitester alemannischer Mundart.

»Wenn Sie auf den Bericht in der *Badischen* anspielen, dann ...«

»Ja, ja, doch, doch, ich erinnere mich, da stand doch was von diesen Gourmetsternen.« Der Mann schniefte, holte ein Stofftaschentuch aus der Tasche, rubbelte sich die Nase, steckte es wieder zurück und schob hinterher: »Und Sie sind also Weltmeister im *Wi tringge?*«

Wenn er seinen Spruch zynisch meinte, dann fehlte das entlarvende Lächeln im Nachgang. »Das ist nicht ganz korrekt. Ich habe mich zwar für die Weltmeisterschaft qualifiziert. Gewonnen hat allerdings ein Lette. Der war besser im Weintrinken als ich«, antwortete der Sommelier. Keine Ahnung, wie er dem Mann beikommen konnte – mit Ernsthaftigkeit, Humor, Unterwürfigkeit, Sarkasmus, Höflichkeit?

Der Mann schnaubte jedenfalls amüsiert und sagte: »Im Freling war ich noch nicht, wir gehen ins Elsass zum Essen, zu den *Waggis*.«

Der Mann lächelte und schwieg.

Der Sommelier lächelte nicht und schwieg ebenfalls.

Die Zeit fiel wie Putz von der Wand. Es war trüb und kalt, und ein feiner Nebel lag in der Luft, der sich auf Benjamins Haut fast wie Nieselregen anfühlte. Er blickte zum Haus, hinter einem Fenster bewegten sich die Vorhänge, und setzte erneut an: »Kennen Sie zufällig Zuzanna Bednarz?«

»Diese Polin?«

»Schlesierin.«

»Ja. Kann ich mich erinnern. Hat hier gewohnt. Lange. Anfänglich noch mit ihrem kranken Vater, hat im ganzen Haus gestunken, wenn die ihren Kohleintopf gekocht haben oder was auch immer das war. Ich bin ja tolerant, habe Abstand gewahrt, aber am Ende wird man wegen seiner Gutherzigkeit bloß abgestraft.«

»Wie meinen Sie das?«

»Haus gehört uns, schon immer, Gegend ist aber ziemlich runtergekommen, heute sind die Mieten okay, aber damals, als …«, sagte er, hielt plötzlich inne und senkte seine Augenbrauen, als würde er sich seine Schildkappe ins Gesicht ziehen. Er musterte Benjamin misstrauisch. »Sie sehen ganz anders aus als in der Zeitung.«

»In der Zeitung war kein aktuelles Bild, sondern ein Pressefoto, das vor vier Jahren gemacht wurde, als ich daheim eingestiegen bin. Ich war geduscht, rasiert und trug so ein Faschingskostüm ... Sie wissen schon: einen Anzug.«

Der Mann schnaubte amüsiert. Sein Blick heftete sich plötzlich an ein vorüberfahrendes Auto, dann hob er den Arm zum Gruß. Eine Hupe erklang, zweimal, kurz und quietschend wie ein geheimes Morsezeichen. Benjamin fuhr fort: »Sie wohnen in der Oberstadt, Kettengasse, nicht wahr?«, und schob schnell zur Erklärung hinterher, »wir sind quasi Nachbarn, ich wohne nämlich in der Kapuzinergasse.«

Der Mann nahm seine Schildkappe ab, entblößte eine Halbglatze, über die er strich, als gäbe es noch eine Frisur zu richten. »Kapuzinergasse«, sagte er, »soso, dann dürfte Ihnen der Ausblick ja gefallen.«

Spielte er auf den Winklerberg an, einen der berühmtesten Weinberge des Kaiserstuhls? Der Sommelier war sich unsicher. »Spielen Sie auf den Winklerberg an?«, fragte er deshalb und fuhr lächelnd fort: »Das ist richtig, schaue ich direkt darauf.«

»Ich meinte eigentlich den Ausblick auf die Winzergenossenschaft.«

Benjamin kniff die Lippen zusammen. »Richtig. Die sehe ich auch. Aber ich bin jetzt wirklich gespannt – wie wurde denn Ihre Gutherzigkeit bestraft?«

»Einfach abgehauen.«

»Sie meinen, sie ist einfach verschwunden?«, fragte der Sommelier und hatte das Gefühl, dass seine Brust plötzlich eine Nummer zu klein für sein Herz war.

»Können Sie laut sagen. Ich hatte damals noch einen Hund, ein Drahthaar, bin jeden Tag mit ihm bei Wind und Wetter draußen gewesen, mehrere Stunden, jedenfalls komme ich von meiner Tour zurück und kaum zur Tür rein, da erklärt mir meine Frau, dass die Bednarz ausgezogen sei. Schlüssel hat sie einfach bei uns in den Briefkasten geworfen, nach zwanzig Jahren, einfach so. Kein Ade, nichts. Ich bin natürlich gleich runter, ganze Bude leer. Auf die letzten zwei Mieten warte ich noch immer. Mietsicherheit hat gerade gereicht, um streichen zu lassen. Dreckspolin.«

Benjamin blickte den Mann an, betrachtete sein schlaffes Gesicht, seine Schweinsaugen. Wenigstens hatte sein Ausflug in einem Punkt Klarheit geschaffen: Es gab keine Verwirrung mehr über seine Gefühlswelt. Der Sommelier schäumte vor Wut. Am liebsten hätte er dem Mann seine saturierte Visage poliert. Stattdessen löcherte er ihn mit Fragen: »Hat Ihre Frau Zuzanna gesehen, als sie den Schlüssel in den Briefkasten geworfen hat?«

»Nicht, dass ich wüsste.«

»Und wo ist sie hin?«

»Keine Ahnung. Hatte Verwandtschaft in der Pfalz.« Er zuckte mit den Schultern. »Bad Dürkheim, glaube ich.«

»Haben Sie die Sache nicht angezeigt? Können Sie sich noch an das genaue Datum erinnern?«

»Muss im Frühjahr gewesen sein ... Warum wollen Sie das eigentlich alles wissen, nach so langer Zeit?«, fragte er zurück. »Hat das irgendwas mit dem Artikel gestern zu tun, oder?«

Der Sommelier rang nach Worten. Das sah der Mann. Diese wenigen Sekunden Unsicherheit fielen ihm offensichtlich auf, denn plötzlich fuhr seine Miene herunter wie ein Visier. »Kann mich nicht mehr genau erinnern. Lange her«, antwortete er grimmig.

Er griff in seinen Anhänger, zog seine Kaffeetasse hervor.
Er nickte zum Abschied.

Gespräch beendet.

Bevor sich Benjamin umwandte, konnte er den Spruch auf der Tasse lesen.

Du bist lustig, dich töte ich zuletzt.

Zwölf

Eine gute Stunde später kam Benjamin geduscht, rasiert und gekleidet in eines seiner Faschingskostüme im Hotel an. Der Weinkeller empfing ihn mit seiner kühlen Atmosphäre. Vor dem Büro stand Stephane. Er musste kurz vor Benjamin heruntergekommen sein. In seiner linken Hand hielt er einige Papiere und in seiner rechten den Zentralschlüssel. Die Brüder grüßten einander. Benjamin drängte an ihm vorbei in sein kleines Büro, wo ihm augenblicklich die Laune verging. Er schaltete das Licht an und erblickte auf seinem Tisch, zwischen einem Stapel Magazinen und Papieren, eine zu zwei Dritteln gefüllte Flasche Bâtard-Montrachet. Der Hals war abgebrochen und lag daneben. Das tat weh. Der Sommelier schnaubte, zog seinen Parka von den Schultern und ließ ihn an sich heruntergleiten. Für mehr Bewegung war hier drinnen kein Platz. Er hängte die Jacke hinter die Tür. Stephane wartete geduldig.

»Weißt du was über den Montrachet?«, fragte Benjamin mürrisch und zeigte auf den Tisch, den Stephane von seiner Position aus allerdings nicht sehen konnte. Er kam zwei Schritte näher, blickte ums Eck und zuckte ahnungslos mit den Schultern. Benjamin schob sich an ihm vorbei an das Regal, wo die weißen Burgunder lagen. Heruntergefallen war der Wein offenbar nicht, zumindest fanden sich im Bodenbereich keine Pfütze und keine Glassplitter. Oder es war schon aufgewischt und sauber gemacht worden?

»Was ist mit dem Wein?«, fragte Stephane.

»Teurer Bruch«, antwortete der Weinkellner knapp.

»Wie teuer?«

»Willst du nicht wissen.«

Stephane hob die Papiere in die Höhe. »Können wir kurz die Abrechnungen von vor zwei Wochen durchsehen?«, fragte er, ging, ohne Benjamins Antwort abzuwarten, zu der großen Tafel und fächerte Kassenabschläge auf der Tischplatte auf. Er war plötzlich Croupier, und seine Quittungen waren die Karten beim Black Jack. »Du hast Mitte Februar an Tisch vier mehrere Weine verkauft und als *divers* verbucht«, fuhr Stephane fort und zeigte auf die Rechnungen. »Kannst du da mal draufschauen, bitte?«

Benjamin gab sich interessiert, runzelte die Stirn, beugte sich über den Tisch und studierte die Dokumente, obwohl er genau wusste, was das Problem war. Er verschaffte sich nur ein paar Sekunden Zeit, um seine Argumentation aufzubauen. »Ja«, sagte er schließlich, schaute Stephane lammfromm an: »Was ist denn damit?«

»Was damit ist?«, wiederholte Stephane scharf, womit die sachliche Bestandsaufnahme Vergangenheit war. »Du hast wieder Weine unter dem Einkaufspreis verkauft. Als Buchhalter würde man sagen: Rotbetrag, Verlustgeschäft oder anders ausgedrückt – Irrsinn!«

Der Sommelier seufzte. In einer Welt des Genusses – oder besser gesagt aus der problemfreien Zone des Ideellen heraus – hatte er schließlich das beste Investment getätigt, das man tätigen konnte. Drei exquisite Weine hatte er an ein herzensgutes Pärchen verkauft, zwei Männer, die gute Weine und gutes Essen liebten, aber für jeden ihrer Ausflüge hart sparen mussten. Das hatte der Sommelier jedenfalls zwischen den Zeilen herausgehört, er war mit den Gästen bei der Weinberatung ins Gespräch gekommen. Dabei stand es außer Frage, dass sie tief im Thema steckten. Schon beim Aperitif – Jacquesson, Cuvée N° 738 – leuchteten ihre Augen. Benjamin hatte sofort bemerkt, dass sie verstanden, was sie im Glas hatten. Also hatte er ihnen Weine verkauft, bei denen ihm das Herz blutete, wenn sie in der Kehle irgendwelcher Aufschneider verschwanden, für die es wichtig war, dass die Flasche immer mit dem Etikett zu den anderen Gästen hin ausgerichtet war. Denn Exklusivität, die man nicht zur Schau stellen konnte – oder die ein anderer Gast nicht als Exklusivität erkennen konnte, weil es ein unbekannter, gar mittelpreisiger Tropfen war –, das war in der Welt dieser Gernegroße keine Exklusivität. Deshalb behauptete Benjamin Freling hin und wieder, bestimmte Tropfen seien ausverkauft, wenn er das Gefühl hatte, dass die Gäste die Weine nicht zu würdigen wussten, oder er verkaufte eben auch Flaschen zu Sonderpreisen an Gäste, die sich solche Weine nicht leisten konnten, aber bei denen er sicher war, dass die Weine für immer und ewig in ihrer Genussbank angelegt waren. Nur: Wie erklärte man so etwas einem Buchhalter?

»Ja, ja«, murmelte der Sommelier und studierte explizit die Quittungen. Er kniff angestrengt die Augen zusammen, als hätte er Mühe, seine eigene Handschrift zu entziffern.

Meursault Coche-Dury stand da.

120 Euro Getränke divers.

Tua Rita Redigaffi (2016).

100 Euro Getränke divers.

Abtserde Riesling GG/Klaus Peter Keller/aus Kellerkiste GL.

80 Euro Getränke divers.

Er nickte mehrmals – *ah ja, hm, ja, ja, okay* –, blies seine Backen auf, war plötzlich ganz der gestresste Sommelier, der sich zu Beginn seines harten Arbeitstages angestrengt mit unerheblichen Fußnoten auseinandersetzen musste.

Stephane durchschaute sein Manöver und zog einen Zettel aus der Tasche. »Ich habe einmal nachgesehen, was wir für die Weine im Einkauf bezahlt haben.« Er zog Augenbrauen, Kopf und Schultern in einer einzigen Bewegung in die Höhe und funkelte seinen Bruder an. »Der Meursault von Coche-Dury ...«

»Ich weiß, ich weiß, du musst mir hier jetzt nicht die Preise herunterbeten, ich war an dem Abend euphorisch«, unterbrach Benjamin ihn, überlegte kurz und fügte schnell hinzu: »Dafür haben wir neue Stammgäste gewonnen!«

»Die bald wieder das ohnehin knapp kalkulierte Gourmetarrangement buchen? Und dann erwarten, dass der großzügige Sommelier des Hauses ihnen Weine einschenkt, die mehr wert sind, als das ganze Wochenende kostet?«

»Was willst du jetzt hören?

»Benny. Du bist nicht Zorro. Und wenn du das sein willst, dann ist das Restaurant der falsche Ort, um Almosen an bedürftige Gourmets zu verteilen. Was wir hier tun, ist eine Sache für die oberen Zehntausend, für deinen Edelmut und Idealismus ist da kein Platz. Basta.«

»Verstanden. Ich achte in Zukunft mehr darauf. Okay?«, gab Benjamin klein bei, obwohl er anderer Meinung war.

Sein Bruder schien irritiert. Seine Stimme klang jedenfalls plötzlich sanfter, seine Schultern sackten herab. »Das musst du doch einsehen, du kannst nicht ständig mit negativen Deckungsbeiträgen wirtschaften, es ist ohnehin schwierig genug, das Gourmetrestaurant in die schwarzen Zahlen zu bekommen. Ich habe unten im Archiv mehrere Ordner, in denen ich Kopien für A-conto-Haus-Rechnungen abhefte. Seit du im Haus bist, habe ich so viele Ordner gefüllt – Achtung, hör zu – wie in den zehn Jahren davor ...«

»Moment«, rief Benjamin fast erbost, »das liegt aber auch an

Gustav und seinen Gönnertouren. Mittlerweile hat er jeden Tag seine Spendierhosen an, und ich lade Gäste in seinem Namen zum Aperitif ein.«

Stephane blickte ihn durchdringend an.

Er sammelte konsterniert die Belege ein und ging.

Beim Gourmetrestaurant Freling handelte es sich um einen rechteckigen Glas-Holz-Klotz, der an der Hausfassade steckte, nur gestützt durch einige Metallpfeiler. Der Anbau war gut acht Jahre alt. Die der Rheinischen Tiefebene zugewandte Seite war voll verglast, von der Decke bis zum Boden, weswegen der Eindruck entstand, man schwebe über dem Tal, den Weinterrassen, den Baumwipfeln. Julia Jimenez stand an einem Fenstertisch und überprüfte die Sets. Ihre Silhouette schillerte im Sonnenlicht. Benjamin verharrte in der Tür und betrachtete sie. Die Wolkendecke war mittlerweile aufgebrochen und hatte einem Märzhimmel Platz gemacht, der wie aufgeklebt wirkte. Schlieren von Grau-, Schwarz- und Goldtönen zogen über eine blassblaue Grundierung. Immer wieder brach die Sonne hinter den Wolkenfetzen hervor. Gläser und Bestecke schillerten. Und Julia war mittendrin. Sie trug an der rechten Hand einen weißen Stoffhandschuh und richtete mit teezeremonieller Ruhe und Genauigkeit die Gläser, Platzteller, Messer und Gabeln aus.

»Hast du die Reservierungsliste gesehen?«, fragte sie mit leuchtenden Augen, kaum dass sie Benjamin erblickte.

Der Sommelier nickte. Und wie er die Reservierungsliste gesehen hatte. Charlotte hatte ihm, noch während er sich mit Zuzannas Vermieter unterhalten hatte, ein Handyfoto geschickt. Sie waren ausgebucht. Mittags. Abends. Heute. Morgen. Nächste Woche. Nächsten Monat. Als hätte es das Restaurant vor dem zweiten Stern nicht gegeben. »Ja, habe ich, ist verrückt«, entgegnete er. »Sag mal, ist bei dir eine Info über den Montrachet-Bruch angekommen?«

»Montrachet-Bruch?«

»Der Wein steht in meinem Büro. Hals abgebrochen, liegt daneben.«

»Da gehört er nicht hin«, sagte Julia und presste die Lippen zusammen. »Was war es denn für einer?«

»Morey. 2018.«

»Aua. Frag doch mal beim Frühdienst.«

Benjamin nickte und ging.

»Guten Morgen, Paula, war von euch heute Morgen jemand im Weinkeller?«, fragte er die Auszubildende im zweiten Lehrjahr, die erst vor wenigen Tagen ans Getränkebüfett gewechselt hatte. Sie stand stramm, kaum hatte er sie angesprochen. Zudem legte sie ihre Hände nebeneinander auf den Ausgabetresen, als erwartete sie, dass der Sommelier gleich ihre Nägel kontrollierte. Wo hatte sie ihre ersten Monate im Hotel verbracht? Bei Baudemont, der angeblich ein strenges Regiment führte? Oder bei Gerda Helbling auf der Etage? *Mädchen. Komm mal her. Kuck. Dreckig. Wischen.* Benjamin seufzte.

Paula linste ihn mit großen und auch etwas müden Augen an, was kein Wunder war, sie hatte schließlich schon jetzt sieben Stunden Arbeit hinter sich. »Nicht, dass ich wüsste, Herr Freling«, antwortete sie.

Benjamin wedelte mit der Hand und lächelte. »Nicht siezen, so alt bin ich nicht, nenn mich ruhig Benny – euch ist also heute Morgen sicher kein Weißwein zu Bruch gegangen?«, fragte er nochmal. Denn wenn morgens schon Wein, meist Schaumwein, getrunken wurde, dann musste immer jemand vom Frühdienst in die Katakomben steigen. Das Büfett war nämlich der einzige Ort, an dem ein Kellerschlüssel hinterlegt war. Er wurde vom

Spätdienst der Hotelbar an den Frühdienst am Getränkebüfett übergeben, blieb dann dort den ganzen Tag liegen und wurde vom Spätdienst am Getränkebüfett wieder an die Hotelbar übergeben – ein nicht endender Umlauf, den der Sommelier nur für zwei Tage nach seinem Leichenfund ausgesetzt hatte.

»Ich weiß von nichts.«

»Hat jemand bei dir vielleicht den Kellerschlüssel geholt?«

»Nein, es war ein ruhiger Morgen, Herr ... Benny.«

Der Weinkellner überlegte und ging an die Registrierkasse. Paula folgte ihm aufgeschreckt. Die Kaffeemaschinen spuckten, Milchaufschäumer röchelten. Ein Stabmixer heulte auf, irgendwo in der Küche, und wurde gluckernd ersäuft in einem Topf mit Suppe oder Soße. Benjamin zog seinen Kassenschlüssel hervor, rief im System alle gebuchten Artikel der letzten zwölf Stunden auf, von der Hotelbar bis hin zum Nacht- und Frühdienst. Nichts. Anton Dinter, der F&B-Manager, rollte in diesem Augenblick einen hohen Metallwagen mit leeren Gläserrecks ins Backoffice. An den Tagen, an denen Monika Weber freihatte, übernahm er die Leitung des Frühstücksservice. Heute war anscheinend so ein Tag. Hinter ihm marschierten vier Auszubildende, bis zur Nasenspitze beladen mit Gläserkartons.

»Weißt du zufällig etwas über einen Burgunder, der zu Bruch gegangen ist?«, sprach Benjamin ihn an.

Anton wurde langsamer, seine Karawane wechselte zu Watschelgang. Der F&B-Manager überlegte, die Räder des Gläserwagens ratterten über die Fugen der Bodenfliesen. »Nein«, sagte er und beschleunigte wieder.

Der Sommelier ließ aber nicht locker. Er nahm kurzerhand das Officetelefon, das in der Ladestation neben der Kasse stand, und wählte die Nummer aus der Telefonliste, die über der Kasse hing. »Hallo, Meret«, begrüßte er die stellvertretende Barchefin, die seit Volkmars Tod inoffiziell die Leitung des Ressorts innehatte. Im Hintergrund rauschte und brummte es, sie war offenbar im Auto unterwegs. Etwas lauter fuhr Benjamin deswegen fort: »Ist bei euch gestern Abend noch ein Bâtard-Montrachet, ein weißer Burgunder, getrunken worden?«

»Nein, warum?«

»Hatte einen Bruch im Weinkeller.« Benjamin überlegte. »Hast du den Weinkellerschlüssel ganz normal an den Frühdienst übergeben?«

»Nein«, antwortete Meret, »die zwei Männer – die an der Theke saßen, als du kurz da warst – sind gegen halb zwei gegangen. Oder besser gesagt, getorkelt.« Sie lachte; Benjamin hörte plötzlich ein rhythmisches Klacken, es klang wie ein Blinker, sie war also wirklich im Auto unterwegs. »Ich war schon um zwei draußen.«

»Hast du nur eine Übergabe geschrieben?«

»Ja. Und den Schlüssel dazugelegt. Handhaben wir in letzter Zeit eigentlich immer so.«

»Heißt eigentlich: Der Schlüssel ist unter der Woche immer zwei Stunden unbeaufsichtigt, oder?«

»Gestern eher zweieinhalb Stunden, der Frühdienst beginnt ja erst um halb fünf.« Meret schien zu überlegen. »Aber der gesamte Küchentrakt ist ja ohnehin abgeschlossen, Benny. Ich muss ja aufschließen, um ans Getränkebüfett zu kommen. Hast du mal in der Registrierkasse nachgesehen? Der Wein müsste ja gebucht worden sein.«

»Habe ich schon, ist nichts zu finden.«

»Dann kann ich dir nicht helfen, sorry – bis später.«

»Alle versammelt«, kommentierte Julia, als er pünktlich um halb zwölf zur Servicebesprechung ins Restaurant zurückkam. Das Team stand bereits mit Menükarten im Halbkreis und starrte ihn mit verpennten Blicken und glasigen Augen an. Alle waren schließlich gestern noch bei der Party gewesen, als er plötzlich in die Kantine aufgebrochen war. Und sie waren wahrscheinlich auch noch auf der Party gewesen, als der Sommelier zu Hause am Küchentisch gesessen und grübelnd eine Bierflasche in der Hand gedreht hatte. Er nahm das Menü und die Reservierungsliste zur Hand, da fügte Julia hinzu: »Hast du den Übeltäter gefunden, der deine Flasche geköpft hat?«

»Nein«, antwortete der Sommelier, in dieser Sekunde noch ein Lächeln auf den Lippen, »noch nicht«, aber er spürte, dass sich sein Lächeln zur gequälten Grimasse verschob. Konnte das sein? Die Erkenntnis kroch von Kopf und Fuß in seinen Körper. Zeitgleich. Von oben und unten. Er spürte das Blut aus seinem Gesicht weichen und seine Beine weich werden.

Wie konnte er nur so schwer von Begriff gewesen sein?

Geköpft.

Es war eine Drohung.

Ein abgeschlagener Flaschenhals.

Das war es, musste es sein.

Was sonst?

Der Sommelier stotterte sich durch die Menübesprechung und stolperte ins Mittagsgeschäft mit floskelhaften Begrüßungen, phrasenhaftem Small Talk. Noch als die letzten Hauptgänge serviert wurden – es war kurz nach halb drei –, ging er in den Weinkeller, schaltete das Licht in seinem Büro ein und starrte den geköpften Burgunder an.

Lagen seine Nerven blank?

Sah er Gespenster?

Benjamin ging auf und ab, vorbei an den fünfhundert Flaschen Riesling, die immer noch auf der Tafel standen – wohin hätte er sie räumen sollen? –, vorbei an französischen, italienischen und spanischen Weinen, vorbei an südafrikanischem Pinotage, kalifornischem Pinot Noir und australischem Sauvignon Blanc, vorbei an einigen der besten Weine der Welt, vom Kaiserstuhl nämlich, von Karl-Heinz Johner, Franz Keller oder Joachim Heger, von Probst, Abril, Salwey, Bercher, Schneider oder Michel, vorbei an Weinen, die auf die Flasche gefüllt worden waren, als Deutschland in Trümmern lag, als Deutschland geteilt und wieder vereint wurde. Er ging zum Eingang, zurück zu seinem Büro, wieder zum Eingang. Mehrmals. Auf und ab. Als wäre er ein rastloser Panther, der an den Gitterstäben seines Käfigs entlangmarschierte. Irgendwann blieb er stehen, als hätte er zu diesem Zeitpunkt noch eine Entscheidung zu treffen gehabt. Dabei hielt er Telefon und Visitenkarte längst in Händen.

Wenn Ihnen noch etwas einfällt, dann melden Sie sich.

Das hatte Luzie Berger gesagt.

Und *einfällt* und *auffällt* spielten doch in derselben Liga – oder nicht?

Dreizehn

Die Beamten kamen zum Weinkeller, ohne sich vorher am Empfang zu melden. Ansonsten hätte ein Mitarbeiter der Rezeption sie begleitet. Sie standen hinter der Glastür, warteten, schauten. Benjamin fühlte sich unter ihren Blicken wie ein Äffchen im Zoo. Sein Schlüssel klapperte gegen das Schloss. Der Bodenriegel schnappte knallend auf. Die Begrüßung fiel knapp und förmlich aus, die Mienen der Beamten waren weder freundlich noch unfreundlich, sie waren schlichtweg undurchschaubar. Als der Sommelier sich umwandte, um vorauszugehen, und die Sicht auf den Weinkeller noch durch das Regal mit Überseeweinen verdeckt war, fiel ihm plötzlich ein, dass er Gerda Helblings Putzfimmel völlig verdrängt hatte. Und dieses nicht unerhebliche Problem würde auf dem Weg zum geköpften Burgunder in seinem Büro zutage treten. Bei ihrem zweiten Besuch waren die Polizisten nämlich nicht im Keller gewesen, sie waren direkt von der Lobby ins Archiv gegangen.

Was sollte er tun?

Auf gut Glück ging der Sommelier los, die Polizisten folgten ihm. Dann wandte er sich zu ihnen um. Und weil er mit diesem Schauspiel schon begonnen hatte, als sie im Eingangsbereich losgelaufen waren – und er es nicht ausstehen konnte, wenn man Dinge anfing, aber nicht zu Ende brachte –, ließ er sein Lächeln langsam in Stirnrunzeln und Mundkräuseln ersterben. Er zeigte auf das Loch und rief so bestürzt wie möglich: »Es tut mir sooo leid, ich habe völlig vergessen, Ihnen von diesem Malheur zu berichten. Es ist einfach zu viel geschehen in letzter Zeit. Wir haben hier sauber gemacht, tut mir leid, tut mir leid.«

Das Ermittlerduo tauschte verwundert Blicke aus. Ehrlacher hob nicht einmal die Hand, er zeigte auch nicht anklagend zum besenreinen Tatort oder sah sich die Sache genauer an. Er hatte alles gesehen, was es zu sehen gab. »Wer war das?«

Der Sommelier hörte Ehrlachers Stimme und wusste, jetzt würde es unangenehm. »Was soll ich zu meiner Verteidigung vorbringen?«, platzte er hervor. Während er sprach, zeichnete er mehrmals das fehlende Absperrband nach, eine ruckhafte Handbewegung, die aber nicht nur die Polizeiabsperrung pantomimisch nachzeichnete: Im Grunde beschrieb er mit seiner Handbewegung ja die ganzen Unwägbarkeiten der Existenz an und für sich, denn gäbe es keine Gerda Helblings auf dieser Welt, dann doch immerhin andere Naturkatastrophen – Erdbeben, Stürme, Vulkanausbrüche, vor allem Vulkanausbrüche, sie saßen hier schließlich auf einem, dem Kaiserstuhl nämlich –, die ebenso gnadenlos Tatorte zu Grunde richten konnten. Dann zeigte er auf das gelb-rote, verwaschene Tuch, das farblich erstaunlich gut zu der Klinkerwand passte. »Wir hatten es hier mit einer emsigen Hausdame zu tun.«

Der Polizist nickte. »Das ist eigentlich kein Problem, der Tatort war freigegeben. Wir haben lediglich darum gebeten, das Loch so zu belassen, wie es ist. War vielleicht missverständlich formuliert. Uns war wichtig, dass der Durchgang nicht schon wieder zugemauert wird«, erklärte Ehrlacher und blickte den Sommelier dabei eindringlich an.

Benjamin wurde nervös, er wusste zunächst nicht einmal, warum. Es war dieses gefühllose Augenpaar, das ihn aus der Fassung brachte und einen Mann in seinem Geschäft sogar in den blanken Wahnsinn treiben konnte. Gäste konnten das psychologische Spektrum von entrückter Seligkeit bis hin zu frustrierter Boshaftigkeit abbilden, alles kein Problem, damit ließ sich arbeiten, aber eine undurchschaubare Gefühllosigkeit lieferte in diesem Irrenhaus keinerlei Ansatzpunkt, seine Arbeit mit Anspruch zu erledigen. Davon war Benjamin überzeugt. Da konnte man genauso gut versuchen, auf einer asphaltierten Straße Schlittschuh zu laufen. Er tat also, was er im Zweifel immer tat: Er lächelte, strahlte, öffnete seinen Gesichtsausdruck wie die aufgehende Sonne – *darf ich Ihnen noch einen Digestif anbieten? Kaffee, Tee, Espresso?* –, aber es waren zwei Welten, die hier aufeinandertrafen. »Ach«, sagte Benjamin erleichtert, »dann ist das ... äh, ja, wirklich ein Missverständnis gewesen, und es ist alles in bester Ordnung, nicht wahr?«

»Wie man es sieht, Herr Freling, wie man es sieht: Es ist bemerkenswert, dass Sie dachten, es dürfte nicht geputzt werden, aber genau das ist geschehen«, erklärte der Beamte spitz.

»Ich wurde selbst vor vollendete Tatsachen gestellt«, entfuhr es dem Sommelier.

»Wie heißt denn die Hausdame, können *Sie* mir ihren Namen nennen?«, fragte Luzie Berger. Wieder betonte die Beamtin das »Sie«; es begann, den Sommelier zu nerven. Sie kramte in der Innentasche ihres schwarzen Parkas. Kurz sah Benjamin ihre Dienstwaffe, die in einem Gürtelholster an ihrer blauen Jeans steckte. Sie zog einen Notizblock hervor.

»Gerda – Helbling«, antwortete er.

Ehrlachers Blick haftete fast lüstern auf den fünfhundert Rieslingflaschen auf der Tafel. Als er den Namen der Hausdame hörte, blickte er kurz auf wie ein aufgescheuchtes Tier und verdrehte die Augen, weswegen Benjamin sich direkt an ihn wandte und hinzufügte: »Ich glaube, Sie kennen sich sogar.«

Berger sah zu ihrem Kollegen, dessen Gesichtsausdruck innerhalb weniger Augenblicke wieder die volle griesgrämige Düsternis ihrer ersten Treffen erreicht hatte. Er bestätigte Benjamins Aussage, indem er Luzie Berger kurz zunickte und sich wieder an den Sommelier wandte. »Wo ist denn nun die geköpfte Weinflasche, die Sie am Telefon erwähnt haben?«, fragte er.

Benjamin führte die Polizisten zu seinem Büro und zeigte ihnen den Burgunder.

Berger blickte ihn an. »Passiert so etwas nicht öfter? Wenn man eine Flasche zu schnell aus dem Regal zieht?«, fragte sie.

Der Sommelier überlegte. »Der Wein liegt tatsächlich in einem unteren Fach, aber vor dem Regal sind keine Glassplitter. Und eigentlich wissen die Angestellten über den Wert der Weine Bescheid, sofern er in einem höheren Segment angesiedelt ist, wie in diesem Fall. Sie sind dann entsprechend aufmerksam«, antwortete er.

Ehrlacher zog sein Mobiltelefon hervor, das Display war nicht erleuchtet, es klingelte und vibrierte auch nicht, aber der Beamte schaltete es kurz ein und im gleichen Moment wieder aus. »Und Sie meinen also, das ist eine Drohung?«

»Ich bin sicher.«

»Warum sollte Ihnen jemand drohen, weil Sie die menschlichen Überreste gefunden haben? Oder wissen Sie etwas, das wir nicht wissen?«

»Unser Barkeeper ist vor wenigen Tagen gestorben.«

»Die Akte wurde uns übermittelt. Und?«, fragte Ehrlacher.

»Es war kein Unfall, davon bin ich überzeugt«, antwortete Benjamin und spürte es in seinem Bauch rumoren.

»Wie meinen Sie das? Die Obduktion war doch sehr eindeutig.«

»Vanillesirup«, platzte der Sommelier heraus, weil jetzt eh alles egal war.

Die Beamten blickten einander an, als befänden sie sich in einer telepathischen Grundsatzdiskussion, ob sie jetzt gleich den psychiatrischen Notdienst verständigen oder Benjamin Freling der Höflichkeit halber noch aussprechen lassen sollten.

»Vanillesirup?«, fragte Luzie Berger.

»Und die Dosierpumpe war auch neu«, faselte Benjamin und setzte noch mal neu an: »Hören Sie, unser Barkeeper war hochgradig allergisch gegen Sesam. Er hätte niemals einen ganzen Teller Tikka Masala aufgegessen, der mit Sesam zubereitet wurde, weil ihm schon beim ersten Bissen der Hals zugeschwollen wäre. Als wir ihn fanden, lagen allerdings keine Essensreste auf dem Boden. Aber er trank am Ende immer einen Espresso mit Vanillesirup. Es wäre also ein Leichtes gewesen, den Sirup mit Sesamöl und Xanthan oder so etwas aufzumixen. Deswegen die neue Dosierpumpe. Spuren verwischen«, erklärte Benjamin und begann, seine wirren Sätze in eine einigermaßen chronologische Reihenfolge zu bringen. Er erzählte den Beamten alles noch einmal von vorn, von aromatisierten Espressos und Dosierpumpen und auch von Notfallsets, ja, auch das erzählte er, und schloss seine Erklärung mit: »Mumie. Allergieschock. Geköpfte Flasche. Das sind doch keine Zufälle!«

»Gibt es vielleicht einen Ihrer Mitarbeiter, der – unabhängig von Ihrem Leichenfund – sauer auf Sie sein könnte?«, fragte Ehrlacher.

»Nein, natürlich nicht!«, rief Benjamin, konnte sich aber nicht dagegen wehren, dass er kurz an Julia denken musste. Er erwähnte seine Kollegin nicht, sondern fragte: »Und was ist mit der Dosierpumpe?«

Ehrlacher schwieg einen Moment. »Im Präsidium muss ich *grundsätzlich mehrmals* auf die Dosierpumpe drücken, bis Seife kommt. Herr Freling, ich sehe hier …«

»Und was ist mit dem Notfallset?«, unterbrach Benjamin ihn.
»Ich sehe hier gerade keinen Ansatz.«

Ehrlacher schaute Berger an und hob sein Telefon in die Höhe. Sie nickte. Er drehte sich um, ging durch den Raum und verschwand im Eingangsbereich, dann hörte der Sommelier das Knacken der Scharniere. Anscheinend hatte der Kriminalbeamte den Weinkeller verlassen. Luzie Berger verpasste Benjamin mit der Faust einen beherzten Schlag auf die Brust.

Die Klimaanlage summte.

Die Weine reiften.

Die Muskeln, die sich kurz unter dem Hieb der Polizistin verkrampft hatten, entspannten sich und machten einem ganzheitlichen Erstaunen Platz.

Der Sommelier starrte die Beamtin an.

Sie zog die Augenbrauen nach oben, sagte kein Wort.

Und weil er überhaupt nicht wusste, was das alles zu bedeuten hatte, sagte er: »Entschuldigung?«

»Entschuldigung? Benny.«

Menschen. Hunderte. Tausende. Er sah sie aufmarschieren, alle, die er je gekannt hatte, reihten sich in Reih und Glied vor seinem inneren Auge auf. Sie warteten an Restaurant- und Lieferanteneingängen, standen an Herden und in Backoffices, saßen in Personalräumen und Straußenwirtschaften. Und weil er zu absolut keinem Ergebnis kam, öffnete er die Schleusen seiner Erinnerung. Er lief durch Supermärkte und Weingüter, saß bei Frisören, stand bei Floristen am Tresen und bei Banken am Schalter, aber er war sich sicher, dass er einer Luzie Berger nie begegnet war. Woher kannte sie ihn?

Er stammelte: »Sorry ... ich stehe auf dem Schlauch.«

»Chemie. Grundkurs. Breisach.«

Licht.

Da war es.

»Pfützen-Luzie?!«

»Dass du dir gerade das gemerkt hast, hätte ich mir denken können.«

»Du hast damals völlig anders ausgesehen, hattest du nicht diesen pechschwarzen Bob?«

Sie lächelte. »Ich hatte damals ein Faible für Mia Wallace aus Pulp Fiction.«

»Und Brille? Hattest du nicht auch eine Brille?«

Plötzlich öffnete sich eine Welt, die Benjamin längst vergessen hatte. Schule. Abitur. Und hierzu gehörte auch Luzie: Luzie, die Streberin. Immer pünktlich. Stifte immer angespitzt, Patronen nie leer. Nach der Ehrenrunde des Sommeliers in der elften Klasse kreuzten sich ihre Wege. Sie war ein durchweg höfliches, sympathisches, aber auch ein distanziertes Wesen. Sie schien nie groß an ihren spätpubertären Mitschülern interessiert. Sie kam, sie lernte, sie ging. Sie koexistierte. Zumindest bis zu einem Tag im Herbst, es musste Ende Oktober gewesen sein, als Benjamin am Abend zuvor im Heuboden in Umkirch versumpft war, einer Diskothek. Da seine schulische Karriere in einem Desaster zu enden drohte, quälte er sich am folgenden Tag aus dem Bett und fuhr mit dem Bus ins Gymnasium. Irgendwann in der zweiten oder dritten Stunde erblühte sein Kater zu voller Pracht: Umwälzpumpe im Magen, Presslufthammer im Kopf. Dann hatten sie Chemie. Wie ein Zementsack sank sein Oberkörper auf den Schultisch. Bis er Luzies Ellenbogen in seinen Rippen spürte, wusste er nicht einmal, dass er sich an diesem Tag neben sie gesetzt hatte.

»Trink das«, sagte seine Mitschülerin und hielt ihm eine Isolierflasche aus Edelstahl hin.

»Ich kann nichts trinken, unmöglich«, antwortete Benjamin mit kleistrigem Mund.

»Trink. Das. Sofort. Dann geht es dir besser. Zumindest eine Weile«, beharrte Luzie, ihre Augen schauten auffordernd durch eine dicke, schwarz gerahmte Brille, darüber der gerade Scherenschnitt ihres Ponys. »Und atme in die andere Richtung, bitte.«

Hatten sie bis zu diesem Zeitpunkt jemals ein Wort miteinander gewechselt? Benjamin wusste es nicht, aber er trank. Sie hatte ihm eine Pfütze gegeben: süßer Most, mit Muskateller versetzt. Er konnte es nicht glauben. Das Getränk rettete ihn zwar nur über die nächsten drei Stunden, danach kam der Kater schlimmer zurück als zuvor, aber immerhin. Als er wieder einigermaßen bei Verstand war, wurde Luzie für ihn zum interessantesten Menschen auf der ganzen Welt, nein, sie wurde für ihn zur interessantesten Kreatur des ganzen Universums. Ein Rätsel, ein Mysterium. Jedes Mal, wenn sie fortan im Chemieunterricht ihre Aluflasche aus ihrem Rucksack hervorzog, lief ihm ein Schauder über den Rücken. Sie saß oft sogar in der ersten Reihe, schraubte zwischendurch den Deckel der Flasche ab, nippte unter den Augen des Lehrers an dem Getränk. Und niemand nahm von diesem winzigen Detail Notiz. Außer ihm. Benjamin beobachtete sie aus dem Augenwinkel, warf ihr verschwörerische Blicke zu, wenn sie sich in den Fluren begegneten. Und Luzie? Verfiel wieder in höfliche Einsilbigkeit. Sie machte ihr Abitur mit einer Eins und war aus seinem Leben verschwunden. Bis heute.

»Scheiße, Mann, Luzie!«, rief er fassungslos, »Atomphysikerin, Bundeskanzlerin, die erste Frau auf dem Mars, das alles hätte ich mir bei dir vorstellen können, aber Mordkommissarin?!«

»Bin in die Fußstapfen meines Vaters getreten«, sagte sie und verfiel in Schweigen.

War der Small Talk beendet?

Lagen die Karten nun auf dem Tisch?

Eines hatte sich in den letzten Jahren offensichtlich nicht verändert: Luzies Einsilbigkeit.

Und noch etwas: Sie war verheiratet.

Denn wenn Benjamin sich richtig entsann, dann hieß sie vor über zehn Jahren noch Brendle mit Nachnamen, nicht Berger. Im Normalfall hätte er nachgefragt, hätte sich geduldig ihren ganzen Lebenslauf angehört, aber heute war er sich selbst am nächsten, wollte sich endlich wie ein normaler Mensch unterhalten können.

»Hör zu«, plapperte er drauflos, »klar, logisch, ich weiß natürlich, dass das alles verrückt klingt, was ich euch gerade eben vor den Latz geknallt habe, total bescheuert, aber Zuzanna Bednarz ist vor zwanzig Jahren einfach verschwunden.« Luzie legte die Stirn in Falten, der Sommelier ließ sich von ihrem Mienenspiel aber nicht aus dem Tritt bringen, deutete auf das Loch. »Ich finde also eine mumifizierte Leiche, wahrscheinlich mein Kindermädchen, würde ja passen. Ich frage mich nämlich, seit ich ein kleiner Junge war, wo sie ist, okay? Und drei Tage nach meinem Fund stirbt unser Barkeeper auf höchst dubiose Art und Weise, das musst du doch zugeben, oder? Jetzt addierst du noch das Notfallset hinzu, da stimmt doch was nicht, Herrschaftszeiten!«

»Die menschlichen Überreste gehören nicht zu deinem Kindermädchen, Benny«, entgegnete Luzie ruhig. »Jochen Ehrlacher hat mit Zuzanna Bednarz telefoniert, vor ein paar Tagen schon. Hat etwas gedauert, sie zu finden, ich hatte ihren Namen falsch notiert. Sie war vom plötzlichen Unfalltod deiner Eltern so geschockt gewesen, dass sie weggezogen ist. Wir haben keinen Grund, ihr nicht zu glauben.«

»Du ... ich meine ... Wie geht es ihr?«

»Ich habe nicht mit ihr telefoniert, aber sie scheint bei Verstand.«

»Wohin ist sie denn gezogen?«

»Sie hat in der Nähe ihrer Schwester gelebt. Mehr darf ich nicht sagen.«

»In Bad Dürkheim?«

Luzie starrte den Sommelier an. »Woher weißt du das? Wieso hast du uns die Info nicht früher gegeben?«

»Wusste ich nicht!«, rief der Sommelier und senkte reumütig den Blick. »Also bis heute Morgen wusste ich es nicht. Ich habe heute mit ihrem ehemaligen Vermieter gesprochen, der hat übrigens ebenfalls bestätigt, dass sie einfach verschwunden ist. Er erinnerte sich, dass sie Verwandtschaft in Bad Dürkheim hatte.« Er räusperte sich und murmelte: »Ich habe also gerade nur … geraten oder so … Aber … und wer ist dann die Leiche?«

»Wir wissen es nicht«, antwortete Luzie zerknirscht.

Benjamin schaute ihr in die Augen. »Und das ist jetzt nicht so ein Manöver?«, fragte er.

»Wenn wir wüssten, wer die Leiche ist, dann dürfte ich es dir wahrscheinlich aus ermittlungstaktischen Gründen nicht sagen, kommt immer drauf an, aber ich muss dich auch nicht anlügen, dass ich in dieser Hinsicht nichts weiß – das ist die Wahrheit: Wir tappen völlig im Dunkeln. Wir richten unsere Ermittlungen darauf aus, wer die Mauer eingezogen hat, haben mit dem Architekten gesprochen, dem Bauleiter, einigen Mitarbeitern, aber es ist lange her.«

»Könnte so eine Mauer nicht jeder einziehen?«

»Wahrscheinlich schon. Aber würde so etwas einer Bauleitung entgehen?«

Der Sommelier suchte nach den richtigen Worten: »Gut. Aber das ändert ja nichts an all den … kuriosen Vorkommnissen hier, oder? Es bestätigt sie doch vielmehr.«

»Ich sehe, was du uns zu sagen versuchst.« Kurz hatte er das

Gefühl, Luzie wollte ihm die Hand auf den Arm legen. »Aber ich verstehe eines nicht: Weshalb sollte man dir drohen, Benny?«

»Weil ich unliebsame Fragen stelle. Deshalb.«

»Wir hatten einen Lehrer auf der Polizeischule, ein Kauz, wie wahrscheinlich alle, die zu lange bei der Kripo arbeiten. Er sagte einmal, dass Verschwörungstheorien ein Schutzraum und Zufluchtsort für die ganzen Zumutungen der Welt sind, denen wir ausgesetzt sind.«

»Denkst du etwa, dass ich an Hirngespinsten leide?«

Luzie antwortete nicht. In diesem Augenblick kam Ehrlacher zurück. Sie wartete, bis er zu Benjamin und ihr aufgeschlossen hatte. »Und?«, fragte sie.

»Gerda Helbling hat die Angaben bestätigt«, entgegnete Ehrlacher.

Benjamin stand der Mund offen.

Hatte Ehrlacher mit Gerda gesprochen, während er hier unten mit einer ehemaligen Klassenkameradin einen Plausch geführt hatte?

Der Sommelier fühlte sich übergangen, hintergangen, kam sich jetzt wirklich wie ein Äffchen in der Manege vor, er fühlte sich wie Jokili, der Endinger Narr mit der dreizipfligen Kappe und den Schellen, der zur Belustigung aller einmal im Jahr herumhampeln durfte.

Luzie sah ihn an. »Hör zu, Benny, ich denke, dass kein Mensch nach so einem Vorfall seine Gedanken einfach abstellen kann. Uns ist es auch ehrlich gesagt bis zu einem gewissen Punkt lieber, wenn Zeugen oder Betroffene uns zu viele als zu wenig Details mitteilen. Aber Jochen hat es schon gesagt: *Wir* sehen hier gerade keinen Ansatz. Falls dir noch was anderes auffällt, dann melde dich. Und das meinen wir ehrlich«, sagte sie und steckte den Notizblock weg. Sie zog ihr Mobiltelefon aus der Tasche, ging in das Büro des Sommeliers, machte ein Foto der Burgunderflasche und von Gerdas Schutteimern, die immer noch am Boden standen, und kam wieder heraus. Sie blickte den Weinkellner durchdringend an. »Wir würden dann wieder, aber eine Sache noch: Es ist besser, wenn du in Zukunft keine eigenen Nachforschungen anstellst, das gibt nur Ärger, ist eigentlich immer so.«

Benjamin nickte zustimmend, geradezu verständnisvoll.

Mit einem Fingerschnips war er wieder ganz der Sommelier, der auch Arschlöchern im Restaurant ein offenherziges Lächeln schenken konnte, ohne rot zu werden.

In Gedanken saß er längst im Auto nach Bad Dürkheim.

Vierzehn

Es war da. Sein Leben lang. Ein fehlendes Teil im Puzzle seines Seelenfriedens. Nicht, dass es Benjamin Freling ständig umtrieb, aber wie oft hatte er daran gedacht, es gar in den letzten zwanzig Jahren zur Sprache gebracht? Einmal im Jahr? Dreimal in fünf Jahren?

Er wusste es nicht, aber dass Zuzanna einfach verschwunden war, hatte ihn nie wirklich in Ruhe gelassen, genauer: die nagende, zermürbende Frage nach dem Warum. Eine verloren geglaubte Liebe? Ein plötzlicher Krankheitsfall? Der Sommelier hatte mehrere Theorien. Die naheliegendste davon war, dass sie schlicht keine Lust mehr auf den Job gehabt hatte. So wie es tausendmal in tausend anderen Betrieben geschieht. Ein Beruf war oft nichts weiter als ein notwendiges Übel, der drückende Schuh, den man bei erstbester Gelegenheit auszog. Und wer könnte es ihr verübeln? Nachdem sie als junge Frau in den Betrieb gekommen war und ihr halbes Leben lang ohne weitere Perspektive hier gearbeitet hatte. Dass sie mit Ende fünfzig keine Lust mehr verspürte, einem verwöhnten Balg die Rotznase zu wischen und nebenher noch die Tischdecken und Servietten der Restaurants zu waschen und akkurat zu bügeln, weil Benjamins Eltern mit keinem Reinigungsunternehmen zufrieden waren, mit dem sie im Housekeeping zusammenarbeiteten?

Und klar, hin und wieder hatte der Sommelier natürlich auch die Vermutung gehabt, dass Zuzannas Verschwinden mit dem Unfalltod seiner Eltern in Zusammenhang stand, ihr vielleicht den entscheidenden Impuls gegeben hatte, endlich das Weite zu suchen. Luzie Berger hatte es ihm am Ende bestätigt: Sie hatte den Tod seiner Eltern nicht verkraftet, nein, sie war *geschockt* gewesen. Das war das Wort, das Luzie Berger benutzt hatte. Und trotzdem, obwohl er die Antwort jetzt kannte, fühlte er sich keinen Deut besser. Da war kein Aha-Moment, kein Aufatmen im Angesicht der Wahrheit, keine Erleichterung. Hatte er bereits in diesem Moment, als er den Motor seines Wagens startete, das Gefühl, dass es noch mehr gab? Oder war er nur verletzt? Beleidigt und gekränkt? Ging es vielleicht nur darum? War Benjamin wütend, dass Zuzanna es nicht einmal für nötig gehalten hatte, sich von ihm zu verabschieden? Möglich, er wollte das nicht ausschließen. Schließlich war sie seine Pflegemutter gewesen. Gut, *Pflegemutter* war natürlich etwas übertrieben, aber sie bildete in den ersten neun Jahren seines Lebens immerhin die Leitplanken seines Tagesablaufs. Sie war da, um ihn in den Kindergarten zu bringen. Sie holte ihn aus dem Kindergarten ab. Sie brachte ihn ins Bett, fuhr mit ihm sogar zum Arzt. Wenn seine Mutter wissen wollte, wann ein Ausflug stattfand, wer gerade sein bester Freund war oder auch nur, was sich Benjamin zum Geburtstag wünschte, dann fragte sie Zuzanna.

Der Sommelier erinnerte sich gut an den Tag der Beerdigung seiner Eltern. Wer würde so etwas auch vergessen, wenn er sich nicht ins Sprungtuch der Verdrängung gestürzt hätte? Unzählige Autos parkten an den Straßenrändern und Gassen Schelingens. So ein Verkehrsaufkommen hatte Benjamin bislang nur bei Weinfesten erlebt. Das zweistimmige Totengeläut lag wie ein Fluch über dem Dorf. Die Kirche St. Gangolf platzte aus allen Nähten. Zwei Särge. Hunderte schwarze Gestalten. Tausende bunte Blumen. Und in der Mitte von alldem war er, eingeklemmt und umhergeschoben zwischen den Flanken seines

Onkels und seiner Tante Frieda. Ein Junge, der schüchtern, fast verstohlen umherblinzelte und sehnsüchtig das schiefe Lächeln seines Kindermädchens suchte. Sie war aber nicht da. Am Ende heftete er seinen Blick an die bunten Bilder, die er auf die Särge gemalt hatte. Man war mit einem Kinderpsychologen übereingekommen, dass es als Teil der Trauerbewältigung gut sei, wenn der Junge die Särge seiner Eltern bemalen würde – der Junge wurde allerdings nicht gefragt, ob er das wollte.

Benjamin fand es abartig. Auch heute noch wurde ihm beim Gedanken daran übel. Pflichtbewusst hatte er unter der Aufsicht seiner Tante Frieda Herzchen, Sonnen und Bäume auf das Holz gekritzelt. Aber erst als er bei seiner Mutter einige Trauben und bei seinem Vater Joggingschuhe – er war Hobbyläufer – auf die Särge gemalt hatte, sah er seine Tante Frieda zufrieden nicken und durfte mit ihr das Bestattungsinstitut wieder verlassen. Bei der Trauerfeier starrte Benjamin also auf die bunten Motive auf den Särgen, es waren im Licht der Kirche viel zu wenige einsame Bilder auf viel zu viel kahlem Holz. Seine Augen begannen, vom Starren zu tränen, nicht vor Trauer, doch seine Tante legte plötzlich den Arm um ihn und drückte ihn so sehr an sich, dass er an ihrem Parfum fast erstickte. Er schaute nach oben auf das Engelswandgemälde, weit über seinem Kopf. So ging das Ritual vorbei und das Leben weiter. Ohne Eltern, ohne Zuzanna. Und vielleicht war der Sommelier am Ende doch sauer auf sein Kindermädchen. Mit zwanzig Jahren Verspätung. Er konnte es nicht leugnen. Seit Luzie Berger es ihm gesagt hatte, ertappte er sich immer wieder dabei, wie er gedankenverloren den Kopf schüttelte, weil er Zuzanna eine gewisse Gefühlskälte nicht mehr absprechen konnte – oder war da vielleicht doch mehr? Ein Detail, das für die Polizei womöglich irrelevant, für ihn aber mehr als wichtig war?

Benjamin wusste es nicht, aber deshalb setzte er sich am ersten Morgen seiner beiden freien Tage ins Auto und tippte in sein Navigationsgerät eine Straße in Bad Dürkheim in der Pfalz ein. Es war zu einfach: Man musste Zuzannas Namen nur in Verbindung mit der Stadt bei einem Online-Telefonbuch eingeben. Es gab lediglich eine Adresse, keine Namensdoppelung. Er schlängelte sich durch die Weinberge bei Burkheim und Bischoffingen. Kurz blickte er zu seiner Grauburgunder-Parzelle, die sein Winzeronkel seit letztem Jahr das erste Mal für ihn ausbaute. Längst hätte er dort für eine erste Fassprobe auftauchen müssen, schon zwei Nachrichten hatte sein Onkel Konrad gesandt, aber es war einfach zu viel gewesen. Kurz hatte der Sommelier das Telefon in der Hand, aber er wollte nicht, er konnte nicht, und atmete tief durch, als er bei Riegel seinen Wagen auf die Autobahn steuerte. Raus aus dem elenden Tal, freie Fläche, Licht. Autos brausten an ihm vorbei, aus dem Radio dudelte Pop, und auf dem Rücksitz vibrierte seine Reisetasche mit Wechselklamotten und Kulturbeutel.

Der Sommelier hatte nämlich vor, in der Pfalz zu übernachten. Vielleicht würde er am Nachmittag ein wenig durch die Weinberge an der Mittelhaardt spazieren, irgendwo klischeereich Leberknödelsuppe und Saumagen essen, dazu einen Schoppen trinken. Vielleicht würde er auch ein paar Winzer besuchen und seine Nase in ein paar besondere Tropfen stecken, bei Winning, Leiner, Jülg, Rings, Metzger oder Stern. Das Aufreibende und der Grund seiner Reise lägen da freilich schon hinter ihm, er würde nur noch mit ein paar Gläsern Riesling und Rotwein-Cuvées das zerknautschte Tuch seiner Seele glatt streichen. Und morgen würde ein geläuterter Sommelier an den Kaiserstuhl zurückkehren. Das war sein Plan.

Das Navigationsgerät lotste ihn also knapp zweihundert Kilometer nach Norden zu einem Wohnblock. Drei Betonklötze, alle in der ähnlichen Plattenbauweise: sechs Etagen mit je fünf oder sechs Wohnungen pro Stockwerk. Es war kurz vor halb elf, als Benjamin den gepflasterten Weg zum Eingang der 11b entlangging. Zwischen den drei Gebäuden stand eine einsame Schaukel auf einer großen Rasenfläche, nicht weit dahinter befand sich ein Unterstand für Mülltonnen und Fahrräder. Irgendwo kläffte ein Hund. Eine Hauswand war mit Provinzgraffiti verschmiert, rotes anspruchsloses Gekrakel, mit dem sich irgendein geistreicher Halbstarker zu verewigen versuchte. *FICKE* stand da. Wahrscheinlich war ihm beim N die Farbe ausgegangen, vermutete der Sommelier und lächelte.

Zuzannas Namen fand er in fünfter Reihe. Er klingelte. Kurz darauf erklang das Summen des Türöffners. Die Gegensprechanlage blieb stumm. Dachte Zuzanna, er wäre der Postbote? Anstatt noch mal zu klingeln, fuhr der Sommelier mit dem Lift auf gut Glück in die fünfte Etage. Die Wände der Fahrkabine waren so dünn, dass er die Stahlseile im Gewinde knarzen hörte. Oben angekommen führten die Wohnungen im Karree um den Fahrstuhlschacht herum. Er hatte mit dem Stockwerk richtig geraten: Zuzannas Wohnung lag direkt zu seiner Linken. An ihrer Tür hing ein Kranz zur Zierde. Der Sommelier zögerte kurz und klopfte, anstatt zu klingeln, er wusste nicht, warum. Als sich die Tür einen Spalt öffnete, blickte er auf den schmalen Gesichtsstreifen einer Frau, unter deren Kinn eine Türkette wie Halsschmuck baumelte.

»Frau Bednarz? Guten Tag.« Seine Worte hörten sich für ihn selbst eigenartig hohl und fremd an, was sicher nicht nur an diesem kalten, steinernen Treppenhaus lag. Neun Jahre seines Lebens hatte er Zuzanna – *war sie es wirklich?* – mit ihrem Vornamen angesprochen, die förmliche Anrede klang für ihn seltsam und unwirklich. »Ich bin es. Benjamin Freling.«

153

Die Frau schloss die Tür. Wortlos. Dann passierte nichts. Sekundenlang stand er im Treppenhaus. Es roch nach Brühwürfeln, Zwiebeln und nassem Hund. War es das? Gespräch beendet, bevor es begonnen hatte? Als die Tür schließlich aufschwang, fand sich Benjamin vor einer alten Dame wieder, die zweifelsohne einmal Zuzanna Bednarz gewesen war, aber die er auf der Straße nicht wiedererkannt hätte. Sie war viel kleiner, als er sie in Erinnerung hatte, was sicher daran lag, dass der Sommelier das letzte Mal, als sie sich gesehen hatten, noch zu ihr aufblicken musste. Sein ehemaliges Kindermädchen stand aufrecht da, aber ihr Kopf und Kinn schienen nach vorn verschoben, was unnatürlich aussah. Ihre kurzen, lockigen Haare trug sie wie eh und je, sie waren nur schlohweiß geworden. Sie hatte ein sauberes, hellbraunes, knöchellanges Kleid an, mit ockerfarbenen Blüten darauf, darüber eine dünne, beige Wollweste.

»Benjamin«, sagte sie, und während ihre ganze Erscheinung keinen Zweifel daran ließ, dass sie im Herbst ihres Lebens angekommen war, klang ihre Stimme so klar, weich und sanftmütig wie immer. »Das ist ja eine Freude.«

Das glaubte der Sommelier ihr nicht, man sah ihren Augen an, dass sie sich sichtlich unwohl fühlte.

»Tut mir leid«, zwitscherte Benjamin deshalb drauflos, »tut mir leid, dass ich so hereinplatze, Frau Bednarz, aber als ich von der Polizei erfahren habe, dass Sie wohlauf sind, wollte ich es mir nicht nehmen lassen, Sie zu besuchen.«

»Wohnst du hier in der Gegend?«, fragte Zuzanna, die rechte Hand auf dem Türknauf abgestützt.

»Nein, nein, am Ende ist der Apfel nicht weit vom Stamm gefallen: Ich habe Kellner in Berlin gelernt und bin nach ein paar anderen Stationen zu Hause eingestiegen.«

»Dann bist du jetzt extra den ganzen Weg aus Schelingen gekommen?«

»So weit ist es ja nicht, war gerade einmal zwei Stunden unterwegs. Ich habe auch ein paar Termine bei Winzern«, log er, um nahtlos zu Halbwahrheiten überzugehen, »ich habe heute frei und konnte den Tapetenwechsel gut gebrauchen.«

»Ich bin jetzt gar nicht auf Gäste eingestellt.«

»Entschuldigen Sie den Überfall, aber ich habe mich immer gefragt, was aus Ihnen geworden ist.«

Zuzanna sah ihn emotionslos an. »Nicht viel.« Sie zuckte mit den Schultern, ließ eine Sekunde verstreichen und fügte hinzu: »Was ist denn passiert, ich war ganz erschrocken, als plötzlich die Polizei vor meiner Tür stand.«

»Vor Ihrer Tür?«

»Polizisten waren hier, wollten meinen Ausweis sehen, dann habe ich noch mit einem Herrn Ehrbacher oder so telefoniert.«

»Haben sie Ihnen nichts erzählt?«

»Nein, der Mann hat nur etwas von Ermittlungen zu einer lang vergangenen Straftat berichtet, ein sehr wortkarger Mensch. Habt ihr Ärger mit der Steuer?«

In diesem Moment setzte sich ächzend der Fahrstuhl in Bewegung. Zuzanna sah über seine Schulter hinweg. »Komm doch rein, wenn du schon hier bist«, sagte sie und trat einen Schritt zur Seite. Der Sommelier drängte sich in den schmalen Hausflur, in dem ein sehr wuchtiger Unterschrank den Großteil der Fläche einnahm. Er blieb stehen. »Geh ruhig durch«, fügte Zuzanna hinzu. »Hier treten wir uns nur auf die Füße.«

So kam er schließlich in einen recht großen Wohnraum mit Kochnische. Ein kleiner Tisch mit zwei Stühlen und frischen Blumen stand unter dem Fenster, in einer Ecke ein Fernseher, davor ein Sessel. Auf dem hellen Holzlaminatboden lag ein großer, älterer Läufer mit orientalischem Muster. Es war viel zu warm. Benjamin streifte seine Jacke ab und behielt sie im Arm. Auf einer dunklen Kommode standen mehrere Bilderrahmen. Darunter befanden sich neben alten Schwarz-Weiß-Bildern auch einige Fotos von Kindern. Über allem hing wachend ein bronzierter Jesus am Kreuz. »Sind das Ihre Kinder?«, fragte Benjamin sie, wobei er die Antwort längst ahnte, denn mit neunundfünfzig Jahren war sie sicher nicht noch Mutter geworden.

Zuzanna stand mittlerweile mit gefalteten Händen vor ihrer Kochnische und blickte auf die geschlossenen Schränke, dann sah sie zu ihm herüber. »Nein, das sind die Kinder und Enkelkinder meiner Schwester. Sie ist letztes Jahr gestorben.«

»Das tut mir leid.«

»Ich habe überhaupt nichts, was ich dir anbieten kann, Benjamin.«

Und erst in diesem Moment fiel es dem Sommelier wie Schuppen von den Augen: Er hätte etwas mitbringen müssen, eine Schachtel Pralinen, eine Flasche Wein, nein, einen Blumenstrauß, das wäre die passende Aufmerksamkeit gewesen. Jetzt war es zu spät. Er sagte: »Ich brauche nichts – vielleicht ein Glas Wasser? – das genügt völlig.«

Zuzanna Bednarz schien ihm nicht zuzuhören. »Kaffee kann ich kochen. Ich glaube, ich habe auch Gebäck«, sagte sie, füllte Wasser und Kaffeepulver in eine Filtermaschine, bevor sie eine Schublade ausräumte und eine Packung Lebkuchen hervorzog. Sie legte sie auf einen Teller und stellte diesen auf den kleinen Fenstertisch. Benjamin setzte sich.

»Entschuldigung für den Kaffee«, erklärte Zuzanna, als sie ihm die Tasse hinstellte. »Ist nicht das, was du gewohnt bist. Hätte ich gewusst, dass du ...«

»Es ist alles prima, Frau Bednarz«, unterbrach er die Dame

und meinte es ehrlich. Es war ihm eher peinlich, dass ihm die mindere Qualität des Kaffees schon am säuerlichen, flachen Geruch auffiel. Gestern hatte er noch Weine im Wert eines Kleinwagens entkorkt und ausgeschenkt, zwei Pärchen hatten es sich richtig gut gehen lassen und ihnen mehr Trinkgeld gegeben, als seine Wohnung in Breisach im Monat Miete kostete. Es war widerlich, dachte der Sommelier, und er war beschämt, dass er Zuzanna mit seinem Besuch überhaupt in diese Lage gebracht hatte. Das hier war schließlich keine Zwischenstation auf dem Weg zu besseren Zeiten, das hier war auch keine Studentenbude, in der man sich morgens um drei Uhr noch Spaghetti mit Ketchup reinschaufelte und dazu Wein aus dem Tetrapack trank, weil für mehr am Ende des Monats kein Geld da war. Das hier war die letzte Station eines Lebens. »Wohnst du noch im Hotel?«, fragte Zuzanna.

»Nein, ich wohne jetzt in Breisach«, antwortete er, »in der Oberstadt«, und fragte sich im selben Augenblick, als er es aussprach, weshalb er diese Info überhaupt angefügt hatte, es klang so herablassend, weswegen er hinzufügte: »Eigentlich habe ich so erst von Ihrem Wohnort erfahren. Ich habe Ihren ehemaligen Vermieter getroffen. Er erinnerte sich an Bad Dürkheim.«

»Oh«, sagte Zuzanna. Wenn sie den ungehobelten Mann so unsympathisch fand wie er selbst, dann konnte er es an ihren Gesichtszügen nicht ablesen. Sie schien vielmehr nachzudenken, erhob sich schwerfällig und ging zu einem Sekretär. Sie zog mehrere Umschläge aus einem Briefhalter und kam damit zurück zum Tisch. Einen der Briefe betrachtete sie eine Weile, auf der Fensterbank neben dem Sommelier tickte derweil ein Wecker, daneben stand eine Marienfigur aus Porzellan. Sie legte einen fast vergilbten Umschlag vor ihm auf den Tisch. Darauf stand *Volker Fesenmacher*, dann folgte ein Fingerbreit Freiraum, wahrscheinlich für die genaue Anschrift, am unteren Rand stand *79206 Breisach am Oberrhein*. Zuzanna setzte sich wieder, stützte sich dabei am Fenstersims ab und sagte: »Nachdem ich … ich bin damals überstürzt weggezogen. Zwei Mieten habe ich nie bezahlt. Ich hatte das Geld nicht und wollte es immer, na ja … hat mich nie losgelassen. Hier ist das Geld drin, schon lang … Ich wusste seine Adresse nicht. Ich wollte … könntest du es der Familie Fesenmacher geben?«

Der Sommelier nickte und nahm den Umschlag. »Warum haben Sie sich nie verabschiedet, Frau Bednarz?«, platzte er hervor. Es klang vorwurfsvoller, als er wollte. Zuzannas Hände sanken auf ihren Schoß. »Warum sind Sie denn so schnell weggezogen?«, wiederholte Benjamin die Frage noch mal sachlich, höflich und ruhig.

»Der Name Bednarz stammt von Küfern ab, wir waren *Łagiewniki*, wusstest du das?«, begann Zuzanna Bednarz nach einer Weile zu sprechen. »Unsere Familie hat über viele Generationen Fässer gebaut, aus ungarischem Eichen- und Lärchenholz, wir haben einen Teil sogar nach Frankreich verkauft, auch wenn es die Winzer nicht zugaben. Unsere Fässer waren billiger und genauso gut wie die französischen. Ich weiß nicht einmal, warum, aber die Nachfrage ging irgendwann zurück. Da haben wir begonnen, die Fässer vor Ort zu reparieren. Mein Opa und mein Vater sind noch mit einem Pferdekarren bis ins Burgund gefahren. Das war, bevor ich geboren wurde. Meine Mutter erzählte oft, dass die Männer manchmal monatelang weg waren, aber wenn sie zurückkamen, konnte man sie schon in einem Kilometer Entfernung hören, weil Dichtkeil, Krummmesser, Schaber und Spundbohrer so laut in der Werkzeugkiste klapperten. Um noch etwas dazuzuverdienen, haben sie ihre Reisen oft so geplant, dass sie auf dem Rückweg am Kaiserstuhl und danach in Franken bei der Weinlese helfen konnten. Als wir nach dem Zweiten Weltkrieg vertrieben wurden, sind meine Eltern mit mir und meiner älteren Schwester bis an den Kaiserstuhl geflüchtet. So war das damals, wir gingen dorthin, wo es Arbeit gab. Mein Vater war damals Mitte dreißig, er hat eine Anstellung auf dem Bau gefunden. Meine Mutter begann im Jagdhaus Freling als Küchenhilfe. So bin ich zu euch ins Hotel gekommen. Ich habe als junges Ding die Zimmer gemacht, zuerst nur an Sonntagen, dann hin und wieder unter der Woche – möchtest du einen Keks?«, fragte Zuzanna plötzlich und hielt Benjamin den Teller hin.

»Ja, gern«, log er, nahm einen Lebkuchen und lehnte ihn an seine Untertasse. Er war viel zu nervös, um etwas zu essen.

»Meine Mutter ist früh gestorben, das weißt du ja sicherlich«, fuhr Zuzanna fort und sah ihn an. Der Sommelier nickte. »Und meine Schwester war schon als Zwanzigjährige mit ihrem Mann nach Bad Dürkheim gezogen, er hatte eine Festanstellung als Kellergehilfe in Deidesheim bekommen. Deswegen musste ich mich allein um meinen kranken Vater kümmern, er erlitt mit Ende fünfzig einen Schlaganfall. Die Medizin war teuer. Es war nicht einfach für mich, Benjamin, verstehst du?«, erklärte Zuzanna und schwieg.

Der Sommelier nickte, lächelte, verstand aber rein gar nichts. Er war genau genommen so schlau wie vorher. »Haben Sie eine bessere Anstellung bekommen? Sind Sie deswegen weggezogen? Und warum haben Sie sich nie von mir verabschiedet?«

Zuzanna sah ihn verbittert an, als hätte er einen unangemessenen Scherz gemacht: »Dein Vater war so wütend, Benjamin, ich werde das Telefonat nie vergessen, so unglaublich wütend, ich habe das auch der Polizei erzählt, ich wurde noch nie so beschimpft, das hat sicher auch damit zu tun, dass ich mich nie verabschiedet habe. Kurz nach dem Tod deiner Eltern habe ich auch diese grauenhafte Hausdame im Supermarkt getroffen ...«

»Gerda Helbling?«, fragte Benjamin und nahm den Briefumschlag wieder in die Hand. Er war so nervös, dass er seine Finger beschäftigen musste. Und welches Telefonat? Was für eine Wut? Diese Fragen musste er als Nächstes stellen. Allerdings war er sich nicht sicher, ob er die Antwort hören wollte. Er klammerte sich an das Stück Papier wie an eine Boje, er war ein Schiffbrüchiger, während die Wellen immer höher und höher über ihm zusammenschlugen.

»Meine Mutter hat immer gesagt, sie sei ein *Ungeheuer*. Und als ich sie sah, wusste ich, ich könnte niemandem mehr von der Belegschaft unter die Augen treten. Ich habe mich geschämt. Es tat mir leid für dich, aber als meine Schwester anbot, dass ich eine Weile bei ihr und ihrer Familie unterkommen könne, habe ich nicht lange gezögert. Ich habe aber immer für dich gebetet, das musst du mir glauben.«

»Frau Bednarz, verzeihen Sie mir, aber ... warum war denn mein Vater wütend? Und warum haben Sie sich geschämt? Ich verstehe kein Wort.«

Zuzanna sah den Sommelier fassungslos an, einen traurigen, verletzten Ausdruck im Gesicht. *»Złodziej«*, sagte sie und hatte Tränen in den Augen. »Ich habe jahrelang gestohlen, Benjamin, weißt du das nicht? Ich habe am Ende des Tages immer etwas in der Handtasche gehabt, wenn ich von euch nach Hause ging. Eine Salami, eine Flasche Wein oder Schnaps, Pralinen oder Konserven. Ich konnte irgendwann gar nicht mehr anders, es war wie eine Sucht, und es war natürlich nur eine Frage der Zeit, bis ich aufflog. An dem Abend, bevor deine Eltern umkamen, rief dein Vater mich an. Er kündigte mir fristlos und erklärte aufgebracht, würde ich noch einmal im Hotel auftauchen, dann würde er mich anzeigen.« Ihre Stimme überschlug sich. »Deine Mutter war immer gut zu mir, aber sie war auch sehr streng, eine strenge Frau. Wenn ich dich ohne Jacke rausgelassen habe und ein kalter Wind über die Schelinger Höhe fegte, dann hat sie mich gemaßregelt. Und erinnerst du dich noch daran, als du einmal abgehauen und auf der Plastiktüte den Abhang hinuntergerodelt bist? Du hast dir dabei einen Arm gebrochen. Ich konnte nächtelang nicht schlafen, deine Mutter war monatelang sauer auf mich. Ich fand das alles ungerecht, und da habe ich noch mehr gestohlen. Ich wusste damals auch, dass das alles nicht rechtens war, das musst du mir glauben, aber ich wollte meinem Vater auch hin und wieder etwas gönnen, verstehst du. Er hat so sehr für unser Glück geschuftet. Und ganz sauber liefen eure Geschäfte ja auch nicht. Als junges Mädchen habe ich schon bei euch die Betten gemacht, da bekam ich von deiner Großmutter am Ende des Tages dreißig Mark in die Hand gedrückt. Das stand auf keinem Papier. Rechtens war das auch nicht, aber es ist vorbei«, fügte sie mit bebender Stimme hinzu, ihr Kopf begann plötzlich vor Entrüstung und Wut zu wackeln. »Rechtens war das ganz sicher nicht, aber vorbei, es ist vorbei«, wiederholte sie und machte eine müde Handbewegung.

»Ich wusste davon nichts, absolut nichts«, stammelte der Sommelier benommen, »Frau Bednarz, hätte ich etwas gewusst, dann ...«

»Hat dir deine Schwester nie davon erzählt?«

»Charlotte?«, fragte er, als gäbe es noch eine andere Schwester.

»Ja, Charlotte. Sie war dabei, als dein Vater mich anrief.«

Fünfzehn

Benjamin Freling war zwanzig Jahre alt und hatte gerade seine Ausbildung zum Restaurantfachmann in Berlin begonnen, als in der Ostsee, südlich von Finnland, ein Schiffswrack gefunden wurde. Musste im Jahr 2010 oder 2011 gewesen sein, der Sommelier war sich nicht mehr hundertprozentig sicher. Aber es ging damals groß durch die Presse. Vor allen Dingen, weil darin knapp hundertfünfzig Flaschen Champagner entdeckt wurden, abgefüllt in der ersten Hälfte des 19. Jahrhunderts. Hundertsechzig Jahre hatten die Schaumweine auf dem Meeresgrund gelegen. In Salzwasser, in absoluter Dunkelheit, unter hohem Druck, ohne jeglichen Luftaustausch und in konstant kühler Temperatur. Das hatte den Tropfen nicht geschadet, im Gegenteil, sie waren anscheinend langsamer gealtert und hatten sich unter diesen Voraussetzungen besser entwickelt als Weine, die unter perfekten Bedingungen in Kellern lagerten. Das führte natürlich dazu, dass ein Unternehmen das Geschäft witterte und damit begann, in Kooperation mit einem Champagnerhaus eine ganze Batterie an Champagnerflaschen im Meer zu versenken.

Letztlich blieb der Champagner unter diesen Bedingungen sich selbst überlassen, so erklärte sich Benjamin das Phänomen. Die paar vorhandenen Bakterien und Mikroben taten ja, was immer Bakterien und Mikroben in einem Wein tun: fressen, zersetzen, für Unruhe sorgen, zumindest so lange, bis der wenige Sauerstoff im Flaschenhals aufgebraucht war. Hunderte organische Verbindungen – Säuren, Farb- und Gerbstoffe – lösten und verbanden sich dann in der Stille des Ozeans immer wieder aufs Neue und fügten sich am Ende für ein paar Jahre, bestenfalls Jahrzehnte, zu einer idealen Passform zusammen, dem Höhepunkt. Große Weine, die in jungen Jahren noch kantig und unausgewogen waren, fanden mit der Zeit zu sich selbst. Ein ganz und gar erhabener Moment. Die Ruhe, die diese Weine ausstrahlten, ging ihm ins Blut über.

Warum der Sommelier auf der Rückfahrt an den Kaiserstuhl daran dachte? Nach seinem Besuch bei Zuzanna fühlte er sich wie aufgekocht, gegurgelt und zurück in die Flasche gespuckt. Kaputt. Hinüber. Besserer Glühwein. Benjamin war so aufgewühlt, er dachte, er würde nie wieder zu sich selbst finden. Er musste sogar anhalten. Auf halber Strecke. Es war kurz vor drei Uhr, und er fuhr bei Rastatt von der Autobahn herunter, parkte in einer Haltebucht, drehte um und entschloss sich kurzerhand, zu seinen besten Freunden Pana und Lara ins Rheingau zu fahren. Der Entschluss hielt bis zur nächsten Ausfahrt. Er drehte wieder um, fuhr aber bei Rastatt erneut herunter. Sein Navigationsgerät, das ihn stur zur Wohnung seiner Schwester nach Achkarren lotsen wollte, war kurz vorm Überhitzen. Vorbei waren die Pläne, eine Nacht in der Pfalz zu bleiben. Mit einem Ruck, der einer Vollbremsung glich, brachte er seinen Passat in der Haltebucht zum Stehen. Ein Lastwagen hupte so laut, dass Benjamin in seinem Sitz zusammenschreckte, und brauste so nahe an ihm vorbei, dass sein Auto im Luftzug zitterte.

Wenn Zuzanna lebte, wer war dann die Leiche im Weinkeller?

Er nahm sein Telefon, scrollte durch seinen Twitter-Feed und seine Facebook-Chronik. Er betrachtete ein Bild, das er im Winter gemacht hatte, darauf waren seine nackten Füße zu sehen, die aus einem Bademantel in der Sauna herausschauten, auf seinem

Schoß ein historischer Roman. Oder ein Bild von Pana, Lara und ihm selbst im Sommer, bei einem Grillabend in Mittelheim. Die Postings gaben ihm irgendwie das Gefühl, dass er ein Leben außerhalb dieses ganzen Chaos hatte. Kurzerhand wählte der Sommelier Panas Nummer und hielt sich das Telefon ans Ohr. Das letzte Mal hatten sie vor der Gala in Hamburg Kontakt gehabt. Es war nur ein kurzer SMS-Austausch wegen des zweiten Sterns gewesen, sein Freund wusste nichts von all den anderen Vorkommnissen.

»Ruf gleich zurück«, hörte er Panas Stimme, dann war die Leitung tot.

Die beiden Männer hatten sich in Berlin kennengelernt. Pana, alias Aigidios Panagiotopoulos, war im dritten Jahr seiner Kochausbildung gewesen, als Benjamin seine Lehre begann. Der griechischstämmige Deutsche mit unaussprechlichem Namen wechselte dann für zwei Jahre in die Küche des Gourmetrestaurants, wo Benjamin wiederum im letzten halben Jahr seiner Lehrzeit der Sommelière unter die Arme greifen durfte. Man hatte ein *gewisses Talent bei ihm freigelegt*, so die Erklärung des Hoteldirektors zu seiner unüblichen Versetzung. Benjamins Erklärung war: Der Hoteldirektor war ein Rotary-Freund von Onkel Gustav. Pana arbeitete danach noch in zwei weiteren Sternerestaurants und machte sich anschließend mit Lara, seiner Dauerverlobten, im Rheingau selbstständig. Sie pachteten eine historische Kapelle von einem Kloster und bauten sie zu einem Feinschmeckerrestaurant um.

Beim Umbau des Kirchenschiffs wurde unter dem Boden eine Ledermappe mit mehreren lateinischen Schriften aus dem 16. Jahrhundert gefunden. Die Dokumente enthielten irgendwelche Rezepturen für Tinkturen, offenbar wurden damals in der Kapelle Kranke gepflegt. Eine bessere Publicity bekam man selten zur Eröffnung eines Restaurants, zumal Pana das Rezept für den

Kräuterschnaps zur »Behandlung allerlei Magenleiden« sofort von einem befreundeten Brennmeister anfertigen ließ. Sogar mehrere Fernsehteams kamen vorbei. Benjamin erlebte die Sache voll mit. Nachdem er nach einem knappen Jahr von der Hotelfachschule in Montreux geflogen war – man könnte es eine Aneinanderreihung von unschönen Ereignissen nennen –, begann er ein zweijähriges Weinbaustudium in Geisenheim, einen Steinwurf von der Kapelle entfernt. Der Sommelier war damals dreiundzwanzig Jahre alt.

»Sorry, musste einen Berg Kartoffeln abgießen«, sagte Pana, als er zurückrief.

»Wozu brauchst du denn heute einen Berg Kartoffeln?«, fragte Benjamin.

»Kartoffelroulade, Pesto, Saiblingskaviar.«

»Habt ihr heute nicht geschlossen?«

»Extra für hundertfünfzig Personen im Kloster Eberbach.«

»Na, dann bin ich ja froh, dass ich nicht spontan zu euch gefahren bin.«

»Wolltest du herkommen? Du bist herzlich willkommen, kannst gern Probe arbeiten, wir suchen nämlich bald ein neuen Mundschenk.«

»Was ist mit Tatjana?«

»Baiersbronn. Steigt in die Drei-Sterne-Liga auf.«

»Oh«, entgegnete Benjamin und blickte auf den Rand des Schwarzwalds, den er von hier aus gut sehen konnte. Fünfzig Kilometer der Straße nach, und er wäre sogar in Baiersbronn gewesen, dem kulinarischen Epizentrum der Sterne- und Wanderhüttenküche in Deutschland, umringt von einem Ringwall aus Nadelbäumen. Er seufzte und schwieg aus rein taktischen Gründen. Er wollte, dass Pana nachfragte, er konnte ihm unmöglich mir nichts, dir nichts mit seinen Problemen kommen.

»Ist alles okay?«, fragte Pana.

»Ehrlich gesagt, nein«, erwiderte Benjamin und begann zu erzählen. Und wäre mehr Zeit gewesen, hätte er wahrscheinlich auch noch von seiner Geburt, seiner Einschulung und dem ganzen Rest berichtet.

»Alter«, sagte Pana, »Alter, Alter, Alter.« Er wiederholte das Wort bereits, als der Sommelier von der Leiche in der Zwischenwand erzählte. »Alter«, sagte er auch, als Benjamin mit Zuzanna und dem Verweis auf seine Schwester schloss. »Alter.« Mehr nicht. Was sollte er auf diese Geschichte schon sagen?

»Hast du gar nichts von der ganzen Sache gehört, kein Gerücht, nichts, auch nicht in deinem Köche-Chat? Da wird doch dauernd gemauschelt«, entgegnete Benjamin, hörte ein Rascheln und dann das Plätschern eines Wasserhahns.

»Nein, nichts, nicht einmal das mit eurem Barkeeper. Das Letzte, was im Chat von euch über den Ticker gerauscht ist, war die Amuse-Variation deiner Schwester. Davon hat irgendwer ein Bild gepostet, war im Zusammenhang mit dem zweiten Stern. Ist ja auch legendär.«

»Ist es«, sagte Benjamin. Charlotte huldigte mit drei Häppchen vorweg nämlich immer den Altmeistern der französischen Küche und servierte Adaptionen ihrer Klassiker. Zuletzt waren Fernand Point, Jean und Pierre Troisgros und Paul Bocuse an der Reihe, es gab ein winziges Sandwich aus Geflügelhaut und Trüffelscheiben, eine Lachspraline im Sauerampfer-Blatt oder Rotbarbe mit knusprigen Orangen-Rosmarin-Schuppen. Es war genial, wie Benjamin fand. Kritiker hatten etwas zu schreiben, Kellner hatten etwas zu erzählen, und die Gäste liebten die Häppchen, vor allem fühlten sich natürlich die Franzosen gebauchpinselt, die jeden Tag zu einem Drittel das Gourmetrestaurant belegten. Der Sommelier seufzte: »Na, wenigstens hängt die Geschichte noch nicht an der großen Glocke.«

»Ganz ehrlich: Das darf auch keiner mitkriegen, das wäre der Super-GAU für euer Hotel.«

»Mich wundert's, dass nicht einmal über die Leiche getratscht wird. Wir haben die Mitarbeiter zwar um Diskretion gebeten, aber im Grunde ist die ganze Belegschaft im Bilde.«

»Toi, toi, toi, dass das so bleibt. Ich bin ziemlich sicher, dass so eine Info sofort bei uns im Chat die Runde machen würde, sind zwar nur fünfzig Sterneköche, ziemlich eingeschworene Truppe, aber gut vernetzt. Ich lass es dich wissen, sobald Gerüchte aufkommen«, sagte Pana und schwieg einen Moment. »Die Bullen wissen bestimmt mehr, als sie sagen.«

»Sie tappen im Dunkeln, das hat die Polizistin erklärt. Wortwörtlich«, entgegnete Benjamin.

»Das glaubst du doch wohl selber nicht!«

Der Sommelier schwieg einen Moment. »Erinnerst du dich, als vor zehn Jahren der Champus in dem Schiffswrack in Finnland gefunden wurde?«

»Logo. Jetzt sag aber nicht, dass du eine Flasche davon abgreifen konntest!?«

»Nein, nein, das meine ich nicht. Aber weißt du, mit Korken, Schraubverschluss oder Glasstopfen verschlossen, im Stahlfass oder der Amphore ausgebaut, im großen oder kleinen Holzfass gereift, in einer Magnum- oder sogar noch größeren Flasche gelagert, in der Erde verbuddelt oder gleich im Meer versenkt, schwankende Temperaturen, helles Licht und vor allem auch starke Erschütterungen: Das hat alles Einfluss auf die Reifung des Weins – und irgendwann hat man nur noch teuren Essig.«

Pana unterbrach ihn. »Wird das jetzt wieder eine dieser groß angelegten Freling'schen Metaphern zum Sinn des Lebens? Die gibst du doch eigentlich erst morgens um drei zum Besten.«

»Leck mich«, antwortete Benjamin und musste lachen. »Was

ich sagen will: Ich fühle mich gerade wie ein Beaujolais, der zeitlebens dachte, er sei ein Bordeaux.«

Pana lachte ebenfalls. »Was soll ich sagen? Werde Tiefseetaucher, wenn du nicht willst, dass sich was ändert.«

»Idiot.«

»Einen Moment. Fischlieferung.«

Es raschelte, plötzlich hörte Benjamin Laras Stimme. »Hallo?«

»Hallo«, sagte er.

»Wer spricht denn da?«

»Ich bin's, Benjamin.«

»Benny! Wie schön, von dir zu hören! Wir haben nicht mehr miteinander gesprochen seit dem zweiten Stern. Hat dir Aigidios unsere Glückwünsche geschrieben? Geht es seither drunter und drüber bei euch?«

»Kann man so sagen.«

»Und? Hast du es Julia endlich gesagt?«, fragte Lara, die über seine Gefühlswelt voll im Bilde war. Er hatte sie im Sommer besucht. Während Pana seine Aufmerksamkeit einem *Bistecca alla fiorentina* auf dem Grill schenkte, hatte er Lara sein Herz ausgeschüttet und dabei eine Weile in ein Glas knochentrockenen Riesling geweint.

»Nein«, sagte der Sommelier. Es klackerte plötzlich im Hintergrund – hackte da jemand Kräuter?

»Du bist so ein Trollinger, Benny – sag es ihr doch, Menschenskind!«, rief Lara. »Du kannst doch nicht jahrelang mit ihr arbeiten und ihr deine Gefühle verschweigen, das hat ja was von Selbstkasteiung.«

»Mag sein, aber es wäre unprofessionell.«

»Nein. Es wäre dumm, Benny«, widersprach sie und sagte dann: »Augenblick.«

»Hallo?«

Die fremde Stimme klang verschnupft.
Nicht männlich, nicht weiblich.
Benjamin konnte sie nicht zuordnen.
»Wer spricht denn da?«, fragte er.
»Frank.«
»Frank wer?«
»Koch. Erster Lehrmonat.«

Der Sommelier seufzte und schloss die Augen. Er pendelte zwischen Heulkrampf und Lachanfall. Die letzten Stunden, seit er den Wagen aus Breisach herausgesteuert hatte, waren die Kristallisation des gesamten Gastro-Wahnsinns, in dem er sein bisheriges Leben verbracht hatte. Immer am Anschlag, den lieben langen Tag. Auch deswegen brauchte er in seinem Arbeitsleben einen Raritätenkeller, einen Schrein, ein Heiligtum, vor dem er wenigstens einmal am Tag einen Teppich ausrollen konnte, um zu beten und zur Ruhe zu kommen. Um in Dialog mit Dionysos zu treten, dem Gott des Weins. Um Séancen mit mumifizierten Leichen abzuhalten, die ihm etwas über ihr Ableben verraten konnten. Jetzt hatte der Sommelier aber offenbar zuerst Frank am Apparat. Frank, den Kochlehrling.

»Hallo, Frank«, sagte Benjamin fröhlich, wie man eben mit einem jungen Koch sprach, der noch nicht wusste, in was er da hineingeraten war. »Und? Gefällt dir der Job?«

»Eigentlich nicht.«

»Oh. Warum?«

»Ganz anders als im Fernsehen.«

Der Sommelier lachte aufmunternd. »Willkommen in der Gastronomie, Frank. Aber, hey, sieh es doch mal so: Wenn du die Lehre durchziehst, völlig egal, ob du danach im Job bleibst, dann kannst du den Rest deines Lebens die Mädels mit deinen Kochkünsten beeindrucken, ist auch nicht schlecht, oder?«, schwafelte Benjamin drauflos, und weil er es hasste, wenn man etwas anfing und nicht zu Ende brachte, fügte er altklug hinzu: »Außerdem gibt es einfach auch Dinge, die man zu Ende bringen muss, ob man will oder nicht ... Hallo?«

»Benny?«

»Ja?«

»Ah gut, du bist noch dran.«

»Pana? Wo ist denn Frank?«

»Eine rauchen. Handy lag hier auf dem Kipper. Hör mal, ich habe keine Ahnung, was ich zu der ganzen Sache sagen soll, ich muss da erst mal ein halbes Jahr drüber nachdenken, glaube ich.«

Benjamin seufzte. »Ist schon gut. Im Grunde habe ich mir die Antwort gerade selber gegeben.«

Es gab Dinge, die man zu Ende bringen musste.

Ob man wollte.

Oder nicht.

Sechzehn

Charlotte Frelings Bandschleifer heulte durch Achkarren. Das Geräusch war nichts Besonderes in dem Winzerdorf. Es gehörte in diese Gegend wie das Pfeifen des Windes. Die Dorfbewohner, auch diejenigen, die nicht im Weinbau tätig waren, plumpsten nach Feierabend nicht auf ihr Sofa und spielten den Rest des Tages mit der Fernbedienung des Fernsehers. Unkraut wollte vor den Häusern gejätet werden, Gehwege gefegt, Wände gestrichen. Traktoren knatterten durch die engen Gassen. Kirchenglocken unterteilten den Tag. Hunde bellten, Wassersprinkler surrten. Und zwischen alledem wurde gehämmert, genagelt, geschliffen. Es war einerlei, von welchem Hof die Geräusche der Arbeit kamen. Sie gehörten in diese Gegend, und Benjamin genoss es.

Vor Jahren schon hatte sich Charlotte einen kleinen Hof im Ortskern gekauft, ganz entgegen dem Rat ihres älteren Bruders: *Nur wer dumm ist und Geld hat, der kauft sich einen alten Bauernhof.* Charlotte war das egal. Und sie hatte es sich schön eingerichtet. Ein Haus mit Satteldach. Die Fensterläden aus Holz, die Fensterrahmen aus Sandstein. Links daneben führte ein mannshohes Tor zum gepflasterten Innenhof, der durch eine L-förmige, überdachte Scheune eingekesselt wurde. Von außen war Charlottes Bauernhof eine Festung, der Innenhof dafür ein helles Idyll. Im Frühjahr und Sommer lagen ihre Katzen auf den warmen Pflastersteinen, zahllose Schwalben bauten ihre Nester in den Dachgiebeln. Überall standen bepflanzte Tröge, Töpfe,

Tassen und Kannen, darin unzählige Kräuter, mit denen sie pausenlos experimentierte.

Einen Großteil des Innenhofs nahm außerdem ihre Werkstatt ein. In der Scheune standen Werkbänke, sie hatte eine Oberfräse, Kreissäge, Tauchsäge, Lamello oder Dickenhobel. Es gab unzählige Lacke und Pinsel. Das Schreinern war für sie mehr als nur ein Ausgleich zum Kochen, sie tat es nämlich mit der gleichen Ernsthaftigkeit und Leidenschaft. Oft fuhr Charlotte auch nach dem Mittagsservice kurz nach Hause. Drei Stunden später erschien sie wieder. Wie immer wach und adrett, mit blitzsauberer Kochjacke. Nur zwei, drei Holzspäne in ihren Haaren verrieten ihrem Bruder, was sie getan hatte. Vor achtzehn Jahren, ein halbes Jahr bevor sie endgültig die Leitung vom ehemaligen Küchendirektor übernommen hatte, hatte sie sich sogar eine Auszeit gegönnt und mehrere Monate ein Praktikum in einer Tischlerei im Allgäu absolviert. Es sei wichtig für ihre zukünftige Arbeit gewesen, erklärte sie immer wieder Journalisten, die dieses Detail gern aus ihrem Lebenslauf herauspickten.

Benjamin hatte nie ganz verstanden, was sie damit gemeint hatte, aber seine Schwester klopfte jedenfalls nicht nur ein paar Nägel krumm in eine Dachlatte und schraubte das Konstrukt dann als Hutständer in ihren Windfang. Das Gewürzregal in ihrer Küche, die filigranen Armlehnstühle in ihrem Esszimmer oder die rustikale Holztafel im Innenhof hatte sie eigenhändig gebaut. Es waren ihre ersten Stücke gewesen, die bereits aussahen wie gekauft. An der Tafel saßen die Geschwister oft im Sommer, sie grillten, tranken Wein und besprachen die neuen Menüs. Aber auch den Digestifwagen im Gourmetrestaurant hatte Charlotte gebaut. Ein schönes, schlichtes Möbel aus Kirschholz. Es folgte ein ausklappbarer Brotwagen, ein Holzblock, der mit einem einzigen Handgriff auffächerte. Oder ein wunderschöner Käsewagen mit mehreren Boxen und eigenen Schüben für Rotschmier-, Blau- oder Ziegenkäse.

Benjamin lauschte eine Weile den Schleifgeräuschen. Er überlegte, an der Haustür zu klingeln, ging stattdessen an das Holztor und klopfte an. Seine Schwester schien ihn nicht zu hören, weswegen er mit der Faust dagegenschlug. Der Motor der Schleifmaschine verstummte. Charlotte öffnete. Sie trug eine dicke schwarze Zimmermannshose und eine Daunenjacke. Der Himmel war zwar blau, die Sonne schien, aber es war ein kühler und windiger Spätnachmittag. Aus einer Seitentasche an ihrem rechten Oberschenkel schaute ein Meterstab hervor, hinter ihrem Ohr steckte ein Bleistift.

»Benny, komm rein«, sagte sie und trat einen Schritt zur Seite. Im Zentrum des Innenhofs standen zwei Böcke, darauf lagen mehrere Bretter. Das Schleifgerät lag auf dem Boden, ein Verlängerungskabel schlängelte sich bis in die Werkstatt. Charlotte schloss hinter ihm das Tor. »Was los?«, erkundigte sie sich.

»Können wir reden?«, fragte der Sommelier.

»Klar, ich wollte eh gerade Kaffee kochen. Ist es dir hier zu kalt? Sollen wir rein?«

»Lass uns ruhig draußen bleiben«, sagte Benjamin und sah zu, wie seine Schwester im Haus verschwand.

Er ging zu dem großen Holztisch, auf dem das neue Schild des Guide Michelin lag, eine viereckige, rote Metallplatte. In einem weißen Kreis standen im Mittelpunkt der Name Michelin und das Jahr der Auszeichnung, fetter gedruckt als die zwei Sterne darüber. Charlotte hatte das Schild ganz offensichtlich mit nach Hause genommen, um es eine Weile zu betrachten, bevor es an den Hoteleingang geschraubt wurde. Das wunderte den Sommelier nicht. Sie hatte auf diese Auszeichnung jahrelang hingearbeitet. Was ihn wunderte: Neben dem Schild stand ein Aschenbecher, gefüllt mit Kippen – hatte sie wieder zu rauchen angefangen? Oder hatte sie einen Freund, von dem er noch nichts wusste?

»Rauchst du wieder?«, fragte Benjamin, als Charlotte aus dem Haus kam und ihm einen Pott Kaffee in die Hand drückte.

»Manchmal«, antwortete sie und zuckte teilnahmslos mit den Schultern.

Die Geschwister standen kurz wortlos voreinander. Und in diesem Augenblick hatte Benjamin plötzlich das Gefühl, dass ihm jeder Satz, den er sich auf der Fahrt hierher überlegt hatte, mit jeder Sekunde mehr entglitt, die Sätze zerfielen zu Wörtern, dann zu Silben und schließlich zu Buchstaben ohne jedwede Bedeutung. Er wollte das Gespräch nicht führen. Vor einer halben Stunde noch, ach was, seit er bei Zuzanna das Haus verlassen hatte, wollte er Charlotte ungespitzt in den Boden rammen, hatte nur beim Gedanken an seine Schwester Blut und Galle gespuckt. Aber hier im heimeligen Innenhof, eingelullt vom Duft frischen Kaffees und geschliffenen Holzes, fühlte er sich besänftigt, bereit für ein sachliches Gespräch.

Der Sommelier zeigte auf die Michelin-Plakette auf dem Tisch. »Eigentlich absurd, dass das so lange gedauert hat mit den zwei Sternen«, sagte er.

»Finde ich nicht«, entgegnete Charlotte, »ich weiß, warum wir sie erst jetzt bekommen haben.«

»Da bin ich aber gespannt.«

»Ich habe aufgehört zu kochen.«

Benjamin schmunzelte, für mehr reichte seine Stimmung nicht. »Was meinst du damit?«

»Bis vor zwei Jahren habe ich immer einen Posten im Gourmet selbst gekocht, das weißt du ja. Seit ich nur noch organisiere und kontrolliere, gehen alle Gerichte genau so raus, wie ich sie haben will. Das hat der Michelin sicher bemerkt.«

»Du hast großes Vertrauen in die Tester.« Der Sommelier blickte Charlotte an. »Manchmal frage ich mich, ob du ohne Hotel glücklicher wärst.«

»Wie meinst du das?«

»Du müsstest nicht mehr eine ganze Hotelküche verantworten, sondern hättest ein kleines Restaurant, in dem du dich nur noch deinem Essen widmen könntest.«

»Und zittere ab dann, weil ich nicht weiß, ob ich im Folgemonat noch meine Miete zahlen kann? Die zwei Sterne haben wir auch deshalb, weil wir keinen großen Gewinn erwirtschaften müssen, so absurd es klingt. Ich muss nicht zweimal überlegen, ob ich die Nocke Kaviar mit Ess- oder Kaffeelöffel auf den Teller setze. Es ist ein Luxus, so arbeiten zu können, vergiss das nicht.«

Benjamin ließ nach ihrem Satz keine Pause, sondern hörte sich sagen: »Ich komme gerade von Zuzanna Bednarz.«

»Ach.« Seine Schwester strich sich die Haarsträhne hinters Ohr, blickte kurz zum Himmel, als gäbe es Wichtigeres als diese Info, nippte an ihrem Kaffee. »Wohnt sie noch in der Gegend?«

»Papa hat sie entlassen, an dem Abend vor dem Unfall, du hast bei dem Gespräch danebengestanden.«

Charlotte atmete aus, ihre Schultern sanken herab. Sie schob die Michelin-Plakette zur Seite, setzte sich auf den Tisch, schlug die Beine übereinander und zog eine Zigarette aus der Packung. Sie sagte keinen Ton, das machte den Sommelier wütend.

»Stimmt das?«, bohrte er nach.

»Ja«, sagte Charlotte, zündete mit einem Streichholz die Zigarette an, paffte die ersten Züge, bevor sie den Rauch inhalierte. »Ja, das stimmt.«

»Warum hast du mir nie davon erzählt?«

»Benny, du warst zehn, was hätte ich …«

»In den letzten Jahren haben wir uns sehr wohl das eine oder andere Mal gesehen!«, unterbrach der Sommelier seine Schwester harsch. »Und selbst, wenn du dieses Detail vergessen hattest, dann wäre vor zehn Tagen im Weinkeller ein guter Zeitpunkt gewesen, es mir zu sagen, oder nicht?«

Charlotte drückte die angerauchte Zigarette aus, nahm einen Schluck Kaffee, streckte kurz die Hand aus, als wollte sie eine weitere Zigarette aus der Schachtel ziehen. Stattdessen schob sie ihre Hände zwischen ihre Schenkel. »Ich habe Zuzanna am frühen Abend noch im Hotel gesehen«, sagte sie.

»Wann? Am Abend ihrer Entlassung, vor Mamas und Papas Unfall?«

Charlotte nickte. »Sie saß an der Heißmangel am Eingang im Waschkeller.«

»Ich dachte, damals war das ganze Untergeschoss ausgehöhlt gewesen?«

»War es auch, teilweise, aber der Betrieb lief weiter. Irgendwo musste man ja arbeiten. Einzelne Bereiche wurden geschlossen und umgebaut, dann wieder geöffnet. Wir hatten eine Extraveranstaltung, die Hütte brannte, alle arbeiteten am Anschlag. Deine Mutter war pingelig, machte keinerlei Abstriche bei der Qualität. Das darfst du keinem Menschen erzählen, wir setzten damals Fischterrinen in der Kalten Küche ein, während daneben Estrich verlegt wurde.«

Das Herz des Sommeliers flatterte in seiner Brust. »Als Zuzanna an der Mangel saß, hast du da gesehen, ob der Durchgang schon zugemauert war?«

»Nein, ich bin vom Trockenlager gekommen. Ich habe Zuzanna vor einem Berg Servietten am Eingang sitzen sehen, wir hätten am Folgetag eine Hochzeit ausrichten sollen. Der ganze

Lakenkeller hing voll mit weißen Leinendecken, das war eine total irre Zeit, Benny, vor allem dieser Tag – und damit meine ich nicht nur, wie er endete.«

»Was war denn los?«

»An dem Morgen wurden wir von Gustav und Stephane zu einer Krisensitzung zusammengetrommelt. Opa, Papa, deine Mutter und der ehemalige Küchendirektor Karl Ederhaus waren dabei. Die Gewerke waren zwar im Zeitplan, aber die Kosten waren explodiert, unter anderem wegen der Auflagen des Denkmalschutzes. Wir reden hier über einen siebenstelligen Betrag. Ich werde dieses Meeting nie vergessen, habe nie wieder so lange Gesichter gesehen. Jeder musste auf seine Weise Federn lassen. Deine Mutter war wütend, weil wir den Umbau des Lakenkellers zum Weinkeller hinten anstellen mussten. Papa war wütend, weil das Geld für den beheizten Außenpool nicht mehr ausreichte und er der Auffassung war, dass allein dieses Detail uns mehr Gäste brächte. Ich war wütend, weil das Gourmetrestaurant vorerst gestrichen wurde, komplett, da wären wir wieder beim Thema Lukrativität. Völlig ausgeflippt ist Karl Ederhaus.«

»Was hatte der denn für einen Grund auszuflippen?«

»Erinnerst du dich an ihn?«

»Bedingt. Wenn er mich sah, dann sprach er mich mit *Herr Freling* an. Damals fand ich das witzig, war aber wahrscheinlich herablassend gemeint. Seine Kochjacken spannten über der Bauchgegend, und er trug auch immer diese große Kochmütze wie Bocuse.«

»Er liebte Bocuse. Und Haeberlin. War einer vom alten Schlag. Kein Mensch war wahrscheinlich öfter in der Auberge de l'Ill essen als er. Wenn ein Koch die Kartoffel zu dick schälte, gab es auch mal eins hinter die Löffel. Deswegen rasselte er oft mit deiner Mutter zusammen. Außerdem war er ziemlich stur.

Bis zum Schluss hielt er daran fest, ein Salatblatt zur Dekoration auf den Teller zu legen oder den Tellerrand mit Kräutern zu bestreuen. Er hat mit Oma und Opa – und das lässt sich nicht leugnen – den Ruf unseres Hotels maßgeblich aufgebaut, sein Name war ja in der Szene bekannter als unserer. Ich war gerade neunundzwanzig Jahre alt geworden und sollte mit dreißig die Küche übernehmen. Obwohl also noch ein Jahr Zeit bis zu seinem Ruhestand war, hatte er den Küchenumbau zu seinem Vermächtnis erklärt. Ständig sind irgendwelche Küchenbauer und Kollegen da gewesen, mit denen er über den Plänen gebrütet hat. Und jetzt wurde ihm plötzlich unterbreitet, dass er keine Kalte Küche im Untergeschoss bekam, keinen neuen Induktionsherd, und dass er weiterhin mit den alten Konvektomaten auskommen musste. Er hat bei dem Meeting sogar mit der Faust auf den Tisch geschlagen. Das musst du dir mal vorstellen. Man konnte dem Mann nichts mehr anhaben«, erzählte Charlotte, griff erneut zu den Zigaretten und zündete sich eine an. »Der Tag ging so weiter, wir hatten zwar kaum Hotelgäste, aber es kamen einige unangemeldete Walk-ins, die Presse war im Haus, der Service lief in den umgebauten Restaurants noch nicht ganz rund, und zudem sollten wir am Folgetag eine Hochzeit mit hundertfünfzig Personen ausrichten. Die wurde wegen des Unfalls gecancelt, aber die Braut war schon am Tag zuvor angereist und machte alle verrückt. Sie war eine hysterische Gans, die allen Ernstes während des Abendservice in die Küche gelatscht kam.« Charlotte war bleich und zog nervös an ihrer Zigarette.

»Du kannst dich erstaunlich gut erinnern.«

»Bin alles immer und immer wieder durchgegangen, Benny, immer und immer wieder. Ich stehe mit drei Gardemangers in der Kalten Küche und helfe, Crevettencocktails anzurichten, da steht diese Frau plötzlich neben mir, mitten in der Küche, in der Hand einen eingeschweißten Pullover mit aufgestickten Rosenblüten. Das meine ich so: Das Ding war vakuumiert. Sie erklärte, dass sie in diesem Kleidungsstück ihren Mann kennengelernt hätte, und wollte diese Rosen auf ihrer fünfstöckigen Hochzeitstorte zur Dekoration haben. War ihr völlig egal, dass wir hier mitten im Service waren, also übernahm Karl kurz meinen Posten, und ich holte den Patissier. Der schaute sich den Pulli an und sagte, dass er das nicht hinbekomme in der Kürze der Zeit. Die Rosen waren sehr fein gearbeitet, der Pulli war irgend so ein Designerteil. Da ist die Schnepfe völlig ausgeflippt.« Charlotte drückte die Zigarette aus. »Und weil ich mir nicht zu helfen wusste, habe ich ihr versprochen, dass sie ihre Rosen bekommen würde, jede einzelne ein Abbild ihres beschissenen Pullis, hundertfünfzig Stück an der Zahl, für jeden Gast eine.«

»Aber was hat das denn jetzt mit Zuzanna zu tun?«

»Hör mir zu, Benny, okay, hör mir zu, ich bin dabei, es zu erzählen«, erwiderte Charlotte genervt. Benjamin hob verteidigend die Hände. »Service ist also vorbei, recht früh, halb neun oder so, war ja nicht viel los, das Haupthaus teilweise geschlossen. Erst für die Hochzeit am nächsten Tag wären wir mit den Kapazitäten bis an den Anschlag gegangen«, fuhr Charlotte fort, »und ich habe die Kackrosen an der Hacke, konnte den Patissier ja nicht in die Pflicht nehmen. Also habe ich mich in die Backstube zurückgezogen und mit Marzipan experimentiert. Irgendwann hatte ich zwei Dutzend Rosen, die passten. Aber das Licht ist in den Restaurants ja ein ganz anderes als in der Küche, und ich wollte, dass Glanz und Farbe stimmen. Also bin ich mit dem Pullover und den Marzipanrosen in den Festsaal. Da stand Papa, den Rücken mir zugewandt, das Telefon am Ohr. Ich habe ihn gegrüßt, da ist er herumgefahren. So wütend habe ich ihn noch nie gesehen. Er hat mit Zuzanna gesprochen. Er war totenblass, wirklich, die Augen dunkel vor Zorn. *Ist alles in Ordnung?*, habe ich gefragt, da hat er angefangen, in den Hörer zu brüllen: *Wenn Sie sich noch einmal im Haus blicken lassen, dann rufe ich die Polizei!* Ich stand völlig neben mir.«

»Kam das erst an dem Tag raus, dass Zuzanna stahl?«

»Nein, das war schon lange unsere Vermutung. Oma hat aber immer die Hand über sie gehalten. Ihre Mutter war tot, der Vater krank.«

»Und dann?«

»Nichts *und dann*. Papa hat gesagt, dass wir Zuzanna lange genug erduldet hätten. Ich habe sofort an dich gedacht, hatte keine Ahnung, wie er sich das mit der Kinderbetreuung vorstellte. Eine halbe Stunde später war ich eine rauchen, da habe ich gesehen, wie sie zusammen ins Auto gestiegen sind, das war's. Ende. Aber ich habe das nie ganz verstanden.«

»Ich dachte immer, Mama und Papa wollten nach Freiburg in eine Weinbar, war es dafür nicht viel zu spät – wie spät war es denn zu dem Zeitpunkt?«

»Es war spät, später als sonst, sicher nach elf, aber das meine ich nicht, das haben sie öfter gemacht, um mal vom Berg runterzukommen. Ich glaube, die halbstündige Fahrt war ihnen genauso wichtig wie der Wein. Und wer hätte es ihnen nach der Hiobsbotschaft des Tages auch verdenken können? Was ich nie ganz verstanden habe, war, warum Papa so spät telefoniert hat? Er war auch ziemlich eigenartig. Ich habe immer wieder darüber nachgedacht und mir irgendwann gesagt, dass Zuzanna sein Prellbock war. An ihr hat sich sein Stress entladen. Und was ich mich auch immer gefragt habe ... Papa war stets elegant, egal, wie spät, und ...« Charlotte verstummte, hatte plötzlich Tränen in den Augen. »Seine Schuhe waren dreckig, Benny – okay?«

»Was meinst du damit? Dreckig?«, fragte der Sommelier, der

nichts mehr in Erfahrung bringen, sondern sich tief in der Bleiwüste seiner Bestandslisten im Weinkeller verkriechen wollte, nein, er wollte wieder Nesthäkchen sein, behütet, unbedarft und beflunkert, über Gott und die Welt, den Osterhasen und den Weihnachtsmann. »Kam Papa etwa noch so spät von einem Waldlauf zurück?«, fragte er und fügte heiser hinzu: »War er etwa trotz des Sturms laufen?«

Charlotte überhörte die Frage, die verzweifelte Hoffnung, die darin lag. Sie starrte ins Leere, die Asche bog sich bereits an der Spitze ihrer Zigarette. »Er hatte Sprenkel von Zement an den Schuhen und weißen Staub an der Anzughose. Kapiert?«

Benjamin wurde es schlecht. Speiübel. »Du denkst«, sagte er, musste sich räuspern und setzte neu an: »Du denkst aber nicht, dass Papa was mit der Leiche im Keller zu tun hat, oder?«

Charlotte blickte ihn an, ihre grünen Augen schwammen auf ihn zu. »Wegen dem Anblick einer beschissenen Mumie muss ich jedenfalls nicht kotzen.«

Teil II

Eins

Benjamin Freling atmete ein. Tief und gierig. Sein Herz stampfte in seiner Brust, kalter Schweiß kleisterte sein Shirt an seinen nackten Oberkörper. Hatte er die letzten Minuten überhaupt geatmet? Seit er wortlos aus dem Innenhof seiner Schwester gestürmt und dabei beinahe in einen Traktor gerannt war? Der Sommelier hatte nicht einmal die Hand zur Entschuldigung gehoben, hatte das empörte Geschrei des Landwirts durch das wütende Dröhnen des Motors einfach überhört. Er war ohne sich umzublicken über die Straße gestolpert und eine schiefe Steintreppe in den Schlossberg hinaufgestiegen. Laufen. Er musste laufen, sich bewegen, und stieg unaufhaltsam den Berg hinauf, er lief durch kahle Rebterrassen, vorbei an Rebböschungen, Lösswänden und Bruchsteinmauern. Immer weiter schraubte er sich nach oben, atmete dabei kaum, der Schmerz seiner lodernden Muskeln linderte seine quälenden Gedanken. Wäre er nicht irgendwann auf dem Schlossberggipfel angekommen, er wäre einfach weitergelaufen, bis sein Herz explodiert wäre.

Kalter Märzwind plusterte seine Jacke auf. Der Himmel zeigte das tiefe Blau, das nur der Abend hervorbringen kann. Die Sonne schmiegte sich bereits an die Vogesen und goss ihr pastellfarbenes Licht auf die hundert Häuser von Achkarren. Das Dorf lag in der Talsenke wie festgetreten, als sei Gott einmal darübergetrampelt und hätte nur Rücksicht auf den Kirchturm genommen, natürlich den Kirchturm. Der Sommelier keuchte, stützte sich mit den Händen kurz auf seinen Knien ab. So schnell war er noch nie hier heraufgelaufen. Er war nämlich oft hier oben. Zwar selten zu dieser Jahreszeit, im ausklingenden Winter, aber dafür im Frühjahr, Sommer, Herbst. Er spazierte gern durch die Spitzenlagen des Kaiserstuhls. Bald würden Traubenhyazinthen, Taubnesseln und Storchschnabel blühen und die Vögel zum Leben erwachen: Bienenfresser, Schwarzkehlchen, Zaunammer, manchmal war auch ein hupender Wiedehopf zu hören. Ein endloses Konzert, dem unaufhörlich Abertausende Eichenblätter im Wind applaudierten.

Verständnis. Das war es. Verständnis für seine Arbeit. Das fand der Sommelier normalerweise hier oben, zwischen den Reben, in den Weinbergen. In der Windstraße zwischen Schwarzwald und Vogesen blies meistens eine mediterrane Brise durch die Burgundische Pforte. Wolken hingen an den Vogesen fest, regneten dort ab. Der Kaiserstuhl war nicht ohne Grund einer der trockensten und wärmsten Flecken des Landes. Mauerpfeffer und Federgras wuchsen auf den Steilhängen. Salbei, Lavendel, Ysop oder Wiesenthymian. Von Trockenmauern hingen Blaukissen und Rosenbüsche herab und säumten ganze Felsbänder. Schmetterlinge und Bienen tanzten durch die Rebzeilen. Smaragdeidechsen sonnten sich. Ab und an scheuchte er sogar einen Wildhasen oder ein Reh auf. Die Gegend war ein Mosaik an eng verzahnten Lebensräumen. Straßen und Wege folgten hier noch dem Verlauf der Täler. Nicht umgekehrt. Wenn jemand verstehen wollte, warum der Wein der Gegend so schmeckte, wie er schmeckte: Hier lag die Antwort – und natürlich auch beim Vulkan. Vor Jahrmillionen, lange bevor Gott sein Unwesen in Achkarren trieb, war hier der Teufel los gewesen. Die Erde sank ab, riss auf, Lava floss hervor, Magmageschosse flogen wie Kanonenkugeln durch die Luft. Gesteinsschichten, groß wie

Dörfer, klappten übereinander. Kalkgestein, über das noch die Dinosaurier getrampelt waren, verschmolz miteinander. Dann kamen die Staubstürme. Über viele Jahrhunderte legte sich eine dicke Lössschicht über die Vulkanruine. Erst Jahrtausende später war Gras über die Sache gewachsen, und ein paar schlaue Römer dachten, hier könne man Reben pflanzen. Der Sommelier hielt Winzer für töricht, die glaubten, dass der Boden kaum Einfluss auf einen Wein hatte. Richtig war: Man schmeckte den Boden nicht, wenn er beim Ausbau verloren ging. So einfach war das. Sonnenscheindauer, Regenmenge, Bodenbeschaffenheit, Tages- und Nachttemperaturen, das Alter der Reben, Lage der Weinbaufläche – all diese Eigenheiten eines ganzen Jahres wurden in eine Flasche gefüllt.

Benommen starrte Benjamin den Abhang hinunter. Der Schlossberg fiel steil ab, ging hinter Achkarren in sanftes Flachland über. Die Abendsonne stürzte sich blutrot hinter die Vogesen, als würde sie den Anblick der Welt nicht mehr ertragen, und warf dabei ihre letzten Strahlen über die wintergesäumte Rheinebene, die sich wie ein schillernder Gebetsteppich zu seinen Füßen entrollte. Sein Blick schweifte über dieses wundersame Spektakel, Richtung Breisach und dahinter: Frankreich.

Straßburg.

Paris.

Lyon.

Der Blick des Sommeliers ruhte schließlich in der Ferne. Er könnte jetzt in Riquewihr sitzen, einen eisgekühlten *Muscat* trinken, dazu einen Flammkuchen essen. Er liebte diese Kombination. Kurz stellte er sich Julia an seiner Seite vor.

Sie beide.

Zusammen.

Sie könnten danach weiterfahren, in seinem klapprigen Passat nach Paris. In der Lobby des Hôtel de Crillon könnten sie dem Pianospiel lauschen. Champagner trinken. Über den *Place de la Concorde* schlendern. Oder doch Lyon? *Quenelles de brochet à la Lyonnaise* mit *Sauce Nantua* verputzen, Hechtklößchen in Flusskrebssoße? Danach eine *Boudin noir* zum Hauptgang? Blutwurst. Ja, auch das liebte er. Mehr als jeden Kaviar der Welt. Dazu würden sie eine Flasche Côte-Rôtie trinken und einander bei jedem Schluck in die Augen blicken. Das wäre ein Plan. Arm in Arm würden sie später durch die Altstadt schlendern und durch die Bars der *Vieux Lyon* ziehen.

Tanzen.

Lachen.

Leben.

Der Sommelier ballte die Faust.

Nichts als Fantastereien.

Julia war nicht seine Freundin.

Und er war nicht einmal in Frankreich.

Er stand er auf dem Schlossberggipfel, wurde von der Vergangenheit heimgesucht – hatte sein Vater etwas mit der Leiche im Keller zu tun? Nein, das konnte nicht sein. Es musste eine andere Erklärung für den Schmutz auf seinen Schuhen und seiner Hose geben. Eine späte Baustellenbesichtigung etwa. Es hatte schließlich gestürmt, wahrscheinlich hatte sein Vater kontrolliert, ob irgendwelche Seile an irgendwelchen Gerüsten ordentlich verknotet waren. Ob Türen und Fensterläden verschlossen und Planen richtig befestigt waren. Ja, das musste es sein.

Aber warum entließ er dann mitten in der Nacht Zuzanna?

Knall auf Fall?

Kirchenglocken hallten aus dem Dorf herauf.

Der Wind rüttelte an den Reben.

Der Sommelier fror und blickte auf die Hügel unter ihm.

Lava, darüber eine meterdicke Lössschicht.
Dieses Bild bekam er nicht aus dem Kopf.

Das beklemmende Gefühl verschwand auch in den folgenden drei Tagen nicht. Im Gegenteil, es wurde noch verstärkt, als abermals Luzie Berger in den Weinkeller kam. Benjamin verstaute gerade die Rieslingflaschen in neue Regale. Er gab jeder Sorte eine neue laufende Nummer, trug die Zahlen in Listen ein, schrieb die neuen PLUs auf Kreidetäfelchen, die er an das jeweilige Regalfach hängte. Er brauchte Ordnung und Struktur, zumindest vordergründig. Wann bekam er endlich seinen alten Keller und damit auch ein wenig sein altes Leben zurück? Und wie lief so etwas eigentlich? *Danke für die Zusammenarbeit, Sie können die Wand jetzt vollends aufbrechen und den Raritätenkeller ausbauen?*

So ging und kniete, stand und saß der Sommelier drei Tage nach seinem Besuch bei Zuzanna Bednarz und seiner Schwester in seinem Weinkeller. Es war Donnerstag, kurz nach zehn, als die Kriminalbeamtin samt drei Auszubildenden und zwei Spediteuren auftauchte. Sie bildete mit Onkel Gustav das Schlusslicht einer regelrechten Karawane. An der Spitze stand ein einsamer Lehrling, der gegen die Glastüren hämmerte. Dahinter folgten zwei Lehrlinge mit hochroten Köpfen, die die vordere Ecke eines riesigen, flachen Pakets in Händen hielten. Dahinter erkannte der Sommelier zwei Männer in braunen Latzhosen, die angestrengt eine Sackkarre mit dem hinteren Ende des Pakets ausbalancierten. Und dahinter schaute er in die verwunderte Miene seines Onkels und in die tiefgründigen Augen der Polizistin, die er seit ihrem letzten Zusammentreffen eher als abgrundtief beschreiben würde.

Sie nickte ihm zu.

Der vordere Azubi grüßte.

Gustav tänzelte umher.

Alle anderen schwitzten.

Was wurde hier geliefert?

Benjamin musste nur kurz überlegen. Die Form des Pakets war eindeutig. Er seufzte, öffnete die Eingangstür sperrangelweit und zerrte das Weinfass zur Seite, das mit einem Metallaufbau und einer Glasplatte darauf zu einem Stehtisch umfunktioniert worden war. Ursprünglich hatte er den Tisch für Aperitifs in kleiner Runde gedacht, als Kommunikationsdrehscheibe bei Führungen, aber es hatte sich nie wirklich bewährt, weswegen der Tisch zu einem Staubfänger verwaist war. Zweimal in der Woche wischte er ihn ab und kontrollierte darauf gelegentlich die Lieferscheine, damit das Möbel zumindest einen Zweck erfüllte. Kaum hatte Benjamin Platz gemacht, setzte sich der Tross in Bewegung. Luzie Berger und sein Onkel blieben zunächst im Eingangsbereich stehen, bis die Männer das Paket an ein Holzregal gelehnt hatten, wo es natürlich – wie überall sonst auch – im Weg war. Die Lehrlinge verschwanden wieder, einer der Spediteure zog ein Klemmbrett mit einem Lieferschein aus der Umhängetasche.

»Was ist das denn, Benjamin?«, zwitscherte Gustav höflich und gut gelaunt, aber unter seiner entspannten Miene schwelte peinliche Entrüstung. Benjamin konnte es ihm ansehen. Er war der bloßgestellte König, der bei seiner Gefolgschaft nachhaken musste, in welcher Richtung die Stallungen lagen.

Benjamin ignorierte die Frage seines Onkels, zog es vor zu schweigen. Das stachelte die Neugier des Patrons aber nur weiter an. Er ging zu dem Paket hinüber, legte zwei Finger auf eine Ecke, drückte leicht dagegen und bemerkte erstaunt, wie schwer die Lieferung war. Dann schielte er dem Spediteur über die

Schulter, der das Formular ausfüllte. Der zweite Spediteur war von dem Weinkeller sichtlich beeindruckt. Er schaute sich kurz um, spazierte dann andächtig umher, die Hände hinter dem Rücken verschränkt, und blieb schließlich neugierig beim Regalfach mit den Burgundern stehen. Er schob sich seine Schildmütze aus dem Gesicht. Als seine Hand in Richtung eines Regalfachs zuckte und der Hoteldirektor mittlerweile auf Zehenspitzen stand, um die Handschrift des Mannes zu entziffern, wurde es dem Sommelier zu viel. Er räusperte sich laut und sagte: »In dem Paket ist die Tür für den Raritätenkeller.« Genau genommen war es ein gusseisernes Tor, das auch in einem Hochsicherheitstrakt gut gepasst hätte.

»Was?«, entfuhr es seinem Onkel. Er schaute kurz zu Luzie Berger und brauste dann auf. »Nein, nein – das brauchen wir nicht!«

»Das ist jetzt zu spät. Ich hatte die Tür schon bestellt, bevor ich mit dem Umbau begonnen hatte«, erklärte der Sommelier.

»Wir haben ja wohl ein Rückgaberecht, oder?«

Der Spediteur blickte auf. »Entschuldigung?«

»Nehmen Sie es wieder mit. Wir brauchen das nicht«, befahl Gustav.

»Sie machen Witze.«

»Sehe ich so aus, als würde ich Witze machen? Wir bezahlen den Transport natürlich«, sagte er scharf und fasste kurz an seine Brusttasche, als tastete er nach seinem Portemonnaie.

»Gustav, es ist gut«, mischte sich Benjamin ein, dem der Altersstarrsinn seines Onkels zunehmend auf den Geist ging. Früher hätte er wenigstens versucht, vor Fremden die Haltung zu wahren, und die Angelegenheit hinter den Kulissen geregelt.

Der Hoteldirektor wurde sich seiner schroffen Art und Weise bewusst und fuhr freundlicher fort: »Verzeihen Sie die Umstände, ich möchte Sie bitten, die Fracht wieder mitzunehmen, danke. Es gab hier seit Bestellung der Tür ... Dinge.«

»Dinge?«, fragte der zweite Spediteur, der zur Beruhigung Benjamins von seiner Begutachtung der Burgunder abgelassen hatte.

Gustav korrigierte: »Vorkommnisse.«

»Vorkommnisse?«, fragte Spediteur eins.

»Sie haben ja noch nicht einmal in das Paket reingesehen«, sagte Spediteur zwei.

»Wir verweigern die Annahme.«

»Gustav. Lass – es – gut – sein.«

»Junge!«, sagte Gustav donnernd und richtete sich zu seiner vollen Größe auf. Er wirkte äußerst eindrücklich, trotz seiner fünfundsechzig Jahre. Er hob den Arm wie ein Prophet und zeigte auf das mit einem Tuch verhängte Loch, als sei es die Heuschreckenplage, die sich am Horizont als dunkle Wolke abzeichnete. Die zwei Spediteure blickten ratlos in die Richtung und schienen nach einer Erklärung zu suchen. Der Hoteldirektor fuhr fort: »Hältst du es für ansatzweise denkbar, dass wir nach all dem, was passiert ist, in diese Kammer einen Raritätenkeller bauen?«

Da war sie.

Die Frage, die alles einfasste.

Es war die Quintessenz, der Sog, um den alles andere kreiste.

Es ging hier im Grunde nicht einmal mehr um den Ausbau eines Raritätenkellers, auch wenn Benjamin sich das bis zu diesem Augenblick noch vorgegaukelt hatte. Das wurde ihm mit einem Schlag klar. Genau genommen war für ihn sein Weinkeller in den letzten Wochen so schauderhaft wie ein Naturhistorisches Museum geworden, in dem Tausende Exponate toter Tiere ausgestellt wurden. Schön illuminiert. Und selbst, wenn alles aufgeklärt würde und er das Loch wieder eigenhändig zumauern und tausend Doppelmagnum-Flaschen davor wie Torpedos stapeln würde – gäbe es für ihn hier unten jemals wieder so etwas wie vertraute Gewohnheit?

War mit seinem Leichenfund nicht die gesamte Aura des Ortes zerstört worden?

Oder übertrieb er wieder mal maßlos und verkannte die Kraft des Vergessens?

Benjamin seufzte. »Wir würden die Fracht gern zurückschicken«, sagte er schließlich.

Der Spediteur knirschte hörbar mit den Zähnen und wandte sich an den Hoteldirektor. »Dann brauchen wir wieder die Hilfe Ihrer Kellner. Außer natürlich, Sie wollen hier selbst Hand anlegen ... was ich nicht annehme.«

Gustav atmete auf, schien die Spitze geflissentlich zu überhören. »Ich pflück mir die Azubis aus dem Frühstücksservice«, sagte er, drehte sich um und brauste aus dem Keller.

Die Spediteure waren eingeschnappt. Benjamin konnte es ihnen nicht verdenken. Der vermeintliche Rädelsführer zog eine Zigarettenschachtel aus seiner Latzhose. Stumm gingen sie aus dem Keller, vermutlich wollten sie in der Feuerwehrauffahrt rauchen, bevor die Maloche erneut begann.

»Hallo«, begrüßte Benjamin die Polizistin knapp, die sich aus dem Eingangsbereich in den Keller vorpirschte, und fügte hinzu: »Heute ohne deinen Kollegen?«

»Nein, wir sind immer zu zweit unterwegs«, antwortete die Beamtin, »wir haben vorhin mit deinem Onkel und deinem Bruder gesprochen. Jochen und dein Bruder sind kurz zu unserem Auto gegangen. Wir haben die Ordner dabei. Sie nahmen dann doch ein bisschen viel Platz in unserem Büro weg.«

Luzie Berger lächelte.

Benjamin lächelte nicht.

»Und? Fündig geworden?«, fragte er.

»Beweismittel sind es keine, aber wir haben ein paar Dutzend Unterlagen eingescannt.«

»Also nichts«, kommentierte der Sommelier, ohne eine Miene zu verziehen.

»Nein, nichts, nicht einmal der kleinste Ansatzpunkt. Keine Überschneidung mit irgendeiner Vermisstenanzeige.«

»Soll ich das glauben? Oder ist das jetzt auch so ein Manöver?«

Luzie Berger zog die Augenbrauen hoch. »Benny, bei dieser Ermittlung herrscht kein Zeitdruck, wie wir ihn sonst haben, der Fall genießt also nicht oberste Priorität bei uns auf dem Präsidium, aber das hier ist kein Kavaliersdelikt, auch wenn es lange her ist.«

»Deswegen musst du mir ja keinen Bären aufbinden«, knurrte der Sommelier und bemerkte, wie wütend er war.

»Jetzt übertreibe nicht, *ich* war ehrlich zu dir.«

»Und wann wolltest du mir davon erzählen, dass mein Vater in der Nacht seines Todes Zuzanna Bednarz entlassen hat? Auch das wusstest du schon, als wir uns das letzte Mal gesehen haben, oder nicht?«

Die Miene der Beamtin verdüsterte sich. »Hast du etwa mit Frau Bednarz telefoniert?«

»Habt ihr über dieses Detail gerade eben mit Gustav und Stephane gesprochen? Sie wissen nichts davon. Ich habe sie nämlich auch schon gefragt.«

»Ich hatte dich doch gebeten, deine Nachforschungen …«

»Ist mir scheißegal, Luzie – okay? Es. Ist. Mir. Scheißegal. Ich drehe hier unten allmählich durch. Verstehst du das? Und ihr hüllt euch in Schweigen.«

Die Beamtin überlegte. »Kannst du dir vielleicht ein paar Tage Urlaub nehmen?«

Der Sommelier lachte verbittert, er hatte keine Lust, darauf einzugehen. »Habt ihr den Verdacht, dass unser Vater mit der Sache was zu tun hat? Dann sagt es uns doch!«

Luzie schwieg einen Moment. »Ich habe mir noch mal die alten Unfallakten angesehen. Angeblich wollten deine Eltern zum Zeitpunkt ihres Todes in eine Weinbar nach Freiburg. Es war eine regnerische und stürmische Nacht, das Auto kam allem Anschein nach auf der nassen Fahrbahn ins Schlingern. So weit, so gut. Du warst noch sehr jung, aber kannst du dir erklären, weshalb deine Eltern einen gepackten Koffer im Auto hatten? Kam deine Mutter gerade von einer Geschäftsreise? Wollten sie in den Folgetagen verreisen?«

Das Herz des Sommeliers zappelte plötzlich im Zangengriff seines Brustkorbs. »Sind meine Eltern etwa verdächtig?«

»Wir versuchen bislang lediglich, Zusammenhänge zu klären.«

»Warum fragst du mich dann das?«

»Es gibt Ungereimtheiten. Mehr nicht. Wir vermuten nur, dass die Leiche vom Weinkeller aus in den Durchgang gelegt wurde, nicht von der anderen Seite aus, die wahrscheinlich schon früher zugemauert worden war. Aus den Plänen und Planungen eures Architekten lässt sich schließen, dass zuerst die Bereiche fertiggestellt wurden, die für Gäste frei zugänglich sein sollten: Frisör, Kosmetik, Ladenpassage und so weiter.«

In diesem Augenblick kam Gustav mit den Lehrlingen zurück. Sie blieben im Eingangsbereich stehen, der Hoteldirektor kam zu ihnen gelaufen. »Meine Nichte hat jetzt Zeit für Sie«, erklärte er.

»Hast du mit meinem Onkel schon über das Thema gesprochen?«

»Ja, er konnte sich auch keinen Reim auf den Koffer machen.«

»Es ist aber auch schon so lange her«, sagte der Hoteldirektor.

»Meine Schwägerin war oft auf Weinmessen – wann findet die ProWein immer statt, Benjamin?«

»Im März. Ob das vor zwanzig Jahren schon so war, das weiß ich nicht.«

»Passen würde es vom Monat her.«

Luzie Berger zog ihren Notizblock hervor und notierte sich etwas.

»Das glaube ich nicht. Niemals. Am Folgetag hätten wir eine Hochzeit im Hotel gehabt. Da wäre meine Mutter doch nicht auf eine Messe gefahren«, sagte Benjamin.

»Hochzeit?«, fragte Gustav.

»Hat Charlotte erzählt.«

»Dann können wir das ja gleich mit ihr klären.«

»Hatten deine Eltern irgendwelche Feinde?«, fragte Luzie Berger und wandte sich an Benjamin.

»Wie meinen Sie das?«, mischte sich Gustav echauffiert ein, bevor sein Neffe überhaupt Luft holen konnte.

Die Beamtin runzelte fragend die Stirn. »Gab es Menschen, die Ihrem Bruder und Ihrer Schwägerin feindlich gesinnt waren?«

»Die beiden waren angesehene Hoteliers, natürlich hat man da Neider. Mein Bruder war im Vorstand des Hotelierverbands organisiert, da mussten unliebsame Entscheidungen getroffen werden.« Gustav machte eine ausladende Handbewegung. »Unser Umbau im Naturschutzgebiet hat laufend Umweltaktivisten zu Protestaktionen getrieben, weil wir einen Teil des Buchenwalds fällen mussten.«

Berger nickte. »Hatten Sie bei Ihrem Umbau illegal Beschäftigte?«

»Dann wäre es ja wohl nicht illegal«, brauste Gustav auf. »Und wenn, wussten wir davon nichts!«

»Vermutet ihr etwa in dieser Richtung die Identität der Leiche?«, fragte Benjamin.

»Nein, bestimmt nicht, die Leiche war ja eine Frau«, erklärte Gustav. Er faltete die Hände vor der Brust und nickte andächtig. »Frau Berger hat mich vorhin darüber in Kenntnis gesetzt.«

»Weiblich. Mitte dreißig. Europäerin«, sagte Luzie Berger, bedachte den Hoteldirektor mit einem stechenden Blick und fügte hinzu: »Auch Frauen können übrigens eine Schubkarre schieben – könnte es vielleicht sein, dass Sie keine Kenntnis von illegal Beschäftigten hatten?«

»Ich würde meine Hand nicht für jedes der Gewerke ins Feuer legen, die hier monatelang gearbeitet haben. Eine Frau habe ich jedenfalls keine Steine schleppen sehen.«

Berger zeigte Gustav die kalte Schulter, wahrscheinlich wollte sie nicht, dass der Hoteldirektor ihr erneut dazwischenfuhr. Sie blickte Benjamin in die Augen: »Wie waren zum Zeitpunkt ihres Todes die Besitzverhältnisse im Weingut deiner Mutter geregelt? Weißt du das zufällig?«

Der Sommelier wurde von der Frage überrumpelt. »Es gehörte damals bereits meinem Onkel Konrad, soweit ich weiß.« Als er Gustav im Hintergrund nicken sah, fügte er hinzu: »Meine Mutter war aber noch in die Weinbereitung involviert, ich war jedenfalls hin und wieder mit ihr in den Weinbergen und im Keller unterwegs. Aber was hat das mit dem Fall zu tun?«

»Wir ermitteln in alle Richtungen«, erklärte die Beamtin und verstummte.

»Und wie, also – weiß man schon, wie die *Europäerin* zu Tode gekommen ist?«

Zwei

Nichts. Luzie Berger hatte nichts weiter gesagt. Sie hatte ihm ein stummes Lächeln geschenkt, und der Sommelier hatte begriffen, dass es für ihn bei den Ermittlungen keinen Klassenkameradenbonus gab: Jede Information, welche die Beamtin einstreute, war mit ihrem Kollegen abgesprochen gewesen und mit Bedacht freigegeben worden. Benjamin hatte für dieses taktische Vorgehen Verständnis, in gewisser Weise aber fühlte er sich dadurch auch selbst verdächtig. Erstens. Zweitens: Seine Mutter. Dass sich seine Mutter nun auch noch im Dunstkreis der Ermittlungen befand, gab ihm den Rest.

Wie die Beamten auf die illegale Beschäftigung kamen, konnte der Sommelier sich sogar denken. Hatte Zuzanna Bednarz ihre Diebstähle nicht damit gerechtfertigt, dass sie als junges Mädchen von Benjamins Großmutter am Ende des Tages soundso viel Mark in die Hand gedrückt bekam? *Das stand auf keinem Papier*, das hatte sein Kindermädchen gesagt – als könnte ein Unrecht das andere aufwiegen. War vielleicht eine Schwarzarbeiterin beim Umbau zu Tode gekommen? War ihr Tod vertuscht worden? Aber warum hatten seine Eltern dann einen Koffer im Auto? Der Sommelier zog sein Smartphone aus der Tasche und googelte ProWein. Die Messe fand seit Mitte der Neunzigerjahre im März statt, vielleicht befand sich deswegen das Gepäckstück im Auto. Aber warum hatte Luzie Berger nach den Besitzverhältnissen im Weingut gefragt? Und was hatte Gustav von Umweltaktivisten erzählt? Konnte es sein, dass der Unfall

seiner Eltern gar kein Unfall war? Der Sommelier sah sich plötzlich mit Fragen konfrontiert, die am Fundament seines Lebens kratzten. Kaum waren die Polizisten weg, suchte er die Gespräche. Es ließ ihm keine Ruhe. Er scharwenzelte eine Weile um Gustav herum, aß mit Stephane in der Kantine zu Mittag.
Wer war seine Mutter?
Wer war sein Vater?
Wer waren seine Eltern?
Lag es im Bereich des Möglichen, dass ...?
Doch sein Onkel und seine Geschwister verharrten in angespanntem Schweigen, waren mit sich selbst und ihrer Arbeit beschäftigt. Lediglich Charlotte warf geistesabwesend die Frage ein, ob *Kinder ihre Eltern jemals kannten*, während sie einen *Loup de mer* entschuppte. Dabei hatte der Sommelier den unbändigen Drang, zu reden, sich auszutauschen, also tat er, was er längst hätte tun sollen: Als die Hauptgänge durch waren, setzte er sich ab und fuhr zu seinem Onkel Konrad nach Bischoffingen. Es war ein schöner, sonniger Tag. Die Hügel des Kaiserstuhls fielen ineinander wie aufgeschüttelte Kissen, die Rebterrassen fächerten sich gen Horizont auf. Das Autoradio dudelte, und es war ja nicht so, dass er einfach seine Arbeit vernachlässigen würde: Julia konnte die Gäste verabschieden, und der Besuch bei seinem Onkel war geschäftlich, oder? Er hatte schließlich mehrere Nachrichten von ihm ignoriert: Die Fassprobe seines Grauburgunders stand an, denn der Wein sollte einmal Hauswein werden. Also.

Die Vorstellung gefiel dem Sommelier. Nicht nur, weil der Wein vom Weingut seiner Familie stammte, sondern auch, weil seine Eltern sich in dem Winzerdorf ein Jahr vor seiner Geburt kennengelernt hatten. Es war bei einem Weinfest im September gewesen, beim Frühschoppen. Eine Blaskapelle gab gerade eine recht eigentümliche Version von Frank Sinatras *My Way* zum Besten, als sich Lothar, sein Vater, neben Caroline, seiner Mutter, auf einer Bierbank niederließ. Ein feines Detail, das Benjamin kannte. Er wusste nicht einmal, woher. Bestimmt hatte ihm seine Mutter davon erzählt, denn sein Vater war in dieser Hinsicht einsilbig gewesen. Er konnte zwar laut lachen, war ein geselliger Mensch, liebte auch die unaufhörlichen Unterhaltungen mit den Hotelgästen, aber Benjamin hatte ihn nie über die Vergangenheit reden hören. Wahrscheinlich hatte er sogar erst an besagtem Vormittag entschieden, nach Bischoffingen zu fahren. Spontan, kurzfristig, weil er durstig war und Geselligkeit nötig hatte. Lothars Ex-Frau, Dorothea, die Mutter von Charlotte und Stephane, hatte ihn nämlich erst ein Jahr zuvor abserviert. Sie war das Gastgebergetue leid gewesen und hatte zu allem Überfluss einen Mann mit geregelten Arbeitszeiten kennengelernt. Die Reihenfolge der beiden Ereignisse war nicht eindeutig geklärt, aber nachdem sie weg war, wurde Benjamins Vater wieder öfter bei Weinfesten gesehen – letztere Informationen hatte der Sommelier wiederum Erzählungen seiner Großmutter Traudel entnommen, manchmal hatte er das Gefühl, seine Vergangenheit bestand aus Geschichten und Anekdoten, aus schnipselhaften Informationen und lückenhaften Erinnerungen, die sein Hirn aus einem Drang nach Vervollständigung zusammengekleistert hatte.

Lothar war jedenfalls am Kaiserstuhl mehr verwurzelt und den Menschen dort mehr verbunden gewesen als etwa Gustav. Deshalb fuhr er auch mit Sicherheit zu dem Weinfest nach Bischoffingen. Er war damals dreiundvierzig Jahre alt gewesen. Benjamins Mutter Caroline war gerade siebenundzwanzig geworden. Ihr Vater war früh gestorben, sie war mit ihrem älteren Bruder Konrad für den kleinen Winzerbetrieb verantwortlich, der zu dieser Zeit mit erheblichen Problemen zu kämpfen hatte. Die Weinskandale in Österreich und Italien hatten der deutschen Weinbranche erheblich zugesetzt, hinzu kamen eine massive Überproduktion und Preisverfall. Millionen Hektoliter Wein wurden teils vorsorglich zu Alkohol destilliert. Das eine Problem beschwor das andere, denn nicht zuletzt wegen der Krise kam es zwischen Benjamins Mutter und ihrem Bruder zu massiven Meinungsverschiedenheiten. Sie waren völlig unterschiedlicher Auffassung, in welche Richtung man den Betrieb entwickeln sollte. Konrad wollte den Großteil des Leseguts an die Winzergenossenschaft verkaufen und den Rest lieblich auf die Flasche ziehen, was die Stammkundschaft weiterhin schätzte. Für Caroline, Benjamins Mutter, stand Eigenständigkeit im Vordergrund. Sie favorisierte trockene Weine nach französischem Vorbild. Am Ende stimmte Benjamins Großmutter den Plänen des Stammhalters zu.

Benjamin hatte immer den Eindruck gehabt, dass es Konrad unangenehm war, über das Thema zu sprechen. Nicht nur, weil das alles bis zum Schluss ein Streitthema zwischen ihm und seiner Schwester gewesen war, sondern auch, weil er es nach ihrem Tod als pietätlos empfunden hätte. Ging es um Gefühle, war sein Onkel kein Mensch der großen Worte. Wahrscheinlich war er auch deswegen mit seinen einundsechzig Jahren noch ledig. Obendrein war er ein rauer Geselle. Einmal hatte er sich mit der Nagelpistole durch die Hand geschossen. Da er im Weinberg kein Verbandszeug dabeihatte, umwickelte er die Wunde mit Isolierband. Erst einen Tag später, als er infolge einer Blutvergiftung Fieber bekam, ging er zum Arzt. Und das auch nur auf Befehl seiner Mutter. Am Tag der Hochzeit von Caroline und Lothar klingelte am frühen Morgen das Telefon im Hotel, weil Konrad vergessen hatte, wie eine Krawatte gebunden wurde.

Man sah ihn auch gern am Traktorrad lehnen und mit Nachbarn und Kollegen tratschen – dabei die Hände unter die Brustlasche seiner Latzhose geschoben, wo er heimlich seinen Schmerbauch tätschelte –, und obwohl er gern über die Kommunalpolitik den Kopf schüttelte oder beim Blick auf die Wettervorhersage sorgenvoll mit der Zunge schnalzte, hielt er mit seiner Meinung meist hinterm Berg.

Das Garagentor stand weit offen, als Benjamin auf den Hof fuhr. Er sah im Hintergrund die Abbeermaschine – Mühle und Presse. Hier wurden die Trauben nach der Lese im ersten Arbeitsschritt bearbeitet, bevor der Traubensaft in den Gärkeller gepumpt wurde. Plastikkisten mit leeren Flaschen stapelten sich bis unter die Decke, einige Schläuche hingen über dem mit Plane abgedeckten Schichtenfilter. Konrad war nirgends zu sehen. Der Sommelier stieg aus und sah sich um. Das kleine Feld neben ihm war voller Apfel-, Pflaumen- und Nussbäume, die größtenteils zur Selbstversorgung und dem Hofverkauf dienten. Die Kirschen und Walnüsse kaufte seit Jahren Charlotte auf, die Quitten seines Onkels nutzte die Sterneköchin sogar im Gourmetrestaurant, um alljährlich ihre Variation von Gänseleber und Quitte zuzubereiten. Eine Vorspeise, für die manche Franzosen eigens anreisten und dabei die Süßweinbestände des Hauses dezimierten. An den Wänden der Scheune rankten sich Pfirsichsträucher empor. An den Mandelbäumen erkannte Benjamin das Knospenschwellen, das den bevorstehenden Frühling ankündigte. Es würde nicht mehr lange dauern, dann wäre die ganze Gegend vom Duft Abertausender Blüten erfüllt. Der Sommelier warf die Autotür zu, in diesem Moment zog Konrad Kranzer einen Hubwagen ums Eck, darauf waren sechs Bierbänke und drei Biertische gestapelt. Ein wackeliges Konstrukt, das Benjamin an eine monströse, besoffene Libelle erinnerte.

»Hatten wir einen Termin?«, fragte Konrad verwundert, als er seinen Neffen erblickte, und zog sein Mobiltelefon aus der Tasche.

»Nein, ich war in der Gegend – wenn es dir aber gerade nicht passt ...« Benjamin zeigte auf die Festgarnitur. »Steht eine Party an?«

»Infoveranstaltung. Morgen Vormittag. Weinkellerfeeling mit Vesperplatte und Burgunder«, antwortete Konrad, nahm zwei Bierbänke auf einmal vom Wagen herunter und lehnte sie hochkant ans Garagentor.

»Machst du jetzt auch noch für andere Hotels Weinkellerführungen?«, fragte Benjamin verwundert und ging seinem Onkel zur Hand.

»Nein. Aber die Touristikinfo hat mitbekommen, dass wir euren Gästen ab und an bei Kerzenlicht einen Schoppen im Keller servieren«, sagte Konrad. »Da haben sie angefragt, ob ich das auch für sie machen würde.« Er schüttelte den Kopf. »Mach ich jetzt zum dritten Mal. Zahlen nicht einmal dafür.«

»Du bekommst kein Geld dafür?«, rief Benjamin.

»Doch, doch, ich schon, aber die Gäste zahlen nichts, sind solche Schreiberlinge. Werden eingeladen.«

»Dann ist ja gut«, sagte Benjamin und musste unwillkürlich an Chantal Greifer denken, die Pressesprecherin des Jagdhauses Freling, genauer: Er musste an die E-Mails denken, die sie ihm seit drei Tagen beharrlich sandte und die er beharrlich ignorierte. Morgen war ein Journalist im Haus. In diesem Moment dachte Benjamin auch an die vielen A-conto-Haus-Ordner im Keller des Hotels, in denen sein Bruder Kopien der Rechnungen ablegte, die vom Haus übernommen wurden. Hatten die Polizisten auch diese Unterlagen unter die Lupe genommen? Seines Wissens nicht. Er konnte nicht sagen, warum, aber er beschloss, die

Dokumente später zu inspizieren, vielleicht fand sich dort ein Hinweis auf die Identität der Leiche.

Sein Onkel schob den leeren Hubwagen in die Garage und sagte zu seinem Neffen: »Dann komm mal mit.«

Im Gärkeller hing ein schwerer Geruch nach Hefe und Kellertuch. Es war schummerig und kühl. Auf einem Schreibtisch stapelten sich Ordner und Papiere, am Rand standen zwei Weingläser, die sein Onkel in seine kräftigen, schwieligen Hände nahm, was Benjamin wunderte. Normalerweise führte sein Onkel die Fassproben nicht so stilvoll durch. Die Tropfen wurden in Wassergläser oder Plastikbecher abgezapft. Konrad ging zu den zwei Holzfässern hinüber, die den Wein enthielten, den sein Onkel für ihn gekeltert hatte: ein Grauburgunder, naturnah und ertragsreduziert ausgebaut, nur mit natürlichen Hefen vergoren. Im Juli hatten sie die grünen Trauben auf den zehn Ar ausgeschnitten, nur eine Traube pro Trieb stehen lassen, sodass nur noch acht bis zehn (anstatt zwanzig bis fünfundzwanzig) Trauben am Stock verblieben waren. Es wurde ein warmer, trockener Sommer, sodass sie Mitte September mit der Handlese beginnen konnten. Der Saft wurde sanft abgepresst, kaum geschwefelt und direkt in kleinen, gebrauchten Holzfässern vergoren.

Sein Onkel pustete zweimal kräftig in die Weingläser, zog den rechten Ärmel seines Pullovers über die Hand und wischte kurz über die Ränder. »Stehen seit zehn Tagen im Keller«, erklärte Konrad entschuldigend.

Der Sommelier musste schmunzeln. »Hast du ihn schon probiert?«, fragte er.

Konrad nickte. Seine Mimik ließ aber nicht erkennen, was er von dem Wein hielt, schließlich hatte er sich mit Händen und Füßen gegen den Wunsch seines Neffen gewehrt. Drei Jahre hatte ihn Benjamin bearbeitet und das Wort *Spontanvergärung* so lange und oft wiederholt, bis aus dem Seufzen seines Onkels ein resigniertes Schulterzucken geworden war. Der Winzer zapfte ein wenig von dem Wein ab und reichte ihn seinem Neffen. Der Sommelier prüfte die Farbe, so gut es in dem Kellerlicht ging, steckte dann seine Nase ins Glas, schaute verwundert zu seinem Onkel, steckte seine Nase erneut ins Glas und nahm – ein wenig aufgeregt – schlürfend einen Schluck.

Sein Onkel räusperte sich. »Ich habe den biologischen Säureabbau in die Gärung einlaufen lassen, hat jetzt knapp sechs Promille Säure und null Komma vier Gramm Restzucker auf den Liter, naturtrocken, wie du es wolltest«, kommentierte Konrad sachlich.

»Konrad! Der ist ja total geil!«, entfuhr es Benjamin.

Und jetzt sah es der Sommelier: Die Augen des Winzers leuchteten, er strahlte, und der Stolz des Handwerkers stand ihm ins Gesicht geschrieben. Mittlerweile hatte sich auch Konrad ein Glas vollgezapft. Er wirkte ergriffen, fast peinlich berührt. Seine Wangen waren rot. Demonstrativ zuckte er mit den Schultern: »Nur dreißig Liter aufs Ar, der kann ja nur gut werden.«

»Die Hefe ist noch da, aber er hat Schmelz, ist cremig und salzig, was hat er? Vierzehn Prozent Alkohol?«, fragte Benjamin.

Sein Onkel nickte. »Kann der gut vertragen.«

So standen die beiden Männer im Keller, schlürften andächtig den Wein und teilten diesen Glücksmoment, denn dazu war guter Wein imstande, wie auch ein Kunstwerk oder ein Musikstück: Der Verstand zerfloss in Glück und wundersamer Daseinsvergessenheit.

Konrad schwenkte das Glas, blickte auf die Flüssigkeit und sagte plötzlich: »Deiner Mutter hätte der Wein gefallen.«

Benjamin wusste nicht, ob sein Onkel zu sich selbst oder zu

ihm sprach. Er nutzte aber die Gelegenheit und fragte: »Was war meine Mutter eigentlich für eine Frau?«

Konrad Kranzer kratzte sich die dichten weißen Stoppeln am Kinn. »Qualitätsbesessen«, antwortete er knapp.

Benjamin schwieg einen Augenblick. »Ihr hattet bei ihrem Tod kein gutes Verhältnis, oder?«, bohrte er nach.

Der Winzer ging drei Schritte rückwärts, lehnte sich an den Schreibtisch und stellte seinen Fuß auf einen Plastikeimer mit Weinsäure. Daneben war ein Waschbecken an die Wand montiert, darüber hingen in einem Metallgestell mehrere Reagenzgläser. Auf einem Sideboard standen Plastikflaschen mit Blaualge, Kaliumjodat und Schwefel. Konrad schob sein Weinglas auf den Tisch, riss ein Stück Küchentuch von einer Rolle, schnäuzte sich wie ein Pavian und verschränkte die Arme vor der Brust. »Es war schwierig.«

»Weil eure Auffassungen von Weinbau weit auseinanderlagen, oder warum?«

»Deine Mutter war ihrer Zeit voraus, schon Ende der Achtziger. Das habe ich ihr immer wieder gesagt: *Caroline, wenn du der Karawane vorausrennst, gerätst du irgendwann außer Sicht.* Die Leute wollten damals keinen trockenen Wein, Benjamin. Und bei lieblichem Wein waren sie misstrauisch, weil die Österreicher im großen Stil mit Diethylenglykol gepanscht haben. Ich erinnere mich an die vielen Anrufe von Kunden, die noch Flaschen von uns im Keller hatten und nachhakten, ob sie den Wein bedenkenlos trinken konnten. Die Branche hat sich damals nicht mit Ruhm bekleckert – was manche Weinbauern auf ihre Rebflächen und in den Wein gekippt haben, darf man keinem erzählen, frei nach der Devise: Viel hilft viel. Gepflanzt wurden vor allem Klone, die hohe Erträge brachten. Quantität statt Qualität, darin waren die Franzosen nicht wesentlich besser als wir. Da wurde zweimal filtriert und dreimal geschönt, scheißegal, auf

Teufel komm raus«, der Winzer schüttelte den Kopf, »aber deine Mutter war einfach zu radikal.«

»Warum?«

»Sie wollte bei Weinen, die jung getrunken wurden, mit Kronkorken arbeiten, als sei unser Wein eine Flasche Bier. Sie wollte auf jegliche Reinzuchthefen und Kunstdünger verzichten, mit unserem Hof dem Bundesverband Ökoweinbau beitreten. Clemens Busch, Hans-Günter Schwarz, Nicolas Joly und Jules Chauvet verehrte sie wie Säulenheilige. Sie sprach plötzlich vom Organismusgedanken, von Komposttee und Pflanzenjauche, hielt mir Fachartikel unter die Nase. Sie wollte unsere Spätburgunder nach französischem Vorbild in alten und neuen Holzfässern ausbauen und Weißburgunder mit Chardonnay cuvetieren. Alle Weine wollte sie nur noch trocken ausbauen. Sie wollte sogar unseren Riesling einem biologischen Säureabbau unterziehen, dem Wein dadurch alles nehmen, wofür die Rebsorte in der Welt bekannt ist, und ihn dann im großen Holzfass ausbauen – das musst du dir mal vorstellen. Ich kann mich an den Streit erinnern, als wäre es gestern gewesen. *Das nimmt dir doch keine Prüfstelle ab*, habe ich zu ihr gesagt. *Völlig egal, Konrad, verkaufen wir den Wein als Landwein*, hat sie geantwortet. *Der Weinberg sollte uns den Takt vorgeben. Die Sonne, der Regen, das Jahr. Danach sollten wir uns richten und nicht nach irgendwelchen Schlaumeiern, die ihre Nase ins Glas halten und sagen, unser Riesling sei kein Riesling, weil ihm die Waschpulver-Apfelfrische fehlt.*«

Benjamin dachte an Silikon- und Glasstopfen oder die Schraubverschlüsse, die mittlerweile in der deutschen Weinbereitung ebenso gang und gäbe waren wie der Ausbau im Holzfass und das Verschneiden von Weinen, um die Vorteile mehrerer Weintypen zu kombinieren. »Am Ende hatte sie doch die richtige Nase.«

»Ja, aber es war nicht die richtige Zeit, das dachte ich damals zumindest.« Konrad seufzte. »Aber sogar, als sie längst in eurem Hotel beschäftigt war, ließ sie mich nicht in Ruhe. Ich hatte allerdings ganz andere Probleme. Manchmal traf ich sie frühmorgens in unseren Weinbergen, weil sie mit mir die Weinlese abstimmen wollte. Das war aber meine Aufgabe, nicht ihre. Das hat mir nicht gefallen. Sie konnte richtig herrschsüchtig sein. Kurz vor ihrem Unfall haben wir saumäßig gestritten. Sie stapfte durch die Weinberge und wollte beim Frühjahrsschnitt den Ton angeben. Als hätte sie in eurem Hotel nicht genug zu tun gehabt, war ja eine einzige große Baustelle und das ganze Gebäude eingerüstet.«

»Gehörte das Weingut damals eigentlich schon voll und ganz dir?«, fragte Benjamin, blickte sich beiläufig im Keller um, als wäre er zum ersten Mal hier, um seine Nervosität zu verbergen. Was hatte die Beamtin vorhin mit der Frage rausfinden wollen? Versuchte sie, eine Verbindung zwischen dem Weingut und der Leiche herzustellen? Ging es hier um illegal beschäftigte Erntehelfer, die sich auch auf Baustellen ihr Auskommen sicherten? Suchte sie gar nach einem Mordmotiv? Und wer im Dunstkreis des Weinguts kam infrage, außer seinem Onkel? Allein der Gedanke erschien Benjamin absurd.

Zu seiner Beruhigung antwortete Konrad: »Wir haben das noch vor deiner Geburt geregelt. Sie hat viel zu wenig bekommen, hab deine Mutter ausbezahlt. Aber irgendwie ist es auch danach unser Weingut geblieben. Wir sind hier ja auch zusammen aufgewachsen.« Der Winzer blickte trübselig in den Weinkeller, seine Augen füllten sich mit Tränen. Er rieb sich über das Gesicht und rückte seine Brille wieder zurecht. Dann hob er das Glas. »Der Wein hätte deiner Mutter gefallen.«

Drei

Am späten Nachmittag eilte der Sommelier auf dem Weg in die Verwaltung des Hotels durch die Lobby. Er grüßte eine Horde Gäste, die ihm in Bademänteln entgegenkamen. Sie waren offensichtlich auf dem Weg in den Spa-Bereich, zu den Pools, Saunen und Kosmetikstudios. Dort lutschten sie Zitronenschnitze aus, löffelten Grapefruits und nippten an heißem Ingwertee. Sie ließen sich durchkneten, die Wirbelsäule mit heißen Steinen pflastern oder gleich die Hände auflegen, für hundertdreißig Euro die Stunde. Reiki. Der letzte Schrei. Sie lagen in Solarien, bis sie von einem Spießbraten nicht mehr zu unterscheiden waren. Sie aßen Salat und tranken grüne Smoothies, plantschten, relaxten, schwitzten, schliefen, atmeten und reisten dann wieder ab. Erholt. Generalüberholt. Oder was auch immer. Nicht Benjamins Welt. Er zog sich manchmal am späten Abend, wenn der Wellnessbereich geschlossen hatte, mit einer Flasche Lagenriesling ein paar Stunden in die Sauna zurück. Das tat er in den Wintermonaten gern, und vielleicht wäre das auch ein guter Abschluss für den heutigen Tag, überlegte der Sommelier, der ansonsten keine Verbindung zu Wellness hatte.

Er ging in den Verwaltungstrakt, passierte die geschlossenen Türen der Büros seines Onkels und seines Bruders. In der Reservationsabteilung grüßte er einen Mitarbeiter, der mit Headset offensichtlich gerade ein Verkaufsgespräch führte. Dann rannte er in die Arme von Chantal Greifer. Sie hatte ihren Mantel über ihrem Unterarm hängen und tippte hastig auf ihr Smartphone ein. War sie auf dem Weg in den Feierabend? Als plötzlich Benjamin in ihrem Weg stand, zuckte sie erschrocken zusammen. Sie blickte ihn aus furchtsamen Augen an, und kurz nervte es den Sommelier. Kaum stand die Pressesprecherin einem Mitglied seiner Familie gegenüber, wirkte sie wie ein gequältes Tier, allein ausgesetzt in der Kälte. Das war es: Benjamin hatte das Gefühl, dass dieser Frau immer kalt war und sie sich gerne eine dicke Schurwolljacke vor der Brust zusammenziehen würde, wenn man ihr nicht unmenschlicherweise einen Hosenanzug als Dienstkleidung verpasst hätte.

»Du wolltest mit mir sprechen«, eröffnete er das Gespräch, »oder bist du jetzt schon auf dem Weg in den Feierabend?«

Chantal Greifer starrte ihn an, blickte dann auf die Uhr ihres Telefons. Es war vier Minuten vor fünf. Sie errötete. Hatte sie Angst vor einer Schelte, weil sie sich entschlossen hatte, einmal vier Minuten zu früh in den Feierabend zu gehen? »Wir können reden, natürlich können wir reden«, sagte sie hastig und nickte diensteifrig. »Ich wollte nur wissen, ob du meine Mails bekommen hast – hast du?«

»Habe ich, aber nur überflogen«, log der Sommelier, er hatte nämlich nur die Betreffzeilen gelesen – *Bitte um Rücksprache*. Und deswegen stand er jetzt vor ihr.

»Morgen Mittag ist Julius K. Pfaffenschläger zu Gast«, begann Chantal Greifer das Gespräch.

Benjamin räusperte sich. »Wer ist das?«

Die Pressesprecherin sah ihn verwirrt an. »Na, der Tester der Hamburger Tagespost.«

»War dort nicht Bastian von Bastgenschweif für die Kritiken verantwortlich?«

»Ja, aber der betreibt jetzt einen unabhängigen Gourmet-

Blog. Wenn wir alle Kosten übernehmen, dann würde er im Juli vorbeikommen.«

»Und wenn nicht?«

»Dann kommt er nicht.«

»Sehr unabhängig – und wie ist der Ablauf morgen?«

»Mittagessen. Überraschungsmenü. Im Anschluss Interview.«

»Interview mit Charlotte?«, fragte Benjamin und betonte die letzten beiden Wörter, denn für gewöhnlich wollte mit ihm selten jemand sprechen. Die Köche waren die Stars der Stunde, was dem Weinkellner eigentlich ganz recht war.

»Nein, er will euch beide interviewen.«

»Alles klar, sonst noch was Besonderes?«

»Hast du die Mails nicht gelesen?«, fragte die Pressesprecherin. Ihre Schamesröte hatte sich auf ihre Wangen zurückgezogen, ihre übrige Gesichtsfarbe war bleich, ihre Augen rot vom ganzen Tag am Bildschirm.

»Nur überflogen, es ist grade zu viel zu tun.«

»Er will natürlich über das Restaurant schreiben, die zwei Sterne sind der Aufhänger, aber vor allem möchte er über die Genussregion Süddeutschland berichten. Er hätte deswegen gern eine badische Weinreise.«

Benjamin nickte. »Ist hinzukriegen, weiß Charlotte Bescheid?«

»Natürlich.« Die Pressesprecherin hob kurz ihr Telefon in die Höhe. »Er schätzt übrigens vor allem auch gereifte Weine, steht alles in den Mails.«

Die Halogenröhren flackerten noch, da schritt der Sommelier bereits die Stahlregalwände im Archiv ab. Die Stille legte sich um ihn wie der Einbruch der Nacht. Die Luft war staubig und trocken. Benjamin befeuchtete seine Lippen. Schnell hatte er den entsprechenden A-conto-Haus-Ordner gefunden. Nach der Beschriftung zu urteilen, enthielt er die Dokumente aus den Jahren 1999 und 2000. Kurz zog er sein Mobiltelefon aus der Tasche, es war Viertel nach fünf. Er hatte also noch eine Dreiviertelstunde bis zur Menübesprechung. Der Sommelier zog seinen Mantel aus, legte ihn in ein freies Regalfach und ließ sich auf einem Pappkarton nieder.

Schnell blätterte er durch die Seiten. Es war auch nicht schwierig, den entsprechenden Zeitraum zu finden. An dem Tag, nachdem seine Eltern verstorben waren, häuften sich nämlich die Belege. Neun der Rechnungskopien waren mit der roten Buchstabenkombination ZP gekennzeichnet, die dem Sommelier nichts sagte, zwei davon waren wieder durchgestrichen worden. Er las die Namen der Gäste. Beim dritten oder vierten Dokument stockte ihm der Atem. Der Sommelier spürte plötzlich, wie nervös er war, es kribbelte in seiner Magengegend, seine Hände waren feucht. Unruhig flogen seine Augen über die Zeilen. Rasch stand er auf, suchte die Ordner mit den Meldescheinen und Rechnungen hervor, die auch die Polizei mitgenommen hatte. Er blätterte vor und zurück, überzeugte sich mehrmals, dass er nichts übersehen hatte. Er fand nur für acht der neun Dokumente das Gegenstück. Exakt dieses Dokument fehlte.

Alles, was in den nächsten Minuten passieren sollte, ging so schnell, war eine solche Überstürzung von Gedanken, Gefühlen und Handlungen, dass der Sommelier kurz davor war, einen Schrei der Aufregung auszustoßen. Er öffnete den Browser und die Suchmaschine seines Smartphones, hatte aber hier unten keinen Empfang, weswegen er die Tür zum Archiv öffnete und mit einem Stück Karton verkeilte. Benjamin blätterte wieder durch die Ordner, rechnete das Alter des Gastes anhand des Meldescheins aus, war sich so unsicher, dass er den Taschenrechner seines Handys zur Absicherung hinzuzog. Und immer wieder brach er zwischendurch ab, blätterte durch den Ordner, weil er Angst hatte, etwas zu übersehen. Und erst ganz allmählich fügten sich die Details zusammen. Hotelbar-Rechnung, kein Frühstück, Herkunft. Fahrig griff der Sommelier zum Telefon und bat seinen Bruder herunterzukommen. Als Stephane das Archiv betrat, hatte Benjamin die neun Rechnungen und die acht Gegenstücke auf dem Boden ausgelegt und patrouillierte davor auf und ab – keine illegal Beschäftigte: Ein Hausgast war zu Tode gekommen.

»Sagt dir der Name Marlene Suter etwas? Er kommt mir bekannt vor, aber ich kann ihn nicht zuordnen.«

»Wer soll das sein?«, fragte Stephane.

»Und was bedeutet das Kürzel *ZP?*«

»Sagst du mir vielleicht erst einmal, was hier los ist?«

»Ich glaube, ich habe die Leiche gefunden«, erklärte Benjamin. Stephane wurde blass. Ein leichter Geruch nach Chlor erfüllte das Archiv, der von der Schwimmbadtechnik herüberzog, die nur zwei Türen weiter untergebracht war. Benjamin fügte aufgewühlt hinzu. »Hier, schau her, Stephane, in dem A-conto-Haus-Ordner ist ein Dokument, das in den Ordnern fehlt, die die Polizei überprüft hat.«

Sein Bruder schob den Schnipsel unter der Tür mit dem Fuß weg, die schwere Brandschutztür fiel dumpf und krachend ins Schloss. »Vielleicht hat die Polizei was rausgenommen«, entgegnete Stephane.

Der Sommelier stutzte und überlegte. Das war nicht ausgeschlossen, aber änderte nichts an seiner Entdeckung. »Glaube ich nicht. Luzie Berger sagte, sie hätten nur ein paar Sachen gescannt, aber keinen greifbaren Hinweis gefunden. Jetzt schau es dir doch mal an, bitte«, drängte Benjamin und drückte seinem Bruder das Dokument in die Hand. Stephane überflog das Papier. Benjamin ließ ihm ein paar Sekunden, dann fragte er erneut: »Was bedeutet *ZP*? Da gibt es mehrere Dokumente am Tag nach dem Unfall.«

»Zechpreller.« Sein Bruder sagte das Wort gleichmütig, aber in seinen Augen war Abscheu zu lesen, als spräche er über so etwas Niederträchtiges wie Organhandel oder Kinderarbeit. »Ich schreibe *ZP* immer auf die Rechnungen, wenn Gäste einfach abhauen, ohne zu bezahlen. *FA* wäre vielleicht besser, sind nämlich Forderungsausfälle. Deswegen lege ich sie auch in denselben Ordnern wie die A-conto-Haus-Buchungen ab.«

»Und warum sind es am Tag nach dem Unfall so viele Zechpreller?«

»Du warst noch sehr jung, Benjamin, aber was hier im Haus los war, kannst du dir nicht vorstellen. Alle standen unter Schock, aber das Geschäft musste ja weitergehen. Da sind Servicekräfte oder Frontoffice-Mitarbeiterinnen in Tränen ausgebrochen, während sie am Tisch oder Empfangstresen mit Gästen sprachen. Urlaub stellt man sich anders vor. Viele Gäste waren anscheinend so aufgebracht über die Stimmung im Haus, dass sie einfach abgereist sind. Aufgrund der Zimmerumbauten waren im Haupthaus auch nur die Restaurants und die Rezeption geöffnet, wir haben gar nicht bemerkt, wenn Gäste ihren Koffer aus den Neubauten rausgezogen und sich aus dem Staub gemacht haben.« Stephane zeigte auf die Papiere am Boden. »Wobei zwei im Nachhinein bezahlt haben, da kamen auch ein paar Tage später sehr herzliche Briefe mit der Bitte, die Rechnungen auf dem Postweg nachzureichen.«

»Das sind die Rechnungskopien mit den durchgestrichenen Buchstaben, richtig?«

»Richtig.«

»Habt ihr bei den anderen sieben Parteien nachgehakt?«

»Nein.« Stephane schmunzelte verbittert. »Nein, nein, ich habe mich mit Gustav lange darüber unterhalten. In so einem Fall Rechnungen hinterherzuschicken ... Man hat ja so etwas wie Ehrgefühl.«

Das Telefon des Sommeliers klingelte. Er schaute auf die Nummer im Display – das Restaurant. Es war achtzehn Uhr. Julia und das Team warteten auf ihn. Er klickte den Anruf weg und stellte auf lautlos. »Sagt dir der Name Marlene Suter etwas?«

Stephane überlegte. »Nie gehört.«

»Ich kenne den Namen, ich bin mir sicher, im Internet habe ich aber nichts gefunden. Sie war damals vierunddreißig. Aus Zürich. Wahrscheinlich Schweizerin. Würde alles zu den Infos der Polizei passen. Und schau dir das mal an.« Der Weinkellner nahm seinem Bruder das Dokument ab und hielt es hoch: »Bei allen anderen Zechprellern wurde das Frühstück gebucht. Nur hier nicht.«

»Was meinst du damit?«

»Vielleicht war sie nicht beim Frühstück, weil sie tot in der Zwischenwand lag.« Stephane nickte gedankenverloren. Benjamin konnte sich nicht erinnern, jemals so einen intimen Moment mit seinem Bruder erlebt zu haben. Er schob es zunächst auf die Stille des Archivs, das Geheimnis, das sie teilten, dann wurde er sich der Angst bewusst, die offen in den Augen des Buchhalters zu lesen war. Er konnte es ihm nicht verdenken. Angst war in den letzten zwei Wochen auch zu seinem ständigen Begleiter geworden. Aber was hatte er, Benjamin, schon zu verlieren? Einen Job, eine Mietwohnung? Sein Bruder hatte vor ein paar Jahren das Haus ihrer Großeltern saniert. Er hatte drei Kinder, seine beiden Älteren gingen auf Privatunis, der Jüngste, Nils, war gerade elf Jahre alt geworden und im Übrigen auf dem Weg, ein ebensolcher Pedant wie Stephane zu werden. Benjamin hatte ihn an seinem Geburtstag besucht. In Nils' Zimmer war eine ganze Regalwand mit lustigen Taschenbüchern gefüllt, die Buchrücken ergaben ein Comicbild. Der Sommelier wollte seinen Neffen necken und vertauschte heimlich ein paar Bücher. Donald Ducks Auge steckte plötzlich in Minnie Mouse' Mund. Nicht lustig. Die Zitronenlimonade und die bunten Schokolinsen auf einem Teller, beide auf dem Nachttisch des Kinderzimmers geparkt, wackelten bedrohlich, als Nils den Scherz bemerkte und aufstampfte. Was folgte, war zwar kein Tobsuchtsanfall, aber ein gewisser Jähzorn war dem Burschen nicht abzusprechen, mit dem er wieder Ordnung in seinem Bücherregal schaffte. Der Sommelier sah seinen Bruder eindringlich an, Staubkörnchen schwebten zwischen ihnen. Es half ja nichts. Er fuhr fort, als seien die Wörter die letzten Mosaiksteinchen der Beweisaufnahme: »Außerdem ist alles, was bei der Dame an Essen und Trinken gebucht wurde, eine Rechnung über achtzig Euro – an der Hotelbar.«

Stephane schien den Wink erst nach einigen Sekunden zu verstehen. »Willst du jetzt damit auch noch gleich die Verbindung zu Volkmars vermeintlicher Ermordung gefunden haben?«

»Findest du das nicht auch ziemlich auffällig?«

»Benny, überlass die Arbeit doch einfach der Polizei.«

»Hatten Papa und meine Mutter eigentlich Feinde?«

Stephane seufzte. »Ich habe das schon dieser Beamtin gesagt: Es gibt nichts, das mich im Nachhinein wirklich aufhorchen lassen würde. Es gab vielleicht ein paar Drohbriefe von solchen Ökoradikalen. Die haben auch mal unsere Hotel-Limousinen mit roter Farbe besprüht, aber wir reden hier von – ja, von was reden wir hier eigentlich? Lothar und Caroline töten einen Hausgast, mauern ihn ein und werden dann Opfer von Ökoterroristen?« Erneut rappelte das Telefon. Die Brüder ignorierten das Geräusch. Stephane fuhr fort: »Und du hast in den anderen Ordnern richtig gesucht und keine zweite Kopie gefunden?«

»Nein. Und wenn die Polizei das Dokument nicht behalten hat, muss es nachträglich jemand entfernt haben, der nicht wusste, dass du von manchen Vorgängen Kopien ablegst.«

Die ganze Anspannung brach aus seinem Bruder heraus: »Benny, ey«, stieß Stephane hervor – es klang nicht wütend, nicht vorwurfsvoll, es klang verzweifelt.

»Lässt sich vielleicht rausfinden, was Marlene Suter in der Bar getrunken und gegessen hat? Ob sie Gesellschaft hatte? Oder wenigstens, wer an diesem Abend Dienst hatte?«, fragte der Sommelier. »Ich glaube, genau hier liegt die Lösung des Rätsels.«

»Keine Chance, Benny. Das weißt du doch selber.« Stephane schüttelte den Kopf. »Das Kassensystem wurde seither zweimal gewechselt. Die einzelnen Guest Checks der Bar oder der Restaurants hebe ich auch nicht auf, sonst würden wir hier in Papier ersticken – ist diese Marlene Suter vielleicht eine Journalistin gewesen?«

Benjamin überlegte. »Habe ich mir auch schon überlegt. Charlotte hat mir gesagt, dass an dem Tag des Unfalls die Presse im Haus war, aber eine Suchanfrage im Netz ergab nichts, wäre dann auch wahrscheinlich zu lange her.« Erneut vibrierte sein Telefon. »Weißt du, wie die Braut hieß?«

»Braut?«

»Wir hätten am Folgetag eine Hochzeit ausgerichtet.«

Stephane zuckte mit den Schultern und sah seinen Bruder an.

»Ich frage gleich mal Charlotte.«

Vier

Bernadette Knoll-Neschke. So hieß die Braut. Charlotte musste nicht einmal überlegen. Sie spuckte den Namen ihrem Bruder vor die Füße wie ein fauliges Stück Obst, der wütende Ausdruck in ihren smaragdgrünen Augen ließ den Sommelier an Lynchmord denken. Und Marlene Suter? Den Namen hatte sie noch nie gehört. *Wer soll das sein?* Zweimal am Abend nahm der Sommelier das Telefon und die Visitenkarte von Luzie Berger in die Hand. Er überlegte, die Beamtin über seine Erkenntnisse zu informieren, steckte sein Smartphone jedoch nach kurzer Überlegung wieder weg. Vielleicht war die Polizei längst auf derselben Spur wie er, und er würde sich nur einen weiteren Rüffel wegen seiner Nachforschungen einfangen, vielleicht würde er am Ende mit einem Anruf sogar die Ermittlungsstrategie der Polizei durchkreuzen. *Suter. Marlene. Marlene Suter. Suuuteeer.* Er drehte den Namen, sprach ihn kurz und lang aus, brabbelte ihn vor sich hin wie ein geistesgestörter Trinker. Er hatte ihn schon einmal gehört, er war sich sicher, aber er kam nicht auf die Lösung.

So hangelte er sich auch durch den langen Abendservice. So gut es ging, erledigte der Sommelier seine Arbeit, er nahm die Menüs an, köpfte Zinnkapselhüte von Flaschen, zog Korken, servierte Weine, alles ohne große Vorkommnisse, nur ab und an verlor sich seine Wachsamkeit, und sein Blick richtete sich einige Sekunden durch die Panoramascheiben des Restaurants. Die hereinbrechende Nacht hatte der Welt alle Farben ausgesogen, und die Landschaft zeichnete sich wie eine schroffe Kulisse gegen den

Horizont ab. Benjamin spürte, dass ihm bei jedem kurzen Leerlauf die Konzentration entglitt. Er wollte weg, raus, brauchte Abstand, um nachzudenken. Sein Feierabend war aber noch in weiter Ferne. Kurz nach elf, nachdem sie einigen Nachzüglern die Hauptgerichte serviert hatten, schickte er Julia nach Hause und verschob seine Wellnesspläne auf den Folgetag. Erst gegen eins steuerte er seinen Passat nach Hause.

Die Nacht war dunkel und verlief ebenso ruhig wie der folgende Morgen, bescherte ihm allerdings keine neuen Erkenntnisse. Es kam dem Sommelier kein Geistesblitz, der ihn aus dem Tiefschlaf hochfahren ließ. Auch Gustav wusste ihm nicht zu helfen. Am Vormittag löcherte er seinen Onkel, der am Tag zuvor seinen freien Tag gehabt hatte. Doch der Hoteldirektor hatte von der Frau noch nie gehört, obwohl ein kurzes Missverständnis dem Sommelier einen Schreck durch den Leib jagte. *Kennst du eine Marlene Suter?*, fragte er Gustav, als er den Hoteldirektor auf seinem üblichen morgendlichen Kontrollgang durch das Haus abpasste. Gustav blickte seinen Neffen an, als sei er endgültig übergeschnappt. *Selbstverständlich, was ist das für eine Frage?*, entgegnete der Patron. Sekunden verstrichen. Dann fügte sein Onkel hinzu: *Du meinst die Stellvertreterin von Hildegard Klotzbücher?*

Benjamin sank in sich zusammen und seufzte. Nein. Die meinte er nicht. Hildegard Klotzbücher war die Floristin, die alle zwei bis drei Tage mit verschmiertem Lippenstift und klumpiger Wimperntusche durch das Hotel rannte, aufgescheucht wie ein Huhn. Sie tauschte regelmäßig die Blumenbouquets aus, und wenn eine Tulpe den Kopf hängen ließ, wurde der Hoteldirektor nicht müde, zum Telefon zu greifen und ihr mit einem Entzug der Aufträge zu drohen. Blumen waren Gustav wichtig. Zu Ostern entwickelte er eine regelrechte Narzissen-Manie. *Gelb ist so frisch, das brauchen wir nach diesem langen Winter, hellt die Stimmung auf, regt die Konsumfreude an, Frau Klotzbücher, also bitte mehr Narzissen, viel mehr Narzissen.* Deshalb schickte die geplagte Unternehmerin wahrscheinlich öfter ihre Stellvertreterin: Marlis Sutor.

Der Sommelier klärte Gustav über seine neusten Nachforschungen auf, dann kümmerte er sich um das Restaurant und fand dort Ruhe vor seinen Gedanken. Bereits um zehn Uhr half er, die Tische für das Mittagessen einzudecken. Er besprach mit Charlotte das Überraschungsmenü für den Journalisten der Hamburger Tagespost, stellte danach seine Weinplanung nochmals geringfügig um. Er scherzte mit den Servicekräften, hielt eine ausführliche Menübesprechung ab, um elf Uhr ging er mit dem ganzen Team zum Mittagessen, und mit jedem Augenblick fiel die Anspannung etwas mehr von ihm ab. Die Sonne schien durch die Fenster, eine erste frische Frühlingsbrise zog sich beim Lüften durch die Gasträume. Julia war schön wie eh und je. Sie hatte einen matten Lippenstift aufgelegt, ihre Haare hochgesteckt. Zweimal legte sie ihm obendrein die Hand auf den Rücken, als sie das Gespräch mit ihm suchte, und der Sommelier war ... glücklich, ja, er war glücklich und genoss die Routine.

Nicht einmal der Anblick von Julius K. Pfaffenschläger konnte ihm die Laune verhageln. Er hatte es längst geahnt, es war natürlich der Restaurantkritiker, der ihm bereits bei der Sterneverleihung aufgelauert hatte: Dreitagebart, tiefe Geheimratsecken, lange schwarze Haare, die er streng zusammengebunden und zusätzlich mit Gel an den Schädel geschmiert hatte. Bei der Gala hatte er einen dunklen Anzug getragen und den Sommelier eher an einen Mann erinnert, der Senioren im Pflegeheim italienische Schlager aus der Karaoke-Maschine vorsang. Heute trug er einen beigen Kordanzug, dazu einen lilafarbenen Rollkragenpullover und ein lilafarbenes Einstecktuch. Unter seinem Saum schauten knöchelhohe, braune Business-Stiefel hervor. Bereits um Viertel vor zwölf scharwenzelte er durch die Flure, warf einen Blick auf die Menükarte, die auf einem gusseisernen Notenständer vor den Restauranttüren lag.

Benjamin ging auf den Mann zu. »Schön, dass Sie da sind, Herr Pfaffenschläger«, sagte er mit aufgepinseltem Lächeln.

»Bin ich zu früh?«

»Nein, nein«, log der Sommelier und bat den Mann herein.

Charlotte kam kurz in den Gastraum, begrüßte den Journalisten und zog sich schnell wieder in die Küche zurück. Unzählige Foodblogger und Kritiker hatte sie schon verköstigt, aber dennoch war sie jedes Mal wieder aufs Neue nervös, wenn ein Gast aus der schreibenden Zunft vorbeischaute. Benjamin sah es ihr an, sie lachte etwas lauter, nickte etwas enthusiastischer, gestikulierte eine Spur temperamentvoller, als sie es sonst tat.

So stürzte sie auch schon nach den ersten beiden Vorspeisen auf ihren Bruder zu. Er räumte den Teller gerade in die Spülküche. »Was hat er gesagt?«, fragte sie.

»Es war gut«, antwortete Benjamin.

»Wie? Es war gut?«

»Das hat er gesagt: *Es war gut.*«

»Sonst nichts? War was nicht in Ordnung?«

»Charlotte«, sagte Benjamin, blickte seine Schwester eindringlich an und zog die Augenbrauen hoch. Spitzenköche. Sie brauchten Ohnmachtsanfälle. *Außergewöhnlich. Beeindruckend. Sensationell. Weltklasse. Phänomenal. Fantastisch. Bombastisch. Grandios. Exzellent. Meisterhaft. Brillant. Genial. Spitzenmäßig.* Mindestens aber *großartig* oder *vorzüglich*, das waren Kategorien, in denen sie dachten. Jedes andere Urteil über ihre Gerichte brachte sie an den Rand der Verzweiflung. »Beruhige dich«, sagte der Sommelier und fügte hinzu: »Er hat dein Gericht verstanden.«

Das meinte Benjamin ernst. Er hatte es in den Augen des Kritikers gesehen: Er war von den beiden Gerichten regelrecht geflasht gewesen. Und es gab auch keinen Grund, nicht geflasht zu sein. Die Produkte waren der blanke Wahnsinn. Es gab keine bessere Qualität auf der Welt, davon war der Sommelier überzeugt. Der *Loup de mer* etwa. Achtzehn Stunden zuvor war das Tier noch im Atlantik geschwommen. Angelware, Tagesanlandung, geschlachtet auf See mit der japanischen Ikejime-Methode: Charlotte umgarnte ihre französischen Fischhändler, behandelte sie wie Adelige, um an solche Ware zu kommen. Die Meere waren schließlich leergefischt, die Asiaten zahlten jeden Preis für Spitzenware und kauften den Markt leer. Es war fast unmöglich, an Spitzenware zu kommen, ohne Beziehungen. Aber nicht nur das. Wenige Köche hatten so ein Gespür für die Garung wie seine Schwester. Sie hatte kein Patentrezept. Wenn sie Probegerichte kochte, dann sah er seine Schwester manchmal vor einem Fisch auf dem Schneidebrett stehen. Minutenlang starrte sie das Tier an. Manchmal ließ sie den Fisch dann roh, sie säuerte oder salzte ihn, briet ihn klassisch in Butter oder garte ihn in einem Sous-vide-Beutel im Wasserbad, ab und an ließ sie das Filet nur unter der Wärmebrücke des Küchenpasses gar ziehen, manchmal kombinierte sie Verfahren. Benjamin hatte nie verstanden, nach welchen Kriterien seine Schwester das entschied, am Ende war es wahrscheinlich Intuition.

In diesem Fall hatte sie das Wolfsbarschfilet bei zweihundertsechzig Grad für drei Minuten in den Ofen geschoben. Auf diese Weise blieb das Tier im Kern glasig. Die Haut zog sie ab, frittierte sie kurz und servierte sie mit geröstetem Knoblauch und Artischocke, die sie auch als Soße auf den Teller goss. Mehr brauchte es nicht. Klarer konnte ein Wolfsbarsch nicht nach Wolfsbarsch und eine Artischocke nicht nach Artischocke schmecken. Und das alles nahm man wahr, bevor sich die Komponenten am Gaumen verbanden. Ein Filet von der Schwarzwälder Bachforelle hatte Charlotte nur abgeflämmt, im Kern blieb der Fisch roh. Die starken Röstnoten hielt sie von ein wenig fermentiertem Rotkrautsaft und Sauerklee im Zaum. Eine schöne Kombination, gut gemacht, aber der Spannungsbogen des Gerichts baute sich für den Sommelier eher in der Forelle selbst auf: Die Festigkeit und das Aroma des rohen Fischfleischs traten ebenbürtig den kräftigen, warmen Röstnoten der gegarten Oberfläche gegenüber, das war schlichtweg grandios und ein sensationeller Effekt, der sich nur mit einem absoluten Topprodukt erreichen ließ. Und natürlich mit virtuosem Handwerk.

So zog sich der Mittag dahin. Der Sommelier goss Pfaffenschläger einen 2014er Steinwerk Riesling aus dem großen Holzfass von der Weinfamilie Fendt ein, einen 2018er Müller-Thurgau von Enderle & Moll, einen 2012er Schlossberger Grauburgunder aus dem Barrique von Reiner Probst, einen 2008er Malterdinger Bienenberg Chardonnay GG von Bernhard Huber und einen 2010er Jaspis Gutedel 104 aus Alten Reben von Ziereisen – ja, er ließ es dem Mann gut gehen – oder einen 2008er Spätburgunder Eichberg GG von Franz Keller. Sensationelle Weine. Und der Kritiker trank viel und trank schnell, nach den Vorspeisen wurde sein Blick diesig. Den 2000er Spätburgunder SJ von Karl-Heinz Johner, den der Sommelier zum Hauptgang servierte, verkostete der Kritiker schlürfend, als sei der Wein eine chinesische Nudelsuppe.

»Filigrane Himbeerfrucht, druckvoll, mit disziplinierter Säurestruktur und superfeinem Trinkanimo, aber vielleicht etwas kurz nach hinten«, keckerte Pfaffenschläger. »Oder wie würden Sie den Wein beschreiben?«

»Erstaunlich präsent für sein Alter, auf dem Höhepunkt, malzige Melasse, Kirschfrucht, Kakao, vielleicht etwas Veilchen und langer Abgang«, sagte der Sommelier und lächelte. Grundsätzlich hatte er Kritiker und Journalisten gern als Gast, wenn sie es später am Schreibtisch fertigbrachten, hinter ihre Zeilen zu treten, und vor allem nicht jedes Gericht in seine Einzelteile zerpflückten, das war so appetitlich wie der Gedanke an Leichenfledderei. »Aber jeder schmeckt anders«, fügte er hinzu.

Gegen halb drei war der Kritiker betrunken. Der Sommelier versuchte zwar, ihn in der folgenden halben Stunde noch mit Kaffee und Schaumwein für das Interview aufzufrischen, aber das Gespräch wurde kurzerhand auf den frühen Abend verlegt. *Ich bräuchte etwas Zeit, um meine Eindrücke zu sortieren*, erklärte Pfaffenschläger und schwankte hinaus. Charlotte und Benjamin warteten um halb sechs im Restaurant, als der Kritiker wieder hereingeschlendert kam. Er wirkte sortierter als zwei Stunden zuvor. Sie setzten sich, er zog sein Notizbüchlein aus der Innentasche seines Jacketts, nicht größer als eine Spielkarte. Es hatte schon beim Mittagessen auf dem Tisch gelegen, mit Kugelschreiber hatte der Kritiker sich Notizen gemacht, so klein geschrieben, als würde er sogleich den Bleisatz für den Zeitungsdruck anfertigen. Das Interview plätscherte belanglos dahin.

Zum Schluss klappte er sein Notizbuch zu. Bedankte sich. Lächelte. Schlug sich auf die Oberschenkel und fragte: »Ist mittlerweile die Identität der Leiche geklärt?«

Fünf

Nach dem Abendservice ging Benjamin Freling ins Weißweinkühlhaus, das direkt neben dem Weinkeller lag. Er zog eine Flasche Moselriesling, einen 2017er Bernkasteler Johannisbrünnchen von Dr. Loosen, aus einem Regalfach und wollte sich schnurstracks auf den Weg in die Sauna machen. Das war das Ziel, auf das er in den letzten Stunden hingearbeitet hatte. Dieser Moment der Ruhe. Wenn der Wein seine Nerven balsamierte und die Hitze ihn auswrang wie ein nasses Handtuch, ihm die letzte Energie aus allen Poren presste und damit hoffentlich auch seinen rotierenden Kopf für ein paar Stunden zum Stillstand brachte. Die Ruhe kam früher als gedacht. Er stand im Kühlhaus, bei fünf Grad, sein Atem eine Wolke in der kalten Luft, das Kühlaggregat röhrte. Kaum spürte er das Gewicht der eiskalten Flasche in der Hand, sank sein Arm herab. Der Sommelier schloss die Augen, lehnte sich mit der Stirn an die Kühlhaustür und sah ihn wieder vor sich, wie unzählige Male in den vergangenen Stunden.

Julius K. Pfaffenschläger.

»Woher – wissen Sie davon?« Das waren die Worte, die unmittelbar aus Charlotte hervorgequollen waren. Sie war in dem Restaurantsessel hochgefahren, die Ellenbogen auf die Armlehnen gestützt. Sie warf ihrem Bruder einen Blick zu, die Augen erschrocken aufgerissen, erschrocken, verstört, panisch – ein Rindvieh, das an der Leine ins Schlachthaus gezerrt wurde.

Benjamin ging es nicht anders. Die Gurgel des Kritikers war

nur einen Hechtsprung von ihm entfernt. »Diese Fragen können Sie gern mit unserer Presseabteilung klären«, erwiderte er geistesgegenwärtig, stand auf, zog seine Schwester aus dem Restaurant und schob sie durch die Schleusen in den Küchentrakt.

Theater.

Das war es, was folgte. Das Restaurant und die Küche wurden zur Bühne, auf der die Hauptdarsteller konfus umherirrten.

Wut.

Unsicherheit.

Furcht.

Dieser Abendservice förderte alle Gefühlsauswüchse zutage, die in einem Zwei-Sterne-Restaurant nichts verloren hatten. Chantal Greifer wurde aus dem Feierabend zurückbeordert. Sie versuchte, Pfaffenschläger, der natürlich im Hotel logierte, auf seinem Zimmer zu erreichen, der Journalist ging aber nicht ans Telefon. An seiner Tür hing das knallrote Bitte-nicht-stören-Schild, den ganzen Abend. Gustav drehte wie ein Schreckgespenst seine Runden durch die Restaurants, ging immer wieder in die Bar, weil er glaubte, dort den Mann abpassen zu können, um mit ihm die Sache unter der Hand zu klären. *Was halten Sie von einem Wellnessurlaub für sich und Ihre Familie?* Pfaffenschläger tauchte aber nicht mehr auf. Er saß wahrscheinlich auf seinem Kingsize-Bett, die eine Hand in der Minibar, die andere in der Chipstüte, und lachte sich dabei ins Fäustchen.

Es dauerte nicht lange, bis die Sauna wieder Betriebstemperatur hatte. Es war kurz nach zwölf Uhr nachts und der Wellnessbereich seit gut zwei Stunden offiziell geschlossen. Die gedämpfte Leuchte des Saunainnenraums warf einen Lichtkegel durch das kleine Fenster in der Tür. Die Sauna sah aus wie eine Raumkapsel, die einsam durch die Weiten des Weltalls driftete. Der Sommelier saß an einem Tischchen, ein Handtuch um die

Hüften. Seine Klamotten hatte er in einen Spind geworfen. Er schlürfte den kühlen Wein, verlor sich in der herrlichen Balance aus salziger Mineralität und knackiger Säure. Er sog die frischen Noten nach Zitrone und Grapefruit ein. Und er genoss den Alkohol. Seine Wirkung. Dann schlenderte er in die Schwitzkammer und schaufelte Wasser auf die heißen Steine des Ofens. Es zischte. Dampf stieg auf. Der Sommelier ließ sich auf eine Bank plumpsen. Seine angespannten Muskeln zerflossen wie Teig auf dem heißen Holz. Dann döste er vor sich hin.

Zehn Minuten?
Fünfzehn Minuten?
Er wusste es nicht.

Als er es nicht mehr aushielt, stand er auf und prallte mit voller Wucht gegen die geschlossene Tür. Fluchend rieb er sich die Schulter. Er rüttelte an der Tür, aber nichts geschah. Er rüttelte stärker. Nichts. Benjamin ging einen Schritt zurück, wischte sich mit dem Handtuch den Schweiß von der Stirn, der ihm in die Augen tropfte. War er jetzt völlig übergeschnappt? Er betrachtete den Türgriff, entdeckte jedoch keinen Schließmechanismus. Er rüttelte erneut an der Klinke, aber die Tür gab keinen Millimeter nach, als stünde er in keiner Sauna aus Holz, sondern in einem Stahltresor. Er drückte den roten Notfallknopf. Mehrmals hintereinander. Mit fiebrigem Blick schaute der Sommelier durch das Fenster in den dunklen Wellnessbereich, sah seinen Wein im Sektkühler. Silbrig funkelndes Tauwasser perlte daran herunter. Dahinter waren die Umrisse der Duschen zu erkennen. Dampfbad, Biosauna, Fußbecken oder Eisbrunnen wurden von der Dunkelheit verschluckt.

Müsste es jetzt nicht fiepen?
Klingeln?
Wo schlug der Alarm an?

Nur an der Rezeption, die um diese Zeit nicht mehr besetzt war?

Wer sollte den Alarm bemerken?

Die Position des Nachtportiers sparte man seit Jahren ein. Nicht unüblich in Ferien- und Familienhotels auf dem Land. Und zugegeben, die Stelle war auch nur in Stadthotels wirklich von Nutzen, wo nachts Gäste ein und aus gingen. Die Kommission zur Hotelklassifizierung kniff bei diesem Detail beide Augen zu, schließlich sei rund um die Uhr ein Hotelmitarbeiter erreichbar, auch wenn er nicht hinter der Rezeption saß. Genau dort, wo aber wahrscheinlich jetzt gerade die rote Leuchte aufblinkte. Benjamin wusste es, er sah die drei Lämpchen unter dem Tresen vor sich, beschriftet mit *Finnisch, Bio, Dampf.*

Jetzt begann der Sommelier, gegen die Scheiben zu klopfen, dann zu trommeln.

Er rief *Hey!* und *Hallo!* und wieder *Hey!*, aber wer sollte ihn hier unten hören?

Jetzt, um diese Zeit?

Zwischen ihm und dem nächsten Lebewesen lagen Wände und Stockwerke.

Es pochte in seinem Schädel. Ruhe. Ruhe bewahren. In Ruhe einen klaren Gedanken fassen. Er musste mit seiner Energie haushalten. Das war es, was er tun musste. Der Sommelier ging einen Schritt zurück. Setzte sich auf die Bank, atmete schwer, wischte sich mit der Hand den Schweiß aus dem Gesicht. Sein Puls wummerte, Blut rauschte, der Ofen bollerte und zischte ein letztes Mal, bevor alle Feuchtigkeit aufgebraucht war. Verrückt vor Panik sprang er auf und warf sich gegen die Tür. War da eine leichte Rückfederung zu spüren? Er trat, schrie, rüttelte, torkelte rückwärts. Doch nichts geschah. Die Angst schnürte ihm die Kehle zu. Schweiß lief in Bächen an ihm herab. Dann fasste er in den Ofen. Er warf das schweißgetränkte Handtuch auf den Ofen und wickelte in Windeseile mehrere fauchende Steine ein. Die Enden des Handtuchs zwirbelte er zusammen und schleuderte anschließend das Geschoss wie einen Morgenstern gegen die Scheibe. Einmal, zweimal, dreimal. Keuchend ließ er alles auf den Boden gleiten, packte dann eine der hölzernen Nackenstützen und prügelte damit auf das Sicherheitsglas ein. Ohne Erfolg.

Die Luft. Sie wurde heißer. Trockener. Der Sommelier dachte an Wasser. An klares, kühles Wasser, das seinen Durst linderte. Wieder schlug er gegen die Scheibe. Seine Beine zitterten, Tränen stiegen ihm in die Augen. Er hasste den Wellnessbereich. Ja, er hasste ihn. Nicht wegen der Sprudelbäder und Salzgrotten nach Feng-Shui und Hui-Dumm, er hasste ihn wegen der Menschen, die er jetzt so dringend brauchte. Der Großteil der Menschheit war schließlich der Ansicht, dass ihre eigenen Körpersäfte reinstes Lebenselixier waren. Und so verhielten sie sich auch. Sie dachten nicht daran, vorab zu duschen, rieben sich beim Saunieren die Schweißbäche wie Massageöl über den Körper und sprangen verschwitzt und mit nacktem Arsch voran ins Tauchbecken. Das war der Grund, warum er immer allein diesen Bereich aufsuchte. In der Stille der Nacht. Wann wäre wieder jemand hier? Morgen früh? Wie heiß war es hier drinnen? Achtzig Grad? Neunzig? Egal, in sieben, acht Stunden wäre er durchgegart wie ein Kochschinken, das stand für den Sommelier außer Frage.

Wieso war die Tür verhakt?

Der Sommelier sah die Leiche im Weinkeller vor sich.

Er sah Volkmars Todeskampf.

Den geköpften Burgunder.

Und er verstand, dass er in diesem Augenblick die Rechnung für seine Naivität präsentiert bekam. Er hatte die Identität der

Leiche herausgefunden und büßte dies mit seinem Leben. Die Wut stieg so unmittelbar in ihm empor, dass er einen Schrei ausstieß und vor der Tür auf den Fliesenboden sank. Sein Herz raste. Er konnte nur noch mühsam atmen. Die Luft war so trocken wie in irgendeiner verfluchten Wüste, in der jedes Leben verdorrte, wenn es sich nicht kilometerweit in der Erde vergrub. Er gab einem der Steine einen Tritt, er kullerte polternd unter die Bank. Erstaunt beobachtete der Sommelier den Brocken ...

Mit einem Ruck stand er auf und riss die Abdeckung der Holzbank hoch. Darunter war ein Hohlraum, in dem er sich gern als Kind auf seinen Abenteuerstreifzügen durch das Hotel versteckt hatte. Nackt, wie er war, kroch er hinein. Es war dort wirklich kühler. Flach legte sich Benjamin Freling auf den Steinboden, spürte, wie sich sein rasender Puls verlangsamte. Als sein Körper den Bodenbereich aufgewärmt hatte, schob er sich weiter zum nächsten kühlen Fleck, spürte körnigen Schmutz auf seiner Haut. Allerdings gab es bald keine kühlen Flecken mehr. Der Boden war nass von seinem Schweiß, und sein kurzzeitig besänftigter Puls begehrte wieder auf. Die Luft war unter den Holzbänken dick und schwer und schal, und dann war er wieder da.

In dem letzten Moment, bevor der Sommelier das Bewusstsein verlor, sah er ihn wieder vor sich: Pfaffenschläger. Sein Gesicht erhob sich aus dem Sprühnebel seines Deliriums, eine grienende Fratze, abstoßend wie eine Clownsmaske. Der Sommelier sah den Artikel, den der Kritiker geschrieben hatte. Der Text stand aber nicht in einer Zeitung, er war auf ein weißes Laken gedruckt, das Zuzanna Bednarz in den Himmel hängte. Das Laken war groß wie ein Fußballfeld und wehte über dem Haus, bis der Wind es abriss. Wäscheklammern hagelten auf das Hotel herab, und das Laken wurde davongetragen, über den ganzen Kontinent, beschrieben mit Millionen Wörtern, so klein wie die Schrift im Notizbuch des Journalisten – das Notizbuch, das in der Hausbibliothek ausgestellt wurde. Ein Artefakt, ein Zeitzeugnis. Angestrahlt und aufgeschlagen lag es nach dem Bekanntwerden des Skandals auf einem winzigen, samtüberzogenen Bock. Die Handschrift des Journalisten leuchtete purpurn. Der Sommelier blickte sich um, und alles war auf einmal leicht. Er stand mit beiden Beinen auf dem Boden der Bibliothek, trug einen dreiteiligen Leinenanzug und eine fliederfarbene Seidenkrawatte. In der Hand hielt er ein Glas frisch gepressten Orangensaft. Er war Gast im Haus. *Bonvivant* und Kulturreisender. Die Sonne brach sich an den gesplitterten Fensterscheiben. Er wandte sich von dem Notizbuch ab und las einen gerahmten Artikel an der Wand. Dann fiel sein Blick auf den Namen der Autorin.

Sechs

Flackern. Hinter seinen Lidern. Es klackte mechanisch. Dann wurde es dunkel. Benjamin Frelings Kehle schmerzte bei jedem Atemzug, sein Rachen fühlte sich trocken und rau an. Und dann die erbarmungslose Hitze, die ihn um den Verstand brachte, aber war da nicht eben ein Luftzug gewesen? Und weshalb war es auf einmal so finster? War das Licht in der Sauna ausgegangen? Der Sommelier drückte die Liegefläche der Saunabank nach oben und richtete sich auf. Seine Muskeln standen in Flammen. Dumpf klatschte er auf den Bodenbereich, schrappte über einige der herumliegenden Steine. Er quiekte vor Schmerz, stemmte aber trotzdem seinen Arm gegen die Saunatür. Sie sprang auf. Klickend. Mühelos.

Kalte Luft drang herein, überzog ihn wie ein Regenguss. Benjamin Freling kroch hinaus und sank auf dem Boden zusammen. Es pochte. Überall. An seinen Handgelenken. Knöcheln. Schläfen. An seinem Hals, seinen Kniekehlen. Mit geschlossenen Augen hob er seinen Arm, bekam den Fuß des kleinen Tischs zu fassen. Er zog. Etwas zersprang mit einem Knall auf dem Fliesenboden. Der Sommelier fand sich plötzlich auf den Knien wieder, den Sektkühler zwischen beiden Händen. Er trank gierig. Die Lichter im Saunabereich flammten auf, kurz musste er seine brennenden Augen schließen. Über den Rand des Sektkühlers hinweg sah er Meret Çelik, die stellvertretende Barchefin. Er erkannte sie an ihrer Stimme, an ihrer Art zu gehen, am rot-schwarzen Farbverlauf ihres Bar-Outfits, das auf ihn zuschwamm. Es war Meret, ganz sicher, aber sosehr er sich konzentrierte, seine Augen stellten das Bild nicht scharf.

»Benny!«, rief sie und stürzte auf ihn zu. »Du blutest!«

Zunächst dachte der Sommelier, sie wollte ihn umarmen, stützen. Stattdessen zerrte sie an seinem Arm, der Kühler glitt ihm aus der Hand. Meret schleifte ihn über den Boden, und erst jetzt wurde ihm klar, dass sie ihn vor den Scherben in Sicherheit brachte.

Waren etwa Weinglas und Weinflasche zu Bruch gegangen?

Bevor er überhaupt an den Kühler gefasst hatte?

Wieso hatte die Flasche nicht im Kühler gesteckt, sondern auf dem Tisch gestanden?

»Nicht schlimm«, faselte der Sommelier, »nicht schlimm«, ohne zu wissen, ob er sich eine Schlagader durchtrennt hatte, als er über den Haufen aus weiß-grünen Scherben gekrochen war. Er versuchte aufzustehen und stand dann splitterfasernackt vor der Frau, die erst letzte Woche zur Barchefin befördert worden war. Er lehnte sich an die Wand. Sie ließ ihn los, augenblicklich sank er daran herab wie ein entbeintes Stück Fleisch. Jetzt sah er, dass er ein wenig aus einem kleinen Schnitt am Knie blutete. Mehr nicht.

Meret Çelik nutzte den Moment. Sie eilte zu einem Regal und zog ein Handtuch heraus. »Was ist denn passiert?«, fragte sie und reichte es ihm.

Der Sommelier bedeckte sich. »Was machst du hier unten?«, fragte er mit heiserer Stimme.

»Ich habe meine Abrechnung eingeworfen und das Zentraltelefon auf das Handy von Stephane umgestellt, da habe ich die Alarmleuchte hinter der Rezeption gesehen und bin runtergekommen. Was ist denn passiert, Benny? Soll ich einen Arzt rufen?«

Vor fünf Minuten noch hätte der Sommelier zugestimmt. Er hatte das Gefühl gehabt, dass es sich nur um Sekunden handeln konnte, bis ihm der Schädel platzte. Jetzt fühlte er sich schwach, atmete schwer, aber er konnte wieder klar sehen. Immerhin. Und er konnte sogar klar denken. »Bist du irgendwem begegnet? Ist dir irgendwas aufgefallen?«

»Ich mach mir wirklich Sorgen, Benny, ich rufe jetzt einen Arzt, okay?«

»Nein, ich brauche keinen Arzt, Meret, danke.«

»Bist du sicher?«

Nein.

Er war sich ganz und gar nicht sicher.

»Ja, ich bin mir sicher«, antwortete Benjamin und kämpfte mit den Tränen. Er war kurz davor, vor Erleichterung loszuheulen. »Wie spät ist es?«, fragte er.

»Ein paar Minuten nach zwei«, antwortete Meret. Über zwei Stunden hatte er unter den Bänken gelegen. Die Barchefin sah ihn misstrauisch an. »Und warum sollte mir jemand begegnet sein?«

»Hast du die Weinflasche aus dem Kühler genommen?«

Meret blickte auf den Scherbenhaufen. »Nein, die Flasche stand leer neben dem Kühler, ich dachte, hier hätten Gäste eine kleine Privatparty gefeiert. Ich habe die Sauna abgeschaltet und noch einen Blick in den Poolbereich geworfen, da habe ich das Scheppern gehört. Bist du in der Sauna eingeschlafen?«

»War die Saunatür mit irgendetwas blockiert, Meret?«

»Blockiert? Ich mach mir wirklich Sorgen, Benny.«

»Alles in Ordnung«, erklärte der Sommelier knapp und musterte die Saunatür. Er glaubte, eine Kerbung zu erkennen. Sein Herz begann, schneller zu pochen. »Die Tür hat nur geklemmt. Ich gebe morgen dem Hausmeister Bescheid. Die Tür hat geklemmt«, wiederholte er, »wirklich, Meret, das ist alles, du kannst jetzt in den Feierabend gehen, vielen Dank.«

»Bist du sicher?«

»Ja.«

Der Sommelier trank. Er öffnete seinen Mund und ließ das Wasser des Duschkopfs hineinlaufen, immer wieder, bis sein Magen schmerzte und so prall wie ein Medizinball war. Dann tapste er durch den Wellnessbereich, schaute in zwei Putzkammern, bis er einen Besen gefunden hatte. Er kehrte die Scherben zusammen, und es stand für ihn außer Frage. Irgendwer hatte nicht nur die Tür mit einem Keil verriegelt und wieder geöffnet – die Einkerbung im Holz war eindeutig –, sondern obendrein den Wein ausgekippt, von dem er nur ein Glas getrunken hatte. Das alles musste passiert sein, als er längst unter den Bänken das Bewusstsein verloren hatte. *Besoffener Sommelier (†) in Sauna eingeschlafen.* Als er alle Scherben entfernt hatte, ging er vor der Saunatür auf die Knie. Mit dem Finger fuhr er über die Schramme in der Holzverschalung, durch die er die schwere Metallfassung erkennen konnte, in der die Holztür eingelassen war. Der Sommelier stand auf, ging zurück in die Putzkammer, verräumte den Besen und nahm einen der Keile aus dem Regal. Keile aus massivem Metall, mit denen morgens die Türen fixiert wurden, wenn ein Stoßtrupp des Housekeepings die tägliche Grundreinigung durchführte. Benjamin nahm einen heraus. Er wog schwer in seiner Hand. Er trug ihn in die Saunalandschaft. Es passte.

Auf dem Weg zur Bibliothek machte der Sommelier einen Umweg in den Küchentrakt. Es war kurz vor drei Uhr nachts. Kein Mucks war zu hören. Der Sommelier aktivierte mit seinem Zentralschlüssel die Schleuse und zuckte zusammen, als die Automatiktüren surrend auseinanderfuhren. Das Office war dezent beleuchtet. Nachtmodus. Die Notbeleuchtung einer Fluchtwegmarkierung überzog die vielen Metallflächen mit einem grünlichen Schimmer. Ein Kühlschrank brummte. Rechtsseitig erkannte er die Abräumstation für schmutziges Geschirr und Gläser, an einer Wand hing die große, rechteckige Infotafel, an die Laufzettel, Hausinformationen oder aktuelle Presseberichte geheftet wurden. Linksseitig erhoben sich bis unter die Decke Regale mit funkelnden Gläsern. Direkt ihm gegenüber befand sich der lange Küchenpass. Dahinter lag eine einzige karge Landschaft aus Küchenmaschinen, Herd- und Arbeitsflächen.

Benjamin ging hinter das Getränkebüfett und nahm eine Flasche alkoholfreies Weizenbier aus dem Kühlschrank. Er konnte noch so viel Wasser trinken, er fühlte sich ausgelaugt, ihn dürstete nach Mineralien. In dem Augenblick, als er das Glas an die Lippen setzte, begann die Kaffeemaschine, zu spucken und zu röcheln. Eine weiße Flüssigkeit tröpfelte aus den Düsen, es knackte in den Tiefen der Mechanik. Es war der Grundreinigungsmodus, der sich manchmal über Stunden hinziehen konnte. Aber obwohl Benjamin Freling das Geräusch vertraut war, schreckte er auf und sank dann wieder in sich zusammen. Dreißig Jahre war er in diesem Hotel ein und aus gegangen, er hatte in dem Gebäude geweint, gelacht, geflucht, es als Kind zur Burg und Festung erkoren, es zu Ali Babas Schatzhöhle, zu einem Wigwam in der Prärie, einem Iglo in der Eiswüste, einem Piratenschiff auf hoher See gemacht, aber nie hatte er hier echte Angst gehabt, das Hotel gar als Bedrohung empfunden. Bis jetzt.

Der Sommelier verriegelte den Küchentrakt und hielt plötzlich seinen Schlüsselbund wie einen Kubotan umklammert, als sei er ein Raufbold, ein gnadenloser Prügelknabe und Knochenbrecher.

Mit hochgezogenen Schultern lief er durch die menschenleere Hotelhalle. Er biss die Zähne zusammen, malmte mit den Kiefern, alles nur, um sich selbst vorzumachen, dass er Herr der Lage war, zu allem bereit, falls es nötig würde. Sein Hemd klebte ihm am Oberkörper. Er schwitzte. Die Bibliothek des Hauses lag an einem Seitengang, der von der Lobby aus zum Festsaal und von dort wieder in den Küchentrakt führte. Der große rechteckige Raum war alt und eine beliebte Selfie-Kulisse der Gäste. Auch Onkel Gustav ließ sich hier gern von Pressefotografen ablichten. Die Bibliothek stand wie viele andere Teile des Hauses unter Denkmalschutz und ging auf einen Umbau im letzten Drittel des 18. Jahrhunderts zurück. Die Wände waren holzgetäfelt, der Parkettboden mit Versailler Muster wurde durch einige hellbeige Läufer geschützt. Das Mobiliar bestand aus cognacfarbenen, lederbezogenen Ohrensesseln mit kleinen Salontischchen im Jugendstil.

Auch heute noch zogen sich viele Gäste täglich zum Lesen hierher zurück, wobei sie eher zu den Tageszeitungen griffen, die in alten Zeitungsspannern an den Wandleuchten aus Messing hingen. Benjamin konnte sich nicht erinnern, jemals einen Gast gesehen zu haben, der ein Buch aus der wuchtigen Regalwand genommen hätte. Er selbst griff immer mal wieder zu einer der Erstausgaben von Friedrich von Bassermann-Jordans *Geschichte des Weinbaus*. Das antiquarische Buch stand zwischen Dan Browns *Illuminati* und einem Ratgeber für Fastenkuren nach Buchinger. Anscheinend nahmen Gäste keine Bücher heraus, sondern schoben ihre ausgelesenen Bücher hinein. Ein Großteil der Bibliothek war der Geschichte des Hauses gewidmet. Alte Fotografien, historische Dokumente und allerhand Presseartikel hingen gerahmt an den Wänden und vermittelten einen Eindruck von der Geschichte des Hauses. Ein Pressespiegel der letzten siebzig Jahre war in einem Unterschrank frei zugänglich.

Der Sommelier betrachtete ein Bild seiner Eltern, an das seit ihrem Tod eine schwarze Schleife gebunden war. Sie standen Arm in Arm beisammen vor dem alten Hoteleingang, noch vor dem großen Umbau. Beide lachten, sein Vater hatte seinen rechten Arm etwas seltsam angewinkelt. Wahrscheinlich hatte er kurz zuvor in die Kamera gewinkt und der Fotograf gerade auf den Auslöser gedrückt, als er seinen Arm wieder sinken ließ. Was hatten die beiden mit der Leiche im Weinkeller zu tun? Oder waren seine Eltern wirklich die Opfer in dieser Geschichte? Letzteres war eine Frage, die immer mehr Raum im Denken des Sommeliers einnahm. Seit er diese Möglichkeit das erste Mal in Erwägung gezogen hatte, lag für ihn darin eine grausame Hoffnung: Waren seine Eltern die Opfer und nicht die Täter in dieser Geschichte?

Lange blieb er vor dem Bild stehen. Er brauchte im Grunde keine Bestätigung mehr, seine Vermutung war längst Gewissheit, der Groschen war gefallen, als er unter den Bänken der Sauna gelegen hatte. Er ging ein paar Schritte weiter zu dem gerahmten Aufmacher des Schweizer Magazins *Hotel:*

Imposanter Neustart einer Hotellegende

Mit hohem finanziellen Aufwand wird das Jagdhaus Freling am Kaiserstuhl in den kommenden Monaten restauriert. Die beeindruckende Architektur, das distinguierte Interieur sowie die badische Gastfreundschaft und Servicekultur sollen eine Brücke schlagen zwischen Vergangenheit und Zukunft, zwischen Tradition und visionärer Hotellerie. *Von Marlene Suter*

Eine farbige Skizze des Hotelkomplexes, wahrscheinlich die Entwurfszeichnung des Architekturbüros, umrahmte den Text. Der Sommelier nahm sein Telefon zur Hand. Er wollte Luzie Berger informieren, ließ aber sein Smartphone wieder sinken, um es ruckartig erneut hochzuheben. Benjamin glaubte nicht an bekloppte Ökoradikale oder illegale Beschäftigte. Waren die Hintergründe der Geschichte bei seinem Gespräch mit Charlotte nur eine vage Ahnung gewesen, so zeichnete sich mittlerweile eine düstere Kontur ab: Die Leiche stand in direkter Verbindung mit seiner eigenen Familiengeschichte. Benjamin war sich sicher. Er dachte an seinen Bruder. *Zumauern. Sofort wieder zumauern. Wusste Stephane vielleicht mehr, als er zugab?* Er hatte die Situation schließlich erstaunlich schnell umrissen, während er selbst, Nesthäkchen Benny, naiv und arglos, wie er war, erst alle verrückt machen musste, bevor ihm die Tragweite des Ereignisses klar wurde.

Hatte Charlotte ihm gar einen Bären aufgebunden?

Hatte Gustav etwas mit der Sache zu tun?

Und wenn nichts davon zutraf, würde er, Benjamin, der hochwohlgeborene Grünschnabel des Hauses Freling, mit seinen Nachforschungen unnötig Schaden für die Familie und den Betrieb anrichten?

Über zweihundert Mitarbeiter hatten hier einen sicheren Arbeitsplatz, das Hotel genoss europaweit einen exzellenten Ruf, und dort, an der Wand, hing das Gemälde des historischen Gasthauses Freling mit der Lanze, auf dem Hügel thronend, mahnend wie ein Monument, als würde ihm sein Uropa höchstpersönlich eine Nachricht aus der Vergangenheit senden. Hatte er das Recht, alle Informationen – ohne sie einordnen zu können – in den Rachen der Justiz zu werfen? War die Polizei verpflichtet, die Ermittlungsergebnisse der Öffentlichkeit preiszugeben? Und machte es überhaupt einen Unterschied? Würde nicht auch die Last der Gerüchte sie alle irgendwann in die Knie zwingen?

Er hielt das Telefon in der Hand – hätte der Sommelier in diesem Moment die Möglichkeit gehabt, er hätte niemals den Vorschlaghammer in die Hand genommen, sondern einen Eisenschrank vor der Wand einbetonieren lassen. Er blickte auf den Namen unter dem Artikel, bis die Buchstaben vor seinen Augen verschwammen. War es richtig, Luzie Berger anzurufen ohne eine Idee, was seine Entdeckung bedeutete?

Der Sommelier wählte.

Aber nicht die Nummer von Luzie Berger.

Er hatte die Telefonnummer von Zuzanna Bednarz gegoogelt.

Der Sommelier wählte, ohne groß über die Uhrzeit nachzudenken.

Und ließ es beharrlich klingeln.

Als die alte Frau schließlich an den Hörer ging, kam ihm ihre Stimme wie aus einem anderen Sonnensystem vor, ein knisternder Laut, gesendet durch die Leere des Universums.

»Hallo, wer ist denn da?«, sagte Zuzanna Bednarz.

»Guten Morgen, Frau Bednarz, verzeihen Sie, dass ich um diese Uhrzeit anrufe, hier spricht Benjamin Freling.«

Stille. Schabende Geräusche. »Benjamin«, sagte Zuzanna Bednarz, »ist etwas passiert?«

Kurz wollte der Sommelier seinem ehemaligen Kindermädchen von verbarrikadierten Saunatüren erzählen, von Mordversuchen und Todesängsten, was hervorragend als Rechtfertigung für die Störung zu später Stunde gedient hätte. Stattdessen räusperte er sich. Literweise Wasser und ein halber Liter Bier hatten nichts genützt, er hatte einen schalen Geschmack im Mund. Gaumen und Rachen fühlten sich ausgedörrt und rau an, als würde er sich von einer schweren Erkältung erholen. »Ich hätte nur eine wichtige Frage, Frau Bednarz, kennen Sie eine Marlene Suter?«

»Den Namen habe ich noch nie gehört, wer soll das sein?«

»Eine Schweizer Journalistin.«

»Kenne ich nicht, die kommt aber nicht bei mir vorbei, oder?«

Der Sommelier seufzte. »Nein, Frau Bednarz, keine Sorge«, sagte er und überlegte. Seit seinem Besuch bei seinem Kindermädchen brannte ihm ein Detail immer stärker unter den Nägeln. Gerda Helbling. Die Hausdame, die den Zentralschlüssel aus Gustav Frelings Büro nahm und freimütig im Weinkeller Tatorte grundreinigte. »Jetzt lasse ich Sie auch wieder in Ruhe, das war es eigentlich schon, nur eine Frage noch: Waren meine Eltern gute Menschen?«

»Du stellst Fragen, um diese Uhrzeit.«

»Ich weiß, es tut mir leid.«

»Dein Vater war aufbrausend, deine Mutter bisweilen streng, aber ich hatte sie beide sehr gern und nie das Gefühl, dass ich nur eine Mitarbeiterin unter vielen bin. Zumindest bis zu der Nacht, in der dein Vater ... mich entließ.«

»Und Stephane, Charlotte und Gustav? Kamen Sie mit denen gut zurecht?«

»Ich hatte wenig mit ihnen zu tun. Sie waren immer höflich. Warum fragst du das denn alles?«

Benjamin ließ nicht locker. »Frau Bednarz, noch eine Frage, dann lasse ich Sie wirklich in Ruhe. Als ich bei Ihnen war, haben Sie Gerda Helbling als *Ungeheuer* bezeichnet – können Sie mir sagen, warum?«

Benjamin hörte eine Weile dem schweren Atmen der alten Frau zu. Er betrachtete dabei einen alten hölzernen Servierwagen aus Eichenholz, ein wunderschönes Möbel, das einmal zum Teeservice genutzt worden war. Heute diente es nur noch zur Dekoration und durfte nur noch einen Blumentopf mit weißen Orchideen tragen. Daneben stand ein gepolsterter Lehnstuhl. Bei dem Anblick sanken dem Sommelier die Beine weg, er ging zwei Schritte und ließ sich darauf nieder. Das Möbelstück knarzte unter seinem Gewicht.

»Das ist so lange her, Benjamin«, antwortete Zuzanna Bednarz widerstrebend.

Es war eine Floskel, dahingesagt, das spürte der Sommelier, sie wollte der Frage ausweichen. Aus einem hohen Maß an Anstand und Diskretion? Vielleicht auch aus Furcht vor der Autorität der Hausdame, die auch über die Jahre nicht verblasst war? Was davon, konnte Benjamin Freling nicht ermessen, aber er ließ nicht locker: »Mich würde Ihre Meinung wirklich sehr interessieren, Frau Bednarz, bitte«, sagte er flehentlich.

»Frau Helbling war streng zu uns Zimmermädchen, hat uns gegängelt«, begann sie zu erzählen, so matt und niedergeschlagen und schwermütig, dass es der Sommelier auch durch eine knisternde Telefonleitung über hunderte Kilometer hinweg hören konnte. »Meine Mutter hat noch besonders unter ihr gelitten. Die Putzfrauen, die sie nicht mochte, bekamen zusätzlich viele Standardzimmer zu reinigen, kaum zu schaffen. Und die Putzfrauen, die sie mochte, wurden immer sonntags für die Suiten eingeteilt und haben viel Trinkgeld eingenommen. Einen Teil davon hat sie angeblich selbst einkassiert. Einmal wurde ein junges Zimmermädchen von einem Gast bedrängt. Erinnere mich gut. Damals war ich schon im Lakenkeller für die Hotelwäsche zuständig und damit ihrem Herrschaftsbereich weitestgehend entzogen. Das arme Ding war ganz verängstigt und kam weinend zu mir herunter. Ich habe Frau Helbling gebeten, deinen Opa oder deine Oma zu verständigen, aber sie hat gelacht und gesagt, das Mädchen solle sich nicht so haben. Wenn sie nicht befingert werden wolle, *dann sollte sie beim Staubsaugen nicht so den Hintern rausstrecken.* Ich fand das schrecklich, aber was hätte man machen sollen? Jedes Haar in der Bettwäsche und jeden Fleck auf den Fenstern hat sie mit einer Schimpftirade abgestraft, sie war unfassbar pingelig. *Schmutz nimmt sie persönlich,* haben die Kolleginnen immer gescherzt. Sie hat auch in unseren privaten Sachen herumgeschnüffelt, hat unsere Handtaschen kontrolliert oder einfach die Taschen unserer Mäntel durchsucht. Sie war eine fürchterliche Person. Wenn ich ...« Zuzanna Bednarz stockte. »Wenn ich stahl, hatte ich weniger Angst davor, auf frischer Tat ertappt zu werden, als Frau Helbling auf dem Nachhauseweg in die Arme zu laufen. Sie war ein Drache.«

Sieben

Im Weinkeller. Achtzehn Grad. Kein Schlaf. Der Sommelier fror trotz seines Mantels und des Schals, der sich wie eine Python um seinen Hals schlängelte. Er klappte das letzte Buch des Pressespiegels zu, in den beharrlich alle Artikel – sei es aus Magazinen oder Zeitungen, in jüngster Zeit auch nur noch Ausdrucke diverser Online-Veröffentlichungen – eingeklebt wurden. Auch Publikationen aus ausländischen Medien waren darunter, sogar vier Artikel aus Asien, die der Sommelier nicht entziffern, geschweige denn einem Land zuordnen konnte, da ihm die Schriftzeichen fremd waren. Texte von Bloggern und Influencern fehlten. Benjamin tippte auf Chantal Greifer, die höchstwahrscheinlich für die Pflege des Pressespiegels zuständig war. Er griff über den Tisch und goss sich aus einer Thermoskanne den sechsten oder siebten Kaffee ein. Er presste die Augenlider fest zusammen, als könnte er dadurch Tränen hervorquetschen, um seine brennenden Augen zu befeuchten.

Er nippte an dem Heißgetränk und betrachtete die nahezu fünfzehn Bücher vor sich, die ausgebreitet auf der Holztafel lagen und die er in den letzten Stunden allesamt durchgearbeitet hatte. Viele Texte hatte er zwar überblättert, wenn es etwa um die siebzehnte Belobigung eines Auszubildenden oder die dreiundfünfzigste Restaurantkritik ging, manche Artikel hatte er nur quergelesen, manche dafür sogar mehrmals. Darunter auch der Text von Marlene Suter, der nochmals vollständig im Pressespiegel abgelegt worden war und sich über sage und schreibe zehn Seiten zog. Der Artikel war zugegebenermaßen mit vielen Schwarz-Weiß-Aufnahmen versehen, die anscheinend für die Veröffentlichung digitalisiert worden waren, aber ein Großteil des Artikels bestand aus Text, der sich mit der Geschichte des Hotels beschäftigte. Die Journalistin hatte das Thema aber nicht chronologisch aufgearbeitet, sondern aus Infos zusammengesetzt, die nach und nach ein Gesamtbild ergaben.

Die Schweizerin schrieb temperamentvoll, nutzte Sprachbilder und Wortwitz. Die fünfzehn Minuten Lesezeit vergingen wie im Flug, und trotzdem war Benjamin danach nicht wesentlich klüger als vorher; der Text barg keine Auffälligkeiten. Würde man ihm eine Waffe auf die Brust setzen, würde er behaupten, dass die Schweizerin der Schaffensphase des ehemaligen Küchendirektors Karl Ederhaus recht wenig Beachtung schenkte, da er nur in einem Nebensatz erwähnt wurde. Verhältnismäßig viel schrieb sie über den Nationalsozialismus und den Zweiten Weltkrieg; vor allem der Besetzung des Hotels durch die Nazis am Kriegsende schenkte sie große Beachtung. Sie hatte ihre Informationen offenbar aus einem Report aus den Siebzigerjahren gezogen, der sich mit den Kriegsjahren am Kaiserstuhl auseinandersetzte. Der Autor hatte als Dreh- und Angelpunkt seiner Geschichte das Jagdhaus Freling auserkoren. Der Artikel war ebenfalls Teil des Pressespiegels, und die Überschneidungen der Infos zu Suters Text waren offensichtlich – hatte die Journalistin vielleicht jenen Pressespiegel in Händen gehabt?

Dem Sommelier wurde flau bei dem Gedanken. Er stand auf und ging mehrmals um die Tafel herum. Er erinnerte sich an seine Kindheit, ein diffuses Bild, das er keinem Jahr zuordnen konnte. Es musste auf jeden Fall vor dem Umbau gewesen sein, als sich in den Dachschrägen des Hotels noch Gerümpel mehrerer Jahrzehnte staute. Wer die Klappen öffnete, atmete den

Geruch von Staub, mottenzerfressenem Stoff und altem Holz ein und stieg über Kartons mit Armaturen, Wandleuchten und Menagen, über Etageren und Schalen aus Kristallglas, über allerhand bunte Keramik, Bilderrahmen und Porzellanvasen. Die meisten Dinge ließen sich einem ehemaligen Hotelgebrauch zuschreiben, aber es gab auch andere Sachen. Eine Kleiderkiste. Altes Blechspielzeug. Langspielplatten. Doch in diesem Moment hatte Benjamin etwas anderes vor Augen: einen Karton, randvoll mit hakenkreuzverzierten Serviettenringen.

War das der Grund, weshalb die Journalistin nur fünf Monate nach der Veröffentlichung des Textes wieder im Haus logierte? Wollte sie über etwas berichten, was dem Hotel hätte schaden können? Sollte Benjamin seine Oma Traudel löchern? In welchem Zusammenhang konnte das mit Gerda Helbling stehen? Was hatte die Journalistin herausgefunden, was seinen Eltern und der Hausdame gefährlich werden konnte? Oder verrannte er sich endgültig? Empfand man eine pingelige Vorgesetzte nicht immer als Ungeheuer und Furie? Saß Marlene Suter vielleicht in diesem Moment in einer Tram, in der Hand einen To-go-Becher mit Milchkaffee? War sie auf dem Weg in ein Schweizer Redaktionsbüro und trommelte einen weiteren Text in ihren Rechner? Hätte er in diesem Fall nicht Texte von ihr, wenigstens ihren Namen, im Internet finden müssen? Der Sommelier blickte auf die Uhr. Es war halb zehn vormittags, aber hätte auch zwei Stunden früher oder später sein können, frühe Morgenstunden oder dunkelste Nacht, im Weinkeller existierte keine Zeit. Er goss sich den letzten Rest Kaffee aus der Thermoskanne in einen Becher, nahm sein Telefon vom Tisch und ging hinaus auf die Feuerwehrauffahrt. Frische, klare und kalte Luft schlug ihm entgegen. Die Dämmerung des Weinkellers wich einem grellen, nebelverhangenen Morgen.

Den Becher mit kaltem Kaffee in der einen, sein Telefon in der anderen Hand suchte Benjamin die Nummer des Magazins heraus. Als die Verbindung aufgebaut wurde, kribbelte es ihm im Magen. Er musste sich in den nächsten Minuten das Wohlwollen einer Empfangssekretärin erarbeiten, die ihm auf Gedeih und Verderb die E-Mail-Adresse der Redaktion diktieren wollte, damit er sein *Anliegen schriftlich formulieren* konnte. Benjamin Freling bettelte, flehte, argumentierte, und die Frau redete und redete, er sah ihren lippenstiftroten Mund förmlich vor sich. Wie er sich am Regelwerk des Verlags herunterarbeitete, sich unaufhörlich bewegte, auf- und zuklappte, hoch- und runterfuhr, bis ihm ganz schwindelig war. Erst als er Signalworte – *altehrwürdiges Traditionshotel, langjährige Zusammenarbeit, wichtige Rücksprache* – in seine Argumentation einflocht, gab die Sekretärin nach und stellte ihn durch.

»Grüezi, Sie sprechen mit Emma Stüdeli«, trällerte die Dame – in diesem Verlagshaus sprachen anscheinend alle im Singsangton. Der Sommelier stellte sich vor und wurde prompt von der Dame unterbrochen. »Herr Freling«, rief sie, »das ist ja eine Freude, dass wir uns mal sprechen, wir wollten schon lange über Ihr Haus berichten!«

»Wir sind der Presse gegenüber sehr aufgeschlossen, ich gebe Ihnen nachher gern unseren Pressekontakt«, entgegnete Benjamin und erkundigte sich dann nach Marlene Suter. »Sie hat vor zwanzig Jahren einen Text bei Ihnen publiziert«, ergänzte er erklärend.

»Vor zwanzig Jahren? Da war ich noch nicht im Haus«, sagte die Redakteurin. »Um was geht es denn, vielleicht kann ich Ihnen helfen. Falls Sie einen Abzug des Textes brauchen, könnte ich ...«

»Nein, nein, das ist aber sehr lieb, Frau Stüdeli – gibt es jemanden, der die Dame noch kennen könnte? Es ist wirklich sehr wichtig«, betonte der Sommelier.

»Vor vierzehn Jahren wurde der Verlag von einem anderen Medienhaus übernommen, da gab es viele Personalwechsel – wie hieß die Dame nochmals?«

»Marlene Suter.«

»Einen kleinen Moment, bitte.«

Eine blecherne Beethoven-Wartemelodie erklang. Der Sommelier stellte die Kaffeetasse auf den Boden vor sich. Ihm war kalt, er schob seine frei gewordene Hand in die Manteltasche.

»Salü«, erklang plötzlich wieder die Stimme der Empfangssekretärin. Der Sommelier verdrehte die Augen, sah sich in dem ganzen Gesprächskarussell erneut eine Runde drehen, da sagte die Frau: »Sie wollten etwas über Marlene Suter wissen?«

»Ja, das ist richtig«, entgegnete Benjamin und hielt den Atem an.

»Da sind Sie bei mir richtig, ich arbeite seit über vierundzwanzig Jahren hier am Empfang.«

»Oh – ja.« Benjamin lachte gekünstelt. »Hätten wir das mal vorher gewusst, ich ...«

»Das war ja eine aufregende Sache damals, ich erinnere mich genau«, faselte die Dame. »Ist ja lange her, seit damals sind alle weg, Redakteure, Grafiker, Anzeigenleiter, alle haben andere Stellen oder sind im Ruhestand, aber ich erinnere mich gut, hatte ein gutes Verhältnis mit Cornelius, dem ehemaligen Chefredakteur, hat immer ein Schwätzchen mit mir gehalten, ist nicht einfach nur vorbeigelaufen wie so viele andere ...«

»Was war denn aufregend?«, unterbrach Benjamin die Dame.

»Ist einfach verschwunden. Frau Suter, meine ich.« Der Sommelier musste sich konzentrieren, damit ihm die Stimme der Frau nicht entglitt, die sich mittlerweile konstant auf einer höheren Oktave zu bewegen schien. Quäkmodus. »Habe ja nie mit ihr persönlich gesprochen, hat ein paarmal für unser Magazin geschrieben, war eine freie Autorin, hauptsächlich im Gastrobereich tätig, für Essen und Wein und so, war auch ein- oder zweimal im Verlag, kann ich mich aber nicht mehr dran erinnern, das habe ich auch der Polizei gesagt, jedenfalls steht irgendwann ...«, plapperte sie und hielt kurz inne, um Luft zu holen. »Die Polizei war am Empfang und fragte nach Marlene Suter, und ich habe natürlich gleich den Chefredakteur gerufen. War ein ganz schöner Trubel. Die Polizei war lange im Haus, und die neue Ausgabe sollte an diesem Tag in Druck gehen, verrückt, sehr verrückt, da ist mir natürlich erst einmal das Herz in die Hose gerutscht, war sehr aufgeregt, hatte vorher nie wirklich Kontakt zur Polizei, klar, einmal einen Verkehrsunfall gehabt ...«

»Hat man rausgefunden, was mit der Dame passiert ist?«

»Nein. War verschwunden.« Sie senkte die Stimme. »Es gab damals einen Frauenmörder hier in der Gegend. Wenn es Ihnen wichtig ist, kann ich Ihnen den Kontakt zu Cornelius raussuchen, den habe ich sogar in meinem privaten Telefon gespeichert, ich müsste ihn natürlich ...«

»Das ist sehr nett, ich melde mich noch mal, vielen Dank«, sagte Benjamin und beendete das Gespräch – welche Beweise brauchte es noch?

Er tapste zurück in den Weinkeller, blickte auf das Loch, das immer noch abgehangen war. Der Sommelier wusste nicht, warum, aber er ging hinüber und zerrte an den vier Nägeln, die Gerda Helbling in die Fugen der Klinkerwand geschlagen hatte. Er nahm das Tuch herunter und stopfte es in seinem Büro in den Mülleimer. In diesem Moment steckte Julia Jimenez den Kopf zur Tür herein, wie sie es oft tat, wenn sie zur Arbeit erschien. Sie blickte sich um, sah ihn hinten in seinem Büro stehen und kam auf ihn zu. »Guten Morgen, Benny, hast du schon die Weine im Weißweinkühlhaus nachgefüllt, oder soll ich das machen? Und hast du schon die aktuellen Reservierungslisten in der Verwaltung abgeholt?«, fragte sie, blickte ihm in die Augen und stutzte. »Wie siehst du denn aus, hast du eine Erkäl…«

Der Sommelier ließ sie den Satz nicht beenden.
Er dachte nicht nach.
Ging auf sie zu.
Zog sie an sich.
Und küsste sie.

Acht

Ein Sekundenkuss. Julia Jimenez hatte ihre Lippen fest zusammengepresst und schob ihn von sich weg. Sie gab ihm keinen Stoß oder gar eine Ohrfeige, auch wenn er diese redlich verdient hätte. Und dennoch: Ihr frohgemuter Gesichtsausdruck, der eben noch den ganzen Elan und Schwung des funkelnden Tagesanbruchs hatte, wechselte zu Entsetzen. Sie errötete und blickte verlegen zu der Tafel mit den Büchern des Pressespiegels, zu seinem Büro, zu den Weinregalen, zu Boden. Was sie mied: Augenkontakt.

Der Sommelier stand belämmert vor ihr.

Herzrasen.

Ihr Parfum.

Benjamin hatte die dezente Note von Julias Shampoo und Parfum in der Nase, die sich für gewöhnlich bis zum Mittagsservice verlor, wenn die ersten Gäste kamen und die Düfte im Restaurant dem Essen und Wein vorbehalten waren. Sie war wundervoll. Er verabscheuungswürdig. Der Sommelier dachte an sein allmorgendliches Ritual, das er für gewöhnlich abzuhalten pflegte: Kaffee, Radio, Badezimmer. Er sah seinen offenen Schrank vor sich. Die weißen Hemden darin, so glatt gebügelt wie ein zugefrorener See und so weiß wie der erste Schnee, der daraufffiel. Sie hingen in Reih und Glied, verströmten den Duft von Sauberkeit. Daneben seine drei schwarzen Anzüge. Nur zu unterscheiden durch die aufgeschürften Fäden an der rechten Hosentasche, in der er seinen Schlüsselbund zu tragen pflegte.

Darunter standen die polierten Schuhpaare, bereit für die Langstreckenläufe zwischen Restaurant, Küche und Weinkeller. Der Sommelier dachte daran, wie er morgens in seine Kleidung zu schlüpfen pflegte, er spürte das kühle Leinen der Hemden auf seiner nackten, frisch geduschten Haut. Ja, so begannen für gewöhnlich seine Arbeitstage, die dann im gemeinsamen Bemühen verbunden waren, den Gästen des Jagdhauses Freling eine gute Zeit zu bescheren. Heute trug er die Unterwäsche vom Vortag. Sein Hemd war nicht nur in seinem Schrank, sondern hatte auch mehrere Stunden in einem Spind in der drückenden Luftfeuchtigkeit des Wellnessbereichs gehangen. Das Hemd war durchgeschwitzt. Mehrmals hatte es an seinem Oberkörper geklebt wie ein nasser Lappen. Es war von Angstschweiß durchtränkt. Seine letzte Dusche lag acht Stunden zurück. Er fühlte sich wie ein Cheddar, der traditionell zum Reifen in Leinentücher gewickelt wurde. Er blinzelte durch Spalten trockener, brennender Augen, dass sie auf Julia wie geschlossen wirken mussten. Er war ungekämmt, seine Zähne waren nicht geputzt, sein leerer Magen ausgeschwenkt mit einer Thermoskanne schwarzen Kaffees, der Geschmack in seinem Mund war schal. Kurz: Er fühlte sich elend und schäbig – und er stank ganz sicher.

Benjamin wich, erschrocken über sich selbst, einen Schritt zurück, strich sich sein Jackett glatt, als würde das noch irgendetwas an seinem verwahrlosten Erscheinungsbild ändern oder an dem, was er getan hatte. Er spürte förmlich, wie sich sein Körpergeruch zwischen ihnen materialisierte. »Entschuldigung! Julia! Entschuldigung!«, rief er in himmelstürmendem Überschwang.

»Geht es dir gut, Benny?«, fragte Julia und blickte ihren Vorgesetzten verstört an, ihr Vorgesetzter, der seine Position schamlos ausgenutzt hatte, um sie an diesem unschuldigen Morgen hinterrücks zu übermannen, sie blickte ihn also verstört, nein, geradezu gequält an, als würde sie gerade durch die Kraterlandschaft der Hölle gepeitscht.

»Ich bin nicht ganz dicht ...«, begann Benjamin.

»Das glaube ich auch«, kommentierte Julia.

»Ja, nein, jetzt hör mir mal zu, Julia, ich bin nicht ganz dicht, weil ich zum Beispiel bei Fingerabdrücken am Weinglas das kalte Grausen kriege und aus keinem Weinglas trinken kann, wenn davor schon jemand daraus getrunken hat. Ich rieche das. Und wenn ich nachts nach Hause komme, dann höre ich manchmal Carla Brunis *Quelqu'un M'a Dit* und wasche dabei meine Schnürsenkel, keine Ahnung, warum, und ...«

»Wasserflecken«, sagte seine Stellvertreterin zerknirscht.

»Was?«

»Bei einem winzigen Wasserfleck am Glas kriegst du auch schlechte Laune.«

»Ist ja auch furchtbar, Julia! Aber genau das meine ich mit *nicht ganz dicht*. Ich bin also keine perfekte Partie, in manchen Dingen auch deutlich neben der Spur, so viel ist sicher, aber jedes Mal, also ... wenn ich dich sehe, dann ... explodiert mein Herz zu Konfetti.«

Stille.

»Benjamin«, presste Julia hervor, »ich habe einen Freund.«

»Ich weiß«, sagte der Sommelier und sah ihren Freund als schwarzen Umriss vor sich. Er kannte ihn nicht, er hatte ihn nie gesehen, aber er war ohne Frage ein Schmierlappen, der Fußballprofi, Astronaut oder Heiliger hätte sein können, er hätte ihn gehasst, nur weil dieser Kerl hatte, was er haben wollte. »Ich weiß, aber ich bin in dich verliebt, schon lange, und ich kann nichts dagegen tun. Und ich musste es dir endlich sagen. Das ist mir gestern Nacht klar geworden: Wir haben so wenig Zeit im Leben.«

»Du hast es mir aber nicht gesagt, du hast es mir gezeigt.«

»Ich bin nicht ganz bei mir, verzeih, das war nicht gut.«

»Warst du die ganze Nacht etwa hier unten? Was sind das für Bücher?«

Ein Strudel aus Müdigkeit und Aufregung zog ihn nach unten.

Und was war am Grund jedes Strudels?

Stille.

Julias Stimme drang zu ihm, wie aus dem Diesseits.

»Geh besser duschen. Ich sehe dich dann in eineinhalb Stunden zur Menübesprechung.«

Gedanken fielen übereinander her. Der Sommelier stand vor *seinem* Weinkeller und polierte die Eingangstüren. Mit büßerhaftem Ingrimm. Er hatte die Flecken bereits gesehen, als er vom Telefonat mit dem Verlag zurückgekommen war. Und sie hatten ihn genervt. Stirn-, Nasen- und Fingerabdrücke. Schmierspuren. Fettrückstände. Er sprühte Glasreiniger auf die Scheiben, rieb quietschend mit einem Baumwolltuch darüber. Sauber. Er musste sauber machen. Und er dachte gar nicht daran zu duschen. Er hatte auch nicht vor, zur Menübesprechung zu gehen. Oder heute Mittag Gäste zu empfangen. *Herzlich willkommen im Gourmetrestaurant Freling, schön, dass Sie da sind.*

Wer hatte davon gewusst, dass er in die Sauna wollte?

Diese Frage kreiste in seinem Kopf herum.

Die Antwort war stets dieselbe.

Niemand hatte es gewusst.

Und wer hatte gestern Abend Dienst gehabt, um einen Anschlag auf sein Leben verüben zu können?

Und spielte das überhaupt eine Rolle?

Kam nicht jeder in das Gebäude, wenn er es wollte und sich halbwegs auskannte?

Ein Hotel war schließlich ein halb öffentlicher Raum.

Zugänglich für jedermann.

Sein Telefon klingelte.

Er überhörte es.

Ab in die Verwaltung.

Der Sommelier ließ sich von der Personalleiterin alle Unterlagen geben: von Horst Sammer, Meret Çelik, Gérard Baudemont, Michaela Schneider, Chantal Greifer, Monika Weber, Anton Dinter, Else Hochstein, von Gerda Helbling, besonders von Gerda Helbling, sogar von Frauke Hausen und, ja, auch von Julia. Erst seiner Forderung nach den Unterlagen von seinen Geschwistern und seinem Onkel kam die Hotelangestellte nicht mehr nach. *Da müsste ich jetzt aber Rücksprache halten,* quietschte sie nervös. *Egal,* sagte der Sommelier, *egal, haben Sie noch die Unterlagen von Karl Ederhaus?* Hatte sie nicht. *Wer ist Karl Ederhaus?* Also stapfte der Sommelier, beladen mit Personalmappen, hinaus und setzte sich in das Büro nebenan, ein kleiner Besprechungsraum mit einem Tisch und vier Stühlen. Er blätterte durch die Dokumente, keinerlei Idee, wonach er suchen sollte. Er studierte die Beurteilungen, Zeugnisse, Bewerbungen, dann nahm er sein Telefon und zitierte die Hausdame zu sich.

»Was ist denn los?«, fragte Gerda Helbling, als sie hereinstampfte.

»Setz dich bitte«, sagte Benjamin.

Die Hausdame schob den Stuhl so weit vom Tisch weg, wie es die Tür hinter ihr zuließ. Sie setzte sich und musterte argwöhnisch die Personalakten. Benjamin betrachtete sie. Nach Zuzannas Bednarz' Bericht konnte er nur noch das Schlechte und Abstoßende an der altgedienten Mitarbeiterin sehen und wahrnehmen. Ihre überkronten Zähne, ihren leichten Schweißgeruch.

Die Schweißtropfen auf ihrer Oberlippe, die Wülste an ihrem Hals und die Grundierung ihres Make-ups, die sich in den tiefen Falten neben Augen und Mund ablagerte, weswegen ihr Gesicht aussah wie ein Knitterbild, wenn sie sprach. Oder das burgunderrote Rouge, das sie stets zu dick aufzutragen pflegte, sodass ihre Wangen an eine Mätresse aus der Zeit des Barocks erinnerten.

»Du hast mir nie erzählt, wie das Gespräch mit der Polizei verlaufen ist«, sagte Benjamin.

»Welches Gespräch?«, flötete Gerda Helbling unbeteiligt, aber der Sommelier las es in ihren Augen, oh ja, er kannte diesen Ausdruck nur zu gut, von Köchen und Köchinnen, von Service- und Empfangsmitarbeitern, die eine Standpauke oder gar eine Schimpfkanonade von seiner Schwester oder seinem Onkel, von Küchengeneral Horst Sammer oder Restaurantzicke Gérard Baudemont über sich ergehen lassen mussten: Die Hausdame hatte Angst.

Er lächelte. »Wegen deiner Putzaktion im Weinkeller natürlich ...«

»Ach so, wird das jetzt hier auch so etwas wie eine Befragung?«

»Nein, Gerda, wir müssen nur etwas aktiver an die ganze Angelegenheit herangehen, das verstehst du doch sicher.«

Die Hausdame nickte energisch, zuckte mit den Schultern und machte eine abfällige Handbewegung. »Jochen hat das schon eingesehen, so eine Schweinerei hat in einem Luxushotel nichts verloren. Der soll sich mal besser um seine eigenen Angelegenheiten kümmern.«

»Wie meinst du das?«

Die Hausdame flüsterte fast – Kaffeeklatsch, sie lebte für Kaffeeklatsch. »Gesoffen. Gesoffen hat der, meine Güte hat der gesoffen. Hat so eine Portugiesin geheiratet. Haben Feuer im

Blut, die Frauen, hatte er nicht im Griff. Sie ist ihm vor ein paar Jahren abgehauen und hat die beiden Kinder mitgenommen. Hat zur Flasche gegriffen, *eieiei*, war schlimm. War in der Anstalt.«

Benjamin kam kurz aus dem Konzept – war das der Grund, weshalb der Polizist im Weinkeller so ungehalten gewirkt hatte? War der Beamte gar keine ungehobelte Person, sondern hatte er dort unten einen persönlichen Kampf ausgetragen? War er dabei, den Kampf zu verlieren, und war das der Grund, warum beim letzten Mal Luzie Berger allein heruntergekommen war? »Hattest du gestern Abend Dienst?«, fragte Benjamin schließlich die Hausdame und verfluchte, wie so oft in den letzten Wochen, dass sich das gesamte Führungsteam bislang aus Diskretionsgründen gegen jegliche Installation von Videoüberwachung auf dem Hotelgelände ausgesprochen hatte.

»Bis nach dem Turndown Service. Warum?«

»Und bis wann war das? Zehn?«

»Halb zehn. Warum?«

In diesem Augenblick flog die Tür auf, wurde von der Stuhllehne der Hausdame gestoppt und prallte zurück. Fluchend schob sich Gustav in den Raum. »Was ist hier los?«

»Befragung«, entgegnete Gerda Helbling, umklammerte die Sitzfläche des Stuhls und rutschte schwerfällig bis zur Tischkante, um dem Hoteldirektor Platz zu machen.

»Raus, Gerda. Ich kläre das«, zischte Gustav.

Die Hausdame stand auf, wirkte fast erleichtert. Sie schob sich an dem Patron vorbei, der seinerseits versuchte, weiter in den Raum zu gehen. Gustav Freling hob die Arme, Gerda Helbling packte ihn an den Hüften. In einer unbeholfenen Bewegung drehten sie sich umeinander. Es wirkte, als übten sie für die Aufführung eines Volkstanzes, und sah so unfreiwillig komisch aus, dass der Sommelier nicht anders konnte, als zu schmunzeln und einen kurzen Moment die Augen zu schließen.

Mit einem Knall warf der Hoteldirektor hinter der Hausdame die Tür ins Schloss. »Was glaubst du, was du hier tust?«

»Ich finde raus, was hier vor sich geht, das tue ich.«

»Geht das schon wieder los?«

»Ihr steckt den Kopf in den Sand, und die Polizei kümmert sich um wichtigere Angelegenheiten«, sagte der Sommelier anklagend und ergänzte trotzig: »Vielleicht fangen die Beamten ja mit der Ermittlung an, wenn ich tot bin.« Er begann, die Akten zusammenzuraffen und aufeinanderzustapeln.

»Übertreibe nicht – und wie siehst du überhaupt aus?«

»Ich bin gestern beinahe gegrillt worden, okay!«

Laut werden konnten die Männer nicht, wenn nicht die ganze Verwaltung und halbe Empfangshalle von ihrem Disput etwas bemerken sollte. Also fauchten sie sich an.

»Was?!«

»In der Sauna, kapiert?«, zischte Benjamin.

»Ich verstehe kein Wort.«

»Mich hat jemand in der Sauna eingesperrt. Wäre Meret Çelik nicht gewesen, dann wäre ich jetzt hinüber, *finito*, Sense – das ist die Wahrheit!«

Gustav Freling schaute ihn ungläubig an. »Hast du etwa wieder Wein in der Sauna getrunken?«

»Ich bin nicht besoffen eingepennt, habe nicht geträumt und nicht halluziniert, jemand hat die Tür verbarrikadiert.«

»Du siehst Gespenster!«

»Nein, tue ich nicht. Jemand hat die Tür von außen verkeilt, als ich drin war. Kannst du gern nachsehen, die Kerben sind noch zu erkennen.«

Kurz schien Gustav irritiert zu sein. »Hast du die Polizei verständigt?«, fragte er, zog dabei einen Hornkamm aus der Hosentasche und kämmte durch seine Fönfrisur, als müsste er sich für die Beamten zurechtmachen.

»Nein.«

»Soll ich die Polizei verständigen?«

»Ganz ehrlich? Ich weiß es nicht. Wenn dir mein Leben lieb ist, dann solltest du das vielleicht besser lassen.«

»Mehr Staub als mit einer Befragung der Angestellten kannst du ja wohl nicht aufwirbeln, Junge.«

Benjamin überlegte. Schweigend standen die Männer einander gegenüber, bis Gustav sagte: »Ich sehe mir die Sauna mal an, und du richtest dich jetzt ordentlich her. Hol dir am Empfang ein Einweg-Rasierset, der Service geht in ein paar Minuten los, deine Schwester ist kurz vor einem Tobsuchtsanfall. Meine Verehrung gilt gerade Frau Jimenez, die dir in den letzten Tagen fortwährend den Rücken freihält.«

Der Sommelier stand auf und klemmte sich die Akten unter den Arm. »Ich betrete dieses Haus nicht mehr, bis die Sache geklärt ist.«

Neun

»Ach, was willst du denn noch von der alten Zeit hören?«, fragte Traudel Freling und warf dabei schwerfällig ihren rechten Arm in die Luft, als wolle sie die Vergangenheit wie ein zerknülltes Stück Papier von sich schleudern.

»Kannst du dich an gar nichts Auffälliges erinnern, Oma?«, bohrte Benjamin genervt nach. Er war vom Hotel direkt hier heruntergefahren. Die Schlinge der Nacht lag noch um seinen Hals. Dazu kam eine bleierne Müdigkeit, die ihn nach unten zog und ihm die Luft abschnürte. Doch als er die alte Frau so ansah, die er viel zu selten besuchte, tat ihm seine Ungeduld fast leid. Traudel war glücklich über seinen Besuch und wollte nur, dass ihr Enkel ihr ein paar Minuten die Hand tätschelte, dass er ihr von kleineren Belanglosigkeiten der Gegenwart erzählte, damit sie an die Sorglosigkeit seiner Zukunft – ja, an die große schillernde sorgenfreie Zukunft des hohen Hauses Freling – glauben konnte.

Sie war mittlerweile sechsundachtzig Jahre alt und saß in ihrem Lehnsessel neben ihrem höhenverstellbaren Pflegebett. Mit trüben Augen blickte sie den Sommelier an, lächelte und sagte: »Das ist so eine tolle Auszeichnung für dich und deine Schwester, dein Vater wäre stolz auf euch.«

»Und Mama wäre bestimmt auch stolz«, entgegnete Benjamin. Er konnte sich solche spitzen Kommentare nicht verkneifen, sosehr er es auch versuchte. Er hatte immer den Eindruck gehabt, dass seine Mutter nie wirklich in der Familiendynastie akzeptiert worden war. Charlotte und Stephanes Mutter Dorothea war die erste Frau von Lothar gewesen. Und zur damaligen Zeit, in der Welt seiner Großeltern, war und blieb die erste Frau die einzige Frau im Leben eines Mannes. Außer sie starb früh. Und der Mann hatte schon gegenüber den Kindern und ihrer Erziehung, gegenüber dem Haushalt und seiner Ordnung die heilige Pflicht, sich eine neue Angetraute zu suchen – ein junger, gesunder Witwer, der sonntags alleine mit seinen Kindern auf der Kirchenbank saß, war schließlich auch ein grausiger Anblick, den man der Gemeinde nur schwer zumuten konnte.

Eine Trennung aus Gefühlskälte?

War Unmoral.

Leidenschaft und Liebe?

Waren Jugendflausen.

Also knirschten die Freling'schen Zähne bei der Trennung von Lothar und Dorothea.

Und es knirschten die Freling'schen Zähne bei der Trauung von Lothar und Caroline.

Glücklicherweise wurde bei Kaiserstühler Hochzeiten so viel getrunken, gelacht, gesungen und getanzt, dass lauteres Knirschen kaum zur Geltung kam.

»Bitte, Oma, überleg doch mal«, sagte Benjamin, beugte sich auf seinem Stuhl, den er neben ihren Sessel gezogen hatte, nach vorn und legte seine Hand auf ihren Unterarm, streichelte sie mit dem Daumen und kam sich dabei fast schäbig vor, war die Berührung heute keine liebevolle Zuneigungsbekundung, sondern ein taktisches Manöver, um die Altersmilde und den Mitteilungswillen seiner Großmutter zu erhöhen. Er hörte, wie der Wasserkocher in der Küche pfiff. Es klapperte, seine Tante Frieda goss wahrscheinlich gerade den Lindenblütentee auf, um den seine Oma gebeten hatte. Sie kümmerte sich seit dem Jahr 2012 um die Großmutter des Sommeliers. Kurz nach dem Tod ihres Mannes, seines Opas Heinz, hatten Tante Frieda und Onkel Gustav sie aufgenommen. Stephane hatte daraufhin das Haus seiner Großeltern übernommen und vollständig saniert, was ihn teuer zu stehen kam: Schimmel in den Grundmauern.

»Ihr habt jetzt sicher viel zu tun im Restaurant«, sagte Traudel, »das ist gut, sehr gut.«

»Ja, wir sind meist ausgebucht«, entgegnete der Sommelier. »Hör mal, am Tag bevor Papa und Caroline umgekommen sind, hat eine Journalistin im Haus gewohnt, eine Marlene Suter – kannst du dich vielleicht an sie erinnern?«

»Natürlich. Das war eine sehr nette Frau, wusste, was sie wollte. Hat bei unserem Gespräch die ganze Zeit auf einen Block geschrieben, ohne hinzusehen, hat mich sehr beeindruckt«, sagte Traudel ganz selbstverständlich. »Hat dann auch einen tollen Bericht über das Hotel verfasst. Den habe ich eingerahmt und in die Bibliothek gehängt, aber das war meines Wissens lange vor dem Autounfall.«

Benjamin beugte sich angespannt nach vorn. »Das ist richtig. Sie war aber noch ein zweites Mal im Hotel. Hast du sie da gesehen?«

Traudel schaute ihrem Enkel in die Augen, ihr klarer Blick schien sich wieder zu trüben. »Ich kann mich nur an einen Besuch erinnern.«

»Okay. Warst du bei dem ersten Interview dabei?«

»Interview?«

»Das Gespräch mit Marlene Suter, Oma, der Journalistin, die du so nett fandest und deren Text du aufgehängt hast.«

»Natürlich. Sehr lange und tolle Unterhaltung, hat viel gelesen die Frau, war sogar im Archiv der Badischen Zeitung, das weiß ich noch ganz genau. Sie hatte Kopien von alten Artikeln mitgebracht.«

»Wer war denn alles bei dem Gespräch dabei?«

»Alle.«

»Wer ist *alle?*«

»Lothar, Heinz und Gustav.«

»Du und Caroline also nicht?«

»Doch. Wir auch.«

Benjamin seufzte. »Okay, okay«, sagte er, »hat sie vielleicht irgendwelche unangenehmen Fragen gestellt?«

»Wieso interessierst du dich denn dafür, Benjamin?«

»Bitte, Oma.«

»Ich habe die Reporterin in sehr guter Erinnerung. Es war ein langes und sehr angenehmes Gespräch. Mehr weiß ich nicht.«

»Okay. Noch einmal kurz zu meiner ersten Frage: Ich habe gelesen, dass sich am Ende des Zweiten Weltkrieges die Nazis bei uns im Hotel einmieteten. Stimmt das?«

»Darüber haben wir sicher auch mit dieser Reporterin gesprochen, es ging ja um die Geschichte des Hotels, aber ich weiß nicht, was du hören willst, Benjamin«, sagte Traudel.

»Lass mal das Interview, also das Gespräch mit Marlene Suter, kurz beiseite, hast du eine Erinnerung an die NS-Zeit?«

»Schrecklich war das, aber ich kannte damals deinen Opa nur vom Sehen, er war vierzehn, ich war gerade einmal zehn Jahre alt, und das Hotel kannte ich damals nur von außen. Näher als bei einer Wanderung über die Höhe bin ich dem Haus nicht gekommen. Meine Eltern waren einfache Leute, wir hätten uns da nicht reingetraut, selbst wenn wir das nötige Geld gehabt hätten. Ich erinnere mich an die Armeefahrzeuge, die zum Ende des Kriegs hoch- und runtergefahren sind, das war ein Tosen und Donnern im Tal, furchtbar, aber alles andere ist Hörensagen.«

»Und hat Opa vielleicht mal erzählt, wie er zu den Nazis stand?«

Traudel zuckte mit den Schultern. »Wie sollte man da schon stehen?«, erwiderte sie. »Vielleicht fragst du mal Hans-Georg Bradatsch, wenn es so wichtig für dich ist.«

Der Sommelier legte die Stirn in Falten. »Du meinst unseren ehemaligen Anwalt?«

»Ja. Der war mit deinem Opa gut befreundet.«

»Oma, der ist tot, die Kanzlei führt mittlerweile seine Tochter – er ist lange vor Opa gestorben.«

»Ist er?« Traudel entfuhr ein heiserer Seufzer. Ihr Blick wanderte zum Fenster. Auf dem Sims davor standen zwei kahle Blumenkästen, die bald mit kunterbunten Hänge-Petunien – wie alle Blumenkästen des Hausstandes – bepflanzt wurden. Das ganze Gebäude wurde von April bis Oktober, manchmal sogar bis in den November mit gelben, roten, blauen, weißen und lilafarbenen Blumen geschmückt. Manchmal blieben Touristen stehen, um davon ein Foto zu machen. Abgesehen von diesem Detail sah das Haus von Gustav und Frieda wie die meisten traditionellen Häuser der Gegend aus: Holzfensterläden, Buntsandstein, Ziegeldach. Innen war es hingegen ein Refugium im herrschaftlichen Landhausstil: dicke Vorhänge, Marmorboden im Entree, vergoldete Kreuzgriffe an den Waschbecken, antiquierte Kommoden, holzgetäfeltes Esszimmer. Sie hatten Geld und richteten sich auch dementsprechend ein, so trug auch Frieda gerade eine dünnwandige, mit Zwiebelmuster verzierte Meißner-Porzellankanne auf einem versilberten Tablett in den Raum.

»Möchtest du wirklich nichts trinken?«, fragte Frieda.

»Sorry, ich muss los«, sagte der Sommelier und gab seiner Großmutter einen Kuss auf die Wange.

»Du bist doch grade erst gekommen!«

»Geht nicht anders, viel zu tun, weißt du zufällig, ob die Bradatsch ihre Kanzlei noch in Endingen hat?«

Als Benjamin Freling sein Auto vor der Kanzlei in der Altstadt parkte, klingelte sein Telefon. Dem Sommelier stockte der Atem. In einem Anflug von Überschwang hatte er seine diffuse Gefühlswelt in wenige Sätze zu fassen versucht, die er Julia Jimenez als Kurznachrichten geschickt hatte. Zuerst hatte er sich bei ihr entschuldigt. Das war die erste Nachricht. Dann folgte eine zweite, in der er versucht hatte, sich zu erklären. Doch als er die SMS abgeschickt hatte, schien ihm seine Erklärung noch nicht erklärend genug, weswegen er in einem PS einige erläuternde Details hinterhersandte. Der letzten Nachricht war ein PPPPS vorangegangen. Den Abschluss bildete eine Reihe von Emoticons – bibbernder Smiley, jammernder Smiley, küssender Smiley, trauriger Smiley, kotzender Smiley, schreiender Smiley, angsterfüllter Smiley –, womit seine aktuelle Gefühlswelt ganz gut dargestellt war. Aber ihm wurde auch klar, dass er in die Falle getappt war, in die alle unglücklich Verliebten irgendwann tappten: die richtigen Worte. Was hatte er getan? Er war wie besessen gewesen, seine Hand war wie magisch vom Touchscreen angezogen worden, und jetzt klingelte sein Telefon, und sein Herz zappelte in der Brust, und seine Hände waren schweißnass. Er atmete tief ein, blickte auf das Display, es war aber nur die Nummer von Charlotte. Wahrscheinlich flachte der Mittagsservice ab, und sie hatte Zeit, ihn zusammenzufalten. Benjamin ließ es klingeln, bis sich die Mailbox einschaltete.

Franka Bradatsch war eine hübsche, burschikose Frau Ende vierzig, mit kurzem, dunklem Lockenkopf. Der Sommelier war ihr immer mal wieder im Hotel begegnet, sie war privat wie geschäftlich öfter zu Gast. Sie kleidete sich meist in weite

Klamotten, als scheute sie jedwede Körperbetonung. Sie trug immer lange Hosenröcke mit Rüschen und Bundfalten, Pullover mit Fledermausärmeln und Kaschmirponchos, was ihr eine fast flatterhafte Erscheinung verlieh. Ihre blauen Augen waren kristallklar und frei von jedweden Selbstzweifeln, mit ihrem aufmerksamen, durchdringenden Blick nagelte sie ihr Gegenüber regelrecht an die Wand. Aufgrund der Kameradschaft ihres Vaters und Benjamins Großvaters pflegten sie ein Duzverhältnis, das aber auch durchaus auf Sympathie basierte. Die Rechtsanwältin liebte gutes Essen und Trinken, schon deshalb ergab sich immer ein Gesprächsthema. So empfing sie auch ihren unangemeldeten Besucher in der Kaffeeküche der Kanzlei – zwischen zwei Meetings – gewohnt höflich.

Sie zapfte etwas heißes Wasser in eine Espressotasse und goss dem Sommelier ein Glas Wasser ein, der jeder ihrer Bewegungen mit blutgeäderten Augen folgte. Wenn ihr seine körperliche Verfassung auffiel, ließ sie es sich nicht anmerken. »Glückwunsch zu den zwei Sternen, hat mich sehr gefreut, als ich davon gelesen habe«, sagte sie, schüttete das heiße Wasser aus der vorgewärmten Tasse ab und fügte hinzu: »Willst du wirklich keinen?«

»Nein, danke, ich hatte heute schon genug Kaffee.«

Die Anwältin nickte, drückte einen Knopf, die Kaffeemaschine erwachte fauchend zum Leben. »Wir haben am Wochenende Freunde zu Gast, mein Mann besorgt im *Maison Lorho* in Straßburg ein paar Käse – kennst du den Laden?«

»Ist das der in der *Rue des Orfèvres*, nicht weit von der Kathedrale?«

»Genau. Ich würde dazu einen Spätburgunder aufmachen – was sagt der Experte, ist das der richtige Wein zu Käse?«

»Experten neigen meist zu Fachidiotie«, antwortete Benjamin und konnte sich trotz seiner Müdigkeit ein schelmisches Lächeln nicht verkneifen. »Woher kommt der Spätburgunder? Wer hat ihn auf die Flasche gebracht und in welchem Jahr? Lag er im Holzfass? Und wenn ja, lag er im großen oder kleinen Holzfass, im neuen oder gebrauchten – und wie lange? Und was für Käse besorgt dein Mann? Käse aus Rohmilch? Hart-, Weich- oder Brühkäse? Rotschmier- oder Blaukäse? Vorwiegend von Ziegen-, Schaf- oder Kuhmilch? Und waren es glückliche Ziegen, Schafe oder Kühe?«

Die Anwältin begann zu lachen. »Da habe ich mir anscheinend die falsche Eisbrecherfrage für unser Gespräch ausgedacht!«

»Wenn man im Thema steckt, dann neigt man eben oft zur Verkomplizierung. Grundsätzlich finde ich Weißweine zu Käse passender, damit meine ich jetzt nicht die klassische Kombination von Süßwein und Blauschimmelkäse, sondern ganz allgemein. Zu Hartkäsen wie Parmesan oder Bergkäse finde ich einen Riesling mit längerer Hefelagerung toll, zu Rotschmierkäsen einen würzigen, jungen Grauburgunder. Die Kühle und Frische puffert auch den gehaltvollen Käse und bereinigt den Gaumen etwas besser als ein gerbstoffreicher Rotwein. Spätburgunder finde ich bei Weichkäsen mit Weißschimmel schön, einem *Camembert*, *Brie de Melun*, *Fougeru* oder *Gratte Paille*. Aber ich gehe jetzt einfach mal davon aus, dass dein Mann einen guten Mix aus verschiedenen Sorten zusammenstellt.« Der Sommelier überlegte. »Seid ihr nicht in unserem Verteiler für die Weihnachtspräsente?«

Die Anwältin blickte ihn ein paar Sekunden prüfend an. Sie schien zuerst alle Informationen zu verarbeiten, dann erst ging sie auf seine Frage ein und sagte: »Wir bekommen jedes Jahr ein Päckchen von euch, wenn du das meinst.«

»Klasse, neben der Gewürz-Kirschkonfitüre und den Weihnachtsplätzchen war nämlich eine Flasche Wein dabei – habt ihr den schon getrunken?«

»Meinst du die Flasche mit der sonderbaren Form und der Wachsversiegelung?«

»Ja, genau.«

»Die liegt noch im Keller, soweit ich weiß.«

»Perfekt. Probiert den Wein zu eurem Käsebrett, das ist ein *Vin Jaune* aus dem Juragebirge. Die Weine reifen jahrelang in einem Eichenfass unter einer Hefeschicht. Sie sind sehr dicht, erinnern in der Nase fast an Sherry bis hin zu Branntwein, haben Noten nach karamellisierten Äpfeln, Honig, Nüssen und Gewürzen.«

»Muss der gekühlt werden?«

»Aus dem Keller sollte genügen, aber ruhig eine Stunde vorher öffnen.«

»Das ist ein toller Tipp! Danke!« Die Anwältin strahlte. »Und jetzt sag, was dich so spontan zu mir führt.«

»Unsere Familiengeschichte«, begann der Sommelier bedeutungsschwer, »ich falle einfach mal mit der Tür in die Kanzlei: Kannst du dich erinnern, ob es in unserer Vergangenheit irgendwelche Verbindungen zum Naziregime gab?«

Der Gesichtsausdruck der Anwältin veränderte sich. Entspanntheit wich Ernsthaftigkeit und Konzentration, es war, als würde ihr ein Tuch vom Gesicht gezogen. »Wie meinst du das? Habt ihr Probleme mit den Medien?«

»Lange Geschichte, aber kannst du dich erinnern, ob dein Vater mal irgendetwas in der Richtung erwähnt hat?«

Die Anwältin überlegte eine Weile. »Mein Vater und dein Großvater waren Jugendfreunde und zusammen in der Hitlerjugend, das weißt du ja sicherlich.« Der Sommelier zuckte mit den Schultern und schüttelte den Kopf. »Wären sie zwei Jahre älter gewesen, dann hätten die Nazis sie am Ende des Krieges an der Front verheizt. Das hat mein Vater oft erwähnt. Ich weiß auch, dass dein Urgroßvater … Wie hieß er?«

»Paul«, antwortete der Sommelier.

»Richtig, ich erinnere mich, dass dein Urgroßvater Paul in der Partei war, wie viele damals, aber meines Wissens nicht, weil er ein glühender Nationalsozialist war, sondern weil er sich davon Vorteile für euren Betrieb erhoffte.«

Benjamin überlegte. Er hatte seinen Urgroßvater nie kennengelernt, er war kurz vor seiner Geburt gestorben. Leberkrebs. Nicht unverschuldet. »Kanntest du Paul?«

»Ja, vom Sehen, flüchtig, meine Erinnerungen beschränken sich auf einzelne Momente bei euch im Jagdhaus, mein Vater hat mich ja schon als Kind oft zu euch ins Hotel geschleppt. Ich weiß auch, dass das Verhältnis zwischen deinem Opa und deinem Uropa nicht sonderlich gut war. Paul hing angeblich der Vielweiberei nach, er trank auch gern und viel. Aber warum fragst du mich das alles?« Die Anwältin zog die Augenbrauen hoch, blickte kurz auf ihre Armbanduhr und musterte den Sommelier. »Müsste ich vielleicht doch etwas wissen?«

Benjamin überlegte, aber er wollte der Anwältin nicht mehr Zeit als nötig stehlen. »Ist gerade etwas turbulent, ich erzähle es dir irgendwann, aber noch eine Frage: Hast du vielleicht noch alte Unterlagen, auch von der Zeit, als meine Eltern starben?«

»Natürlich. Wir haben vor drei oder vier Jahren alle Unterlagen digitalisiert, die zwanzig Jahre zurücklagen – wann war der Unfall deiner Eltern?«

»Im Jahr 2000, im März.«

»Müssten wir haben.«

»Würdest du mir einen großen Gefallen tun und einmal nachsehen, ob es damals irgendeinen auffälligen Vorgang gab?«

»Mein Vater hat deine Familie sein ganzes Berufsleben lang betreut, Benjamin, das Jagdhaus Freling war einer seiner ersten

Mandanten, nachdem er seine Kanzlei eröffnet hatte – da sind Unmengen von Vorgängen angefallen!«

»Ich weiß, ich weiß, es ist viel verlangt.« Der Sommelier verzog das Gesicht, er schlug unterwürfig die Augen nieder. »Aber vielleicht kannst du deine Nase nur in die Vorgänge um die Jahrtausendwende stecken?«

Die Anwältin lächelte. »Heute jagt eine Besprechung die nächste, aber ich sehe es mir am Wochenende an, versprochen, tendenziell eher Sonntag, wenn unser Besuch fort ist – reicht dir das?«

Natürlich, natürlich, danke!, hörte der Sommelier sich rufen und versuchte, seine Enttäuschung und Ungeduld in einem nonchalanten Kellnerlächeln – *haben Sie noch einen Wunsch, darf ich Ihnen noch etwas bringen?* – zu verbergen. Es war Freitagnachmittag, und die Aussicht auf die folgenden zwei Tage kam ihm wie eine Ewigkeit vor. Benjamin trat auf die gepflasterte Straße der Altstadt, fand sich zwischen gejäteten und gekehrten Gehsteigen wieder, alles so akkurat, sauber und ordentlich, als käme der Herr Bürgermeister gleich zur Stubenkontrolle. Ein Brunnen plätscherte. Dunkle Wolken stauten sich bis zum Horizont. Es braute sich ein Gewitter zusammen. Die Kirchturmuhr der St.-Martins-Kirche schlug dreimal. Der Sommelier überlegte, sich ein Fleischkäse-Brötchen beim Metzger am Marktplatz zu besorgen. Er hatte nichts im Magen außer Unmengen von Kaffee und Wasser. Vier Autos holperten hintereinander durch die Gassen. Benjamin schaute der Kolonne gedankenverloren nach und zog dann das Telefon aus der Innentasche seines Mantels. Während seines Gesprächs mit der Anwältin hatte er eine Nachricht bekommen. Nicht von Julia, sondern von seinem besten Freund Pana, und sie lautete: *Alarmstufe Rot.*

Zehn

Seine Faust, über seinen Kopf erhoben, krachte mit solcher Gewalt auf den Tisch, dass die leeren Kaffeetassen kurz abhoben und scheppernd auf die Unterteller herniederprasselten. Eine Laugenstange kullerte von der Etagere, rollte über den Besprechungstisch. Und es tat seinem Onkel offensichtlich gut, dachte Benjamin, denn kurz entzerrte sich seine geistesgestörte Mimik und zerfloss in Resignation. In einer Schrecksekunde schien dem Hoteldirektor die befreiende Wirkung seines Wutausbruchs klar zu werden, denn plötzlich begann er, auf die Tafel zu hämmern wie ein Irrer, so lange, bis kein Geschirrteil mehr an Ort und Stelle stand. Chantal Greifer zuckte bei jedem Schlag zusammen. Gérard Baudemont starrte mit gesenktem Kopf auf die vibrierende Tischplatte. Anton Dinter, Monika Weber und Else Hochstein versuchten sich an Ausdruckslosigkeit, doch die Leichenblässe in ihren Gesichtern sprach Bände. Meret Çelik blinzelte nicht ein einziges Mal, sie blickte wie durch einen Schleier hindurch, als hätte sie zum Frühstück an einem Cocktail mit Laudanum genippt. Stephane hatte fassungslos drei Finger auf seinen Mund gelegt, Charlotte nestelte an ihrer Kochjacke. Nur Gerda Helbling stellte echauffiert ihre Tasse zurück auf die Untertasse und richtete den Kaffeelöffel ordentlich aus.

Es war Samstag, acht Uhr. Eine Zeit, die sein Onkel für gewöhnlich noch beim Frühstück mit seiner Frau und seiner Mutter verbrachte, bevor er sich für eine halbe Stunde ins Badezimmer zurückzog, um geschniegelt und gebügelt gegen neun Uhr seine täglichen Vierzehn-Stunden-Schichten im Luxushotel zu beginnen. Soweit Benjamin wusste, hatte sich an der Routine seines Onkels in den letzten zwanzig Jahren nichts verändert. Heute jedoch war alles anders. Die Krawatte des Hoteldirektors war schief gebunden, seine Haare waren noch leicht feucht, an seinem Ohrläppchen hing ein wenig Rasierschaum. Was den Sommelier aber am meisten irritierte: Das Einstecktuch fehlte. Gustav Freling schaute in die Runde und schleuderte dann die Tagespost in die Luft. Die Zeitung zerfledderte und verteilte sich kreuz und quer über den Tisch. Es stand im Grunde nichts anderes darin als in der Internetversion, die bereits gestern Nachmittag durch das Netz gegeistert war: nämlich alles. Ausnahmslos alles. *Von Sternen und Mumien* lautete die Überschrift des Textes, der voller Suggestivfragen war, wie: *Hatten Lothar und Caroline Freling gar etwas damit zu tun?* Oder: *Wie konnte dieses Verbrechen so lange unentdeckt bleiben?* Oder: *Lässt sich nach so einem grausigen Fund der Status eines makellosen Luxushotels erhalten?*

»Was hat der *Gourmet* vor zwei Wochen über uns geschrieben?«, begann Gustav mit zitternder Stimme. »Der *Gourmet* schrieb, ich zitiere, wir seien eine *Legende der Gastlichkeit*. Und wenn ich mich nicht irre, dann wurden wir auch schon als *exklusivstes europäisches Luxusdomizil* und *Traditionshotel von Weltklasse* tituliert«, er zeigte auf die Zeitungsteile, »dass wir ein *Gruselschlösschen* sind, das ist mir neu. Habe ich etwas verpasst?«

Der Direktor musterte mit seinen eisblauen Augen seine Führungsbrigade, die reglos wie die Schießbudenfiguren auf ihren blauweiß gepolsterten Biedermeierstühlen ausharrte.

In irgendeiner Tasche schellte ein Handy.

Es herrschte Ruhe, bis der Klingelton erstarb.

»Gustav«, begann Gerda Helbling zu sprechen – ja, sie duzte

ihn in aller Öffentlichkeit –, und starrte dabei einfältig in die Runde, »es ist doch nur eine von vielen Tageszeitungen, morgen sind wieder hundert neue am Markt, das ist jetzt kurzzeitig unangenehm ...«

»Eine von vielen ... unangenehm!? Kurzzeitig un-an-ge-nehm!?«, unterbrach der Hoteldirektor sie und lachte verbittert auf. Erneut klingelte das Telefon und erstarb wieder. Gustav klopfte mit dem Zeigefinger auf den Tisch, seine Stimme spannte sich wie eine Sprungfeder, er fauchte: »Das ist eine Bankrotterklärung, Gerda! Hast du auf deiner Etage schon einmal etwas vom Internet gehört? Das wird sich verbreiten, überall, überall, überall, überall.« Benjamin spürte die aufkommenden Turbulenzen bereits in seinem Magen. Der Hoteldirektor befand sich schon wieder im freien Fall. Und Benjamin lag richtig: Sein Onkel holte in diesem Moment erneut aus und prügelte mit der flachen Hand auf den Tisch. »KATASTROPHE!«, brüllte er, »DIESER TEXT IST EINE VERDAMMTE KATASTROPHE!« Die Pressesprecherin begann zu weinen. »Hören Sie augenblicklich mit der Flennerei auf, das ist ja erbärmlich!« Der Direktor schnappte nach Luft, seine Augen steckten wie ausgefräst in den Höhlen, dunkle Tränensäcke lagen darunter, feine Schweißperlen standen auf seinem Nasenrücken. Er fischte den Text aus dem Wust an Papier hervor, wedelte damit wie wild in Richtung seiner Mitarbeiter: »Woher wusste der Mann über die Leiche Bescheid – woher, woher, woher!?«

Die Tür bewegte sich. Meike Hallmann schob ihren Kopf herein. Die Gesichtsfarbe der Empfangsmitarbeiterin war kirschrot. »Entschuldigung, tut mir leid«, sagte sie mit belegter Stimme. Sie schaute kurz zu Gustav, dann schnell zu Chantal, die angsterfüllt in ihren Schoß starrte, schließlich blieb ihr Blick an Stephane haften. »Der Südwestfunk ist am Apparat, hat schon zweimal angerufen, und die *Badische Zeitung* will heute Nachmittag einen ...«

»Wir sind gerade nicht zu sprechen, raus«, zischte der Hoteldirektor und schüttete seinen Groll über der Pressesprecherin aus: »Wer ist dieser Kritiker überhaupt? Wieso lassen Sie die Boulevardpresse eigentlich ins Haus?«

»Julius K. Pfaffenschläger. Seine Gastrokolumne ist sehr bekannt«, hauchte die Pressesprecherin und zupfte Haut von einem Nagelbett. »Ich kann Ihnen die gesamte Korrespondenz schicken, ich dachte, er plant eine Restaurantkritik.«

»Verzeihung, Herr Freling«, ging der F&B-Manager Anton Dinter dazwischen. Er war ein junger, ehrgeiziger Kerl, der aus einer Hoteliersfamilie aus Bayern stammte. Er schob seine Hand in seine Aktenmappe, als würde er zu einer Pistole greifen. »Ich habe wegen des Textes kaum geschlafen und die Zeit genutzt, um ein wenig zu recherchieren. Im Internet finden sich mehrere Viten dieses Mannes, dieser Pfaffenschläger scheint Kunstgeschichte studiert zu haben, mit Gastronomie hat er nichts – absolut nichts – am Hut.« Lautstark zog er einen Bogen Papier aus seiner Mappe, hüstelte und schaute auf das Dokument. »Mehrmals ist etwas von *Leidenschaft* für das Thema *Essen und Trinken* zu lesen, mehr nicht, *Leidenschaft*, genau das ist nach meiner Meinung unser Trumpf: seine Inkompetenz. Da sollten wir mit unserer Strategie einhaken.«

Der Hoteldirektor runzelte die Stirn. »Und weiter?«, sagte er monoton.

»Nichts weiter, wir stellen ihn als inkompetent und unglaubwürdig hin, das verschafft uns etwas Luft.«

»Ach, halten Sie doch die Klappe, sonst vergesse ich mich«, blaffte der Hoteldirektor, und es war nichts mehr von der Gustav'schen Weitschweifigkeit zu spüren, von seiner aufgesetzten Tiefgründigkeit und dem prätentiösen Überschwang. »Sagen Sie mir lieber, woher dieser Schmierfink und Witwenschüttler seine Informationen hat.«

Benjamin wurde wach: Wie vorhin schenkte der Sommelier bei der Frage Gustavs seine volle Aufmerksamkeit Gerda Helbling. Er musterte die Hausdame. Sie war eine schlechte Lügnerin, so viel stand fest, und versuchte, ihre Nervosität mit übertriebener Gleichgültigkeit zu überspielen. Er kannte diesen Gesichtsausdruck von Gästen, die vorgaben, einen Wein nicht zu mögen, dabei war er ihnen schlicht zu teuer. Oder von Servicekräften, die felsenfest behaupteten, der Gast habe dieses oder jenes nicht bestellt, dabei hatten sie nur vergessen, die Bestellung zu bonieren und aufzugeben. Die Hausdame griff schwungvoll zur Thermoskanne und goss sich einen Kaffee ein. Dampf stieg aus der Tasse auf, der Geruch erfüllte den Raum. Baudemont saß neben ihr, zusammengesunken. Als Gerda Helbling dem Restaurantleiter die Kanne unter die Nase hielt, schüttelte er den Kopf und suchte eingeschüchtert den Augenkontakt mit dem Hoteldirektor.

»Was? Was glotzen Sie mich so an?«, knirschte Gustav.

»Also meine Abteilung hatte keinen Kontakt zu dem Kritiker«, sagte Baudemont.

»Benjamin, was ist mit dir?«, fragte der Patron betont höflich.

Der Sommelier musste lächeln. Hoteliers führten sich ja gern wie Herrscher über einen Kleinstaat auf, das war nichts Neues, von Demokratie keine Spur. Die Betriebe wurden wie Autokratien geführt, romantisch formuliert waren Hotels vielleicht auch eine moderne Form der Monarchie. Und er, Benjamin, war zum Geächteten erklärt worden, zum Abtrünnigen, der sich von König und Krone losgesagt hatte. Jeder im Raum blickte ihn an, als stünde er längst am Pranger. In ihren Augen lag die stille Hoffnung, der Mundschenk des Hohen Hauses möge sich zu seiner Schuld bekennen, damit man ihn eine Weile mit faulen Eiern bewerfen und mit Schimpf und Schande davonjagen konnte. Gerda Helbling musterte ihn fast höhnisch, dabei wusste der Sommelier längst, dass die Hausdame hinter der Sache steckte. Er vermutete es zumindest.

Halb im Delirium hatte Benjamin am Vorabend noch die Unterlagen gewälzt, während über Breisach ein Gewitter hinweggezogen war. Die Wolken so schwarz, dass es schon vor Sonnenuntergang stockdunkel wurde. Donnern wie bei einer Massenkarambolage. Regentropfen waren wie eine Salve von Gewehrschüssen auf das Dach und gegen die Scheiben geprasselt. Blitze zuckten über den Himmel, und der Sommelier las den Zeitungsartikel von Pfaffenschläger, zigmal. Er musste deswegen dringend mit seinem Onkel Konrad sprechen. Pfaffenschläger hatte seinen Vater als *Possenreißer* und *Lebemann*, seine Mutter als *Hausherrin* und *Qualitätsbesessene* bezeichnet. Letzteres Wort war ihm besonders aufgefallen, hatte es schließlich wenige Tage zuvor auch ihr Winzerbruder, sein Onkel Konrad, benutzt, um sie zu beschreiben. War der Journalist ihm gefolgt? Und wieso hatte er das Weingut als *Sanierungsfall* bezeichnet?

Danach hatte sich Benjamin die Lebensläufe der Mitarbeiter vorgenommen. Immer wieder waren ihm beim Lesen die Augen zugefallen. Als er sich bereits entschlossen hatte, die Sache ohne nennenswerten Erkenntnisgewinn zu beenden, und die Unterlagen zusammenraffte, fiel seine Aufmerksamkeit auf die Adresse von Horst Sammer, dem stellvertretenden Küchenchef. Ein zufälliger Blick, mehr nicht. Erstaunt suchte er den Personalbogen von Gerda Helbling heraus und verglich die beiden. Deswegen war er heute Morgen hier, deswegen hatte er seine selbst auferlegte Verbannung für eine Stunde aufgehoben. Der Sommelier musterte die Hausdame, ja, sie blickte ihn abschätzig, fast spöttisch an, aber in ihren Augen lag auch eine stille Genugtuung, eine stumpfe Katastrophengeilheit. Es war nur eine Mutmaßung, aber der Sommelier beschloss, das Risiko einzugehen.

»Da bist du auf der falschen Fährte, ich habe damit nichts zu tun«, begann Benjamin und spürte, wie sich sein Puls beschleunigte. Er blickte seinem Onkel in die Augen, dann wandte er sich der Hausdame zu. »Aber vielleicht sollten wir die Frage Gerda stellen – hast du vielleicht dem Kritiker ein paar Informationen im Hausflur zugesteckt.«

»Waaaas?«, quietschte die Hausdame mit gespielter Verwunderung und verstummte.

Stille.

Räuspern.

Stuhlrücken.

Fragende Blicke.

Benjamin schaute wieder zu Gustav und fuhr fort: »Ich vermute jetzt mal, dass unsere Hausdame so wütend darüber war, dass du ihren Lebensabschnittsgefährten entlassen hast, dass sie uns eins auswischen wollte.«

»Von was sprichst du, um Himmels willen?«, fragte der Hoteldirektor perplex.

»Horst Sammer und Gerda Helbling wohnen zusammen«, antwortete Benjamin.

Gustav suchte den Blick der Hausdame. »Ich wusste gar nicht, dass ... seid ihr ... du und Herr Sammer ...«

»Na und?«, entgegnete Gerda Helbling schnippisch.

»Du hast aber nicht ... Hast *du* etwa dem Journalisten alles erzählt?«, fragte der Hoteldirektor.

Gerda Helbling schaute in die Runde. Sie hielt ihre Gefühle in Schach. Noch. Denn als ihr Blick den Sommelier streifte, schenkte er ihr ein genügsames Lächeln. Der Trick funktionierte. Seine Überheblichkeit entfachte ihre Rage und schwemmte ihn plötzlich nach oben, den ganzen dunklen Bodensatz ihrer Seele. Sie sah zu Gustav Freling. »Es ist ungerecht, was du mit Horst gemacht hast! Eine himmelschreiende Ungerechtigkeit!«, entfuhr es ihr.

Gustav Freling schnaubte verblüfft. »*Duuu* hast dem Journalisten alles erzählt?!«

»So geht man nicht mit langjährigen Mitarbeitern um, wer ist wohl der Nächste?«, rief sie anklagend und blickte in die Runde. Wutentbrannt wandte sie sich wieder an den Patron und Hoteldirektor: »Horst sitzt nur noch zu Hause, er ist nicht wiederzuerkennen! Ohne Arbeit ist der kreuzunglücklich«, rief sie mit bebender Stimme

»Gerda!«, schrie Gustav und hob den Arm.

Doch bevor er erneut seinen Zorn an dem Tisch auslassen konnte, sprang die Hausdame auf, knipste ihren Schlüssel vom Bund und warf ihn dem Hoteldirektor an die Brust. In ihren Augen stand der blanke Zorn. »Glaubst du etwa, dass der Horst nach dieser Sache noch eine gleichwertige Stelle findet? Glaubst du das? Dein Vater wäre enttäuscht von dir.«

»Raus«, sagte Gustav.

»Horst ist ein Bauernopfer!« Die Hausdame zeigte auf Charlotte. »Weil die Frau Küchendirektorin nicht bereit ist, ihren Kopf hinzuhalten!«

»*Saubachel!*«, schrie Gerda Helbling.

»Raus hier!«

»*Arschgige!*«

Sie stapfte aus dem Raum und warf hinter sich die Tür ins Schloss.

Charlotte und Benjamin standen schweigend in der Hotelhalle zusammen. Zwei Empfangsmitarbeiterinnen hämmerten auf ihre Computertastaturen ein. Eine Gruppe Gäste mit Rollkoffern umspülte die Geschwister wie das Wasser eine Klippe im Meer. Meike Hallmann hing am Telefon und gestikulierte in Benjamins Richtung. Er nickte ihr zu, signalisierte, dass er sie gesehen hatte. Die übrigen Kollegen aus dem Krisenmeeting verteilten sich im Haus. Meret Çelik stieg die Freitreppe zur Bar nach oben, was immer sie dort um diese Zeit tat. Gérard Baudemont und Monika Weber marschierten im Gleichschritt in den Restauranttrakt. Anton Dinter ging Richtung Bibliothek; wahrscheinlich nahm er den Weg über den Festsaal, um in die Küche zu gelangen, dachte Benjamin. Else Hochstein stand vor der Rezeption und begrüßte zwei Gäste. Gustav, Stephane und Chantal Greifer waren im Besprechungsraum geblieben, um über das weitere Krisenmanagement zu beraten.

Die Gästegruppe fiel in die Drehtür, jeder einzeln für sich, wie Münzen in einen Schacht, kaum war der Letzte außer Hörweite, sagte Charlotte: »Gerda und Horst ein Paar? Im Ernst jetzt? Die liegen fünfzehn Jahre auseinander, oder nicht?«

Der Sommelier schmunzelte, den Gedanken hatte er gestern Abend auch gehabt, kurz bevor er endgültig in einen unruhigen Schlaf gefallen war. »Vierzehn Jahre. Hab's ausgerechnet.«

»Was ist eigentlich mit Gerdas Kindern? Hat sie nicht eine Tochter?«

»Ja, aber die ist längst in meinem Alter, Charlotte.«

Seine Schwester rieb sich die Augen. »Ich kann das alles nicht glauben.«

»Verrückte Zeit.« Der Sommelier blickte in die Hotelhalle, kalter Marmor, wuchtiges Blumengesteck, verwaistes Piano. Ein älteres Ehepaar passierte die Geschwister, sie kamen wahrscheinlich gerade vom Frühstück. Benjamin und Charlotte lächelten artig und nickten den Gästen grüßend zu. »Wie lief es denn gestern Abend?«, fragte Benjamin und betrachtete die Aushänge der Restaurants.

»Julia ist ein Segen«, seufzte Charlotte.

»Gut, das ist gut«, sagte Benjamin und blickte zu Else Hochstein, die immer noch vor dem Empfangstresen stand und sich mit der Neuankunft unterhielt, ebenfalls ein älteres Pärchen. Vor den geöffneten Fahrstuhltüren wartete ein Page mit den Koffertrolleys. Er hielt die Hand vor den Sensor und warf der Rezeptionsleiterin einen flehentlichen Blick zu. Doch Else Hochstein sah ihn nicht. Oder dachte nicht daran, deswegen die Runde aufzulösen. Sie legte dem Herrn in diesem Augenblick ihre Hand auf den Unterarm, beugte sich zu ihm vor und sagte etwas. Das Grüppchen brach in Gelächter aus. In dezentes, dem Rahmen angemessenes Gelächter natürlich, dafür warfen sie ihre Köpfe übertrieben wie die Seehunde nach hinten, als müssten sie gleich einen Ball auf der Nase balancieren, die Dame fächerte sich spastisch mit ihrer behandschuhten Flosse Luft zu. Benjamin seufzte und wandte sich wieder an Charlotte. »Ich weiß nicht, ob Gustav es erwähnt hat, aber ich bin erst einmal nicht mehr im Service.«

»Was?«, rief seine Schwester erschrocken. »Was redest du da?«

»Hör zu, Charlotte«, begann der Sommelier und überlegte, ihr von der verbarrikadierten Sauna zu erzählen, von dem Text in der Bibliothek, von der Erkenntnis, dass die Leiche mittlerweile einen Namen hatte. Aber sein Mitteilungsbedürfnis hatte ihm bislang nichts als Ärger eingebracht. »Bis die Sache geklärt ist, werde ich hier keinen Service mehr leiten.«

Benjamin spürte schon an der Tonlage seiner Schwester, dass Ärger in der Luft lag. »Hast du sie noch alle?«, raunte sie. »Liegt es an dem, was ich dir erzählt habe?«

»Ja, daran liegt es unter anderem auch, aber ich kann gerade den Service nicht ordentlich leiten. Julia kann mich problemlos vertreten.«

»Du kannst dich doch nicht einfach verpissen, wenn hier die Bude an allen Ecken und Enden brennt. Wir müssen da jetzt gemeinsam durch. Außerdem läuft es runder, wenn du vor Ort bist – wir brauchen die Kür beim Service und der Weinberatung, nicht die Pflicht!«

»Nur, weil ich ein paar Wochen nicht da bin, geht die Welt nicht unter.«

Zornig blickte seine Schwester ihn an. »Wochen? Hast du gerade ein paar Wochen gesagt?«, zischte Charlotte und wurde von Meike Hallmann unterbrochen, die plötzlich hinter ihnen auftauchte, aber diskreten Abstand hielt.

Benjamin blickte Meike Hallmann in die Augen und nickte ihr zu. »Entschuldigung«, unterbrach die Empfangsmitarbeiterin höflich und trat näher, »die Polizei ist kurz vor neun eingetroffen. Sie wollten in den Weinkeller, da haben wir sie einfach runtergebracht. Die Beamten wollten dich sprechen, Benny.«

»Alles klar, ich gehe runter«, entgegnete Benjamin verwundert.

»Und Herrn Freling wollen sie auch sprechen ... Soll ich eurem Onkel Bescheid geben, oder ...«, fuhr Meike fort. Der Sommelier sah ihr an, dass ihr der Gedanke nicht behagte, ein weiteres Mal das Besprechungszimmer zu betreten.

»Nein, ich mache das schon«, erklärte er und blickte der Empfangsmitarbeiterin nach, die wieder zu ihrem Arbeitsplatz zurückmarschierte. In diesem Moment kam die Pressesprecherin aus dem Meetingraum. Sie ging an die Rezeption, griff kurz hinter den Tresen, nahm einen Block und einen Stift zur Hand und verschwand wieder. »Hör zu, Charlotte, meine Entscheidung steht fest. Ich bin erst einmal nur noch ab und zu im Haus, wenn überhaupt.«

»Du reagierst übertrieben. Lass uns drüber reden.«

»Nur weil ich eine Weile nicht da bin, wird dir dein zweiter Stern nicht gleich aberkannt.«

Charlotte blickte ihren Bruder an. Enttäuscht, wütend, traurig. »*Unsere* Sterne, Benny«, sagte sie, »wenn es nach mir geht, dann sind es *unsere* Sterne.«

Sie drehte sich um und ging.

Der Weinkeller. Und immer wieder der Weinkeller. Benjamin nahm den Weg über den Mitarbeiterzugang, durch den Küchentrakt, an den Kühlhäusern vorbei. Er schloss auf und ging hinein. Aus schummrig war düster, aus frisch war kalt, aus seiner Höhle war ein Verlies geworden. Innerhalb weniger Tage. In das Surren der Klimaanlage mischte sich das Klagen der verdorrten Toten. Jochen Ehrlacher lehnte an dem Glastisch im Eingangsbereich, zwei Beamte der Spurensicherung saßen in weißer Schutzkleidung an der großen Holztafel und unterhielten sich. Wenn sie bereits gearbeitet hatten, konnte der Sommelier es nicht erkennen. Luzie Berger inspizierte weiter hinten das Regalfach mit Bordeaux-Weinen. Wieder hatte er das Gefühl, dass sie wusste, wo sie hinzusehen hatte. Wenn ihn nicht alles täuschte, dann begutachtete sie gerade den 2010er Château Ducru-Beaucaillou aus Saint-Julien, Deuxième Grand Cru Classé, der aber nicht zweitrangig war: Es war ein tiefgründiger Wein, voller dunkler Beeren, Kaffee-Röstaromen und Gewürze, ein Duft, als hätte jemand Rosenblätter an eine altehrwürdige Eiche genagelt.

Als die Beamtin ihn erblickte, kam sie auf ihn zu. »Kennst du dich mit Weinen eigentlich aus?«, fragte Benjamin.

Luzie Berger lächelte. »Du meinst mehr als mit Pfützen im Schulunterricht? Mein Stiefvater hat einen Weinhandel in Freiburg«, erklärte sie, »habe auch mal den großen Johnson gelesen, muss man ja, wenn man hier in der Ecke groß wird, aber ich trinke Wein lieber, als über ihn zu reden.«

Der Sommelier lächelte.

Jochen Ehrlacher lächelte nicht.

Er wirkte angespannt.

Stimmte es, was Gerda Helbling über ihn erzählt hatte?

Dann musste diese Ermittlung für Ehrlacher die Hölle sein.

»Können wir uns kurz unterhalten?«, fragte Luzie Berger.

»Gern, aber nicht hier drin, bitte«, antwortete Benjamin, dachte dabei aber eher an den Beamten. Es war ein Leichtes, ein wenig Abstand zwischen ihn und den Alkohol zu bringen. Er sah ihn an und fügte erklärend hinzu: »Ich fühle mich hier drinnen nicht so wohl in letzter Zeit, wegen der Leiche und so ...«

Also gingen sie alle hinaus. Der Sommelier lotste den Trupp durch das Untergeschoss des Hotels hinauf in den großen, leeren Festsaal des Hauses. An einer Wand standen Rollwagen, auf denen sich Tische türmten, daneben lehnten mehrere Reihen ineinandergestapelte Feststühle. Gläserrecks waren mit Klarsichtfolie umwickelt, transportbereit für ein Außer-Haus-Catering. Der Sommelier wusste nicht, welches. Er schloss die Tür hinter ihnen.

»Den Artikel in der Hamburger Zeitung habt ihr wahrscheinlich gesehen«, begann Luzie Berger und presste die Lippen zusammen.

»Das Krisenmeeting ist noch in vollem Gange. Mein Onkel kommt zu uns, sobald es beendet ist. Ich muss ihm nur noch schnell sagen, wo er uns findet.«

»Es tut uns sehr leid, wir wurden auch überrumpelt«, erklärte Jochen Ehrlacher, dessen hochgezogene Schultern ein wenig herabgesunken waren. »Der Journalist rief uns erst gestern Morgen an, also einen halben Tag vor der Drucklegung. Das war natürlich Kalkül. Wir hätten die Angelegenheit gern der Staatsanwaltschaft überlassen, zudem ist es auch für unsere Ermittlung besser, wenn wir nicht die Presse im Nacken haben.«

»Haben Sie den Journalisten gefragt, woher er seine Infos hat?«

»Beruft sich auf den Quellenschutz.«

»Und gibt es irgendwelche neuen Erkenntnisse bezüglich des Opfers?«

»Wir haben drei Dutzend Vermisstenanzeigen überprüft, auch eine europaweite Fahndung über das LKA und BKA brachte keine Ergebnisse«, erklärte Ehrlacher, »wir fischen ehrlich gesagt im Trüben.«

Kurz lag es dem Sommelier auf der Zunge. Er wollte ihnen sagen: *Marlene Suter*, aber er hielt sich zurück, stattdessen fragte er: »Wie ist die Frau denn ermordet worden?«

Die Beamten warfen einander einen flüchtigen Blick zu. »Stumpfe Gewaltwirkung auf den Schädel«, sagte Ehrlacher, »vermutlich mit einem Stein oder etwas Ähnlichem. Wir haben jedenfalls beschlossen, dass wir Speichelproben aller Personen nehmen, die vor zwanzig Jahren auch schon hier im Haus waren – können Sie uns helfen, das zu organisieren?«

»Selbstverständlich. Haben Sie Spuren des Täters am Opfer gefunden?«, fragte Benjamin neugierig.

»Nein, nichts Brauchbares, aber wir haben sehr viele DNA-Spuren an sehr vielen Stellen im Keller gefunden und wollen sie zuordnen können – wer, sagten Sie, hat neben den Auszubildenden, die abends die Weine holen, hier unten alles Zutritt?«

»Vor allem ich und meine Stellvertreterin Julia Jimenez.«

»Die Dame war damals noch nicht im Haus, korrekt?«

»Nein, war sie nicht. Außerdem hat mein Onkel einen Zentralschlüssel. Und es gibt einen Schlüssel, der zwischen Getränkebüfett und Hotelbar rotiert, es müssen hin und wieder auch Mitarbeiter in den Keller, wenn Julia oder ich nicht im Haus sind. Alle Restaurantleiter und Restaurantleiterinnen sind in das System der Sortierung und der laufenden Nummern eingeweiht.« Der Sommelier hatte die Frage der Beamten zwar schon zweimal in den letzten Wochen beantwortet, er konnte sich aber nicht erinnern, dass er die Gäste erwähnt hatte. Er fuhr etwas verlegen fort: »Ach so, und dann finden natürlich meine wöchentlichen Weinproben statt. Alle zwei Wochen mache ich auch einen Champagnerempfang mit Kellerführung. Und wenn Gäste spontan vorbeikommen, dann schicke ich sie selten weg.« Benjamin verzog das Gesicht, weil ihm plötzlich klar wurde, dass in seinem Weinkeller mehr Verkehr als an der Schelinger Bushaltestelle herrschte. Die Beamten wirkten gänzlich unbeeindruckt. »Können Sie die Speichelproben auch hier nehmen – oder müssen Sie dazu zurück in den Weinkeller?«, fragte er.

»Gerne hier«, sagte Ehrlacher und nickte. »Das ist überhaupt kein Problem für uns.«

Elf

Benjamin fand seinen Onkel Konrad im Weinberg bei der Rebarbeit. Die Landschaft lag vor ihnen wie ein ausgewellter Hefeteig, der hier und da Blasen schlug: Bauminseln, Hoch- und Helgenberg, Burkheim, Jechtingen. Alles war feucht vom Gewitter der letzten Nacht, die Reben entsprechend biegsam. Es war windstill und roch nach nasser, kühler Erde. Der Sommelier wusste nicht einmal, um was für eine Rebsorte es sich in diesem Abschnitt des Enselbergs handelte. Sein Onkel hatte aber an jeder Rebe eine Fruchtrute stehen lassen, bog die Fruchtrute zum Halbbogen und fixierte sie mit der Bindezange am Drahtgestell. Hinter ihm stand ein wuchtiger Anhänger mit geschreddertem Holz vom Rebschnitt, der einen Duft nach Sägespänen und Harz verströmte. Konrad sah Benjamin schon von Weitem kommen. Erst als sein Neffe auf seiner Höhe war, stellte er die Arbeit ein.

»Was verschafft mir die Ehre?«, fragte Konrad und betrachtete dabei kritisch einen Rebstock vor sich.

»Wie war dein Winzervesper vor ein paar Tagen?«, erkundigte sich Benjamin.

Konrad zuckte mit den Schultern. »Wie üblich. Blut- und Leberwurst, Walnüsse, Wein und viel Gesäusel – warum?« Er zog aus einer Seitentasche seiner Hose eine Gartenschere und knipste ein Stück von einem Trieb ab. Benjamin warf dabei kurz einen Blick auf seine kräftigen Hände, die eingerissenen Fingernägel, den Schmutz in den Nagelbetten – er hatte die Hände seines Onkels niemals anders gesehen.

»Kann es sein, dass da auch ein Journalist dabei war?«

»Es waren meines Wissens *nur* Journalisten dabei, war eine Pressereise, warum?«

»Auch einer mit langen schwarzen Haaren und Dreitagebart?«, fragte Benjamin und konnte nicht anders, als wie mit gramerfüllter Genugtuung hinterherzuschieben, »schmieriger Kerl, Affengesicht.«

»Julian?«, fragte Konrad Kranzer.

»Julius«, entgegnete Benjamin erstaunt.

»Ja, ja, Julius, war dabei, netter Kerl.«

»Da scheiden sich die Geister«, antwortete Benjamin zerknirscht, anscheinend hatte sein Onkel noch nichts von dem Artikel gehört. »Hast du ihm von Mama erzählt?«, fragte er.

Sein grobes Gesicht in das grelle Licht des Märztages haltend erwiderte Konrad: »Klar, er war sehr interessiert an der Geschichte unseres Winzerhofs, warum? Stimmt was nicht?«

»Er hat keinen sonderlich schmeichelhaften Text verfasst.«

»Glaube ich nicht, der war sehr höflich, hatte keine Ahnung von Wein, aber war sehr höflich – stand das in der Badischen? Habe ich gar nicht gesehen.«

»Hamburger Tagespost«, sagte Benjamin. Sein Onkel zuckte erneut mit den Schultern. Der Sommelier fragte: »Hat er zufällig erwähnt, mit wem er bis zu diesem Zeitpunkt sonst noch gesprochen hatte?«

Konrad überlegte. »Nein, er hat nur erzählt, dass er bei euch einen Termin zum Mittagessen hat, bei dir und Charlotte, im Gourmetrestaurant. Er ist deswegen auch als Erster gegangen, da haben die anderen der Gruppe erst richtig aufgedreht – hat er die Grüße nicht ausgerichtet?«

Der Sommelier schüttelte den Kopf. Sein Onkel hatte offenbar keine Ahnung, dass er eine moralose Bestie bewirtet hatte.

»Was mich irritiert: Da stand etwas davon, dass dein Weingut ein Sanierungsfall ist und ...«

»Was?!«, unterbrach Konrad ihn, »Sanierungsfall? Kannst du mir den Text faxen oder mailen?«

»Das mache ich, aber was hat er damit gemeint?«

Der Winzer überlegte. »Keine Ahnung, ich habe ihm nur erzählt, dass der Hof zur Jahrtausendwende nicht gut dastand.«

»Davon weiß ich gar nichts – was war damals los?«

»Vieles. Kompletter Jahrgang verhagelt. Großabnehmer pleitegegangen, saß auf Paletten Wein. Da musste ich schon knapsen. Dann ist mir der neue Schlepper verreckt. Stehe im Steilhang, nichts mehr geht, alle drei Wellen im Arsch.« Konrad zuckte resigniert mit den Schultern und versuchte sich an einem Lächeln. »Kennst ja den Spruch: *Wie macht man ein kleines Vermögen? Man nimmt ein großes Vermögen und kauft davon ein Weingut.* Am Ende habe ich meine Parzelle im Winklerberg verkauft, war fast ein Hektar, deine Mutter hätte mich wahrscheinlich umgebracht, hätte sie damals noch gelebt, denn sie war strikt gegen jedwede Verkäufe. Aber damit konnte ich das Gröbste überbrücken.«

»Du hattest nicht ernsthaft eine Parzelle im Winklerberg?«, entfuhr es dem verblüfften Sommelier.

»Klar. Habe sogar noch ein paar Flaschen vom letzten Jahrgang 1999. Hat deine Mutter in den Keller gebracht. Kann dir nachher einen mitgeben, wenn ich hier fertig bin.«

»Soll ich dir helfen?«

Benjamin Freling stand auf seinem Balkon in Breisach und starrte hinüber zum Vorderen Winklerberg. Es war später Nachmittag. Die Farben verblichen, und die Rebhügel versanken in der Dämmerung. Neben ihm, auf dem Klapptischchen – er konnte es immer noch nicht recht glauben – stand eine Flasche Spätburgunder, ein Wein, der dort drüben an diesen Hängen gewachsen und gelesen worden war, von seiner Familie. In der Hand hielt der Sommelier aber kein Burgunderglas, sondern eine große Apfelschorle, die dritte, um genau zu sein. An Wein war gerade nicht zu denken. Er war durstig, ausgedörrt, müde, kaputt, auf seiner Stirn klebte eine Patina aus Schweiß und Dreck. Er hatte für diesen Wein fast drei Stunden geackert und geschuftet und Folgendes über sich selbst gelernt: Er konnte zwanzig Stunden stehen, ohne dass ihm die Füße wehtaten, er konnte sich mit Soziopathen, Profilneurotikern oder einer ganzen Horde Snobs länger als zehn Minuten am Stück unterhalten, ohne sie umzubringen, er konnte Diskussionen darüber führen, ob ein Wein nach zwei oder drei Apfelkernen roch, ohne dabei an der geistigen Gesundheit der Menschheit zu zweifeln, er konnte einen Eismeerkabeljau schneller aus der Salzkruste klopfen und filetieren als ein Gefrierfischer während der Skrei-Saison auf hoher See, und er konnte die Namen von fünfzig französischen Rohmilchkäsesorten hintereinander herunterleiern, ohne dass ein Notarzt ihm danach die Zunge entknoten musste, aber er war nicht imstande, drei Stunden lang Erde mit einem Grubber aufzulockern, Rebenmulch auszubringen und Drähte zur Reberziehung zu spannen, ohne dass danach seine Arme wie ausgeleierte Strumpfbänder an ihm herunterbaumelten.

Auch wenn die ersten Minuten etwas Befreiendes gehabt hatten, ihn mit jedem Spatenstich von Sorgen und Seelenschmerz läuterten, war die Arbeit schnell zu einer knallharten Gefälligkeit geworden, zu der er sich hatte hinreißen lassen. Benjamin stand auf seinem Balkon und betrachtete seine roten, geschwollenen Handballen, massierte sich hin und wieder die rechte Schulter. Aber auch das hatte er in den letzten Stunden hinzugewonnen:

Respekt vor seinem Onkel, der seit vierzig Jahren, tagein, tagaus, seine Arbeit im Weinberg verrichtete und noch immer aufrecht ging. Wie einen Goldbarren hatte der Sommelier die kostbare Bouteille später in Empfang genommen, sie auf seinen Beifahrersitz wie in eine Schmuckschatulle gebettet und nach Hause chauffiert. Und jetzt stand der Wein neben ihm: 1999, Spätburgunder von alten Reben, ein Spitzenjahr am Winklerberg, der mit seinen Aberhunderten Sonnenstunden als die wärmste Weinlage des Landes galt. Die Stützmauern der Steillagen und das Vulkangestein speicherten zudem die Hitze des Tages und gaben sie nachts an die Reben – sei es Riesling, Chardonnay, Grau-, Weiß- oder eben Spätburgunder – ab. Die Parzelle, die seinem Onkel und seiner Mutter einmal gehört hatte, war etwas schattiger, mit Kalkeinschlüssen im Boden, was für gewöhnlich eine kühlere, feinere Stilistik beförderte. Was hatte er wohl in der Flasche vor sich? Nach über zwanzig Jahren Flaschenreife? Teuren Essig mit Fruchtnoten nach Schwarzkirsche und Holunder? Oder war der Wein reifer, transparenter, komplexer? Mit griffigen Tanninen, feinem Säurenerv und dezenter Rauchnote?

Der Sommelier trank seine Fruchtschorle, schob den Spätburgunder vorsichtig in seinen Weinklimaschrank und las noch einmal die Nachricht von Julia Jimenez, die vor einer guten Stunde gekommen war. Ja. Julia hatte endlich geschrieben. *Ping! Sie haben eine neue Nachricht. Ping! Ihr Puls ist lebensbedrohlich hoch.* Sie wollte ihn morgen früh – vermutlich auf ihrem Weg zur Arbeit – treffen, auf einem Parkplatz in Burkheim. Charlotte hatte sie wahrscheinlich nach dem Service in Kenntnis gesetzt, dass er erst einmal nicht mehr zur Arbeit erscheinen würde. Und egal, welche Begründung seine Schwester dazu geliefert hatte: Julia hatte diese Tatsache auf sein Liebesgeständnis bezogen. Wie sollte es auch anders sein? Dabei wäre Julia der einzige Grund für ihn, zur Arbeit zu gehen, aber das Risiko war ihm einfach zu hoch, hier zu Hause fühlte sich Benjamin sicher – war er das? Unter der Dusche hatte er eine Vision, eine Eingebung, ein Gefühl, dass sich ein dunkler Schemen im Dampf abzeichnete. Es dauerte einen Moment, bis ihm klar wurde, dass er in Gedanken – wie so oft in den letzten Tagen – wieder unter den Bänken der Sauna lag, alles noch einmal durchlebte. Nur dieses Mal fühlte er mehr als die nackte Todesangst und den Augenblick, in dem er losgelassen hatte. Da war ein Bild in seinem Kopf, so beängstigend, dass es nicht durch die hauchdünne Membran seiner Wahrnehmung drang. Er wusste: Da war jemand gewesen, draußen, vor der verbarrikadierten Saunatür, noch bevor Meret Çelik ihn gerettet hatte.

Der Sommelier kämmte sich gedankenverloren die nassen Haare, vor, zurück, Linksscheitel, Rechtsscheitel, und seine Dummheit und Naivität wurden ihm mit jeder Sekunde klarer. Wenn dort jemand gewesen war, dann sicher kein Hausgeist, kein Dämon seiner Urahnen, der an das Gemäuer des Hotels gebunden war, sondern eine Person in Fleisch und Blut. Und was konnten Personen tun? Sie konnten sich frei bewegen, von Ort zu Ort ziehen, sogar nach Breisach fahren. Was tat er also hier in seiner Wohnung? Ein Kanister Benzin. Ein Streichholz. Mehr brauchte es nicht. Das Haus ließ sich anzünden. Sein Auto stand vor der Tür, die Bremsleitung seines Passats – wo immer sie auch war – ließ sich durchtrennen. Oder überdrehte er schon wieder? Er wusste es nicht, aber ein unangenehmes Unwohlsein, geradezu eine leise, nagende Panik ergriff an diesem Abend von ihm Besitz und verschwand nur kurz, als er seine Nase in ein Glas gekühlten Palomina aus Teneriffa steckte und ihm die würzigen Noten nach Wermut, Kamille und Johanniskraut die Sinne vernebelten.

Als es kurz darauf an der Tür klingelte, zuckte Benjamin zusammen. Es klingelte erneut. Er stand gerade am Herd, hatte aus den kläglichen Resten aus seinem Kühlschrank und seinen Küchenschränken – eingelegte Sardellen, natives Olivenöl, altbackenes Brot, tiefgefrorene Petersilie, eine Zwiebel, die schon getrieben hatte – eine Portion *Spaghetti Neri con la Mollica* zubereitet, Vollkornspaghetti mit Sardellen und Brotbröseln, als die Türglocke wie ein Martinshorn durch die Räume hallte. Benjamin hatte den Duft gebratener Zwiebeln in der Nase und weichen Schmalz in den Knien, als er zum Türöffner schlich. Und seine Unruhe verflüchtigte sich auch nicht merklich, als er in den Treppenaufgang hinabblickte und dort seinen Bruder sah. Der Sommelier wollte gerade ansetzen – *hey, was machst denn du hier? Was treibt dich in die Gegend? Dich hätte ich jetzt nicht erwartet?* –, aber es war Stephane, der die Treppen zu ihm nach oben stieg, ihm mit gehetztem Blick sagte: »Ich habe die Hotelbar-Rechnung von dieser Suter.«

Zwölf

Er war zu früh, fast fünfzehn Minuten, aber Benjamin war bereits nervös im diesigen Morgengrauen erwacht. Er hatte geduscht, sich in einer Bäckerei ein belegtes Brötchen besorgt, die Zeit bis zum Treffen mit Julia wollte dennoch nicht vergehen. Und jetzt saß er auf einem Parkplatz in Burkheim oberhalb des *Mittelstädtles*. Links befanden sich Kirche und Friedhof, vor ihm die Burgruine, rechts der Schlossgarten, über dem ein dichter Nebelteppich lag. Knorrige Reben ragten wie hagere Gestalten aus dem Dunst hervor. Eine grau-braune Katze schlenderte zu ihm herüber, begutachtete kurz seinen Wagen, machte einen beherzten Satz und rollte sich auf seiner warmen Motorhaube zusammen. Katzen. Daran mangelte es am Kaiserstuhl ebenso wenig wie an Kirchen, Friedhöfen und Jesusfiguren. Und an schönen Frauen mangelte es auch nicht. Benjamin presste die Lippen zusammen. Es gab hier wahrlich viele schöne Frauen, aber er musste sich ja in einen hoffnungslosen Fall verlieben. Er schaute auf die Uhr, es waren keine zwei Minuten vergangen, also kramte er in seiner Jackentasche und zog die Kopie der Barrechnung hervor, über der er die halbe Nacht gebrütet hatte.

Er hätte Stephane gar nicht so viel Wissensdurst zugetraut, aber sein Bruder hatte die alten Kassen auf dem Speicher aufgestöbert und jede einzeln ausgelesen, bis er schließlich das Gerät gefunden hatte, das an der Hotelbar in Betrieb gewesen war. Alle Buchungsvorgänge waren noch darauf gespeichert. In der Nacht vor ihrem Tod hatte Marlene Suter an Tisch fünfzehn gesessen.

Zumindest glich der Betrag an diesem Tisch exakt dem Betrag auf der Hotelrechnung der vermissten Journalistin. Benjamin wusste nicht einmal, welcher Tisch die Nummer fünfzehn war, aber die Schweizerin hatte offenbar ein Clubsandwich gegessen, diese absurden Turmbauten, die auf der ganzen Welt in Hotelbars zum Snackangebot gehörten und die kein normaler Mensch ohne Kieferzerrung essen konnte, weswegen die meisten Gäste das Gericht auseinanderbauten: Toastbrotdeckel runter, Bacon und Hühnerbrust nach links, Spiegelei nach rechts, Emmentaler, Eisbergsalat, Tomaten- und Gurkenscheiben drum herum drapiert, bis sie am Ende vor einem nicht sonderlich appetitlichen, aber immerhin verzehrbaren Vesperteller saßen.

Dazu fanden sich einige Gläser Wein und Drinks auf dem Guest Check. Moselriesling, Banyuls, Glenfarclas, zwei Flaschen Mineralwasser. Die Dame schien Durst gehabt zu haben. Oder – und das war die Schlussfolgerung, die die Brüder, am Küchentisch sitzend, zogen, der Sommelier einen Teller Spaghetti und Weißwein vor sich, sein Bruder ein Glas Leitungswasser: Marlene Suter hatte sich keine drei Gläser Jahrgangschampagner hinter die Binde gekippt oder einsam an einem Single Malt genippt, sondern war in Gesellschaft gewesen. War es ihr Vater Lothar gewesen, der gern Whisky getrunken hatte? Oder Benjamins Mutter Caroline, die gern Wein getrunken hatte? War es Opa Heinz oder jemand ganz anderes gewesen? Der Sommelier schaute zum Horizont. Auf der anderen Rheinseite, in Frankreich, ragte ein Fabrikschlot schmauchend hinter einem Band aus Baumwipfeln hervor. Er hatte nicht den leisesten Schimmer, wie der Ort hieß – Artzenheim? Marckolsheim? Elsenheim? –, in dem die Fabrik stand, er konnte nur raten. Was er aber mit Sicherheit sagen konnte, war, dass Marlene Suter nicht allein die Bar aufgesucht hatte. Wer leistete ihr Gesellschaft, kurz bevor sie ermordet wurde? Auf was war sie gestoßen? Musste der Barkeeper Volkmar Höfflin sterben, weil er genau diese Fragen hätte beantworten können? Oder hatte sogar Volkmar – die gute Seele – etwas mit dem Tod der Journalistin zu tun?

In Benjamins Getränkehalter steckten zwei Coffee-to-go, die er an einer Tankstelle in Breisach besorgt hatte. Einer war für Julia. Er nahm seinen Becher, schlürfte von dem Gebräu, dem lediglich zwei Packungen Zucker und fünf Döschen Kondensmilch etwas Kontur verliehen. Da fiel Benjamins Blick auf sein Handschuhfach, in dem sich immer noch der Umschlag von Zuzanna Bednarz mit zwei Monatsmieten befand, den ihm sein ehemaliges Kindermädchen in Bad Dürkheim gegeben hatte. Er entschloss sich, später sein Versprechen einzulösen und das Geld ihrem ehemaligen Vermieter vorbeizubringen. Der Sommelier nahm nochmals einen Schluck Kaffee und gestand sich ein, dass das Getränk so schmeckte, wie dreckiges Motorenöl roch. Er konnte den Kaffee unmöglich Julia anbieten. Gerade wollte er das Fenster herunterkurbeln und den Kaffee auf den Parkplatz kippen, da tauchte das Gesicht seiner Stellvertreterin im Seitenfenster auf. Julia warf ihm einen Blick zu, bevor sie die Autotür öffnete und sich auf den Beifahrersitz sinken ließ, im Schlepptau eine Melange aus frischer Luft, warmem Körper und betörendem Parfum. Der Sommelier schmolz in seinen Autositz.

»Hi«, sagte Julia noch in der Bewegung, ohne Augenkontakt und damit beschäftigt, ihre Handtasche zwischen ihren Beinen in den Fußraum zu bugsieren.

»Morgen«, murmelte der Sommelier und schaute auf die Uhr. Es war exakt acht Uhr, nicht eine Minute vor, nicht eine Minute nach. »Musst du wegen mir so früh anfangen?«

»Ja«, erklärte die Frau.

»Tut mir leid.«

»Eine Vorwarnung wäre schön gewesen«, sagte Julia sachlich, frei von jeder vorwurfsvollen Betonung, ihre schlanken, kräftigen Hände lagen ruhig auf ihren Oberschenkeln, an denen die schwarze Hose wie ein Neoprenanzug anlag, »in vielerlei Hinsicht.«

Jetzt sah sie ihn an, durchdringend und hellwach. Benjamin wurde es flau im Magen. »Tut mir leid«, wiederholte der Sommelier, konnte aber noch nicht einschätzen, in welche Richtung das Gespräch gehen würde. War Julia wütend, enttäuscht, stand sie seinem Liebesbekenntnis gar gelassen gegenüber? Bekam er gleich eine Ohrfeige samt Standpauke?

»Wir sollten diese Unterhaltung vielleicht in drei Blöcke teilen, Benny«, sagte sie, machte eine kurze Pause, um tief Luft zu holen, und fuhr fort: »Ich finde es unprofessionell, was du getan hast«, sie seufzte, »und ich bin sauer deswegen, aber ich habe auch gestern mit Meret gesprochen und erfahren, was dir in der Sauna passiert ist. Das wäre der erste Block, über den ich gern sprechen würde: War die Saunatür wirklich nur verklemmt?«

Der Sommelier schaute sie verblüfft an. Er hatte mit vielem gerechnet, aber nicht damit. Er drehte den Kopf weg, blickte zum Seitenfenster hinaus; er spürte, dass sich seine Augen mit Tränen füllten. Und wieder hatte er etwas über sich gelernt: Actionhelden mochten während eines Films zigmal über die Klinge springen, zwischendurch die Gangsterbraut vögeln und am Ende in blutverschmiertem Unterhemd eine Zigarette rauchen und ihre inneren und äußeren Wunden mit Bourbon betupfen, er dagegen war nach seiner Nahtoderfahrung reif für die Couch und eine psychologische Beurteilung. Er ließ das Fenster herunter und kippte den Kaffee hinaus, nur um etwas zu tun. Er konnte ja vor Julia nicht das Heulen anfangen. »Ich glaube, jemand hat die Tür verbarrikadiert«, sagte er.

»Hast du das der Polizei erzählt?«

»Nein.«

»Warum nicht?«

»Weil ich das Gefühl habe, dass die Polizei mir nicht zuhört, und weil ich das Gefühl habe, dass die ganze Angelegenheit jedes Mal schlimmer wird, wenn ich mit der Polizei spreche«, erwiderte Benjamin und senkte den Blick, »und weil ich Angst habe, dass es dem Betrieb schaden könnte.«

»Mehr Schaden als dieser Kritiker kannst du nicht mehr anrichten. Das ist zumindest meine Meinung. Sprich mit der Polizei, das hier ist kein Spaß«, sagte Julia energisch.

Der Sommelier konnte nicht anders, als zu nicken, es lag etwas Befreiendes in ihren Worten. »Okay«, sagte er, und es lag auch etwas Befreiendes in seinem Wort.

»Sagst du das jetzt nicht nur so?«

»Nein, ich werde mit der Polizei sprechen.«

Julia sah ihn eine Weile an und klopfte sich schließlich auf die Schenkel. »Das ging ja dann einfacher als gedacht, zweiter Block: Weißt du, was ich an dir immer so geliebt habe? Deine Ruhe und Gelassenheit. Ich bin morgens zur Arbeit gefahren und wusste, auch wenn deine Schwester mal wieder einen miesen Tag hat, die Gäste alle kacke sind und dein Onkel wie ein aufgescheuchtes Huhn durchs Restaurant hüpft und alles infrage stellt – ich wusste, auf dich ist Verlass. Ich will nicht sagen, dass du uns Mitarbeitern gegenüber zurückhaltend warst, aber du warst bei allem Humor und aller Herzlichkeit immer professionell distanziert. Ich konnte mich auf diesem festen Boden stets mit sicherem Tritt bewegen, deswegen hätte ich niemals – nie, nie, nie – damit gerechnet, dass du mich einfach küsst. Das war respektlos.«

Tausende Worte in Tausenden Varianten hatte Benjamin sich

in den letzten Tagen für diesen Moment ausgedacht. Und jetzt schaute er Julia in die Augen, und alles war vergessen. »Ich weiß, Julia, es tut mir wirklich leid. Die Wahrheit ist, ich habe schon lange Gefühle für dich, aber mich nicht getraut, etwas zu sagen, weil du ja einen Freund hast, und nach der Nacht in der Sauna, ja, ich weiß auch nicht, da ist es aus mir herausgeplatzt, es tut mir leid, wirklich, wir kriegen das wieder hin, alles wird wieder so, wie es war«, stammelte der Sommelier, aber er glaubte sich selber nicht – man konnte im Leben nämlich nur vorwärts gehen, das wusste er, das wusste Julia.

Sie nickte dennoch und fuhr fort: »Entschuldigung angenommen. Block Nummer drei: Deine Schwester hat ab nächster Woche ein neues Hauptgericht im großen Menü, und ich bin wegen der Weinbegleitung unsicher. Ich brauche deine Hilfe.«

Der Sommelier stand völlig neben sich, nicht nur vom Gehörten, Gesagten und Gefühlten an diesem Morgen, auch von der strukturierten Sachlichkeit seiner Stellvertreterin, mit der sie das Gespräch führte. »Lass hören«, sagte er.

»Huft vom Pauillac-Lamm mit geschmortem Radicchio, Salzkräutern, Kefir-Hollandaise. Wir gießen zur Hollandaise auch etwas Lammjus an, die sie mit Portwein ablöscht, außerdem unterfüttert sie den Radicchio mit Grapefruitgel und legt etwas Lammfett obenauf.«

»Wie bereitet sie die Huft zu?«

»Im Vakuumbeutel, bei zweiundsechzig Grad, drei Stunden, dann lässt sie alles über Nacht auskühlen. Kurz vor dem Service bringt sie es auf Temperatur und brät die Schwarte in viel Fett knusprig aus.«

»Die Salzkräuter macht sie wie beim BBQ-Onglet, oder?«

»Ja, es ist ein in sich völlig rundes Gericht, hat Säure, Herbe, Herzhaftigkeit, dezente Süße, ist gehaltvoll und vollmundig, hat Tiefe, ist aber auch frisch wegen der Hollandaise und der Kräuter, schmeckt phänomenal. Einen Saint-Émilion fände ich dazu passend, aber wegen des Pauillac-Lamms auch irgendwie zu plump und naheliegend. Ich wollte einen italienischen Ômina Romana dazu servieren, Diana Nemorensis I, das kennt nicht jeder«, sagte Julia, »vielleicht aus der Magnum?«

»Du meinst Diana Nemorensis I wegen der klassischen Bordeaux-Cuvée aus Cabernet Franc, Cabernet Sauvignon und Merlot?«

»Ja, genau. Und Magnum finden die Gäste immer toll, das macht was her.«

»Finde ich super, kannst du machen, passt sehr gut und ist preislich für die Weinreise im Rahmen«, sagte der Sommelier und meinte es ehrlich. Kurz sah er ein stolzes Leuchten in Julias Augen aufflammen.

»Und was kann ich als zweite Variante anbieten, wenn der Wein den Gästen nicht schmeckt?«

»Der Romana ist vielschichtig, aber sehr harmonisch am Gaumen, ein bisschen lieb und verschmust vielleicht.« Der Sommelier überlegte. »Probiere zusätzlich einmal den Jadis von Léon Barral, ist ein Verschnitt aus Syrah, Grenache und Cariñena, hat Noten nach Lakritz, nasser Erde und Leder, aber erinnert mich auch irgendwie an geröstete Hühnerhaut, ist fast etwas animalisch in der Nase. Lass dir das Gericht von meiner Schwester nachher noch mal kochen und probiere mal beide Weine nebeneinander. Im Zweifel lässt du Charlotte darüber entscheiden. Ist eh gut, wenn du sie dabei einbeziehst.« Julia nickte, und Benjamin fügte hinzu: »Und flüstere ihr ab und an auch ein paar Infos über die Gäste über den Küchenpass zu, sofern es etwas zu flüstern gibt – *Tisch eins ist vom Essen berührt, Tisch zwei trinkt vierstellig, Tisch drei kommt aus Gagahausen.* Wenn sie das Gefühl hat, zu wissen, was im Restaurant passiert, fühlt sie sich sicherer und ist nicht so angespannt. Sie hat ihre Augen gern überall. Und denk dran: Wenn ihr an den Kassen etwas besprecht, dann hört sie das ... Sie hat auch ihre Ohren überall ...«

Julia sah ihn mit großen Augen an. »Besprechen wir deswegen immer das Reklamationshandling vor den Restauranttüren und nicht im Backoffice?«

Der Sommelier lächelte. »Ja.«

»Das mache ich, danke.« Kurz hatte der Sommelier das Gefühl, dass Julias linker Arm zuckte, wollte sie ihn berühren? Stattdessen seufzte sie. »Ich muss los, Benny, aber das noch: Es ist völlig egal, was wir füreinander empfinden, in einem Restaurant haben solche Privatangelegenheiten nichts verloren, das gibt auf lange Sicht nur Ärger. Deswegen habe ich mich entschlossen zu kündigen, sobald du wieder im Hotel bist.«

Julia stieg aus dem Wagen.

Scheuchte die Katze von der Motorhaube.

Der Sommelier sah ihr nach.

Der Abschluss war dann wohl Block vier gewesen.

Dreizehn

Das feuchte Kopfsteinpflaster der Breisacher Oberstadt glänzte im fahlen Tageslicht, als Benjamin mit stampfenden Stoßdämpfern zu seiner Wohnung holperte. Er hatte beschlossen, die paar Meter zu Volker Fesenmacher, Zuzanna Bednarz, ehemaligem Vermieter, zu laufen. Er parkte seinen Wagen vor seiner Wohnung. Als der Motor stotternd erstarb, blieb er noch einen Moment sitzen und lauschte der Stille, mit geschlossenen Augen. Dann ging alles ganz schnell. Der Sommelier schüttelte den Kopf, als könnte er selbst nicht glauben, was ihm alles widerfahren war, nahm dann den Umschlag aus dem Handschuhfach, stieg aus und lief hinein in diesen Tag. Es war kühl mit lauem Lüftchen, der Himmel war vollständig bedeckt, aber durchlässig, dahinter Blassblau, die Sonne war also da, aber stets verborgen in einem Wolkenschleier. Seine Jacke knöpfte Benjamin instinktiv zu, knöpfte sie aber bereits am Platz vor der Stadtverwaltung wieder auf. Es war wärmer, als es aussah, eine erste Ahnung des Frühlings lag in der Luft. Vögel zwitscherten.

Der Sommelier entschloss sich spontan, noch eine Runde um das Münster herumzulaufen, er hatte nicht nur Zeit, er wollte auch Zeit schinden: Das Geld einfach in den Briefkasten zu werfen würde sicherlich nicht genügen, es war eine kurze Erklärung nötig – auch wenn er alles andere als erpicht darauf war, mit diesem Ekelpaket erneut ein paar Worte zu wechseln. Er ging an der Erinnerungstafel des Hexenturms vorbei, einem Gefängnis- und Wachtturm, in dem im 16. und 17. Jahrhundert viele Frauen eingesperrt und gefoltert worden waren, bevor sie öffentlich verbrannt wurden. An der Südwestseite des St.-Stephan-Münsters lehnte er sich kurz gegen die alte Wehrmauer, der Rhein lag zu seinen Füßen wie frisch einbetoniert, ein Schiff grub sich schwerfällig durch die Fluten, auf der gegenüberliegenden Flussseite lagen Vogelsheim und Neuf-Brisach.

Als Benjamin eine Ahnung von Sonnenwärme auf seinem Gesicht spürte, klappten seine Augen zu. Er hörte die Motoren der wenigen Autos unten in der Stadt, den Wind, der durch die wenigen Bäume strich, aber viel lauter als raschelnde Blätter und röchelnder Verkehr war das Gespräch mit Julia, das in ihm nachhallte … *Mehr Schaden als dieser Kritiker kannst du nicht mehr anrichten, sprich mit der Polizei*, hatte sie gesagt. Er hatte *Okay* geantwortet. *Okay.* Einfach so. Ohne darüber nachzudenken. Und: *Alles wird wieder so, wie es einmal gewesen war.* Auch das hatte er zu ihr gesagt und bereits gewusst, dass es gelogen war. Und was hatte Julia noch gesagt? *Egal, was wir füreinander empfinden?* Der Sommelier öffnete die Augen, er blinzelte, das Tageslicht blendete ihn – was hatte Julia damit gemeint?

Was *wir* füreinander empfinden?

Wir?

Volker Fesenmacher erschien in der Tür wie eine gute Woche zuvor. Blauer Arbeitsoverall, Schildmütze, hängende Augenlider und schlaffes Gesicht, dazwischen Schweinsaugen. Arbeitskleidung? An einem Sonntag. Benjamin war fast schon gewillt, ihm für diese Auflehnung gegen badische Gepflogenheiten einen Sympathiepunkt zu geben. Als er den Sommelier erkannte, zog Fesenmacher hinter sich die Tür zu und drängte ihn auf den kleinen Parkplatz vor seinem Haus. Die Männer standen neben dem goldfarbenen SUV. Benjamin hätte nur seinen Schlüsselbund aus der Tasche holen müssen, um die Seitentür der Protzkarre zu zerkratzen. Stattdessen überreichte er dem Mann den Briefumschlag seines ehemaligen Kindermädchens – mit wie viel Geld darin? Achthundert Euro? Tausend Euro? Er wusste es nicht und würde es auch nie erfahren, denn Volker Fesenmacher riss die Lasche nur grob mit dem Daumen auf und linste abschätzig in den Umschlag, während der Sommelier ihm dazu die Erklärung lieferte.

Der Mann blies spöttisch Luft durch seine Nüstern. »Zinsloser Polenkredit, was?«, schnaubte er verächtlich und schenkte dem Sommelier ein böses Lächeln.

»Arschloch.«

Das war es, was der Sommelier erwiderte.

Und weil die Beleidigung im Grunde keine Beleidigung war, sondern nur eine unschöne Wahrheit, die dringend ausgesprochen werden musste, wiederholte Benjamin sie noch einmal.

»Arschloch.«

»Wie bitte?«, entfuhr es Fesenmacher, der sich abrupt aufrichtete, sodass der Sommelier einen Schritt zurückwich. Der Mann war wesentlich größer, als er vermutet hatte. »Vorsichtig, junger Mann, ganz vorsichtig.«

»Wissen Sie eigentlich, dass die Frau sich das Geld mühsam abgespart hat? Und nicht einmal nach zwanzig Jahren hat sie ihre Schuld bei Ihnen vergessen? Und alles, was Sie hier auf Lager ...«, sagte der Sommelier und sah, dass in den Augen von Volker Fesenmacher Folgendes passierte: nichts. Keine Regung, keine Bewegung. Ein Hirn voller Enge. Jede Diskussion mit diesem Mann war vergebens. Er brach seinen Satz ab und ergänzte lediglich: »Ach, lecken Sie mich doch am Arsch.«

»Verpfeif dich, Bürschlein«, sagte Fesenmacher, ging noch einen Schritt auf den Sommelier zu und schob den Umschlag dabei in seine Brusttasche. »Bist ein aufmüpfiger Welpe, ist mir schon letzte Woche aufgefallen. Hätte mir dein Onkel nicht bestätigt, dass du wirklich der Weinkellner im Freling bist, hätte ich die Polizei angerufen, kannst du mir glauben.«

»Was?«, entfuhr es Benjamin, die Hand um seine Autoschlüssel in seiner Jackentasche geballt. »Wovon sprechen Sie eigentlich?«

»Hab im Hotel angerufen und mir deine Identität bestätigen lassen«, sagte Fesenmacher mit hochgezogenen Lefzen, seine Mimik so schroff wie sein ganzes Benehmen. »Ich lasse mich doch nicht von so einem dahergelaufenen Naseweis auf der Straße vollquatschen, am Ende habe ich noch die Polackenmafia am Hals.«

»Dummes Arschloch«, sagte Benjamin, drehte sich um und ging.

Und dann passierte es.

Totschlag, Mord, Gewalt.

Zumindest dachte das der Sommelier, als er längst wieder in der Kapuzinergasse war, seine Wut noch schlimmer als vor wenigen Minuten. Er ging an einer mannshohen Mauer entlang, direkt auf der Fahrbahn, einen Gehweg gab es nicht, die Häuser standen in der Altstadt gedrängt, die Gassen waren eng, als ein schwarzer Kombi vor ihm zum Stehen kam. Zwanzig, vielleicht dreißig Meter entfernt. Warum fuhr das Auto nicht? War ihm der Platz zwischen Häuserzeile und Mauer zu knapp? Hatte der Fahrer Angst, ihn anzufahren? Also blieb Benjamin stehen, drängte sich so weit an die Mauer wie möglich, aber das Auto rührte sich nicht. Erst jetzt warf der Sommelier einen Blick in die Fahrerkabine und schaute in die hasserfüllten Gesichter von Horst Sammer und Gerda Helbling.

Der Motor heulte auf, die Reifen drehten auf dem feuchten Stein durch, Kiesel spritzten wie Panzergeschosse durch die Gegend – und der Sommelier? Stand da wie angewurzelt. Er vollführte keinen Hechtsprung über die Mauer, rannte nicht um Leib und Leben, brüllte nicht um Hilfe, sondern presste sich noch mehr an die Mauer, zog ein Bein an, hob lediglich abwehrend den Arm, als könnte er damit etwas gegen die Tonne Stahl ausrichten, die schlingernd auf ihn zuschoss und nur wenige Meter vor ihm zum Stehen kam. Zwei Touristen mit Rucksäcken tauchten am Ende der Mauer auf und blieben erstaunt stehen, sahen zu, wie die Fahrertür geöffnet wurde und Horst Sammer heraussprang. Er stapfte auf Benjamin zu. Der Sommelier warf einen Blick auf die Hände des Kochs. Er hätte dort alles vermutet – Messer, Pistole, Rohrzange, Schraubenzieher –, er sah aber nur geballte Fäuste. Stand ihm ein Handgemenge bevor? Wurde er gleich auf offener Straße krankenhausreif geschlagen?

»Ich habe vor siebzehn Jahren im Hotel angefangen!«, schrie Sammer, hinter dem Koch schwang im selben Augenblick die Beifahrertür auf, die Hausdame schob sich mühsam heraus. »Vor siebzehn Jahren! Da hast du dir in der Kosmetikabteilung noch Tipps gegen deine Pickel besorgt und hattest nachts deine Wichsgriffel an meinen Aufschnittplatten!« Gerda Helbling blickte über die Schulter ihres Lebensgefährten, sie sah den Sommelier an wie einen Spucknapf, eine Schabe und Bettwanze, der sie für gewöhnlich mit Essigwasser und Dampf zu Leibe rückte. Dann warf sie einen Blick auf die Touristen, die diesem absonderlichen Schauspiel perplex folgten. In einem Nebengebäude schaute eine Dame aus dem Fenster. Gerda Helbling legte Horst Sammer die Hand auf die Schulter, versuchte, ihn zurückzuziehen. Doch der Koch riss sich los, völlig außer sich vor Wut: »Aber man sagt ja nix!«, brüllte er. »Nein, man hält brav seine verfickte Klappe und füllt die zerrupften Wurstplatten wieder auf, bevor der Frühstücksservice beginnt, weil der Herr Junior so eine schwere Kindheit hatte! Und was passiert? Man bekommt deine biestige Schwester vor die Nase gesetzt! Am Ende trifft es immer diejenigen, die ordentliche Arbeit leisten und sich nichts zuschulden kommen lassen!« Er zeigte auf die Hausdame. »Drei Jahre! Gerda hat noch drei Jahre!«

»Komm, Horst«, flüsterte Gerda Helbling, »bringt nix, nicht auf der Straße.«

Der Sommelier, der sich bislang wie eine Klette an die Mauer gedrückt hatte, trat einen Schritt auf Sammer zu, den Arm aber immer noch abwehrend ausgestreckt. »Herr Sammer«, stammelte er und versuchte zu argumentieren, »Gerda hat unseren Betrieb in eine echte Krise gestürzt, bitte vergessen Sie das nicht.«

»Krise?« Jetzt war es die Hausdame, die aufbrauste. Sie ging einen Schritt auf den Sommelier zu und heulte los, mit einer Stimme wie eine Sirene. »Diesen kleinen Artikel klopft ihr euch doch aus der Weste! Wie Staub!«

»Brauchen Sie Hilfe?«, rief jemand von irgendwoher.

An den Fenstern waren schon drei Schaulustige versammelt.

Hinter Sammers Auto bremste ein weiterer Wagen ab, der nicht durchkam.

Kirchenglocken begannen zu schlagen.

»Gerda, das war doch kein kleiner Denkzettel«, widersprach Benjamin, der sich durch die anderen Menschen etwas sicherer fühlte, »damit hast du großen Schaden angerichtet! Überlege doch mal, was das für Kreise zieht!«

»Zeig es ihm, los!«, keifte Sammer.

Die Hausdame griff in ihre Handtasche, zog eine Klarsichthülle heraus, darin ein Meldeschein, der mehr aus Klebestreifen als aus Papier zu bestehen schien. Ihr Gesicht, das er jahrzehntelang nur mit gehetztem, bierernstem, manchmal auch schnippischem und jovialem Ausdruck gesehen hatte, war plötzlich so voller Verachtung und tiefster Schadenfreude, dass der Sommelier schluckte. Sie hielt sie ihm entgegen. »Was wohl die Polizei über das hier denkt?«, zischte sie.

»Was ist das?«, fragte Benjamin, obwohl er es längst wusste.

»Solltest du mal deinen werten Onkel fragen. Findest eine Leiche im Keller, und plötzlich zerreißt er eine alte Hotelrechnung. Von einer Schweizerin. In Schnipsel. Ich habe vielleicht kein Abitur, aber eins und eins kann ich trotzdem zusammenzählen.«

Plötzlich kehrte Stille ein.

Sammers Faust lockerte sich, seine Schultern sanken herab.

Die Hausdame tänzelte mehr nervös als wutentbrannt umher.

Und dem Sommelier wurde klar, was hier ablief.

Darum ging es, deshalb hatten die zwei Mitarbeiter ihm hier aufgelauert: Bestechung.

»Deine Schwester macht nur noch ihren Gourmetscheiß, und ich werde Küchendirektor, das ist der Deal«, erwiderte Sammer triumphierend und baute sich vor Benjamin auf. Der Sommelier konnte sein aufdringliches Parfum riechen, wie der warme Furz eines Silberrückens. »Und Gerda macht ihre drei Jahre voll und wird dann als Beraterin engagiert. Oder der Meldeschein landet bei der Presse – was ist euch lieber?«

Benjamin wich zurück, brachte Abstand zwischen sich und den Koch und sah zu Gerda Helbling. »Du wusstest das? Die ganze Zeit? Hast du mir deswegen auch den Zeitungsartikel des verschwundenen Mädchens untergejubelt, um von Marlene Suter abzulenken?«

»Junge, ich gehe in drei Jahren. Ruhestand. Da kann ich so ein Theater nicht mehr gebrauchen.«

Hinter der Hausdame begannen mehrere Autos zu hupen.

Vierzehn

»Diese einfältige Schnüfflerin«, zischte Gustav und sank in seinem Chefsessel nach hinten. Er schnalzte mehrmals mit der Zunge, es klang, als wolle er eine streunende Katze zu sich locken. »Ich habe es ja im Grunde geahnt, in dem Moment, als sie mit dem Mülleimer unterm Arm hier rausmarschiert ist«, fuhr der Hoteldirektor fort, im Hintergrund ein Regal, gefüllt mit allen Restaurant- und Hotelführern der letzten dreißig Jahre, eine Enzyklopädie des Fressrechts von der Wende bis heute. Er schob hintendrein, als wäre er Angeklagter, Richter und Henker in Personalunion: »Ja. Das war ein Fehler. *Mein* Fehler.«

»Warum hast du das getan?«, fragte Benjamin aufgewühlt. »Ich hatte die Rechnung in der Hand, hatte sie gerade aus dem Archiv geholt, als Gerda hier reinplatzte, ohne anzuklopfen.« Sein Onkel stützte seinen Ellenbogen auf die Tischplatte und zeigte anklagend zur Tür. »Reingeplatzt, wie sie es immer tat. Unmögliches Weibsbild. Wir haben uns eine Weile unterhalten, natürlich über deinen Fund im Lakenkeller, sie ist mit unstillbarer Neugier gesegnet. Während unserer Unterhaltung habe ich das Dokument in Schnipsel zerrissen und weggeworfen. Das hat sie mit Argusaugen verfolgt.« Gustav schüttelte den Kopf und blickte zum Fenster hinaus, das nach Nordosten hin lag und lediglich den Ausblick auf eine Wand von Buchen bot. »Ich hätte die Rechnung in der Buchhaltung in den Reißwolf stecken sollen. Es war ein Fehler«, murmelte er.

Benjamin benötigte einige Sekunden, um sich klar zu werden, dass sein Onkel seine Frage nicht beantwortet hatte. Er stand völlig neben sich, hatte noch Julias Parfum in der Nase, stechende Schweinsaugen und geballte Fäuste vor Augen, den heulenden Motor seines Autos in den Ohren, das er nach Schelingen gejagt hatte, als wäre er Teilnehmer an einer Bergrallye. Er hatte den Wagen nicht einmal abgeschlossen, geschweige denn auf dem Mitarbeiterparkplatz abgestellt, er stand auf dem Rondell vor dem Haupteingang, der Schlüssel im Zündschloss. Glücklicherweise war der Sommelier einigermaßen zurechtgemacht, da er wegen seines Treffens mit Julia mehrere Minuten auf sein Aussehen verschwendet hatte, ansonsten wäre er auch nackt und nass, direkt aus der Dusche heraus, ins Auto gestiegen und ins Hotel spaziert, um eine Antwort auf folgende Frage zu bekommen: »Warum hast du das Dokument verschwinden lassen?«

Der Hoteldirektor nickte nachdenklich, dann stand er auf, nahm mit der linken Hand den Hörer seines Telefons ab, zückte mit der rechten Hand einen Bleistift, schwang ihn wie einen Feldherrnstab, bevor er damit wählte. Zuerst rief er Stephane, dann Charlotte zu sich ins Büro. Benjamin wusste nicht, wie ihm geschah. Seine Knie waren weich, sein Herz schlug ihm bis zum Hals, er konnte nicht ruhig stehen, lief vor dem Schreibtisch seines Onkels auf und ab wie der hintergangene *Consigliere* des Mafiabosses höchstpersönlich. Stephane war der Erste im Büro, er sah irritiert seinem aufgescheuchten Bruder zu, der unaufhörlich auf und ab stiefelte, blickte in die ernste Miene seines Onkels, aber seine Frage – *Was ist denn passiert?* – verhallte, bis Charlotte in den Raum stürmte, über der Schulter ein blauweiß kariertes *Touchon*, an dem sie ihre Hände abrieb.

Es war Sonntagvormittag, halb zwölf, und seine Schwester nicht in der Stimmung für einen spontanen Besprechungstermin. Das war vor allem daran zu merken, dass sie gehetzt fragte: »Was ist denn?«

»Die Leiche im Keller – ist Marlene Suter«, sagte Gustav Freling und klatschte laut in die Hände.

»Was?«, bellte Charlotte.

»Hat die Polizei angerufen?«, fragte Stephane.

»Ich wollte das alles von euch fernhalten, Kinder, aber ...«, erklärte Gustav, brach kurz ab und setzte nach einem ausgiebigen Blick an die Kassettendecke neu an. »Es war kurz vor sechs, schon dunkel, als Marlene Suter vor zwanzig Jahren anreiste. Ich erinnere mich noch, wie ich mit den Gärtnern draußen vor der alten Douglasie stand. Wir erwarteten eine stürmische Nacht und diskutierten, ob wir den Baum vorsichtshalber fällen sollten. Wir hatten Angst, dass er uns aufs Haus krachte. Jedenfalls reiste zu dieser Zeit auch diese Reporterin an. Einer der Portiers hatte sie am Bahnhof in Freiburg eingesammelt. Sie kam aus der Schweiz und war schon einige Monate zuvor im Haus gewesen.« Gustav machte eine kurze Pause, sah in die blassen Gesichter seiner Neffen und Nichte und begann, nervös sein Einstecktuch zu massieren. »Sie hatte einen Text für ein Hotelmagazin verfasst und sollte erneut über den Umbau berichten, für irgendeine Zeitung, ich habe vergessen, welche. Euer Vater und deine Mutter, Benjamin, haben sich mit ihr noch am Abend zusammengesetzt, oben in der Hotelbar. Lothar war überschwänglich, ihr kanntet ihn ja, an diesem Abend war es aber besonders schlimm. Am Morgen hatten wir erfahren, dass die Baukosten endgültig explodierten. Die Auflagen des Denkmalschutzes und der Brandschutzbehörde waren noch das kleinere Übel, zum Schimmel an den Grundmauern kam Hausschwamm im Dachstuhl. Wir waren oben, ich konnte das Holz mancher Balken einfach abbrechen. Auch die Fundamentunterfangung wurde mit jedem weiteren Bauschritt komplexer. Nach diesen Hiobsbotschaften haben wir uns entschlossen, nur noch das Nötigste am Hotel fertigzustellen. Alle waren geknickt, aber euer Vater wollte wieder Enthusiasmus versprühen, hat sich wie ein aufgescheuchtes Huhn in diesen verfluchten Pressetermin gestürzt.« Gustav seufzte. »Nach dem dritten Drink wollte er mit dieser Suter unbedingt eine Baustellenbesichtigung machen, um ihr die Fortschritte zu präsentieren – hatte er irgendeine besondere Idee dabei, steckte ein Plan dahinter? Ich weiß es bis heute nicht, ich war zu dieser Stunde schon zu Hause. Hätte ich davon gewusst, ich hätte es nicht zugelassen. Sie begingen also zu dritt die Baustelle, da lösten sich ein paar Ziegel am Osterker. Einer davon schlug der Journalistin den Schädel ein. Sie war sofort tot.«

Stephane hatte sich mittlerweile in einem Sessel niedergelassen.

Benjamin saß mit verschränkten Armen auf der Fensterbank.

Charlotte rieb apathisch ihre Finger am Handtuch.

Gustav schüttelte eine Weile schweigend den Kopf. »Immer und immer wieder bin ich die folgenden Minuten durchgegangen«, sagte er unvermittelt und schaute auf, »habe mich gefragt, was ich hätte anders machen können, wie ich vielleicht hätte besser reagieren können, ehrlich, es war auch für mich sehr viel. Ich wurde vor vollendete Tatsachen gestellt, als mich Lothar und Caroline anriefen und in den Lakenkeller zitierten. Es war kurz vor elf Uhr und der Durchgang schon fast zugemauert. Dort lag die tote Journalistin. Ich habe natürlich interveniert, es kam zu einem heftigen Wortwechsel, ich habe geflucht, und, ja, ich habe auch geschrien – *wir müssen einen Krankenwagen holen!*, habe ich geschrien, *wir müssen einen Krankenwagen holen!* –, aber ...« Gustav sah den Sommelier an. »Aber deine Mutter war fuchsteufelswild, Benjamin, sie war panisch wegen der Sache, und ich muss ihr immer noch in gewisser Weise zustimmen. Ihr wisst, wie die Medien sind, wir erleben es ja gerade wieder. Stellt euch nur einmal vor: besoffen eine Baustelle bei Sturm besichtigen, ohne Kopfschutz – das war nicht nur Leichtsinn, war das vielleicht sogar strafbar? Fahrlässige Tötung? Ich weiß es bis heute nicht, aber die Sache hätte unseren Betrieb in dieser Situation zugrunde richten können. Alle waren nach dem Unfall aufgewühlt. Deine Mutter hatte die Hände im Zement. Euer Vater rannte aufgeregt im Kreis herum. Wir hatten Angst um die Zukunft des Hauses und um eure Zukunft. Ich wusste, dass das alles in einer noch viel schlimmeren Katastrophe endet, wenn ich nicht einen kühlen Kopf bewahre.«

Charlotte war in die Hocke gesunken und lehnte mit dem Rücken an der Tür.

Stephane versuchte, sich lautlos zu räuspern, es klang wie ein Keuchen.

Gustav nahm eine Kaffeetasse in die Hand, die auf seinem Schreibtisch stand. Er blickte eine Weile in das leere Gefäß und stellte es schließlich zurück auf den Unterteller. »Charlotte, du weißt noch gut, was an diesem Tag im Haus los war«, fuhr er fort, »du hast es ja den Polizisten erzählt, das mit der Hochzeit am Folgetag. Wir hätten die Veranstaltung gar nicht annehmen sollen, aber wir hätten keinen Kredit für das Bauvorhaben bekommen, wenn wir das Haus über Monate geschlossen hätten. Also haben wir mitgenommen, was ging. Hauptsache, Umsatz machen. Ich erinnere mich an Zuzanna Bednarz, die an diesem Abend noch die Tischdecken für die Festtafeln mangeln musste, bis in die späte Nacht. Was hätte sie wohl gedacht, wenn sie um acht Uhr nach Hause gegangen, um sechs am nächsten Morgen wieder zur Arbeit gekommen wäre und der Durchgang in ihrem Lakenkeller wäre plötzlich zugemauert gewesen? Also habe ich euren Vater angewiesen, sie sofort zu entlassen.« Der Hoteldirektor blickte kurz zu dem Sommelier und fuhr fort: »Es war mir egal in diesem Moment, Benjamin. Wir hatten keine Wahl, und wir hatten dein Kindermädchen ohnehin auf dem Kieker: Keine Ahnung, ob du es weißt, aber sie hat gestohlen. Wir waren uns deswegen ziemlich sicher.«

»Und wo wollten Papa und Mama denn mit dem Auto hin?«, fragte Benjamin ungeduldig, der sich in den letzten Wochen so sehr in Erklärungsversuchen jeglicher Art verstrickt hatte, dass er Gustavs Geschichte nicht einfach so akzeptierte, sondern einzuordnen versuchte, mehr jedenfalls als seine Geschwister, die fassungslos lauschten.

Gustav lachte verbittert, sein verächtlicher Blick glitt zum Fenster hinaus. »Der Koffer. Sie hatten den Koffer vergessen, Junge. Daran hatten Lothar und Caroline bei ihrem schlauen Plan nicht gedacht: Der Koffer musste weg. Ich erinnere mich noch, wie ich mit Lothar stritt, als plötzlich deine Mutter kreischend aufsprang. Für die Zwischenwand war es zu spät, an der Mauer fehlten noch zwei Steine, nur zwei Steine. Das weiß ich genau. Ich war ja dagegen, Benjamin, dass die beiden in ihrem Zustand noch Auto fuhren. Sie standen unter Schock, waren völlig überdreht und zudem angetrunken, aber auch ich stand neben mir. Dann hat Lothar angefangen, irgendwas von einem Alibi zu faseln. Also hat sich deine Mutter sauber gemacht, am Waschbecken im Lakenkeller, und danach den Koffer aus einer Suite im neuen Hoteltrakt geholt. Die Gästezimmer im Haupthaus waren ja geschlossen, das Hotel war zu dieser Zeit so gut wie verwaist, nur Volkmar war noch an der Bar, und du, Charlotte, warst in der Küche. Unser Glück, dass das Haus kaum belegt war und die meisten Zimmer für die Hochzeitsgesellschaft am Folgetag geblockt waren. Euer Vater ist zur selben Zeit nach oben gegangen, um mit Zuzanna Bednarz zu telefonieren, und ich«, sagte der Hoteldirektor und nickte, als spüre er in diesem Moment die eiserne Hand von Justitia auf seiner Schulter liegen und zudrücken, »ich war es, der die letzten beiden Steine in die Mauer gesetzt und die Spuren im Weinkeller beseitigt hat.«

Stille im Raum. Benjamin hörte irgendwo ein Telefon läuten. Wenn er sich zu Spekulationen hätte hinreißen lassen, dann hätte er behauptet, dass die sanften Pianoklänge aus der Hotelhalle bis hierher getragen wurden. Und erwachte dort draußen auf dem Rondell ein Motor hustend zum Leben? Von seinem Auto? Hatte sich ein Portier des Schandflecks von Blech angenommen und ihn aus den Augen der durchlauchten Gäste entfernt?

»Ich weiß nicht, was ich sagen soll«, flüsterte Charlotte.

»Hat sich niemand – keine Ahnung, von der Bauleitung? – gewundert, dass plötzlich eine Wand eingezogen war?«, fragte Stephane.

Gustav wedelte mit der Hand. »Ach was, bei den Pfuschern wusste doch eine Hand nicht, was die andere tat, außerdem war es Freitagabend. Am folgenden Montag verputzte sogar noch irgendwer die Wand, und fertig war die Laube.«

»Und warum hast du den Meldeschein erst jetzt verschwinden lassen, zwanzig Jahre später?«, fragte Benjamin, ganz benebelt von den neuen Bildern in seinem Kopf, sodass er schon Angst hatte, er würde halluzinieren.

»Weil ich jeden Tag, über viele Jahre hinweg, mit der Polizei gerechnet habe – ein fehlender Meldeschein wäre doch verdächtig gewesen. Obwohl, vielleicht hätte ich sogar alles zugegeben, wenn die Polizei gekommen wäre.« Seine Stimme klang theatralisch. Er zog das Einstecktuch hervor, schüttelte es mit einer kräftigen Handbewegung aus. Benjamin konnte sich nicht erinnern, das Stück Stoff jemals in freier Wildbahn gesehen zu haben. Gustav tupfte sich damit den Schweiß von der Oberlippe, verbarg es danach in seiner geschlossenen Hand und sagte: »Schwer wiegt meine Seele, Kinder. Ich fühle in diesem Moment, wie es mich erleichtert, endlich darüber sprechen zu können, aber ich wollte euch das alles ersparen – und was habe ich verbrochen? Sagt es mir? Was war meine Schuld? Ich habe einen Unfall vertuscht, ein schreckliches Unglück, ja, aber die Schuldigen haben ihren Fehler mit ihrem Leben bezahlt, oder nicht? Hätte ich deshalb eure Zukunft und die Zukunft des Betriebs riskieren sollen? Ich weiß es bis heute nicht.«

»Hast du Gerda Helbling angewiesen, im Weinkeller sauber zu machen?«, fragte Benjamin.

»Ach was, *angewiesen*, die Alte und ihr Ordnungsfimmel, hat jedes Staubkorn persönlich genommen, habe nur erwähnt, wie es da unten ausschaut, und auf dich verwiesen, Benjamin, wie du dich da unten fühlen musst. Da hatte sie ihren Grund gefunden und ist in die Schlacht gegen den Schmutz gezogen – ich wusste ja nicht, dass wir dort unten ohnehin hätten putzen dürfen.«

»Aber warum, warum hast du das gemacht? Ich verstehe das nicht.«

»Weil ich Angst habe, Benjamin. Vor zwanzig Jahren bin ich noch einmal in den Sturm hinausgegangen und habe den blutigen Dachziegel mit in die Wand eingemauert. Ich hatte Angst, dass er gefunden wird. Den Schutt in den Eimern in deinem Büro habe ich untersucht, er ist nicht dabei. Wahrscheinlich steckt er noch in der Wand.« Er zuckte mit den Schultern. »Oder die Polizei hat ihn längst eingetütet.«

Stephane legte die Stirn in Falten.

Charlotte starrte ins Leere.

Benjamins Herz schlug bis zum Hals, er zögerte, überlegte,

aber es gab keine andere Frage mehr, die er vor dieser wichtigen stellen konnte: »Hast du den Burgunder geköpft und mich in der Sauna eingeschlossen? Und hast du Volkmar ...«

»Quatsch«, unterbrach Gustav ihn ärgerlich und sah den Sommelier scharf an, »wir müssen uns jetzt hier nicht hinterdenken! Ich habe den Burgunder geköpft, ja, das habe ich getan, ich wurde nervös, nachdem du mit deinen Nachforschungen nicht aufgehört hast und plötzlich auch noch Zuzanna Bednarz, ehemaliger Vermieter hier anrief und sich deine Identität bestätigen ließ. Ich wollte dir ein Signal senden. Das ist gehörig nach hinten losgegangen. Aber die Sache mit Volkmar war ein schrecklicher Unfall – Junge, dass du so etwas von mir denken kannst! Und wegen der Tür habe ich schon die Handwerker verständigt. Die finnische Sauna ist seit diesem Abend geschlossen, bis die Reparatur erledigt ist. Aber das tut jetzt alles nichts zur Sache. Wir müssen in dieser Stunde zusammenstehen und uns überlegen, wie wir mit der Erpressung von Gerda Helbling und Horst Sammer umgehen.«

»Erpressung?«, fragte Charlotte.

Fünfzehn

Nein, nicht einmal sein Seelentröster schlechthin funktionierte: Käsebrot und Kabinettriesling. Benjamin ließ gedankenverloren einen 2009er Graacher Himmelreich von Joh. Jos. Prüm im Weinglas seine Runden drehen. In der Mitarbeiterkantine des Hotels hatte er außerdem Vollkornbrot und eine Käseauswahl mitgehen lassen – und die Käse in der Mitarbeiterkantine waren keine Stangenware, sondern meistens die Käse, die schlicht zu zerzupft waren, um nochmals auf den Käsewagen der Restaurants zum Einsatz zu kommen, gutes Zeug also, nur nicht mehr hübsch anzusehen. Er hatte Schnittchen mit höhlengereiftem Comté und mit handgeschöpftem Camembert aus der Normandie vor sich, so reif, dass der Käse schon über die Brotrinde floss. Dazu kam die herrliche Fruchtsüße, knackige Säure und geradezu vibrierende Mineralität des Rieslings. Aber der Wein kam ihm mit jedem Schluck klebriger vor, und das Brot wurde mit jedem Bissen mehr im Mund, deswegen öffnete Benjamin frustriert eine Flasche 2013er Château Giscours, 3ème Grand Cru Classé aus dem Margaux. Doch der Wein war pelzig am Gaumen wie Dämmmaterial.

Es war längst Abend geworden. Der Sommelier hatte den Tag auf der Höhe verbracht, hatte nach dem Gespräch mit seinem Onkel und einem kurzen Rundgang durch das Hotel sein Auto in Bickensohl geparkt und war in die Weinberge gestiegen. Die Luft war frisch, aber nicht kalt. Immer wieder brach die Sonne durch die Wolken. Und er war allein. Drei Stunden lang traf er keine Menschenseele. Er wanderte über verschlungene Pfade und durch kahle Laubwälder, vorbei an breiten Rebterrassen, an knorrigen Hagebutten-, Brombeer- und Vogelbeerbüschen, er pflügte durch tiefe Lösshohlwege, wo sich der Wind zu einer stürmischen Brise bündelte und hindurchpfiff wie durch ein Nadelöhr. Gegen vier war er wieder in Breisach angekommen, streifte an der Haustür seine Schuhe ab und stolperte in seine Wohnung. Er schlief bereits, als er der Länge nach auf die Couch fiel. Erst kurz nach neun schreckte er hoch. Schlaftrunken und mit knurrendem Magen schlurfte er hinaus zu seinem Wagen, er hatte die Lebensmittel auf dem Rücksitz vergessen. Ein beißender Käsegeruch schlug ihm entgegen, als er die Tür öffnete.

Und jetzt saß er also an seinem Esstisch und ließ großartigen Wein im Glas kreisen, der trotz seiner Exzellenz nicht schmecken wollte. Der Sommelier bewohnte eine Galeriewohnung, einen hellen, großen Raum von fünfunddreißig Quadratmetern mit bodentiefer Fensterfront, direkt unter dem Dach eines Zweifamilienhauses. Er hatte eine Wohnecke mit Sofa und Fernseher, eine Kochnische und einen großen Ostbalkon, mit Blick auf die Unterstadt und die Weinberge; er hatte einen wundervollen Eichentisch, an dem – ausgezogen – bis zu zehn Personen sitzen konnten, und er hatte obendrein noch genügend Platz für seine zwei Weinklimaschränke, in denen er über dreihundert Flaschen einlagerte. Sein Bett befand sich auf der Galerie über der Wohnecke. Nur sein Badezimmer war nicht größer als eine Telefonzelle, beim Zähneputzen stieß er regelmäßig mit dem Ellenbogen gegen die Seitenwand – er fühlte sich hier dennoch wie ein König, ihm fiel kein Tag ein, an dem er seine Wohnung nicht gern betreten hätte.

Im Untergeschoss lebte seine Vermieterin, eine Buchhändlerin Ende fünfzig, mit der er ein höfliches, aber distanziertes

Verhältnis pflegte. Wenn sie sich trafen, trug sie meistens Bücher, er Wein ins Haus. Was nicht bedeutete, dass die Dame ihre Freizeit mit dicken Schinken im Schoß in einem Ohrensessel verbrachte und dabei Dampf aus ihrer Teetasse pustete. Im Gegenteil. Sie schien einem gepflegten Alkoholismus durchaus zugeneigt. Wenn sich bei dem Sommelier mal wieder Unmengen von Probeweinen gesammelt hatten und er in einem Rutsch zehn Flaschen Wein zur Verkostung aufzog, brachte er ihr danach meist zwei, drei Bouteillen nach unten, die sie mit lüsternem Lächeln annahm. Und zugegeben, es gab Schlimmeres, als eine gute gelüftete Grand Cru an die Wohnungstür serviert zu bekommen. Seiner Vermieterin schien es sogar so außerordentlich gut zu munden, dass Benjamin meist schon an den Folgetagen die geleerten Flaschen nacheinander im Glascontainer entdeckte.

Der Sommelier nahm noch mal einen Schluck des Bordeaux, kaute, schlürfte und schmatzte den Wein. Das Getränk wurde aber nicht besser. Er würgte ein Schnittchen hinunter, schob dann Glas und Teller zur Seite und betrachtete sich in den Panoramascheiben, die bei Dunkelheit zu einem einzigen großen Spiegel wurden. War ihm jemals aufgefallen, wie akribisch seine Wohnung eingerichtet war? Von seinem Auto blätterte der Lack ab, seine gesamte Freizeitkleidung müsste in die Altkleidersammlung, aber seine Wohnung sah aus, als würde sie im nächsten Moment für einen Einrichtungskatalog fotografiert. Auf einem Sideboard lagen Magazine so sauber gestapelt, als wären sie an Ort und Stelle ausgestanzt worden. Links unten auf dem Couchtisch war der Platz der drei Fernbedienungen. Alle fein säuberlich nebeneinander aufgereiht. Und auf dem Esstisch stand eine Schale mit Granny Smith, poliert mit einem Küchentuch, bis sie schimmerten wie Jade, und zu einer akkuraten Pyramide gestapelt. Gott. Er war ein Pedant. Alles hatte hier seinen Platz, als bildete seine ordentliche Wohnung das Gegengewicht zu seiner ungeordneten Kindheit und Jugend.

Gegen halb elf räumte Benjamin seinen Teller in die Spüle und checkte zum wiederholten Mal sein Smartphone – er gab allmählich die Hoffnung auf, dass sich Franka Bradatsch, die Rechtsanwältin, noch melden würde, obwohl sie es ihm versprochen hatte –, als es an der Tür klingelte. Der Sommelier zuckte erschrocken zusammen. Sein erster Gedanke galt deswegen der Anwältin, die wahrscheinlich so markerschütternde Informationen herausgefunden hatte, dass sie es ihm nur persönlich im Schutz der Nacht berichten wollte. Sein zweiter Gedanke galt Horst Sammer und Gerda Helbling, die ihre Wut doch nicht anders zu kompensieren wussten, als ihn in seiner Wohnung niederzuknüppeln. Oder war es die Polizei? Luzie Berger und Jochen Ehrlacher, die ihm Handschellen anlegten und ihn abführten, für was auch immer? Dann dachte der Sommelier plötzlich an blockierte Saunatüren und japsende Barkeeper, denn für ihn stand nach der Beichte seines Onkels eine passgenaue Unwahrheit vor den Konturen der Wahrheit.

Wer klingelte zu dieser Stunde?

Es waren aber keine fuchsteufelswilden Wutbürger, kein verschwörerischen Anwältinnen und auch keine spurenvertuschenden Meuchelmörder.

Es waren seine Geschwister.

»Wir brauchen Alkohol«, sagte Charlotte und streifte ihren Mantel ab, während sie die Treppen zu dem Sommelier nach oben stieg.

Benjamin grinste. »Da haben Sie Glück, ich bin Experte auf diesem Gebiet, schönen guten Abend«, sagte er und freute sich über diesen unerwarteten Besuch – wann waren Charlotte und

Stephane das letzte Mal zusammen bei ihm gewesen? Einmal, nach seinem Einzug vor vier Jahren?

»Ich bin zwar der Fahrer«, erwiderte Stephane mit tränenden Augen und wildlachsfarbener Nase, anscheinend war der Wind wieder aufgefrischt, »aber ein Glas Wein könnte ich heute auch gebrauchen.«

In diesem Moment hatte Charlotte bereits den Bordeaux in der Hand. »Junge, Junge, du lässt es dir aber an einem Sonntagabend richtig gut gehen.«

»Das Zeug hilft heute leider nicht.« Bereits als Benjamin es aussprach, wurde er von Schuldgefühlen übermannt. Es tat ihm leid, dass er den wundervollen Moment sogleich mit der ganzen unbarmherzigen Bitterkeit des Tages auflud, weswegen er schnell hinzufügte: »Aber vielleicht müsste er eine Weile atmen, bestimmt brauchte er lediglich mehr Luft.«

Kurze Zeit später saßen die Geschwister beisammen am Tisch. Stephane nippte glückselig an dem fruchtsüßen Moselriesling, Charlotte schwenkte schwelgerisch, geradezu sinnentrückt ihr Rotweinglas, und der Sommelier musste zugeben, der Wein hatte hinzugewonnen, vor allem das wichtigste Element, das es zum Weintrinken brauchte: Gesellschaft. Alltagsgespräche – *wie war der Abendservice? Wie ist die Buchungslage?* – plätscherten sanft dahin, im Hintergrund klimperte Chilly Gonzalez auf einem Solopiano, und für wenige Minuten drehte die Welt geschmeidig und rund ihre Bahn. Und dabei war allen dreien klar, dass das Unliebsame nicht ausgespart werden konnte – deswegen waren Benjamins Geschwister schließlich zu später Stunde hergekommen, deswegen hatte er heute den ersten Sonntagabend seit seiner Anstellung nicht im Restaurant verbracht, deswegen trank sogar sein Bruder Wein, obwohl er noch fahren musste.

Es war Charlotte, die das Thema anschnitt. »Ich sehe sie immer wieder in dieser Nacht ins Auto einsteigen und fortfahren«, sagte sie, schüttelte den Kopf und blickte niedergeschlagen zur Fensterfont. »Dass sie so dumm sein konnten, sie waren doch immer so ein Vorzeigepaar.«

»Ach.« Stephane wischte mit der Hand über den Tisch. »Du warst aber auch viele Jahre auf Wanderschaft, Charlotte, und nicht so nahe dran wie ich. Mit ihrem Hoteliersgetue konnte ich nie etwas anfangen. Das hatte immer etwas von Stefanie Hertel und Stefan Mross, schunkelnd auf der Bühne der Heilen Welt, *Happy Volksmusik*, aber kaum schlossen sich die Schiebetüren des Backoffice hinter ihnen, sanken die Mundwinkel nach unten, und jeder ging in eine andere Richtung davon.«

»War das nicht auch der Grund, warum sich eure Mutter von Papa getrennt hat?«, fragte Benjamin mit gedämpfter Stimme und eingezogenem Kopf. Er hatte schließlich nie mit ihnen offen über dieses sensible Thema gesprochen, vor allem nicht in einer Dreierrunde.

»Die Frage musst du Stephane stellen, wie oft ich Kontakt mit Mama in den letzten Jahren hatte, das lässt sich an einer Hand abzählen.«

»Sei nicht so hart«, erwiderte Stephane, »das war einfach nichts für sie, dieses tagtägliche oberflächliche Gewäsch. Dorothea hat das Hotelleben vom ersten Moment an gehasst, sie war im Gegensatz zu Lothar auch kein geselliger Mensch. Es war dasselbe in Grün: Draußen standen sie Arm in Arm, und kaum hinter den Kulissen, hat Papa mit den Kellnerinnen geschäkert, und Mama hat sich in ihrem Büro die Füße massiert. Freie Tage, die sie geplant hatten, sind dauernd ausgefallen. In den Urlaub sind wir mit Mama hin und wieder allein gefahren, der Betrieb ging eben immer vor. Am Ende haben sie es sich gegenseitig mit Affären heimgezahlt. Sie hätten nie heiraten sollen, es war von

Anfang an eine Zweckgemeinschaft, was sie so lange zusammenhielt, waren wir Kinder.«

Charlotte nickte und hielt Benjamin ihr Glas hin. Der Sommelier goss ihr den letzten Rest des Weins ein. »Caroline hat auf jeden Fall besser zu ihm gepasst«, sagte sie und schaute dabei zu, wie sich die letzten Tropfen dem Flaschenhals entwanden.

»Mich belastet schon den ganzen Tag, dass Gustav die Sache so lange für sich behalten musste«, sagte Stephane, nahm einen Apfel aus der Schale, drehte ihn nachdenklich hin und her und legte ihn wieder zurück. »Die vielen Jahre.«

»Glaubt ihr die Geschichte?«, fragte Benjamin, stand schwungvoll auf und versenkte seinen angespannten Gesichtsausdruck in einem der Weinklimaschränke.

»Fängst du jetzt wieder damit an?« Stephane seufzte.

»Was meinst du?«, wollte Charlotte wissen.

Benjamin schaute kurz über die Schulter. Seine Schwester blickte ihn aufmerksam an, er schenkte ihr ein müdes Lächeln. »Ich hatte heute viel Zeit, den Kopf *voll* zu bekommen, und was ich mich frage: War das Risiko nicht viel größer für Betrieb und Familie, eine Leiche verschwinden zu lassen, als einen Unfall zuzugeben?« Er zog einen Cabernet Franc von François Morissette hervor und überlegte kurz, ob er seinen Geschwistern von seinem Besuch bei der Anwältin erzählen sollte. Stattdessen fuhr er fort: »Denn angeblich war es ja ein Unfall und kein Mord.«

»Was meinst du mit *angeblich?* Glaubst du, Lothar, Gustav und Caroline haben die Journalistin gemeinsam aus dem Weg geräumt?«, fragte Stephane. »Und wenn ja, warum? Du warst damals nicht dabei, an diesem Tag, bei diesem Meeting, wir standen finanziell am Abgrund, sprichwörtlich am Abgrund. Mich wundert es überhaupt nicht, dass die beiden an dem Abend nicht ganz bei Verstand waren.«

Als der Sommelier abwechselnd in die Augen seiner Geschwister blickte, in denen sich ein Gefühlsspektrum von zornig bis verzweifelt widerspiegelte, schaute er verdrießlich auf den kanadischen Rotwein in seiner Hand. Er hatte den Geschmack dieses köstlichen, veilchenduftenden, tabak- und gewürzgeschwängerten Weins schon auf der Zunge, schob ihn aber seufzend zurück in den unbarmherzigen Klammergriff seines elf Grad kalten Klimaschranks und setzte sich wieder an den Tisch. Es gab Zeiten, da mussten die Gläser leer bleiben. »Ich weiß es doch auch nicht, aber ich habe das unbestimmte Gefühl«, dieses altbackene Wort benutzte er, *unbestimmt*, »dass Gustav mehr weiß, als er uns verrät.«

Jetzt stand Stephane. »Benny!«, rief er und blickte den Sommelier an, als sei er innerhalb eines Atemzugs vom innigen Zechkumpel zum vermaledeiten Halbbruder mutiert, »weißt du, was du da redest? Wir sollten uns lieber darüber unterhalten, wie wir mit der Sache umgehen, uns miteinander abstimmen oder so. Auch über Sammer und Helbling sollten wir noch mal ein Wort verlieren, selbst wenn Gustav sie wieder auf Kurs kriegt, dann sind die beiden tickende Zeitbomben.«

Charlotte senkte den Blick.

Der Sommelier blickte kurz zwischen seinen Geschwistern hin und her. »Seid ihr deswegen gekommen, wollt ihr etwa das Nesthäkchen an die Kette legen?«, fragte er gereizt. »Wir machen uns strafbar, wenn wir das der Polizei verheimlichen, ist euch schon klar, oder?«

»Wir können das nicht öffentlich machen, nie und nimmer«, entgegnete Charlotte fast flehentlich, »wem ist denn damit jetzt noch geholfen? Überleg mal, was da vertuscht wurde – danach müssen wir auswandern!«

»Es ist mir ein Rätsel: Wieso seid ihr denn so sicher, dass die

Geschichte Gustavs stimmt?«, fragte Benjamin und dachte an den Mittag zurück. Nach ihrem Gespräch war er kurz zur Hotelbar hochgelaufen, die fast unbesetzt war. Drei schmuckbehangene Frauen und zwei Männer in piekfeinem Zwirn hatten an einem Tisch beieinandergesessen, steif wie in einem Standbild. Vor ihnen standen zwei Tumbler und drei Cocktailschalen. Es war ein paar Minuten nach zwölf. Wahrscheinlich nahmen sie einen Aperitif ein, bevor sie in die Restaurants wechselten. Der Sommelier hatte sich bei Meret Çelik informiert, welcher Tisch die Nummer fünfzehn war. Es war das *Zwitschereck*, so nannten sie eine kleine Nische an der Seite der Bar, die gern verschworene Männerrunden, verliebte Pärchen oder prominente Gäste für sich beanspruchten, auch Interviews wurden hier gegeben. An dem Platz fühlte man sich abgeschirmt und konnte ungestört plaudern. »Überlegt doch mal, vielleicht wusste Volkmar irgendetwas, was er nicht wissen sollte und was ihm nach meinem Fund zum Verhängnis wurde. Sie sind schließlich alle im Zwitschereck gesessen, der Tisch ist vielleicht von Blicken abgeschirmt, aber die Gespräche kann man dort problemlos mithören – ich bekomme im Restaurant auch viele Unterhaltungen mit, ohne dass ich es ernsthaft will.«

»Behauptest du jetzt auch noch, dass Gustav ... Volkmar auf dem Gewissen hat?«

»Was ich glaube, ist Folgendes: Volkmar hätte niemals den ganzen Teller Asiapfanne gegessen, wenn Sesam darin gewesen wäre.«

Sechzehn

Als er endlich eingeschlafen war, hinübergedriftet in diesen wundervollen Zustand des Vergessens, der Stille und des Nichts, da trällerte sein Telefon neben seinem Ohr so schrill, dass er erst dachte, es sei der Feueralarm, der Rauchmelder mit Fehlfunktion. Nicht einmal ein später Überfall der Vasallen, die mit Fanfarengeheul und im Fackelschein Breisach überrannten, hätte ihn in diesem Augenblick verwundert. Sein Bewusstsein hing über der Kluft zwischen Traum und Wirklichkeit, hangelte sich schwerfällig ins Dasein zurück. Benjamin tastete nach seinem Telefon und linste in die Welt hinaus. Es war aber nicht mitten in der Nacht, es war bereits hell. Dunkel. Hell. Hatte er geschlafen? Wie spät war es? Er knurrte *Hallo* oder *Morgen* oder *Wer ist da?* in den Hörer und hörte die Stimme der Kommissarin Luzie Berger. Er setzte sich auf. Das Gespräch mit der Polizeibeamtin dauerte keine Minute, aber lange genug, um mit dem Telefon am Ohr die Treppen in sein Badezimmer hinunterzuwanken und mit geschwollenen Augen einen Blick auf die Wanduhr zu werfen. Es war kurz nach neun. Und als er das Gespräch beendete, war er so schlau wie all die bisherigen Male nach Gesprächen mit der Polizei, nur eines war ganz und gar anders: Luzie Berger hatte ihn soeben ins Hotel zitiert, nicht gebeten, zitiert.

Der kalte, trübe Morgen hing noch wie ein Laken über seinem Kopf, als er eine halbe Stunde später seinen Wagen gen Schelingen steuerte. Allmählich begann sein Hirn zu arbeiten.

Er erinnerte sich an die Abmachung mit seinen Geschwistern. Sie hatten sich in der Nacht geschworen, Stillschweigen zu bewahren, die Sache geheim zu halten – und er? Er hatte zugestimmt, war zermürbt gewesen, müde vom Denken, sodass er irgendwann einfach *ja* gesagt hatte, *also gut* und *meinetwegen*. Aber unwohl war kein Ausdruck: Benjamin wurde speiübel bei dem Gedanken daran, die Geschichte unter den Teppich zu kehren. Es ging einfach nicht, es war nicht rechtens, sie konnten das alles nicht verschweigen. Vielleicht gab es noch Angehörige von Marlene Suter, die seit Jahrzehnten mit der Ungewissheit ihres Verschwindens leben mussten. Konnten sie das wirklich über die Interessen ihrer Familie stellen? Deshalb hatte er die halbe Nacht nicht geschlafen. Von Schuldgefühlen geplagt, hatte er sich im Bett herumgeworfen, bis ihn die Unerträglichkeit der Situation an den Weinklimaschrank getrieben hatte. Aber auch ein Schluck schwerer Rotwein brachte ihm nicht die nötige Bettschwere, sondern war vielmehr Zeugnis eines aufkeimenden Alkoholmissbrauchs.

Er holperte mit seinem Auto also die Altstadt hinunter, als er das erste Mal zum Telefon griff. Von da an rief er im Fünf-Minuten-Takt in der Anwaltskanzlei an. Er wählte die Nummer am Ortsschild von Breisach, am Bahnhof von Achkarren, in den Serpentinen der Weinberge. Er brauchte einen triftigen Grund, um die Abmachung mit seinen Geschwistern mit einigermaßen gutem Gewissen brechen zu können. Und diesen Grund konnte ihm nur noch Franka Bradatsch liefern. Seine zitternden Hände umklammerten das Lenkrad. Er wusste nicht, ob sie wegen der maroden Stoßdämpfer zitterten, die in den Eingeweiden seines Autos ächzten und quietschten, oder weil sich schon wieder die Adrenalinsäge an seinen Nervensträngen verging. Beides, wahrscheinlich beides.

»Guten Morgen, hier spricht noch einmal Benjamin Freling, ich wollte …«, brüllte Benjamin zum dritten Mal in die Freisprecheinrichtung und wurde unterbrochen.

»Das Meeting von Frau Bradatsch ist noch nicht beendet, Herr Freling, wie vor fünf und wie vor zehn Minuten«, zwitscherte die Sekretärin so höflich, wie man nur zwitscherte, weil man nicht ausfallend werden durfte. »Ah, Moment.«

Es knisterte in der Leitung.

Hielt sie die Muschel zu?

Hatte sie den Hörer weggelegt?

Einfach aufgelegt?

Oder brach der Empfang in den Hügeln des Kaiserstuhls ab?

Der Sommelier nahm das Telefon aus der Halterung, die linke Hand am Steuer, und blickte abwechselnd auf das knisternde Telefon in seiner Hand und auf die Straße vor seinem knarzenden Auto, als das Gerät plötzlich wieder jäh zum Leben erwachte.

»Asche auf mein Haupt, lieber Benjamin«, sagte Franka Bradatsch, so klar, voll und deutlich, mit dem ganzen Elan eines Montagmorgens gesegnet, als würde sie vor ihm in der Kaffeeecke stehen und mit einem Löffel Streifen durch die dichte, goldbraune Crema eines zweiten Espressos ziehen. »Ich war dir eine Information schuldig, aber ich bin erst gestern Abend sehr spät dazu gekommen, mich darum zu kümmern, und wollte dich dann nicht mehr wegen nichts und wieder nichts stören.«

Ihre Worte verhallten im brummenden Motor. »Wegen nichts und wieder nichts?«, fragte Benjamin.

»Es gab um die Jahrtausendwende zwei Schadensersatzklagen, die uns beschäftigt haben. Einmal wegen einer Überbuchung – die armen Gäste mussten am Ende in einer Suite in Freiburg schlafen und wollten die Mehrkosten erstattet bekommen – und einmal wegen einer stornierten Hochzeit. Letzteres war kniffliger. Dann gab es diverse Arbeitsverträge auf unserem Tisch. Darunter eine Abmahnung. Verhaltensbedingt. Ein Mitarbeiter ist mehrmals betrunken zum Dienst erschienen. Ein Koch.« Sie machte eine kurze Pause. »Und dann gab es noch zwei Klagen von Gästen, die Minderungsansprüche geltend machen wollten, einmal wegen einer angeblich defekten Lüftung und dadurch entstandener Geruchsbelästigung im Gästezimmer. Und eine wegen der geschlossenen Wellnessanlage wegen des damaligen Umbaus. Da war nichts dabei, was mich wirklich stutzig gemacht hätte. Das alles ist in dem Zeitraum passiert, der dir wichtig war. Aber auch ansonsten ist mir nichts aufgefallen. Ich hatte wegen dieser Nazikollaboration etwas Bauchgrimmen, aber ich habe alle Jahre nochmals überflogen. Mein Vater hat keine nennenswerten Notizen hinterlassen – sagst du mir jetzt vielleicht, was los ist?« Der Motor knatterte, Benjamin schwieg, die Anwältin fuhr fort: »Hat es etwas mit der Leiche zu tun, die du gefunden hast? Der Artikel lag heute Morgen auf meinem Schreibtisch. Sollten wir uns deswegen vielleicht besser unterhalten?«

»Zu gegebener Zeit«, antwortete Benjamin und sah plötzlich das Hotel hinter den Weinbergen auftauchen, oben auf dem Hügel, das geflügelte Wesen, das schon viel zu lange über seinem Kopf schwebte. »Deine Kanzlei vertritt doch auch meinen Onkel, oder?«, fragte er plötzlich und fügte an: »Das Weingut Konrad Kranzer.«

»Aus Bischoffingen? Ja, warum?«

»Würdest du einmal in die Akten meines Onkels schauen?«

»Das kann ich nicht machen. Tut mir leid, Benjamin.«

»Bitte, Franka, bitte«, bettelte der Sommelier, »du musst mir auch rein gar nichts sagen, das nicht irgendwie in Zusammenhang mit meinen Eltern steht, aber vielleicht hat dein Vater ja dort einen Vorgang abgelegt – ich meine, es war ja der Familienbetrieb meiner Mutter.«

Die Anwältin seufzte. »Einen Moment.«

Benjamin fuhr seinen Wagen holpernd in eine geteerte Bucht, die nach wenigen Metern in einen Feldweg in die Weinberge überging. Er stellte den Motor ab und starrte auf das Telefon in der Halterung. Das schwarze Display starrte unheilvoll zurück. Durch den Rückspiegel brauste ein Lieferwagen. Vor ihm, auf dem Weg, hackte eine Amsel auf eine Schnecke ein. Aus dem Mikrofon erklangen Mausklicks, hin und wieder hörte er die Anschläge einer Computertastatur, dann wieder Mausklicks. Sekunden tröpfelten träge in unerträgliche Stille.

»*Oh, là, là.*«

Der Sommelier bebte vor Furcht. Übelkeit trieb ihre Fühler vom Magen in den Rachen. Unrasiert und müde, überdreht und erschlagen von all den Informationen, die seit Wochen wie ein Meteoritenhagel auf ihn einprasselten, als habe sein Bewusstsein eine eigene Atmosphäre, stürmte er durch den Personaleingang ins Hotel, in verwaschener Jeans und Kapuzenpulli. Mehrere Reinigungskräfte kamen ihm entgegen und wichen nach links und rechts aus. Im Weinkeller begann keine weitere Befragung mit dem Wiederkäuen der ewig gleichen Belanglosigkeiten – *warum haben Sie …? Sind Sie einmal …? Ist Ihnen etwas …?* –, nein, an diesem Morgen war es anders. Die Kommissare Ehrlacher und Berger standen an dem Stehtisch im Eingang. Ehrlacher schien trotz der Alkoholberge in seinem Rücken fast milde gestimmt, Berger schaute erstaunlich eingeschüchtert drein, da stimmte etwas nicht. Aber Benjamin wollte es gar nicht wissen, er hatte einen Entschluss gefasst. Diese Sache war eine Giftpflanze, die ihre Wurzeln immer tiefer ins Fundament seines Lebens treiben würde, wenn er sie nicht ausriss. Oder hatten die Beamten längst rausgefunden, was er verheimlichte? War er deshalb hierherzitiert worden? Bekam er Strafmilderung, wenn er alles aussagte?

»Ich weiß, wer die Leiche ist«, platzte Benjamin heraus, ohne ein *Hallo*, *Guten Morgen* oder *Wie geht's?* voranzusetzen, er wiederholte nur zweimal hintereinander den Satz in identischer Betonung: »Ich weiß, wer die Leiche ist.«

Luzie Berger fragte: »Was meinst du?«

»Marlene Suter«, erwiderte Benjamin mit heiserer Stimme. »Suter. Marlene.«

»Wer soll das sein?«, fragte Berger.

»Woher kennen Sie diesen Namen?«, schaltete sich Ehrlacher ein, kühl, sachlich, konzentriert. Es wirkte, als würde sich der ganze Weinkeller plötzlich um ihn verdichten. Er bückte sich zu einer Aktentasche, die auf dem Boden stand. Der Polizist zog einen Stapel zusammengehefteter Dokumente hervor. Stärken und Farben der Papierbögen – dick und dünn, vergilbt, blassgrün und weiß wie ein Bettlaken – ließen darauf schließen, dass es sich dabei um unterschiedliche Quellen handelte. Ehrlacher blätterte in unglaublicher Geschwindigkeit durch die Dokumente, als würde er in einem Casino Geldscheine zählen.

»Ich ...«, stammelte der Sommelier und sah dabei zu, wie der Polizist vor Luzie Berger ein Dokument auf den Tisch legte und auf eine Stelle tippte. »Ich ...«, wiederholte Benjamin und wechselte zu einem Anflug prosaischer Sachlichkeit, »... habe rausgefunden, dass eine Marlene Suter bei uns im Haus logierte, in dem Zeitraum, in den Sie den Tod der Frau datieren. Und ich weiß auch, dass diese Frau Suter als vermisst gilt. Wahrscheinlich.«

»Seit wann weißt du das?«, fragte Luzie Berger, die nach kurzer Irritation ihre Fassung wiedergewonnen hatte, aber ihr Gewicht auffällig oft von einem Fuß auf den anderen verlagerte. War sie aufgekratzt? Nervös? Angespannt? Sie blickte immer wieder zu Ehrlacher.

»Erst seit Kurzem«, log der Sommelier.

»Wir haben Marlene Suter schon vor Wochen überprüft«, erklärte Ehrlacher. »Sie stand auf unserer Opferfahndungsliste ganz oben. Die DNA des Leichnams stimmt nicht mit der der Dame überein. Mich wundert aber, dass Sie die Personalie offensichtlich kennen. Und weshalb soll sie hier im Haus gewohnt haben? Wir haben die ganze Gästekartei aus der damaligen Zeit überprüft.«

»Die DNA stimmt nicht überein?«, entfuhr es Benjamin verblüfft, der nicht wusste, ob das nun eine gute oder schlechte Nachricht war. »Dann habe ich mich wohl – getäuscht?«

»Der Nebel lichtet sich allmählich«, murmelte Luzie Berger, sah dann den Sommelier an und sagte mit leiser Stimme: »Hör zu, Benny, weswegen wir heute hier sind: Wir sind bei dem Fall nicht weitergekommen, das weißt du ja, deshalb haben wir vorgestern nochmals Speichelproben und Abstriche der Haut genommen. Was wir im Nachgang aber nur getan haben, war, die DNA-Analyse des Leichnams mit den DNA-Analysen der Proben zu vergleichen.« Luzie Berger sah ihm fest in die Augen. »Wir hatten Glück. Zwei Analysen ähneln sich.«

»Jaaa«, entgegnete Benjamin, der plötzlich einen Schwarm scharfkralliger Vögel im Bauch hatte.

»Die Forensik hat die Proben mehrmals verglichen, um Fehler auszuschließen. Es ist mit Sicherheit so, dass der Verwandtschaftskoeffizient der Erbinformationen …«

Es gab Augenblicke, dachte Benjamin, der die Stimme der Polizistin, der Kriminalbeamtin und Pfützen-Luzie, nur noch als einen Widerhall an der Peripherie seines Bewusstseins wahrnahm, Augenblicke, in denen sich das ganze Leben schlagartig veränderte. Nur eine Sekunde, und alles war anders. Das einmalige Ticken des Zeigers. Ticktack. Oder ein einziger Schritt: Startpunkt, Endpunkt. Und dazwischen lediglich eine unsichtbare Linie, über die man ging, und erst im Nachhinein bemerkte man, dass sie da gewesen war. Augenblicke, so einprägsam, dass sie für ewig ein Loch ins hauchdünne Seidentuch der Seele stanzten und den Lebensweg in eine andere Richtung lenkten.

Ohne hinzusehen, tastete Benjamin nach seinem Mobiltelefon. Die Beamten blickten ihn schweigend an. Er wählte die Nummer von Charlotte.

»Was tust du da?«, fragte Luzie Berger.

Er hob abwehrend die Hand und bedeutete der Beamtin zu schweigen. »Charlotte, guten Morgen«, sagte er mit zitternder Stimme, als sie abhob, und kam sogleich zur Sache. »Als ich bei dir im Innenhof war, hast du mir erzählt, dass du Lothar und Caroline kurz vor ihrem Unfall gesehen hast, wie sie in den Wagen gestiegen sind, korrekt? Als du rauchen warst, korrekt?«

»Ja, warum fragst du?«

»Aber wo hast du denn damals gestanden und geraucht, vom Rauchereck aus sieht man den Parkplatz doch gar nicht?«

»Ich war in der Patisserie, habe diese Marzipanrosen für die Hochzeit gemacht und bin zum Fenster rausgeklettert. Das ganze Haus war doch eingerüstet. Habe ich damals öfter gemacht, denn dann musste ich nicht bis ins Erdgeschoss laufen.«

Der Sommelier überlegte. »Bist du sicher, dass es meine Mutter war, die ins Auto gestiegen ist?«, fragte er.

»Was soll denn die bescheuerte Frage?«

»Das sind doch mindestens hundert Meter zum Parkplatz,

und es war dunkel – Charlotte, bitte, bist du sicher, dass es meine Mutter war, die ins Auto gestiegen ist?«

»Wer soll es denn sonst gewesen sein?«

Der Sommelier explodierte. Aus dem Stand schoss er los, durchmaß zornig mit wenigen Schritten den Keller und stieß die Tür zu seinem Büro auf. »Wurden die Leichen meiner Eltern identifiziert? Und wenn ja, von wem?«, rief er. Falls die Beamten antworteten, dann hörte Benjamin Freling sie nicht mehr. Er packte den Vorschlaghammer, stapfte zurück, sah Ehrlacher und Berger erschrocken zurückweichen. Die Hand des Beamten zuckte – zu seiner Waffe? Vermutlich –, aber da schwang der Sommelier bereits den Hammer und ließ die eiserne Faust gegen die Ränder des Lochs krachen. Immer und immer wieder, sodass sogar die Gebeine seiner Urahnen in ihren Gräbern klapperten.

Siebzehn

Donnernd wie der Richterhammer krachte der Stein auf den Boden, kullerte über den Läufer und blieb am Fuß des Arbeitstisches liegen.

»Spinnst du? Was ist das?«, kreischte Gustav, der hinter seinem Schreibtisch stand und erschrocken einen Schritt nach hinten machte, bis er an sein Buchregal stieß.

»Sag du es mir?« Der Sommelier spuckte ihm die Worte entgegen und warf hinter sich die Tür ins Schloss. »Ich würde auf eine Spolie tippen – ein Bruchstück von einer historischen Befestigungsmauer? Von den Weinbergterrassen am Kirchberg? Wo du immer spazieren gehst?«

Der Hoteldirektor trug eine dunkelblaue Chino, ein weißes Polohemd, über seinen Schultern lag ein ockerfarbener Pullover. Sein Gesicht glänzte, als habe er sich eben erst eingecremt. Offenbar war er nur kurz an seinem freien Tag ins Büro gekommen, um einige Unterlagen durchzusehen. Auf dem Tisch lag eine aufgeschlagene Ordnungsmappe. Er trat wieder einen Schritt vor und schielte vorsichtig über die Tischkante, als stünde er an einem Abgrund. Er blickte auf den Brocken. Dann fasste er zu seiner Brusttasche, als er kein Einstecktuch zu fassen bekam, begann er, geistesabwesend den Ärmel seines Pullovers zu massieren. »Ich weiß nicht, was du meinst«, entgegnete er gedämpft.

»Du hast keinen Dachziegel in die Wand einbetoniert, Gustav, sondern den Stein, mit dem du Caroline erschlagen hast! Es war *ihre* Leiche, die ich gefunden habe!«, bellte Benjamin. »Ich weiß alles, du musst es nicht abstreiten, ich erinnere mich an den Steinbrocken, er stand meine ganze Kindheit über auf deinem Schreibtisch. Warum hast du das getan? Weil Mama sich scheiden lassen wollte?«

Ein arrogantes, spöttisches Lächeln hing wie angetackert im blassen Gesicht des Hoteldirektors. Er sah seinen Neffen an, als würde er ihn am liebsten mit dünnen Lederhandschuhen ohrfeigen. Er ging langsam um den Tisch herum, bückte sich und pflückte den Stein vom Boden. Der Sommelier schluckte.

Gustav richtete sich schwerfällig zu seiner vollen Größe auf. »Meine Verehrung, Benjamin, meine Verehrung«, entgegnete Gustav mit mahlendem Kiefer und funkelnden Augen. »Wie hast du es rausgefunden?«

»Franka Bradatsch hat mir von der Scheidung erzählt. Es gibt Notizen.«

»Wirklich?« Der Direktor schien erstaunt zu sein. Er wiegte eine Weile den Brocken in der Hand. »Du kommst dir vielleicht klug vor, weil du das Rätsel gelöst hast, aber im Grunde bist so dumm und aufmüpfig wie deine Mutter – schaufelst dein eigenes Grab und merkst es nicht mal.«

»Willst du mich jetzt auch aus dem Weg räumen?«

»Nein, wenn du mit der Sache an die Öffentlichkeit gehst, übernimmst du das schon selber und reißt uns alle mit.« Gustav seufzte und schüttelte den Kopf. »Es ist ein Malheur, das alles ist ein einziges Malheur.«

»Rede, verflucht noch mal!«, schrie Benjamin. »Rede doch endlich!«

Der Hoteldirektor pfählte seinen Neffen mit einem vernichtenden Blick, hob seine freie Hand und gebot ihm zu schweigen. »Aus seiner ersten Ehe ist dein Vater noch mit einem blauen Auge rausgekommen«, begann Gustav eintönig. »Dorothea hat sich mit einem anderen Mann getroffen, das konnten wir gegen sie verwenden. Aber er hatte nichts daraus gelernt. Vor der Hochzeit mit deiner Mutter habe ich deswegen auf ihn eingeredet und auf einem Ehevertrag beharrt, habe gesagt, wir müssten den Geschäftsbetrieb aus dem Zugewinn rausnehmen, aber nein, nein, nein« – der Hoteldirektor verzog sein Gesicht zu einer hämischen Grimasse – »das war ja *sooo schreeecklich uunromantisch*. Dein Vater war ein irrlichternder Gefühlsmensch, Benjamin. Ich habe alles versucht, weil ich wusste, was passieren würde.« Gustav ging zum Fenster und blickte hinaus, als sei er ein Großherzog, der sorgenvoll den Blick über seine Ländereien schweifen ließ. Dabei konnte er von hier aus nicht einmal fünf Meter weit sehen, dann begann der Buchenwald. Er fuhr fort: »Deine Mutter mochte gereifte, aussagekräftige Tropfen, dein Vater junge, unkomplizierte Weine. Ja, so war das: Dein Vater hat gern andere Röcke gelupft. Das war ein Problem, schon bevor er deine Mutter kennenlernte. Er schlug nach deinem Urgroßvater Paul, was will man da machen?«

»Hatte Papa ein Verhältnis mit Marlene Suter?«

»Ja. Natürlich. Sie war einige Monate zuvor im Hotel gewesen, um für einen Artikel zu recherchieren. Sie hat damals Heinz, Traudel, Lothar, Caroline und mich gemeinsam interviewt. Ich bemerkte schon während des Gesprächs, dass dein Vater Gefallen an der Journalistin fand. Unverhohlen begann er, Süßholz zu raspeln. Und Caroline ist das auch nicht entgangen. Ich habe ihn gewarnt, habe ihm gesagt, dass das dieses Mal kein gutes Ende nimmt. Er wollte nicht hören. Zweimal fuhr er plötzlich Knall auf Fall nach Zürich. Geschäfte. Wenigstens hielten sie ihre Affäre geheim. Ich glaube, diese Suter hat bis zum Ende keinem Menschen davon erzählt, sonst wäre vermutlich irgendwann nach ihrem Verschwinden die Polizei hier aufgetaucht. Ist eben keine sonderlich gute Story für eine Journalistin: eine Affäre mit einem verheirateten Mann, renommierten Hotelier, Familienvater und Interviewpartner, das macht sich in Redaktionen wahrscheinlich nicht so gut. Aber dann kam sie zu Besuch, dein Vater vergnügte sich mit ihr an der Bar, wahrscheinlich war ihm nach den ganzen Hiobsbotschaften des Tages alles egal, ich weiß es nicht. Bis gerade eben dachte ich wirklich, deine Mutter hätte erst an diesem Abend von der Affäre erfahren, aber offensichtlich wusste sie schon vorher davon, ahnte zumindest etwas, sonst hätte sie sicher nicht mit dem Anwalt gesprochen.« Gustav holte lautstark Luft. »Wie auch immer. Sie hat die Nerven verloren. Das ist passiert. Und ich kann es ihr nicht einmal verübeln.«

»In der Bar, vor den Gästen?«

Kurz geriet der Hoteldirektor aus dem Konzept. Er wandte sich zu seinem Neffen um, dann schien er die Frage zu verstehen. »Nein, dort waren kaum Gäste, das Haupthaus war ja nicht belegt, auch nur wenige der Zimmer in den Neubauten, das ganze Haus war auf die Hochzeit am Folgetag eingestellt. Sie hielt sich in der Bar wahrscheinlich wegen Volkmar Höfflin zurück. Aber sie kam in mein Büro gestürmt.« Erneut schüttelte Gustav den Kopf. »Es hätte nicht so weit kommen müssen, Junge. Sie hätte nur auf ihre Anteile verzichten müssen, um den Betrieb zu retten, dann wäre die Sache anders ausgegangen, aber sie pochte auf den Zugewinnausgleich. Wir wären bankrott gewesen, ist eine einfache Rechnung. Doch Caroline wollte das per se nicht verstehen. Geld, Geld, Geld, das war alles, was sie interessierte: Geld. Ich weiß bis heute nicht, warum.«

Benjamin ahnte den Grund: zur Rettung des Winklerbergs. Das ganze Elend erschöpfte den Sommelier, er sank in den Sessel, der in seinem Rücken stand. Er war verschwitzt, hatte Staub und Dreck im Haar, an Händen und Kleidung. Seine Arme und Schultern schmerzten von seiner rasenden Attacke auf das Grundgemäuer des Hotels, das erst nach vielen Minuten sein Geheimnis preisgegeben hatte. Gustav blickte zum Fenster hinaus. Der Sommelier sah den Computer auf dem Schreibtisch, den Gustav ans Eck geschoben hatte, gerade so weit, dass das Gerät nicht herabfallen konnte. Er sah kurz seinen tollpatschigen Onkel davorsitzen, stets mit eingezogenen Schultern, als lauschte er einer Schauergeschichte. Die Maus wie ein Spielzeugauto umfasst. Er sah die zwei Taschenrechner daneben, das Festnetztelefon und ein Handy, Papier und den Mont-Blanc-Füllfederhalter, mit dem sein Onkel jedes Dokument zu unterzeichnen pflegte und seine Begrüßungskärtchen für Stammgäste verfasste: Das waren Gustavs Arbeitsmittel. Das hatte Benjamin bislang jedenfalls gedacht. Er blickte auf den Stein in der Hand seines Onkels, mit dem er seiner Mutter den Schädel zertrümmert hatte.

»Ich habe auf sie eingeredet«, fuhr Gustav fort. Der Sommelier sah, wie sich die Sehnen auf Gustavs Handrücken spannten, er umklammerte den Stein. »Eingeredet habe ich auf sie, mit Engelszungen, aber sie hat geflucht und geschäumt vor Wut, und dann begann sie, mich anzuschreien, und hat einfach nicht mehr aufgehört, da habe ich zugeschlagen – was hätte ich tun sollen? Kannst du das nicht verstehen?«

Der Hoteldirektor drehte sich kurz um.

In seinen Augen stand blanker Zorn.

Was kam jetzt?

Was erwartete Gustav?

Ein verschwörerisches Männerlächeln?

Ein verständnisvolles Schulterklopfen?

Hey, du hast keine Wahl gehabt, oder?

Es war im Sinne des Betriebs!

Du hast dich um die Zukunft von uns Kindern gesorgt!
Oder war das genaue Gegenteil angebracht?
Hechtsprung über die Tischkante?
Racheakt, Rangelei, Blutbad?
Ausgleichende Gerechtigkeit?
Zwanzig Jahre zu spät, aber immerhin.

»Hat ... hat Papa dir geholfen?«

»Ach was, ich bin auch eigentlich nur in den Lakenkeller gegangen, um einen der Wäschewagen zu holen. Ich wollte ihre Leiche wegschaffen, mehr nicht. Dann habe ich das Loch gesehen, die Steine, den Zement, es war alles vorbereitet, die Wand sollte in der Folgewoche eingezogen werden.«

»Wann hast du es Papa gesagt?«

»Auch ich musste mich erst einmal sortieren. Die Mauer war fast fertig, da habe ich ihn runtergerufen. Er war aufgedreht vom Trinken und Turteln. Als er in das Loch blickte, ist er ausgeflippt. Hat gejammert, es hat minutenlang gedauert, ihn wieder auf Spur zu bringen: Dein Vater sollte nur dein Kindermädchen entlassen und die verdammte Journalistin zurück nach Zürich fahren, mehr wollte ich gar nicht. Habe es wiederholt und wiederholt: *Bednarz feuern, Suter heimbringen ... Bednarz feuern, Suter heimbringen ...* Irgendwann hatte er es begriffen und ist losgerannt. Den Koffer dieser Suter hat er aus ihrem Zimmer geholt und sie dann von der Bar direkt ins Auto verfrachtet. Sie hat sogar ihre Handtasche liegen lassen. Das war sicherlich ein Glücksfall, die Polizei wusste nicht, wer die Frau war.« Gustav seufzte bekümmert. »Dieser Abend war das letzte Mal, dass ich ihn gesehen habe.«

»Hast du was am Auto manipuliert?«

Der Hoteldirektor schwang herum wie eine Drehbasse, ging einen Schritt auf seinen Neffen zu: »Nichts!«, schoss er hervor,

»ich hatte damit nichts zu tun! Dein Vater war berauscht und überdreht, die Straßen waren nass, und es ging ein heftiger Sturm. Er ist ohnehin immer zu schnell gefahren, es war tragisch, dass der Unfall passiert ist! Ich wäre für meinen Bruder gestorben!«

»Du hast diese Marlene Suter einfach als meine Mutter identifiziert, oder?«

»Was hätte ich in diesem Moment tun sollen? Was?«

Der Sommelier hörte die Orgel bei der Beerdigung seiner Eltern spielen, sah die schwarzen Gestalten, die Münder, die beim Gesang auf- und zuklappten. Er würgte die Worte hervor: »Ich habe den Sarg dieser Journalistin bemalt! Ist dir das eigentlich klar?«

Gustav hob beide Arme, die Handflächen nach oben. Der Stein lag wie ein Reichsapfel in seiner linken Hand, als sei er König oder Kaiser, der Heiland aus einem Deckenfresko, gerade zum Leben erwacht und auf den Erdboden herabgestiegen. »Ich weiß, ich weiß«, sagte er und nickte schwermütig. »Aber weißt du, was das Problem daran ist: dass du nicht aufgehört hast nachzuforschen. Wenn du nichts davon wüsstest, dann wäre alles gut. Jetzt müssen wir zusehen, wie wir damit umgehen.«

»Alles gut?!« Die Worte des Sommeliers schraubten sich auf der Tonleiter und in der Lautstärke nach oben: »Zusehen, wie wir damit umgehen?«

»Ja. Also, was schlägst du vor? Soll ich jetzt ins Gefängnis? Es ist alles so lange her, heute würde ich sicher anders reagieren. Denk doch mal nach, Junge, ich bin nicht nur dein Onkel, sondern auch der Hoteldirektor des Jagdhauses Freling. Wir haben hier ein Erbe zu verwalten«, sagte er hochmütig.

Der Sommelier sah seinen Onkel entgeistert an. Der Mann wirkte auf ihn völlig ruhig und gefasst. Gab es einen klareren Beleg für seinen Realitätsverlust? Führte er bereits wieder etwas im Schilde? Hatte er einen Plan C oder D? Gustav hatte sein ganzes Leben in dieser Raumkapsel auf dem Berg zugebracht, hatte niemals Boden unter den Füßen gehabt. Benjamin schluckte. Sein Körper bestand nur aus Herzschlag und Stimme, als er fragte: »Hast du auch Sesamöl in den Vanillesirup gemixt und das Notfallset verschwinden lassen?«

Der Hoteldirektor schien abzuwägen. »Das mit Volkmar musste sein!«, rief er plötzlich mit aufgesetzt bedrückter Miene. »Dieser verdammte Gemütsmensch! Ich stand gerade mit der Polizei in der Hotelhalle, die mich über den Unfall in Kenntnis setzte, da kommt er plötzlich mit der Handtasche unterm Arm zu uns. Es hat Wochen gedauert, bis ich ihn davon überzeugt hatte, dass deine Eltern in dem Auto saßen. Er hat den ganzen Zwist in der Bar ja mitbekommen. Erst nach deinem Fund begann er wieder an der Sache zu zweifeln.« Gustav ging zurück an den Schreibtisch. Er richtete den Stein dekorativ neben seinen Füllfederhalter aus – die Mordwaffe war jetzt ein Briefbeschwerer, nicht mehr.

»Hast du die Saunatür blockiert?«, fragte der Sommelier, obwohl er die Antwort längst kannte.

Der Hoteldirektor schenkte seinem Neffen ein komplizenhaftes Lächeln, mit einem Anflug von Chuzpe fuhr er fort: »Das mit der Sauna ... Junge, komm schon ... Ich wollte dich ein bisschen erschrecken, nicht mehr, du bist doch Familie, ich würde für meine Familie sterben. Anscheinend habe ich dich ein bisschen zu sehr erschreckt, das tut mir leid – sollen wir uns nicht zusammensetzen und über die ganze Sache in Ruhe sprechen? Lass uns zwei Tage ins Burgund fahren, wir reden, trinken Wein, finden eine Lösung. Ich will dir alles noch einmal genau erklären, dann verstehst du es sicher: Ich wollte euch Kinder immer nur beschützen und für eure Zukunft vorsorgen.« Gustav Freling blickte in das entsetzte Gesicht seines Neffen und fuhr mit sonorer Stimme fort: »Und denk dran: Auch ich bin endlich, Benny ... dass Stephane einmal die Direktion übernimmt, das ist für mich keine ausgemachte Sache ...«

»Hast du sie noch alle?«, fiel Benjamin seinem Onkel ins Wort. »Auf keinen Fall!« Seine Stimme kam plötzlich von tief unten, kehlig, dumpf, eintönig, eigenartig entfernt. Sie stieg empor, wie aus einem dunklen Schacht, als gehörte sie gar nicht zu ihm selbst, sondern einem Fremden, der den Grund seines Wesens behauste und sich nun zu Wort meldete. Als wäre es noch nicht genug, hörte er sich selber »am Arsch« hinzufügen – diese Entscheidung hatte er ohnehin längst getroffen: Die Tür schwang in diesem Augenblick auf. Als die beiden Beamten den Raum betraten, ging der Sommelier wortlos hinaus. Er blickte seinen Onkel nicht einmal mehr an.

Achtzehn

»Nicht auch noch den Monfortino von Conterno!«, rief Julia Jimenez aufgescheucht, »das kannst du wirklich nicht bringen!«

Benjamin blickte noch mal auf das vergilbte Etikett des fast fünfzig Jahre alten Barolo, es war der Jahrgang 1971, dann bettete er die Weinflasche in einen Karton, den er dick mit Luftpolsterfolie ausgelegt hatte. Der Sommelier wiederholte, was er bereits dreimal in der letzten Stunde gesagt hatte, fügte nur zwei Wörter hinzu, die er übertrieben betonte: »Es ist alles so mit *Ho-tel-di-rek-tor* Stephane *Fre-ling* abgesprochen, ich verzichte auf jegliche Abfindung seitens des Betriebs, dafür nehme ich die Weine meiner Mutter mit. Damit basta.«

»Aber doch nicht den Barolo, komm schon, Benny!« Julia setzte sich vor ihn an die Tafel. Seit er hier unten am Werk war, war sie ständig um ihn herumscharwenzelt. Wenige Wochen hatten offensichtlich genügt, um seinen Weinkeller zu ihrem zu machen. Jetzt war sie plötzlich der Drachen, der ihren Schatz hütete. Die neue Restaurantleiterin und Sommelière des Gourmetrestaurants Freling beugte sich nach vorn, ihre Brüste drängten gegen die Knopfleiste ihrer Bluse, sie klimperte mit den Augen. »Ich gebe dir dafür drei Flaschen Pettenthal Riesling von Keller, okay?«

Der Sommelier grübelte, er ploppte mehrmals mit dem Mund, Herztöne, dann sagte er: »Nein. Aber ich tausche gegen zwei Flaschen G-Max – Deal?«

»Spinnst du? Auf keinen Fall! Nein, nein, das geht nicht –

willst du mich übers Ohr hauen? –, das kann ich nicht bringen, wir haben ja nur zwei Flaschen auf Lager«, erwiderte Julia aufgebracht und stand auf. »Überleg doch mal, deine Karre ist sowieso nicht für den Transport solcher Weine geeignet, da kannst du sie auch gleich in einen Cocktailshaker packen!«

Der Sommelier lächelte, zerdrückte demonstrativ eine Luftkammer der Polsterfolie, die mit einem schwachen Knall platzte. »Netter Versuch. Und für die G-Max haben wir im Einkauf nicht mehr bezahlt, als der Barolo im Verkauf wert ist, die Weine waren nämlich in den beiden Keller-Kisten der Großen Lagen dabei. Und jetzt kommst du.«

»Okay, pass auf«, entfuhr es Julia, »du bekommst eine Kiste Abtserde und obendrauf noch eine Flasche Pettenthal, damit sind wir dann beide wirklich gut bedient.«

»Eine Flasche G-Max und eine Flasche Pettenthal, das ist mein letztes Angebot«, entgegnete Benjamin, zog den edlen Italiener vorsichtig wie ein rohes Ei aus der Kiste und hielt das Etikett verführerisch in ihre Richtung.

Es blitzte in den Augen der Sommelière. »Gib schon her«, stieß sie verächtlich hervor. Der Sommelier konnte ihre Zähne knirschen hören. Sie nahm ihm den Piemonteser aus der Hand und schob ihn sachte zurück in den Raritätenkäfig, in dem nach dem Raubzug Benjamins sehr viel Platz herrschte. Sie fügte spitz hinzu: »Da stehen auf dem Schreibtisch *in meinem* Büro auch noch zwei Kartons Probeweine, die du bestellt hattest – nimmst du die bitte auch mit. Danke.«

»Willst du die nicht selbst probieren?«, fragte der Sommelier. »Vielleicht ist ja was Spannendes dabei. Ich habe zu Hause eh keinen Platz für noch mehr Wein.«

»Nimm dein Zeug mit, ich habe mir meine eigenen Proben bestellt.«

Sechs Wochen waren vergangen. Die Pressewelle war wie eine Sturmflut über sie hereingebrochen. Drohnen hatten über dem Hotel gekreist, Mikrofone waren an der Zufahrtstraße geschwenkt worden. Erst allmählich wurden die Sensationstouristen weniger. Anfänglich hatten manche von ihnen sogar Schelingen blockiert, weil sie mitten auf der Straße hielten, um Bilder des Hotels zu schießen. Manche baten an der Rezeption unverhohlen um Zugang zum Weinkeller, um *einmal ganz kurz das Loch* sehen zu dürfen. Andere nisteten sich als Kaffeegäste im Haus ein, um danach ganz zufällig am Weinkeller aufzutauchen und ihre Nasen an den Türen platt zu drücken. Eines war sicher: So viel Glasreiniger wie in den letzten Wochen hatte der Sommelier in vier Jahren nicht benötigt, er war zum Politurmeister geworden. Dabei war der Durchgang längst wieder zugemauert worden, davor stand ein Regal mit Rieslingen, als ob nichts geschehen sei. Einen Tag bevor die Bauarbeiter gekommen waren, hatte Benjamin noch überlegt, einen Strauß Rosen in dem Durchgang zu platzieren, am Ende hatte er den 1999er Spätburgunder vom Winklerberg in dem Durchgang versteckt. Der Gedanke gefiel ihm.

Der Sommelier holte die zwei Flaschen Riesling von Klaus Peter Keller aus dem Regal, packte sie vorsichtig ein und sah sich um. Alles war erledigt. Er hatte in den letzten Wochen die immer selben Fragen der Restaurantgäste beantwortet, hatte Interviews gegeben, hatte Übergaben geschrieben und Inventur gemacht. Er hatte Ostern vorbeiziehen sehen, hatte Julia Jimenez alles erzählt, was es zu erzählen gab. Er hatte Julius K. Pfaffenschläger ein höfliches Dankeskärtchen für die Berichterstattung geschickt und dazu eine Flasche Naturwein mitgesandt, einen Wein, der im Glas wie ein Eierfurz roch und wie Jauche schmeckte. Er hatte sich mit seinen Geschwistern gestritten und wieder vertragen, vor allem nachdem dreißig Prozent der Hotelgäste ihre Buchungen kurzfristig storniert hatten. Er hatte die Exhumierung seines Vaters und der Journalistin in drei Flaschen Amarone ertränkt. Er hatte Abbitte geleistet, bei seiner Großmutter und seiner Tante, hatte sich mit seinem Onkel Konrad im Weinkeller besoffen. Und jetzt standen neun Kisten Wein vor seinen Füßen, darin ein 1967er Palo Cortado von der Bodegas González Byass, ein 1978er Hermitage La Chapelle von Jaboulet-Aîné, ein 1982er Saarburger Rausch Riesling Eiswein von Geltz-Zilliken, eine 1982er Cru Classé vom Château La Mission Haut-Brion, ein 1985er Champagner Cuvée »S« Le Mesnil Blanc de Blanc von Salon oder ein 1990er Spätburgunder »R« Centgrafenberg von Rudolf Fürst in der Magnum-Sektflasche, deren Hals mit rotem Wachs versiegelt war wie ein heiliges Geheimnis. Gütiger Gott. Und alles, was ihm noch zu tun blieb, war, seine Jacke anzuziehen und sich zu verabschieden.

Aber irgendetwas hielt ihn zurück.

Die Klimaanlage summte.

Das Licht war gewohnt schummrig.

Er wandte sich an Julia. »Ich bleibe noch ein paar Minuten hier unten, wenn ich darf«, sagte der Sommelier, keine Frage, eine Ansage.

»Klar.« Seine Nachfolgerin sah ihn verständnisvoll an. Übertrieben geschäftig blickte sie auf ihre Armbanduhr. »Ich muss ohnehin hoch, du findest den Ausgang ja selber«, entgegnete sie und fügte hinzu: »Und falls du noch einen Wein trinkst: Finger weg von den Burgundern!«

Benjamin lächelte. »Welch Bestie wurde mit deiner Beförderung nur entfesselt?«

Julia lachte und ging zur Tür. Dort blieb sie stehen. Sekunden verstrichen, dann drehte sie sich um. »Halt mich auf dem

Laufenden, Benny«, sagte sie und hielt ihr Telefon schwenkend in die Höhe. Dabei schaute sie ihm lange in die Augen, viel länger, als bloße Sympathie rechtfertigte, ein Blick, der das Licht im Weinkeller nach oben dimmte, die Temperatur dramatisch erhöhte, den Keller zu einem Turmzimmer des Jagdhauses Freling machte – und das alles, ohne dass etwas davon wirklich passiert wäre.

Es war ein Wunder.

Das war es.

Ein Wunder.

Der Himmel war grau und wolkenverhangen, als Benjamin die Kisten zwei Stunden später in seine Wohnung hinaufschleppte. Der Sommelier sah kurz zum Himmel. Regen wäre gut, dachte er, der April war trocken und sommerlich warm gewesen, die Reben hatten längst ausgetrieben. Jetzt brauchten sie Wasser. Dann begann er, seine beiden Weinklimaschränke auszuräumen und neu zu sortieren. Er brauchte mehr Platz und beschloss, später im Internet nach einem dritten zu suchen. Die günstigeren und jüngeren Bouteillen verpackte er in Kartons und stapelte sie neben den Kühlschränken. Eine Kiste mit sechs Probeweinen – darunter Furmint vom Herrenhof Lamprecht, Sangiovese Predappio von Chiara Condello, Trollinger SINE vom Weingut Aldinger – packte er aus, stellte sie auf seinen Esstisch und zog sie nacheinander auf, als wäre er noch der Herr über einen kapitalen Weinkeller und als Sommelier zur heiligen Genusspflicht berufen.

Zuerst goss er sich den Trollinger ein, den Julia ihm schon vor Wochen empfohlen hatte. Ja, der Sommelier trank Trollinger. Dieses Schwabengesöff, dieses alkoholversetzte, eingefärbte Wasser, was Württemberger gern am Abend süffelten. Benjamin studierte kurz den Steckbrief. Der Winzer war der Rebsorte mit spontaner Ganztraubenvergärung entgegengetreten, hatte die Beeren nicht entrappt oder den Wein nicht filtriert. Der Sommelier steckte seine Nase wieder und wieder ins Glas, schwenkte den Wein und roch. Ihm stiegen herbe Kräuter und saftige Sauerkirschen entgegen, eine Würze, die sich nicht erklären ließ, und bei alldem war es unverkennbar ein Trollinger, den er im Glas hatte. Es war erstaunlich, wie viel mehr in dieser Rebsorte steckte. Er schmatzte und schlürfte den Tropfen, so wie man nur schmatzte und schlürfte, wenn kein Mitmensch in der Nähe war. Bei jedem Schluck hob er ein kleines Stückchen ab, driftete davon, Zentimeterflug, und setzte wieder jäh auf den Erdboden auf. Süffige Schweinerei, das war es, eine süffige Schweinerei. Benjamin Freling betrachtete kurz das Etikett des Weins.

Es war weiß wie ein unbeschriebenes Blatt.

Der Sommelier schaute nach seinem Telefon.

Halt mich auf dem Laufenden.

Es gab noch Hoffnung.

Auch für Trollinger.

ENDE

Sommelièren und Sommeliers, Winzerinnen und Winzer, Architekten, Ärzte, Kriminalbeamte, Schauspieler, Köche, Anwälte und Buchhalter haben mich während des Schreibens mit Informationsalmosen versorgt. Ich stehe in meinem Büro und erhebe das imaginäre Weinglas auf Euch, denn in Zeiten, in denen vor allem Zeit knapp ist, ist das keine Selbstverständlichkeit:

Vielen Dank an Melanie Wagner vom Schwarzen Adler in Oberbergen, an Jürgen Fendt von der Weinfamilie Fendt und Julia und Oliver Friedrich (»Hannes, hast du mal den Trollinger von Aldinger probiert?« – »Alter, ich trinke doch keinen Trollinger!«) vom Alten Torkel in Jenins. Dank an Reiner und Marion Probst vom Weingut Probst in Achkarren. Mein Dank gilt außerdem BJ von der Mordkommission G (»Bei einer Mordermittlung ist man nicht kompromissbereit«) sowie Polizeioberrat Jens Rügner. Ich danke Dirk Lange vom Stadttheater Leipzig, Gerd Wöhrle vom Steuerbüro Fritz, Wolfgang Ziefle von der Rechtsanwaltskanzlei Ziefle Unger, Fingus von Partner & Partner Architekten, Tobi Buchenauer von der Facharztpraxis Buchenauer, Nicole Schmidt von der Vogtsburg-Touristik, meiner Familie und Freunden TSOFAPBBLMLJJN sowie Claudia Raith, Patrick Johner, Kalle Bandow, Matze Determann, Martina Wielenberg, S&M, N&A, Francesca[TT] und weislich vorausschauend dem Theologen Wilfried Köpke ...

Die Community für alle, die Bücher lieben

In der Lesejury kannst du
- ★ Bücher lesen und rezensieren, die noch nicht erschienen sind
- ★ Gemeinsam mit anderen buchbegeisterten Menschen in Leserunden diskutieren
- ★ Autoren persönlich kennenlernen
- ★ An exklusiven Gewinnspielen und Aktionen teilnehmen
- ★ Bonuspunkte sammeln und diese gegen tolle Prämien eintauschen

Jetzt kostenlos registrieren: www.lesejury.de

Folge uns auf Instagram & Facebook:
www.instagram.com/lesejury
www.facebook.com/lesejury